LES SECRETS
DES DAMES DE SHILLING LANE

JENNIFER RYAN

LES SECRETS DES DAMES DE SHILLING LANE

roman

Traduit de l'anglais
par Françoise du Sorbier

ALBIN MICHEL

Ce livre est un ouvrage de fiction. Les noms, personnages et événements relatés sont le fruit de l'imagination de l'auteur ou sont utilisés à des fins de fiction. Toute ressemblance avec des faits avérés, des lieux existants ou des personnes réelles, vivantes ou décédées, serait purement fortuite.

Édition originale américaine parue sous le titre :
THE SPIES OF SHILLING LANE

chez Crown, an imprint of Random House,
a division of Penguin Random House LLC, New York.

À ma mère, Joan Cooper,
avec toute ma reconnaissance et ma tendresse.

1

Village d'Ashcombe, Angleterre, mars 1941

Comment mesurer la réussite de sa vie ? écrivit Mrs Braithwaite dans son carnet d'une plume résolue. Son train s'éloignait en crachotant de la petite gare. Elle n'avait pas quitté son village de l'année et n'était pas retournée à Londres depuis le début de la guerre, en 1939. Ce voyage pour voir sa fille n'avait que trop tardé.

De temps à autre, le train traversait sans s'arrêter une gare anonyme, toutes les pancartes signalant les noms de lieux ayant été enlevées au début de la guerre afin de désorienter les éventuels envahisseurs nazis. Aucun ne s'était encore montré, Dieu merci. Pour l'instant, ils se contentaient d'envoyer chaque nuit des avions au-dessus de l'Angleterre pour bombarder les villes et les détruire – on appelait cela le Blitz, la « guerre éclair ». S'ils avaient d'abord eu l'intention d'anéantir les usines et les entrepôts, ils bombardaient maintenant au hasard, cherchant à épuiser la Royal Air Force et à saper le moral de la population.

« Ma foi, pour être sapé, mon moral l'a été, pensa Mrs Braithwaite. *Mais pas par les nazis. »*

La veille au matin, Mrs Metcalf et les dames du village l'avaient relevée de ses fonctions légitimes à la tête des bénévoles locales du Service volontaire féminin.

« C'est une décision collective », avait dit Mrs Metcalf, trônant devant une table pliante déployée dans la salle commune du village, deux consœurs de chaque côté. Mrs Braithwaite avait été invitée à comparaître devant cet aréopage. « Vous occupez cette position d'autorité depuis le début de la guerre et nous estimons que l'heure est venue de passer le relais à une responsable plus » – Mrs Metcalf marqua une pause, cherchant le mot juste – « plus bienveillante et attentionnée. » Elle-même, naturellement.

Solidement charpentée, Mrs Braithwaite estimait que sa vigueur contrebalançait ce qui lui manquait en taille. Elle avait des cheveux courts encore très bruns malgré ses cinquante ans, un visage bien découpé, résolument rectangulaire, et une bouche qui ne demandait qu'à se pincer. Elle plissa les yeux pour toiser sa vieille voisine et prétendue amie. « Je me suis investie corps et âme dans ce groupe, dit-elle. Et c'est ainsi que je suis récompensée ?

– La vérité, c'est que nous n'en pouvons plus d'être menées à la baguette », lança Patience Metcalf, beaucoup plus directe que sa mère. À vingt-deux ans, Patience avait fait un beau mariage et était restée au village tandis que Betty, la fille de Mrs Braithwaite, avait filé à Londres dès les premiers jours de la guerre. Les enfants de Mrs Metcalf – Patience et son frère Anthony – étaient la perfection même, d'après leur mère. Anthony menait des études universitaires exceptionnellement brillantes et Patience avait déjà trois enfants, ce qui constituait une source de fierté pour Mrs Metcalf et d'exaspération pour Mrs Braithwaite : pourquoi Betty avait-elle toujours le nez dans ses livres ?

Patience jeta un regard de biais aux autres femmes et ajouta : « Et, compte tenu de l'échec de votre mariage, nous nous demandions s'il n'y aurait pas quelqu'un de plus respectable à mettre à la tête…

– Alors c'est ça, le fin mot de l'histoire ! tonna Mrs Braithwaite. Je suis une gêne pour vous toutes parce que je suis divorcée ? »

Dans la salle, toute l'assistance retint son souffle. Les divorces étaient très rares dans la région. Le mot était en général associé à l'imprudence, au relâchement, à la dépravation.

Mrs Metcalf haussa un sourcil condescendant. « Allons, ne nous égarons pas. Ce n'est pas la seule raison. Ce qui s'est passé samedi dernier entre aussi en ligne de compte. »

Mrs Braithwaite sentit le sang lui monter au visage. L'événement en question s'était produit à l'heure du dîner : alors que Mrs Metcalf recevait lady Worthing, présidente honoraire des bénévoles du Service volontaire féminin, elle avait aperçu le visage pâle et charnu de Mrs Braithwaite par la porte-fenêtre de la salle à manger. Après s'être excusée poliment, elle avait ouvert la porte donnant sur la terrasse et passé la tête dans la nuit fraîche. Seule une ombre trapue derrière un buisson en pot trahissait la présence de Mrs Braithwaite.

« Je sais que vous êtes ici ! » avait lancé Mrs Metcalf. Si bien qu'au bout de quelques instants l'intruse fut obligée de sortir de sa cachette. Elle prétendit être à la recherche d'une broche perdue, mais Mrs Metcalf n'était pas dupe. Mrs Braithwaite soupçonnait en réalité le majordome de Mrs Metcalf d'avoir volé le cochon qui avait disparu d'une ferme voisine. Or Mrs Braithwaite, qui adorait le rosbif, le porc et les desserts, était particulièrement affectée par le rationnement. Aussi, dès qu'elle avait appris la disparition dudit cochon, sa passion du mystère l'avait emporté et elle n'avait eu de cesse de découvrir où il était passé, persuadée de le découvrir aujourd'hui rôti, une pomme victorieuse dans la gueule, trônant sur la table de Mrs Metcalf.

« La police a demandé mon concours dans une enquête

importante, expliqua-t-elle au comité avec l'air vertueux de celle qui rend un service à la communauté.

– Vous avez violé une propriété privée, oui ! rétorqua Mrs Metcalf, reniflant triomphalement.

– Mais cette histoire de cochon n'a aucun rapport avec le SVF. Vous ne pouvez vous attendre à ce que je démissionne dans ces conditions.

– Vous devez laisser le comité en décider, dit Mrs Metcalf. En attendant, la réunion est ajournée. »

Ces dames se levèrent et discutèrent entre elles pendant que Mrs Metcalf s'approchait de Mrs Braithwaite pour l'entraîner à l'écart.

« J'aimerais aussi vous rappeler que je suis au courant de cette petite affaire sur laquelle vous avez gardé le silence toutes ces années », dit Mrs Metcalf avec le sourire satisfait de qui connaît un secret et en mesure le pouvoir. « Je crois que votre fille Betty serait très intéressée d'apprendre ce que vous lui avez caché. »

Mrs Braithwaite poussa un soupir furieux qui se termina en grognement. Que Mrs Metcalf fût au courant de la seule chose qu'elle redoutait de voir divulguée, c'était révoltant. Dieu sait l'effet qu'une telle révélation aurait sur sa réputation, sans compter la façon dont Betty en serait affectée. Pendant des années, elle avait essayé d'oublier l'affaire, de la mettre sous le tapis. Mais Mrs Metcalf, telle une divinité vengeresse surgie du passé, agitant un doigt réprobateur et prête à sceller son destin, ne manquait jamais une occasion de la lui rappeler.

Elle remarqua Anthony, le fils de Mrs Metcalf, qui rangeait des chaises au fond de la salle en cherchant à dissimuler un sourire satisfait. C'était un jeune homme mince à l'air chafouin, un peu plus âgé que Betty. Ils avaient été très amis à l'époque où ils prenaient tous les jours le car pour aller au lycée en ville. Il revenait de temps en temps pour voir ses parents et hier, malheureusement il était là.

Mrs Metcalf lui avait-elle révélé son secret ? Le répéterait-il à Betty ?

Furieuse, Mrs Braithwaite rétorqua : « Ça ne se passera pas comme ça. Depuis des mois, vous cherchez à avoir la première place et aujourd'hui, vous m'excluez...

– Ce n'est pas tout à fait exact, coupa Mrs Metcalf. Vous êtes toujours la bienvenue pour participer aux activités avec les autres femmes du village. »

Mrs Braithwaite refréna un rugissement frustré, qui resta dans sa gorge comme un missile non explosé. Depuis le départ de Dickie, le SVF était tout ce qui lui restait. Sans les autres bénévoles à diriger, elle n'aurait plus personne.

Pourtant, si elle n'était plus aux commandes, il était impensable qu'elle participe au groupe comme simple bénévole. Elle avait du sang bleu dans les veines, que diable, même si aujourd'hui elle vivait dans une maison modeste. Pas question pour elle de s'abaisser ainsi.

Elle reprit son calme et se redressa.

« Si vous ne voulez plus de moi ici, je trouverai d'autres personnes qui, elles, apprécieront mon énergie. »

Et sur ces mots, elle jeta à Mrs Metcalf un dernier regard méprisant et partit à grands pas. Mais sa sortie altière fut compromise par une pile de chaises pliantes posées contre la porte qui s'écroulèrent avec fracas, l'entraînant dans leur chute, et Mrs Braithwaite s'étala. Après s'être débattue comme un scarabée retourné, elle réussit à se relever, se redressa et franchit la porte avec ce qui lui restait de dignité.

Elle passa tout le reste de la journée enfermée dans son salon. En regardant le soleil couchant baigner son canapé en cretonne d'une lumière dorée, elle arriva à la conclusion qu'elle devait prendre des mesures radicales. Maintenant que son mari l'avait quittée, que les autres femmes du village la rejetaient et que Mrs Metcalf menaçait de révéler son secret, elle n'avait plus le choix. Il fallait qu'elle aille voir la seule personne qui comptait encore au milieu de tout cela.

Betty.

Elle devait lui révéler la vérité.

Sinon, chaque fois que Mrs Metcalf voudrait asseoir son pouvoir, elle rappellerait à Mrs Braithwaite ce qu'elle savait et menacerait de lâcher son secret sur la petite communauté comme une bombe incendiaire à sa disposition. Mrs Braithwaite ne pouvait pas laisser Betty l'apprendre de Mrs Metcalf ou d'Anthony.

Betty, qui avait presque vingt et un ans, lui avait écrit cinq lettres depuis qu'elle était à Londres. Dans le train qui l'emmenait vers la métropole, Mrs Braithwaite les sortit de son gros sac marron et les feuilleta. La première était courte. Elle l'informait qu'elle logeait dans une pension de famille à Bloomsbury. La deuxième donnait à sa mère une nouvelle adresse : 3, Shilling Lane, à Wandsworth, où elle partageait une maison avec deux autres filles. Les trois dernières lettres étaient tout aussi concises. Betty lui parlait de concerts à l'heure du déjeuner avec des amies, d'une pièce de théâtre qu'elle était allée voir – un mystère policier que tu aurais adoré, maman ! – et d'un merveilleux film inédit, *Autant en emporte le vent*. Elle semblait avoir une activité débordante, apprécier son travail de documentaliste dans une station d'épuration, et se tenir à l'abri des bombes.

Le train commença à ralentir. Les champs cédèrent la place aux maisons, puis aux jardinets de banlieue, pour la plupart transformés en potagers où l'on faisait pousser des légumes, et où il y avait même parfois des poulets et des cages à lapins. Dans un pavillon, elle vit un couple se disputer sur la terrasse. Avaient-ils une liaison ? Des rides réprobatrices plissèrent le front de Mrs Braithwaite. Elle était née sous le règne de Victoria, où l'on ne parlait pas de sexe, et moins encore lorsqu'on s'y adonnait avec un autre que son mari. En fait, Mrs Braithwaite avait été horrifiée en découvrant après son mariage le type d'activité bestiale qu'on attendait d'elle, tout en se disant que la reine Victoria en personne avait dû s'y livrer à un moment ou un autre : elle avait eu neuf enfants, tout de même.

Elle jeta un regard noir aux occupants de son wagon, comme si elle s'attendait à les voir partager ses griefs personnels. Si bien qu'un vieux monsieur assis à côté d'elle, alarmé, s'écarta d'un siège sous l'œil compatissant d'un autre passager.

Le fidèle carnet de Mrs Braithwaite était ouvert sur ses genoux. En général, elle le réservait à des commentaires et notes concernant le SVF, y consignant les noms des bénévoles dont l'aptitude au tricot n'était pas à la hauteur, ou de celles qui avaient été absentes à une réunion.

Aujourd'hui toutefois elle avait des sujets de réflexion plus importants, et son esprit retourna à la question qu'elle s'était posée : *Comment mesurer la réussite de sa vie ?*

Elle nota ce qui lui vint en premier à l'esprit.

À l'aune du prestige social. De la réputation. À la façon dont votre entourage vous perçoit.

C'étaient ces principes qui avaient guidé Mrs Braithwaite. On lui avait inculqué que sa naissance lui conférait naturellement un statut supérieur à celui des autres femmes du village. « Du sang bleu coule dans nos veines », lui avait dit sa très chère et regrettée tante Augusta. Il suffisait de regarder cette vieille dame, avec ses préceptes stricts et son air compassé, pour reconnaître un membre de la haute société. Fille d'un comte, tante Augusta avait veillé à ce que sa gêne financière ne soit jamais confondue avec un fléchissement de ses principes.

Mrs Braithwaite avait été élevée dans l'assurance que leur qualité les mettait au-dessus de tout le monde, ou presque.

Mais comme le souvenir cuisant de l'humiliation de la veille lui revenait, de petites graines de doute commencèrent à germer dans son esprit.

Le long de la voie ferrée, les immeubles se faisaient plus nombreux. Ils se dressaient en ordre dispersé, encrassés par la poussière et les cendres – voire, pour certains, éventrés par les bombes – et elle voyait défiler des rues animées où les piétons trottaient à côté des autobus, des trams et des voitures. Les bruits et l'odeur de fumées en tous genres commençaient à s'infiltrer dans le compartiment, irritant les oreilles et le nez. Le train ralentit progressivement et finit par avancer au pas en traversant la Tamise, large et grise, avant de s'arrêter en gare de Victoria.

Mrs Braithwaite avait oublié qu'il fallait être debout devant la portière pour être dans les premiers à descendre, aussi bouscula-t-elle le vieux monsieur et quelques femmes plus jeunes en les écartant à coups de sac à main.

« Il n'y a pas le feu, ma petite dame, lança l'une des jeunes femmes avec un gloussement moqueur.

– J'ai une fille à retrouver, moi », rétorqua Mrs Braithwaite d'un ton péremptoire.

Et, la main crispée sur son sac, elle se dirigea d'un pas décidé vers le vaste parvis de la gare. Elle prit une grande inspiration et se mit à scruter l'énorme panneau d'affichage pour trouver un train à destination de Wandsworth Common, la tranquille banlieue sud où Betty venait de s'installer.

2

Épuisée par ses efforts, Mrs Braithwaite descendit du petit train de banlieue à Wandsworth Common et demanda au chef de gare le chemin de Shilling Lane.

« Prenez cette rue, et vous trouverez Shilling Lane juste en face quand vous aurez traversé l'esplanade – la grande pelouse. Vous ne pouvez pas la rater. » Puis, voyant qu'elle commençait à se plaindre du poids de sa valise, il fila vers son bureau.

Quel manque d'éducation déplorable, se dit-elle. Ce n'était pas comme s'il y avait foule pour acheter des billets, quand même ! Elle avança cahin-caha, traînant sa valise sur les huit cents mètres qui la séparaient du numéro trois, une maison victorienne individuelle donnant sur l'esplanade. Elle avait belle apparence, avec des fenêtres mansardées indiquant qu'elle pouvait loger un domestique ou deux, un luxe que seuls les riches pouvaient s'offrir à l'heure actuelle, s'ils parvenaient à garder leur personnel. Lady Worthing, à ce qu'on disait, avait perdu la moitié de ses femmes de chambre, qui avaient préféré aller travailler dans une usine de bombes où elles gagnaient trois fois plus. Apparemment, elles avaient sauté sur l'occasion.

Jadis une femme venait tous les après-midi chez Mrs Braithwaite faire le ménage et la cuisine, mais lorsque Dickie s'était mis à voyager dans tout le pays pour participer à des réunions commerciales, il avait insisté pour qu'ils se passent de ses services, sous prétexte qu'ils n'avaient pas les moyens.

Tenir une maison était déjà en soi un vrai casse-tête. Et le soupçon que les réunions auxquelles il se rendait n'étaient pas de nature strictement commerciale avait encore ajouté aux soucis de Mrs Braithwaite.

Elle traversa le minuscule jardin de devant et frappa vigoureusement à la porte abritée par un porche. À sa grande surprise, ce fut un petit homme d'un certain âge qui vint ouvrir.

« En quoi puis-je vous aider ? » demanda-t-il d'une voix aussi fluette qu'il l'était lui-même. Et ce manque d'épaisseur trouvait un écho dans son visage, ses lunettes cerclées de métal gris et ses cheveux clairsemés laissant voir son crâne, luisant et taché de rose comme une énorme bille. Il avait des yeux d'un bleu très clair qui faisaient penser à ceux d'un lapin apeuré.

« Puis-je entrer ? »

Elle pénétra au pas de charge dans l'étroit vestibule, heurtant de sa valise une console sur laquelle étaient posés une pendulette, une grande coupe contenant une collection de boîtes d'allumettes, et un assortiment d'éléphants miniatures, qu'elle poussa de côté afin de faire de la place pour son sac.

« Je suis venue voir ma fille, Betty Braithwaite, annonça-t-elle.

– Je regrette, mais elle n'est pas là pour l'instant », dit-il poliment, se penchant pour remettre les éléphants en place. Ses lunettes avaient légèrement glissé sur une bosse de son long nez osseux et il les redressa d'un petit mouvement sec de sa main propre et lisse. Mrs Braithwaite se demanda si c'était un ancien ecclésiastique.

« Elle n'est pas là ? » Elle s'efforça de ne pas paraître alarmée. Ne pas trouver Betty chez elle en arrivant à Londres était la dernière chose à laquelle elle s'était attendue. Pourtant, c'était Betty tout craché : active, travailleuse. « Quand rentre-t-elle ?

– Eh bien, justement, fit-il d'un ton inquiet, nous ne le savons pas. »

Elle le toisa. « Comment ça, vous ne savez pas ! Où est-elle ?

– En fait, nous ignorons où elle est allée, annonça-t-il non sans embarras. Elle n'est pas rentrée depuis vendredi. »

Mrs Braithwaite sentit le sang refluer de son visage et planta son regard dans celui du gringalet qui lui faisait face. Si seulement elle pouvait le saisir aux épaules et le secouer comme un prunier jusqu'à ce qu'il change de refrain ! « Nous sommes mardi. Sans nouvelles d'elle depuis vendredi ! Et à aucun moment vous n'avez songé à appeler la police, contacter sa mère ?

– C'est-à-dire que je n'étais pas sûr…

– Qui êtes-vous, d'abord ? » Elle avait haussé la voix et regardait autour d'elle, en quête d'un interlocuteur plus satisfaisant. « Où sont les filles dont elle m'a parlé ?

– Je suis son propriétaire, Mr Norris. » Il tendit une main molle à Mrs Braithwaite. Elle examina la main, qui paraissait propre, et la serra avec circonspection.

« Je croyais que Betty habitait avec des jeunes filles de son âge.

– Oui, elles sont deux : Florrie et Cassandra.

– L'une des deux doit bien savoir où elle est. Auriez-vous la bonté d'aller les chercher ?

– Je regrette, mais elles ne sont pas là.

– Où sont-elles, alors ? Ne me dites pas qu'elles ont disparu elles aussi ? »

Mr Norris pressait discrètement ses mains l'une contre l'autre, très embarrassé. « Non, non, elles sont au travail.

Cassandra rentre en général vers cette heure-ci, sauf quand elle passe la soirée dehors.

– Que voulez-vous dire ? » Mrs Braithwaite ouvrit son carnet. « Elle ne sortirait quand même pas le soir sans s'être changée ? »

Il étouffa un petit rire. « La vie à Londres est terriblement mouvementée, Mrs Braithwaite. Nous avons de très longues journées de travail, faisons du volontariat en plus et essayons de trouver le temps de dormir entre deux bombes. Rentrer se changer est devenu un luxe, surtout pour ceux qui aiment sortir.

– Vraiment ? Et Cassandra est du lot ?

– Ma foi, elle a l'air d'aimer les soirées en ville, si c'est ce que vous voulez dire. »

Elle nota ce détail pour compléter le profil de Cassandra qu'elle venait d'ouvrir dans son carnet.

« Et à quelle heure doit-on attendre Florrie ?

– Ah, Florrie travaille tard et ne sera pas de retour avant dix heures ce soir. Il vous faudra revenir demain.

– Revenir demain ? » Mrs Braithwaite sentait la moutarde lui monter au nez. « Betty a disparu et puisque personne ne paraît se soucier de la chercher, je vais devoir la retrouver moi-même, voilà tout ! Et si cela suppose de rester ici, eh bien, c'est ce que je vais faire. » Là-dessus, elle reprit sa valise, s'attendant à ce qu'on lui montre le chemin.

« Vous n'avez donc pas retenu de chambre d'hôtel ? s'enquit nerveusement Mr Norris. Il y a en ville un établissement qui loue des chambres. Petites, mais très agréables...

– Je logerai dans la chambre de Betty, annonça-t-elle. Elle a payé son loyer, non ?

– Mais vous n'êtes pas Betty, et elle n'a payé que jusqu'à samedi, protesta-t-il, pris de court. Après cette date, il faudra que je propose la chambre à quelqu'un d'autre. En temps de guerre, il y a pénurie d'hébergements, vous savez. Avec les bombardements, beaucoup de gens sont à la rue. J'ai une liste d'attente au cas où une chambre se libérerait chez moi. »

Un pli barra le front de Mrs Braithwaite. « Soit. Je resterai jusqu'à samedi. J'espère l'avoir retrouvée d'ici là.

– Après cela, vous rentrerez chez vous ?

– Évidemment ! Où voulez-vous que j'aille ? »

Sur ces mots, elle commença à monter l'escalier. Si ce petit homme ridicule ne voulait pas lui montrer la chambre de sa fille, elle allait la trouver toute seule.

Il se dépêcha de la rattraper et lui indiqua l'une des portes du palier : « C'est celle-ci. »

La chambre était sommairement meublée et plutôt triste. Un lit soigneusement fait, couvert d'un édredon fatigué, en occupait la moitié. De l'autre côté, une coiffeuse était coincée entre une commode et un fauteuil à dos droit, marron et miteux, qui n'avait pas dû être retapissé depuis la dernière guerre.

« C'est ma plus petite chambre, déclara Mr Norris, l'air gêné. Les deux autres locataires étaient là avant Betty et naturellement, elles ont pris les plus spacieuses. Mais Betty ne s'est jamais plainte. »

Mrs Braithwaite promena autour de la pièce un regard consterné.

Est-ce à cela que se réduisait la vie de sa fille ?

Sur la coiffeuse étaient posées une grande pile de livres, sa brosse à cheveux – celle-là même qu'elle avait depuis toute petite – et quelques barrettes soigneusement rangées sur le côté. Sinon, rien ne traînait. À se demander si Betty existait vraiment.

Pour Mrs Braithwaite, l'espace où l'on vivait était comme une vitrine de ses réussites, de son style, de son éducation. Son propre mobilier, élégant quoique fatigué, son très ancien piano (qui aurait eu grand besoin d'être accordé) et sa petite collection de verres à whisky en cristal et de tasses à thé Royal Doulton, tous utilisés avec parcimonie, étaient la quintessence du bon goût. Betty au contraire semblait avoir pris le parti diamétralement opposé. Ses objets personnels participaient tous de la plus extrême discrétion. Fallait-il y voir le désir de sauvegarder sa vie privée, ou une tentative pour cacher le moindre petit détail la concernant ?

« Je savais que je n'aurais jamais dû la laisser partir à Londres », dit-elle.

Une fenêtre donnait sur le jardin de derrière, sur les toits de maisons fracturées par les bombes, et soudain l'idée que Betty avait pu être tuée dans un bombardement la traversa. « Y a-t-il eu des bombardements vendredi soir après le départ de Betty ? » reprit-elle.

Beaucoup de gens ne rentraient jamais chez eux après les raids aériens. Ils étaient tués par les bombes en chemin, ou ensevelis sous les décombres. Elle l'avait appris dans les journaux. Impossible de savoir s'ils étaient vivants ou morts sauf à partir à leur recherche en allant vérifier sur les sites bombardés ou dans les hôpitaux. À moins qu'une autorité quelconque ne vous adresse un courrier après la découverte d'un corps. Faute d'avoir une adresse – ou de pouvoir en trouver une –, le nom du défunt était publié dans le journal. Si son identité était connue.

« Non, il n'y a eu aucun raid aérien ni vendredi ni samedi », déclara Mr Norris.

Mrs Braithwaite se rendit compte qu'elle avait retenu sa respiration. L'idée que Betty avait pu se faire tuer avant qu'elle ne l'ait retrouvée était insupportable. Comme elle avait hâte de la voir !

« Peut-être est-elle partie ? hasarda-t-elle après un rapide coup d'œil sous le lit et au-dessus de l'étroite armoire. Sa valise n'est pas là. » Elle se tourna vers Mr Norris. « A-t-elle fait allusion à un éventuel voyage ?

– Non, mais les filles ne me disent pas toujours si elles rentrent ou non. Si sa valise n'est pas là, c'est sans doute qu'elle est allée passer quelques jours chez des amis. Elles font souvent ça, surtout si elles ont quelques jours de congé.

– Ah oui ? » répondit Mrs Braithwaite en se laissant tomber sur le lit. L'agacement prit le pas sur l'inquiétude. « C'est tout Betty, ça : partir quand j'ai besoin de la voir. Je me demande où elle est allée. »

Mr Norris resta debout près du lit à se tordre les mains et elle leva vers lui des yeux exaspérés : il était à l'évidence totalement dépassé par les événements. Il n'y avait rien à attendre de lui ! À vue de nez, il devait avoir plus de cinquante ans. Trop vieux pour s'engager. Pourquoi le malheureux était-il resté à Londres ? Il paraissait mort d'angoisse.

« Dites-moi, Mr Norris, que faites-vous dans la vie ?

– Je suis comptable dans un cabinet d'avocats de la City. C'est un emploi réservé, donc je suis obligé de rester à Londres. Ce que j'aurais préféré éviter, franchement. » Puis, comme s'il se rendait compte que sa remarque manquait de patriotisme, il ajouta d'un ton plus léger : « Enfin, le pire semble être passé. Nous avons eu des raids de bombardiers jour et nuit pendant huit semaines d'affilée au début. J'ai fini par aller coucher dans l'abri du quartier pour ne pas avoir à me lever en plein milieu de la nuit. On s'habitue à dormir sur le béton au bout d'un moment, vous savez. »

Comment une ville entière pouvait-elle vivre ainsi, à camper dans des abris de fortune ou à s'y précipiter au milieu de la nuit ? Cela sembla tout à coup impensable à Mrs Braithwaite. Et maintenant qu'elle y pensait, justement, le manque de sommeil combiné au danger renouvelé, soir après soir, et aux affres où vous plongeait le sort de ceux dont vous étiez sans nouvelles devait représenter une épreuve effroyable. Pas étonnant que ce pauvre homme ait l'air à bout de forces !

Mrs Braithwaite le regarda avec un peu plus de respect. Elle n'avait pas beaucoup réfléchi au Blitz. Il avait commencé en septembre dernier et dévasté les villes pendant le long hiver. C'était le printemps à présent et si les avions venaient toujours, les bombardements n'avaient plus lieu chaque nuit ni toute la nuit. Elle avait entendu parler des bombes à la radio, bien entendu, mais entre le divorce et ses responsabilités au SVF d'Ashcombe, elle n'y avait pas prêté autant d'attention qu'elle l'aurait sans doute dû.

Un ange passa et Mr Norris regarda sa montre. « Ah, il faut que j'aille dîner et me préparer pour demain matin. Vous devriez pouvoir trouver à manger dans un restaurant si vous retraversez l'esplanade. Si vous voulez voir Florrie, il vous faudra l'attendre dans l'entrée car en général elle va se coucher directement.

– Je dînerai ici avec vous, annonça Mrs Braithwaite d'autorité.

– Vous oubliez le rationnement ! » s'écria Mr Norris, suffoqué. Il la regarda comme si, avec sa corpulence, elle était capable d'avaler tout cru un homme de sa taille. « Je ne peux pas partager nos rations ! Chacun ici a sa portion, et si nous partageons nos rations avec vous, nous n'aurons plus assez. » Puis il ajouta d'une manière appuyée : « Puisque vous ne restez que jusqu'à samedi, il vous faudra manger dehors. »

C'était le bouquet ! Elle avait affaire à un crétin respectueux des consignes et obsédé par les chiffres. Elle se leva, noua sous son cou son foulard beige et bordeaux, et passa devant lui pour sortir. « Puis-je vous demander une clé pour la porte d'entrée ?

– Je n'ai qu'un double, que je garde en cas d'urgence.

– Mais *c'est* une urgence. Ma fille a disparu et puisque

personne apparemment ne s'en soucie, j'ai bien l'intention de la retrouver. »

Elle tendit la main, paume ouverte, ne laissant d'autre choix à Mr Norris que d'obtempérer. Il sortit un gros trousseau de clés, en prit une et la détacha du porte-clés.

« Merci », dit-elle en refermant la main sur la clé.

Sur ce, elle tourna les talons et sortit dans la nuit qui tombait, en quête d'un dîner.

3

Mrs Braithwaite attendait près de la porte d'entrée lorsque Florrie rentra vers dix heures ce soir-là. Mr Norris s'était retiré : il devait loger à l'étage des chambres de bonnes, tout en haut de la maison. Après avoir inspecté attentivement le salon, la salle à manger et la cuisine, Mrs Braithwaite avait déniché un tabouret qu'elle avait transporté dans l'entrée et installé entre la porte et l'escalier, de façon à ne manquer personne. La fille qui entra en trombe était passablement ébouriffée. Ses cheveux auburn bouclaient dans son cou et sur ses épaules et les tentatives pour les attacher avaient lamentablement échoué. Quand elle se redressa, Mrs Braithwaite se rendit compte qu'elle était vraiment superbe, avec sa silhouette élancée tout en courbes. Elle portait une robe d'été couleur lilas, gaie à l'œil, évasée à partir de la taille et dont le tissu souple suivait chacun de ses mouvements. Un imperméable beige foncé était posé sur ses épaules comme si elle n'avait pas eu le temps de l'enfiler. Elle avait un visage en forme de cœur, un petit menton insolent et un grand sourire aux lèvres. Des taches de rousseur constellaient la racine de son nez et elle avait un délicieux petit grain de beauté sur une joue. Ses yeux noisette étaient pailletés d'un brun orangé qui pétillait malgré la lumière chiche de l'entrée. Jolie et séduisante.

« Bonsoir ! » Mrs Braithwaite se leva et s'approcha d'elle.

Prise au dépourvu, Florrie sursauta et lâcha tout ensemble le journal qu'elle tenait, un sac en papier empli de pommes de terre et de carottes, et son sac à main, dont le contenu se dispersa bruyamment sur le parquet sombre.

« Ce que je peux être empotée ! » s'exclama-t-elle avec un rire nerveux en se penchant maladroitement pour tout ramasser.

Mrs Braithwaite se présenta, dit qu'elle était la mère de Betty et aida Florrie à rassembler les objets hétéroclites tombés de son sac : deux rouges à lèvres, une boussole, une lampe de poche, deux petits cadenas, une bague argentée, deux flacons de comprimés et rien de moins que cinq stylos.

Florrie se redressa et la regarda, incrédule. « Vous êtes la mère de Betty ?

– Oui, c'est ce que j'ai dit. Je suis Mrs Braithwaite. Et vous, vous devez être Florrie ? »

La jeune fille partit d'un rire qui secoua tout son corps. Mrs Braithwaite recula, heurtant la console, ce qui fit tomber les éléphants.

« Oui, c'est bien ça. Encore qu'on m'appelle parfois Rita, comme Rita Hayworth, ajouta-t-elle en gloussant et en rajustant sa coiffure. Et vous êtes venue voir Betty ?

– Oui, et j'ai fait tout ce chemin pour découvrir au bout du compte qu'elle a disparu, répondit-elle, posant sur Florrie un regard solennel. J'espère que vous allez pouvoir éclaircir ce mystère… »

Florrie haussa les épaules. « Ma foi, je ne suis au courant de rien. Voyons, la dernière fois que je l'ai croisée, c'était jeudi soir. Elle avait eu rendez-vous avec un type et j'ai cru comprendre qu'ils s'étaient disputés. Quand elle est rentrée, tard, elle avait l'air contrariée.

– Un type ? Mais quel type ? » demanda Mrs Braithwaite,

assaillie par des émotions contradictoires : un désir impérieux de protéger sa fille, le dépit (pourquoi Betty ne lui avait-elle parlé de rien ?), puis l'inquiétude concernant le sujet de la dispute (Betty était-elle capable de se défendre ?) et finalement un indéniable soulagement à l'idée que Betty acceptait enfin d'avoir un amoureux. Elle ne s'était jamais intéressée aux garçons, mis à part Anthony Metcalf, bien entendu. Betty et Anthony étaient inséparables enfants, mais plutôt comme frère et sœur (bien que Mrs Braithwaite n'ait à aucun moment souhaité être associée de quelque façon à la mère de ce dernier, l'infâme Mrs Metcalf). Anthony partageait avec Betty l'amour de la science. Oui, ils adoraient tous les deux la biologie, et plus précisément une discipline qu'on appelait la génétique.

« Je ne connais pas le nom de son petit ami, ou plutôt son ex-petit ami à présent. J'ai cru comprendre qu'il l'avait beaucoup déçue, dit Florrie d'une manière théâtrale. Il lui a caché des choses, une autre fille peut-être. Elle en a conclu que ça ne pourrait pas marcher, mais elle ne m'a pas donné de détails. Vous savez, nous allions nous coucher l'une et l'autre après le raid aérien de jeudi. Il était environ trois heures du matin et elle devait avoir un rendez-vous important le lendemain matin.

– Vous l'avez vue le matin ?

– Non. Je fais partie de l'équipe du soir au standard téléphonique, alors le matin, je ne me lève pas de bonne heure. Quand je suis descendue, elle était partie.

– Vous vous attendiez à la voir vendredi soir ? »

Florrie essaya sans succès de cacher un bâillement. « Par les temps qui courent, chacun mène sa vie, Mrs Braithwaite. Avec moi, c'est toujours le grand bazar. ». Elle eut un petit rire d'autodérision et poursuivit : « Il faut dire que j'aime bien le bazar ! »

Une déclaration que confirmait manifestement sa façon de

s'habiller, pensa Mrs Braithwaite en regardant la robe lilas, que Florrie avait dû enfiler sans la repasser.

« Oui, je veux bien le croire.

– Bref, j'ai proposé à Betty de venir à une soirée samedi, histoire de lui changer les idées après ce qui s'était passé avec son petit ami, mais elle m'a dit qu'elle n'était pas libre et ne serait sans doute pas là. Je n'ai pas compris ce qu'elle voulait dire au juste, et je me suis demandé si elle allait quitter la ville.

– Où croyez-vous qu'elle ait pu aller ?

– Elle s'absente souvent. Je crois qu'elle a parlé d'une connaissance à Sevenoaks. Peut-être est-elle allée là-bas ?

– Sevenoaks ? C'est une ville juste au sud de Londres, non ? » Mrs Braithwaite esquissa une moue très réprobatrice. « Je ne l'ai jamais entendue parler de qui que ce soit habitant Sevenoaks. Un autre jeune homme, peut-être ?

– Ma foi, c'est possible », répondit Florrie avec un haussement d'épaules.

Mrs Braithwaite prit une grande inspiration. Dire qu'elle était venue exprès pour partager son secret avec sa fille, et que Betty était partie à Sevenoaks voir quelqu'un qu'elle ne connaissait à l'évidence même pas très bien. Elle était vraiment incroyable.

« Non mais, franchement ! s'exclama-t-elle. Demain matin, j'irai à la station d'épuration pour voir ce qu'ils pourront me dire. La réunion exceptionnelle aura peut-être duré plus longtemps que prévu. Sinon, elle a dû demander un congé. » Elle sentit son moral remonter en formulant ces hypothèses nettes et précises. « Ils pourront m'informer de la date de son retour. »

Florrie pinça les lèvres : « Eh bien, bonne chance ! » Et elle se hâta d'ajouter : « Je suis sûre qu'elle ne va pas tarder à refaire surface. »

4

Assise dans le train le lendemain matin pour se rendre à la station d'épuration de Bexley, Mrs Braithwaite ne put s'empêcher de se demander pourquoi sa fille unique n'avait pas choisi un travail de bureau dans un endroit plus reluisant : avec son intelligence et ses diplômes, elle aurait pu obtenir un poste n'importe où.

Lorsque la guerre avait éclaté, des milliers de jeunes femmes avaient afflué à Londres pour remplir les emplois – secrétariat, administration ou conduite d'engins divers – occupés en temps normal par des jeunes gens qui avaient dû partir au front. Mrs Braithwaite comprenait mal pourquoi ces filles tenaient tant à partir de chez elles et à prendre le risque de vivre dans une ville susceptible d'être bombardée – alors que la moitié de la population de Londres s'exilait pour se mettre en sécurité à la campagne. Mais apparemment, les salaires étaient bons, les emplois intéressants, et la ville offrait un choix infini de fêtes, divertissements frivoles et autres dévergondages.

La contrariété la suffoqua. Cela ne ressemblait guère à Betty de rechercher fêtes et soirées. Elle avait toujours préféré les tenues ordinaires aux jolies robes, au grand dam de Mrs Braithwaite qui, elle-même, passait pour une beauté quand elle était jeune. Elle se souvenait du mariage de sa cousine, où elle avait rencontré son futur mari. Il l'avait invitée à danser et elle avait veillé à se montrer réservée, à refréner son exubérance naturelle. Elle aurait tout le temps de s'exprimer une fois mariée, lui avait dit tante Augusta.

Rétrospectivement, le conseil ne s'était pas avéré aussi judicieux qu'elle l'avait cru sur le moment.

Mrs Braithwaite poussa un long gémissement. Tous ses problèmes venaient de son ex-mari, Mr Richard Braithwaite – Dickie. Doté d'un physique assez quelconque, Dickie compensait par le charme son absence d'attraits. Son abord facile et sa jovialité avaient totalement séduit Mrs Braithwaite, comme toutes ses autres conquêtes, y compris la femme qu'il avait épousée après elle.

Après le divorce, elle avait été mise à l'écart par les femmes du village au moment où elle aurait justement eu besoin d'être entourée. Le SVF avait été *sa* réussite à elle. Les ventes de charité récoltaient de l'argent. Les ateliers de couture et les groupes de tricot fonctionnaient comme des mécaniques bien huilées. Les évacués étaient hébergés et les enfants scolarisés. Sa cantine était la mieux organisée du pays. C'était elle qui avait tout dirigé.

Et maintenant, on lui avait tout enlevé.

Elle n'avait plus rien ni personne.

Betty était le dernier élément tangible dans sa vie.

Elle se souvenait de sa fille bébé, avec sa façon d'arquer son petit dos lorsqu'elle était assise sur le parquet du salon. Elle se la rappelait enfant, avec sa crinière brune et bouclée, en train de danser et de chanter dans la maison, qu'elle emplissait de fantaisie. Et plus tard, quand elle avait grandi, tous ces jeux : dominos, mots croisés, interminables parties de cartes. De temps à autre, elles restaient toutes les deux à la table de la salle à manger, à battre les cartes et à les distribuer. À un certain stade – Mrs Braithwaite n'aurait su au juste dire quand –, elle avait cessé de laisser Betty gagner, et un peu plus tard, c'était Betty qui l'avait laissée gagner, s'assurant qu'à la fin de chaque jeu, elles étaient à égalité.

Mrs Braithwaite disait toujours : « Seigneur, on a encore fait match nul, Betty ! » Et sa fille lui répondait avec un petit sourire entendu : « Bien joué, maman ! »

Mais en grandissant, Betty avait eu moins besoin de sa mère. Elles avaient eu moins de choses en commun. Entre ses activités auprès des dames du village et tante Augusta qui était venue habiter chez eux lorsque Betty avait neuf ans, Mrs Braithwaite avait été très occupée. À un moment donné, elle avait décidé que sa fille avait l'âge d'être autonome.

Elle, elle avait sa vie à mener.

Puis, quand la guerre était devenue imminente, Betty était partie à Londres. Mrs Braithwaite se souvenait de ce jour-là avec un pincement de regret. Betty avait préparé posément ses affaires et était descendue dans l'entrée avec sa vieille valise marron toute cabossée dont elle avait rafistolé la poignée à l'aide d'une ficelle.

« Eh bien, au revoir, maman », avait-elle dit de ce ton pensif et sérieux bien à elle. Elle avait mis un feutre noir sur ses boucles brunes et un imperméable gris dont la ceinture serrait sa taille mince.

« Tu ne feras pas de sottises, hein ? » avait lancé Mrs Braithwaite, songeant aux histoires de jeunes filles qui se retrouvaient enceintes après avoir jeté la morale aux orties « au cas où une bombe aurait eu leur nom gravé dessus ». Non que Betty parût s'intéresser beaucoup aux hommes, mais allez savoir.

« Bien sûr que non ! » avait répondu sa fille en penchant la tête de côté comme pour dire : « Ce que tu peux être bête ! »

Et puis il y avait eu un moment de gêne lorsque Betty s'était tournée vers elle en attendant autre chose, un baiser sur la joue, peut-être, ou une étreinte. Or les gestes d'affection n'étaient pas le fort de Mrs Braithwaite. Dans leur famille, on n'était guère démonstratif, et elle préférait s'abstenir de toucher les autres.

Un mot décrivait exactement le sentiment inscrit sur le visage de Betty : chagrin.

« Tu te souviens, quand j'étais petite, comme je courais vers toi pour avoir un câlin ? » avait-elle lancé de but en blanc. Elle s'était approchée de quelques pas et avait essayé de dissiper la gêne avec un petit rire.

Mrs Braithwaite avait reculé d'un pas. « Ce sont des manières d'enfant, tu sais, avait-elle répondu d'un ton sans appel. Attends d'en avoir et tu comprendras.

– Il n'est pas sûr que j'en aie », laissa tomber Betty d'une voix étranglée. Elle se tourna vers la porte. « Je ne suis pas certaine de vouloir être mère. Ça a l'air tellement dur et épuisant. À quoi bon ? »

Mrs Braithwaite comprit ce que Betty laissait entendre : que, d'après sa propre expérience, ses rapports avec sa mère avaient manqué de chaleur et d'intimité. Elle préféra ignorer la remarque, estimant qu'il était trop tard. Plus vite Betty aurait passé la porte et moins elle aurait à y penser. Elle prit une grande inspiration et regarda sa fille unique, valise à la main, sortir seule de la maison.

Le départ de Betty marqua le début de la fin pour le couple Braithwaite. En l'absence de sa fille, Dickie partit de plus en plus souvent en voyages professionnels. Jusqu'au jour où il ne rentra tout simplement pas. Les papiers pour le divorce arrivèrent la semaine suivante.

Pendant cette période, Betty était à Londres, elle n'avait donc pas assisté aux pires moments : aux disputes vaines, à l'amertume, au froid glacial qui avait envahi ce qui était autrefois un foyer. Mrs Braithwaite avait souffert en voyant que Betty gardait des contacts étroits avec son père. Elle tenait de lui, avec sa minceur, son habitude de croiser les bras et son demi-sourire. Mrs Braithwaite avait eu moins de mal à se détourner d'elle.

Quand le train entra en gare de Bexley, Mrs Braithwaite se sentait très mal à l'aise : comment avait-elle pu être aussi froide ? Le constat fit naître une résolution très claire : elle devait réparer ses torts.

Quoi qu'elle se fût attendue à trouver en arrivant, le bâtiment abritant la station d'épuration de Bexley était beaucoup plus imposant, ostentatoire même, que son titre ne le laissait présager.

« Vous savez, madame, pour les victoriens, le traitement des eaux usées était révolutionnaire et représentait une amélioration colossale », déclara d'une voix nasillarde la jeune femme qui la conduisit de l'accueil jusqu'au cœur du vaste immeuble aux dimensions de cathédrale. Elle se retourna et lui sourit. « C'est drôle, il arrive que ça sente un peu, mais ça a toujours fière allure.

– En effet », acquiesça Mrs Braithwaite, qui n'en pensait pas un mot.

La décoration intérieure était à mi-chemin entre la salle d'apparat du Parlement et des toilettes publiques prétentieuses. Leurs pas se réverbéraient dans les couloirs très hauts de plafond et elles atteignirent la partie la plus opulente du bâtiment, qui abritait les bureaux de la direction.

« Voici Mrs Braithwaite, annonça la jeune femme à une collègue plus âgée qui se trouvait derrière un bureau. Elle est venue voir sa fille qui travaille ici.

– Quel nom, je vous prie ? demanda la collègue sans sourire.

– Elle s'appelle Betty Braithwaite », répondit Mrs Braithwaite en articulant distinctement. Elle avait toujours une prononciation très claire. D'après tante Augusta, cela vous mettait d'emblée au-dessus du commun des mortels.

« Nous n'avons aucune Betty ici », lança la femme à Mrs Braithwaite en lui jetant un regard visiblement destiné à la faire rentrer sous terre.

« Ce n'est pas possible ! Elle m'a dit qu'elle travaillait ici. » Mrs Braithwaite sortit son petit paquet de lettres. Elle en choisit une, l'ouvrit et la brandit sous le nez de son interlocutrice. « Regardez, c'est ce qui est dit ici. »

La femme saisit la lettre avec brusquerie, l'examina, puis la rendit d'un geste agacé. « Cette lettre date de septembre 1939. Votre fille a peut-être changé de travail depuis. »

S'il était une chose que Mrs Braithwaite détestait, c'était d'être prise en défaut, mais pour une fois, elle résista à la tentation d'élever la voix et d'ordonner à cette insupportable créature de lui retrouver sa fille. Avec une perspicacité inhabituelle, elle comprit qu'insister ne la mènerait à rien ; il lui fallait se montrer polie, et surtout patiente.

« Je me demande si vous pourriez regarder les dossiers et me dire quand elle est partie d'ici », fit-elle alors avec un aimable sourire.

La femme leva vers elle des yeux exaspérés et poussa un grand soupir. « Oh, soit », dit-elle et, écartant son registre, elle se dirigea de mauvaise grâce vers un meuble classeur.

Après avoir cherché dans quatre tiroirs, elle revint, une feuille à la main. « Voici la seule trace que nous ayons depuis le début de la guerre. Il est précisé ici que Betty travaille aux archives. Or nous sommes aux archives et jamais nous n'avons eu de Betty parmi nous.

– Si c'est ce qui est dit, elle doit travailler chez vous. »

La femme croisa les bras. « Eh bien moi, je vous dis que non. Il n'y a ici que la vieille Mrs Allen et moi. Personne d'autre n'est autorisé à toucher les dossiers.

– Peut-être travaille-t-elle dans une autre partie du bâtiment sans qu'on ait signalé son changement d'affectation ? »

L'attitude de son interlocutrice commençait à exaspérer sérieusement Mrs Braithwaite. Elle s'avança vers son bureau et approcha d'elle un large visage renfrogné.

L'autre se borna à pincer les lèvres et rétorqua : « Je regrette, madame, mais nous n'avons aucune autre trace d'elle : aucune Betty, aucune Braithwaite. » Elle se radoucit légèrement et reprit : « Peut-être devriez-vous essayer l'hôpital St Thomas. En ce moment, c'est là qu'on retrouve beaucoup de disparus, soignés après avoir été blessés par les bombes. » Elle tira vers elle son registre et reprit son travail, se bornant à ajouter : « Bonne journée !

– Ma foi, j'aimerais pouvoir vous en dire autant », ronchonna Mrs Braithwaite, qui lui lança un dernier regard menaçant avant de se diriger vers la sortie.

Il s'était mis à pleuvoir et de grosses gouttes froides s'écrasaient à ses pieds, comme si le ciel s'effondrait lentement autour d'elle. Elle renoua son foulard.

Betty lui avait menti.

Mais pourquoi ?

Et où était-elle à présent ?

5

Mrs Braithwaite n'aimait pas les hôpitaux. La première fois qu'elle y avait mis les pieds, elle avait six ans. Elle y avait repris connaissance, grelottante de fièvre, atteinte d'une pneumonie, entre la vie et la mort. Et sans aucune visite de ses parents. Mais elle ne devait pas penser à cela pour l'instant et elle se hâta d'enfouir la séquence d'images confuses au fond de son cerveau, comme tante Augusta lui avait dit de le faire chaque fois qu'elles remontaient à la surface.

Cependant, depuis cet épisode, la seule évocation de l'hôpital provoquait en elle un sombre pressentiment qui lui coupait le souffle. Elle allait devoir rassembler à nouveau tout son courage.

Betty pouvait être blessée, mourante, ou pire encore. Il fallait qu'elle la retrouve.

Elle hésita avant de pénétrer dans le bâtiment victorien massif, se sentant oppressée. Alors elle prit une grande inspiration et avança d'un pas décidé, malgré les souvenirs qui l'assaillaient – le froid glacial, l'odeur d'antiseptique, les infirmières qui chuchotaient : « Elle vit toujours ? » Autant d'images fugaces qu'elle devait s'efforcer d'apprivoiser au lieu de les refouler : il était exclu que cette très ancienne phobie l'empêche de retrouver Betty.

Tante Augusta l'avait toujours dissuadée de trop réfléchir : « Ce n'est pas ainsi que nous avons conquis l'Empire », insistait-elle. La mort en particulier était un sujet à éviter, surtout celle de ses parents. C'est pourquoi on l'évoquait très rarement. Eux aussi, d'ailleurs : quand on parlait d'eux, c'était toujours de façon brève et avec une certaine brusquerie.

Lorsqu'elle fit ses premiers pas à l'intérieur de l'hôpital, l'immense galerie du hall se mit à tourner. Elle se cramponna à un des bureaux de l'accueil et s'efforça de s'orienter.

« Ça va, madame ? » demanda une des préposées à l'accueil, quittant son poste pour venir glisser une main sous son coude et la soutenir. « Le service des urgences est sur votre gauche après ces portes.

– Je suis venue voir si ma fille est ici, expliqua Mrs Braithwaite, encore ébranlée. Depuis vendredi, on ne l'a plus revue.

– Je regrette, mais vous allez devoir faire la queue là-bas. » La fille désigna un bureau isolé devant lequel une file s'étirait jusqu'à la porte d'entrée.

« Merci », répondit Mrs Braithwaite. Elle fronça les sourcils en regardant la queue, ce qui eut au moins le mérite de la distraire de ses hantises.

Elle avait horreur des queues, quelles qu'elles fussent. À l'évidence, l'importance de sa mission lui donnait le droit de passer devant tout le monde, compte tenu de l'importance de son temps.

Elle fonça donc.

L'homme qu'elle bouscula eut l'air furieux une seconde, mais quand il croisa le regard peu amène de Mrs Braithwaite, il s'écarta, ne sachant trop comment réagir.

« Resquilleuse ! » cria une femme plus loin dans la file. D'autres voix se joignirent à la sienne.

Mrs Braithwaite, elle, était déjà devant la secrétaire et posait un doigt sur une liste, exigeant qu'on retrouve sa fille.

« Il y a une B. Braithwaite à l'étage, salle 10 », répondit la femme derrière le bureau d'un ton tranchant.

Mrs Braithwaite accusa le choc. Alors Betty était vraiment à l'hôpital ? Qu'est-ce qui avait bien pu lui arriver ?

Le cœur cognant dans sa poitrine, elle se dirigea à grands pas vers l'escalier et, toute phobie oubliée, monta les marches quatre à quatre, puis allongea le pas, à la recherche de la salle 10, au premier étage.

À l'entrée, elle s'immobilisa brusquement. La longue enfilade de lits était plongée dans un silence de mort.

« Je cherche B. Braithwaite, dit-elle à une infirmière assise au bureau près de l'entrée.

– Chut, souffla la jeune femme, posant sur elle son regard brun et bienveillant. Huitième lit sur la gauche. Vous pouvez l'avertir de votre présence en lui touchant la main. »

À mesure qu'elle progressait à pas précautionneux dans la salle, Mrs Braithwaite sentit son sang se glacer dans ses veines. Les rideaux des fenêtres étaient tirés et le tissu noir ne laissait passer que peu de lumière. Les victimes des bombardements gisaient de part et d'autre, dans la pénombre : des femmes couvertes de bandages et de plâtres dont la blancheur luisait dans l'air humide imprégné d'antiseptiques. Malgré tout, persistait une discrète odeur de peau brûlée et de cheveux carbonisés. Certains pansements suppuraient, source possible d'autres relents putrides. Du sang sombre tachait le moignon d'une jambe amputée. Des membres plâtrés étaient maintenus en l'air par des chaînes, ce qui donnait momentanément à la scène l'allure d'une chambre des tortures. Une des femmes avait le corps pris dans tant de plâtres qu'on se demandait si elle était vraiment un être vivant.

L'air stagnait, immobile comme dans une église vide, silencieux comme dans une morgue.

Mrs Braithwaite s'avança lentement dans l'allée centrale. Ses pas résonnaient sur le parquet ciré et des yeux la suivaient, seul mouvement de corps par ailleurs inertes.

Elle était médusée. Qu'était-il arrivé à sa fille ?

Elle compta soigneusement les lits et s'arrêta juste avant le huitième. Une forme s'y dessinait, un corps dont la tête lourdement bandée reposait, immobile, sur un oreiller. Sous les draps, le volume diminuait d'un côté, ce qui indiquait qu'une des jambes ne faisait plus partie du corps.

Mrs Braithwaite ne put retenir un petit cri sourd : « Betty ! »

Elle se précipita vers le lit mais s'arrêta à temps avant de prendre la blessée dans ses bras, consciente soudain que c'était exclu : ce serait trop douloureux, voire dangereux. Elle replia les bras sur son ventre, serrant ses mains l'une contre l'autre, qu'elle pétrit jusqu'à ce qu'elles ne soient plus qu'une boule crispée.

« Betty, tu es là ? » s'écria-t-elle.

Dans la pénombre, elle examina la petite partie de visage encore visible malgré les volumineux bandages. Les yeux de la blessée étaient fermés, son nez et sa bouche couverts d'éraflures et une coupure profonde sur le côté de sa lèvre inférieure avait été recousue avec deux points de suture au fil brun-rouge ; son cou était maintenu par une minerve, et Mrs Braithwaite se demanda si tous ses cheveux avaient été brûlés car rien ne sortait des pansements autour de son crâne. Pas la moindre petite mèche.

Mais ce qu'elle voyait ne laissait aucune place au doute : la blessée n'était pas Betty.

Elle était un tout petit peu plus âgée, avec un nez plus menu et une bouche plus charnue. Malgré les blessures et les pansements, cela sautait aux yeux.

Mrs Braithwaite sentit tout son corps se détendre sous l'effet du soulagement, et elle posa une main sur la table de nuit pour garder l'équilibre. Comment concevoir que Betty ait pu endurer pareilles souffrances ?

Elle regarda rapidement le visage pour s'assurer qu'elle ne faisait pas erreur. Non, assurément, ce n'était pas Betty. Cette B. Braithwaite devait être une Bertha ou une Beryl. Elle se demanda à quoi elle pouvait ressembler, qui elle était auparavant. Avait-elle conscience de ce qui lui était arrivé et de l'endroit où elle se trouvait à présent ?

« Touchez-lui la main pour lui signaler votre présence, dit l'infirmière qui était arrivée derrière elle.

– Ce n'est pas ma fille, finalement, souffla Mrs Braithwaite.

– Peu importe. » L'infirmière lui adressa un sourire parfaitement calme et serein. « Vous pouvez toujours lui manifester votre présence.

– Mais je ne la connais pas !

– Je suis sûre qu'elle sera contente d'avoir de la visite. » Elle lui sourit à nouveau, pour la convaincre – lui forcer la main, peut-être ?

Mrs Braithwaite n'en avait pas envie – la scène était déjà assez embarrassante –, toutefois elle ne voulait offenser personne. Ni paraître sans cœur aux yeux de cette jeune infirmière bienveillante.

L'une des mains de la blessée reposait sur le drap. Elle était à moitié recouverte de pansements, marbrée par du sang séché et de petites blessures.

« Elle n'a pas de brûlures sur cette main, dit l'infirmière, alors vous pouvez la prendre. J'ai l'impression qu'elle aime ce contact. Elle doit se sentir terriblement seule, car elle ne peut ni voir, ni parler, ni entendre.

– Que lui est-il arrivé ?

– C'est une héroïne. Elle a sauvé onze enfants d'une école bombardée avant que le toit ne s'effondre sur elle. » L'infirmière frissonna. « Il a fallu lui amputer une jambe pour la dégager. On n'a même pas eu le temps de l'anesthésier, et c'est sans doute pour ça qu'elle a sombré dans le coma. Atroce quand on y pense. »

Mrs Braithwaite préféra s'abstenir d'y penser.

« Elle travaillait dans cette école, vous savez, poursuivit l'infirmière. Elle était institutrice. Il y a des gens qui ont l'amour chevillé au cœur, et qui feraient tout pour les autres. Ce sont eux les vrais héros de cette guerre.

– Et les hommes qui combattent au front ?

– Ce sont aussi des héros, mais pas comme cette femme courageuse. Personne ne lui a donné d'ordres. Elle a vu quelqu'un de blessé, quelqu'un qui était en danger et elle a trouvé la force d'affronter le chaos, d'aider du mieux qu'elle a pu. Elle n'a pas hésité à risquer sa vie.

– Et voyez comme elle est récompensée », murmura Mrs Braithwaite en regardant le corps torturé et disloqué.

L'infirmière sourit calmement. « Songez aux enfants qu'elle a sauvés. Ils lui doivent la vie ! Ils se souviendront d'elle à jamais. Ce doit être merveilleux de savoir que vous avez sauvé tant de gens ! Vous pouvez l'imaginer ? »

Mrs Braithwaite laissa cette idée faire son chemin dans son esprit. « Oui, je vois ce que vous voulez dire. Mais elle aura une vie bien difficile quand elle sortira du coma. »

L'infirmière regarda la blessée : « Si elle en sort. »

La consternation se peignit sur le visage de Mrs Braithwaite. La malheureuse hésitait à la frontière entre la vie et la mort, attendant que l'une vienne et l'autre s'éloigne doucement. « A-t-elle des chances de s'en tirer ? »

L'infirmière secoua la tête. Un mouvement si léger qu'il en était à peine perceptible. « Nous ne savons pas si elle entend, ni si son cerveau fonctionne. C'est pourquoi nous continuons à lui toucher la main. Nous voulons nous assurer qu'elle sait que nous sommes là.

– Et sa famille ? Elle ne vient pas la voir ?

– Nous n'avons pu joindre personne. Elle a été transportée directement ici. C'est le chauffeur de l'ambulance qui nous a dit ce qui lui était arrivé et qui a écrit son nom : B. Braithwaite. Nous ne savons même pas ce que ce B. signifie. »

Mrs Braithwaite secoua la tête, perplexe. « Vous voulez dire qu'elle est chez vous depuis des jours et que vous ne savez ni qui elle est ni d'où elle vient ? Depuis combien de temps est-elle ici ?

– Quinze jours.

– Sa mère doit être folle d'inquiétude. On doit bien pouvoir se renseigner.

– Nous n'avons pas le temps de retrouver les familles. Il est déjà difficile de faire face à l'affluence de blessés, alors découvrir leur identité… La plupart des gens, Dieu merci, ont une pièce d'identité sur eux. Je sais bien que c'est un peu morbide de demander aux habitants de porter un bracelet d'identité ou d'avoir sur eux leur nom et leur adresse au cas où ils seraient blessés par une bombe, mais ça faciliterait beaucoup les choses. »

Mrs Braithwaite pria en silence pour que Betty songe à le faire, où qu'elle soit.

« C'est dommage que sa famille ne soit pas venue la voir, poursuivit l'infirmière. Les visites peuvent tout changer pour les patients qui en ont une. Je connais une patiente qui a repris conscience après des mois de coma. » Son visage s'assombrit soudain. « Et j'en ai vu qui sont morts après la visite de leur famille, comme s'ils s'étaient autorisés à partir après avoir pu dire au revoir à leurs proches.

– Pourquoi auraient-ils voulu mourir ?

– Parfois, le corps est trop abîmé. Il est incapable de guérir et n'a plus le choix. Le cerveau essaie de le maintenir en vie, mais un jour, il sait qu'il peut lâcher prise, et il trouve la paix. »

Mrs Braithwaite regarda tristement la jeune blessée, seule, à moitié morte, et dont la famille ne savait même pas où elle était. Et si c'était Betty qui était couchée là sans personne pour la consoler ? Qu'aurait-elle éprouvé ?

Mrs Braithwaite tendit les doigts et effleura la main sur le lit.

« Sa peau est tiède ! s'exclama-t-elle, surprise.

– Elle est toujours en vie », souffla l'infirmière.

Mrs Braithwaite tendit le bras et prit la main fine et inerte dans la sienne, la tenant comme elle aurait tenu celle d'un enfant et, l'espace d'un instant, elle se souvint de sa fille toute jeune, de la petite main chaude et remuante qu'elle tenait dans la sienne, des doigts menus qu'elle sentait glisser tandis que Betty sautillait sur le trottoir, joyeuse d'être dehors, s'émerveillant d'être en vie.

6

Mr Norris rentra du bureau à six heures moins le quart. Il ôta son melon et l'accrocha à la patère, posa sa serviette et la boîte contenant son masque à gaz sur l'étagère à côté de la porte, puis passa dans la cuisine pour mettre la bouilloire en route. Il sortit son journal de sous son bras et s'assit à la table pour le lire pendant que l'eau chauffait.

La journée avait été bonne, exception faite d'un fâcheux incident à la cafétéria qui s'était trouvée en rupture de ses habituels sandwichs au concombre : il avait dû se contenter de Spam, de la viande en conserve qu'il détestait, ce qui l'avait perturbé.

Quand la bouilloire siffla, il songea que les sandwichs n'étaient pas les seuls en cause : toute cette guerre le chamboulait. Au moins, il n'avait pas eu à monter au front. Il ne savait pas s'il aurait été capable de tuer quelqu'un, ni s'il aurait supporté de changer d'affectation en permanence sans avoir la moindre idée de la suite des événements.

Après avoir bu son thé, Mr Norris passait toujours un moment à ranger avant de préparer son dîner. Il alla donc dans l'entrée pour remettre en place ses petits éléphants, toujours disposés par ordre de grandeur décroissant, l'éléphant en marbre blanc sur la gauche, puis les autres jusqu'au plus petit, un éléphant en céramique bleue, assis comme un enfant. Depuis l'arrivée de cette Mrs Braithwaite, ils étaient en désordre permanent. Elle se conduisait comme en pays conquis et lui rappelait un hippopotame dans un magasin de porcelaine.

Peut-être est-elle déjà partie, se dit-il, plein d'espoir.

C'était curieux, quand même : Betty était une fille tellement agréable et posée, aux antipodes de sa mère. Il avait toujours eu des échanges intéressants avec Betty. Elle se passionnait pour les sciences.

Quand il ne l'avait pas vue rentrer, il s'était inquiété. Cela ne lui ressemblait pas de partir sans rien dire, surtout aussi longtemps. Bien qu'il ne voulût pas l'admettre face à Mrs Braithwaite, la disparition de Betty le tracassait.

Où pouvait-elle bien être ?

Il décida de monter directement dans sa chambre, au cas où Mrs Braithwaite serait embusquée dans l'une des pièces communes, et il monta l'escalier à pas de loup, jetant un coup d'œil par-dessus son épaule pour s'assurer qu'elle ne le suivait pas…

Et patatras ! Il faillit la heurter dans l'escalier qu'elle descendait avec la légèreté d'un rouleau compresseur.

« Ah, vous voilà, Mr Norris », lança-t-elle d'une voix stridente.

Il porta involontairement la main à sa tempe, comme si un mal de tête s'annonçait, ce qui aurait dû se produire en toute logique.

Elle n'attendit pas qu'il lui pose des questions. « J'ai du nouveau. Venez vous asseoir avec moi dans la cuisine. J'ai acheté du Spam pour le dîner.

– Mais je n'aime pas le Spam ! J'ai des saucisses.

– Par les temps qui courent, elles sont faites avec de la sciure et de la mie de pain. Je n'y touche plus depuis 1939 », répliqua-t-elle avec un regard menaçant.

Il rebroussa chemin dans l'escalier, la précédant afin d'éviter qu'elle n'essaie de le dépasser, ce qui, il en était sûr, le mettrait en position d'infériorité. Avec un peu de chance, il réussirait à se débarrasser d'elle sans tarder et pourrait se consacrer à sa routine du soir : repassage méticuleux de sa chemise pour le lendemain, préparation soigneuse du dîner qu'il prendrait ensuite, puis rédaction des lettres à Enid Tuffington qu'il écrivait patiemment sans jamais les envoyer.

Sa main se porta instinctivement à son cœur. Son faible cœur.

Ce fut donc avec un certain agacement qu'il retarda son programme afin d'écouter ce que Mrs Braithwaite avait découvert au sujet de Betty.

La dame posa son ample postérieur sur la chaise du bout de la table en tapotant la chaise voisine pour qu'il y prenne place, et sortit un carnet qui semblait avoir déjà fait la guerre, une guerre longue et cruelle.

« Vous êtes allée à la station d'épuration ? demanda Mr Norris.

– Oui. Et vous savez ce que j'ai appris ? Que Betty n'y était pas. Elle n'y a jamais travaillé ! » Mrs Braithwaite nota quelque chose dans son carnet. Avec une petite croix. *Pourvu que ceci n'ait aucun rapport avec moi !* pensa Mr Norris.

« Elle n'était pas là-bas ? hasarda-t-il.

– J'ai insisté pour qu'ils revérifient. Jamais Betty n'a travaillé chez eux. Ils avaient trace de sa nomination, mais elle n'y avait jamais pris son poste. » Elle prit quelques inspirations rapides. « Vous savez ce que ça signifie ?

– Qu'elle a changé d'avis et trouvé du travail ailleurs ?

– Qu'elle m'a menti », lança-t-elle en fronçant des sourcils furibonds.

Oh, Seigneur, voilà qu'elle est en colère ! C'était le bouquet.

« C'est peut-être un signe que vous devriez cesser de la

chercher, avança-t-il prudemment. Peut-être ne veut-elle pas qu'on la trouve.

– Bien sûr que si, voyons, rétorqua-t-elle. Quelle idée ! De toute façon, j'ai besoin de la voir. » Elle le regarda d'un air accusateur. « Saviez-vous qu'elle ne travaillait pas là-bas ?

– Non. Pour être honnête, je ne me rappelle pas l'avoir jamais entendue parler de son travail. J'essaie de rester discret, vous comprenez. Si elle paie son loyer toutes les semaines, pourquoi me mêlerais-je de ses affaires ? »

Mrs Braithwaite fit entendre un claquement de langue réprobateur. « Je suis ensuite allée à l'hôpital pour voir si elle y était, et je ne l'ai pas trouvée, reprit-elle. En revanche, il y avait une demoiselle B. Braithwaite, qui était à moitié morte. » Elle perdit un peu de son assurance habituelle en terminant sa phrase. «… Mais ce n'était pas Betty. »

Il ne sut trop que dire.

« La pauvre fille a dû être amputée d'une jambe pour qu'on parvienne à l'extraire d'un immeuble en flammes », continua-t-elle avec une compassion inattendue chez elle. Elle releva la tête et croisa le regard de Mr Norris. « Et figurez-vous qu'on n'arrive pas à retrouver sa famille, si bien qu'elle risque de mourir sans que personne vienne lui dire adieu. »

Mr Norris n'aurait pas cru Mrs Braithwaite capable de se désoler pour quiconque, aussi la dévisagea-t-il avec curiosité, se demandant ce qui lui était arrivé. « Vous savez, ça se produit très souvent à Londres, c'est pourquoi il est si important d'utiliser les abris antiaériens quand on entend les sirènes. On n'est jamais trop prudent. »

Les abris antiaériens n'avaient pas la réputation d'être très confortables. Mrs Braithwaite fit la grimace et se replongea dans son carnet.

« Je me demandais… Florrie a fait allusion à un petit ami. Si nous pouvons le retrouver, il doit savoir où se trouve Betty, ou bien où elle travaille vraiment. L'une des filles le connaît fatalement. Il faut que je voie l'autre locataire, Cassandra. » Elle nota encore quelque chose puis ajouta d'un ton réprobateur : « Elle n'est pas rentrée du tout la nuit dernière.

– Vous savez, mieux vaut ne pas compter tirer grand-chose de Cassandra. Elle est plus distante que les deux autres.

– Que voulez-vous dire ? » commença Mrs Braithwaite, qui fut arrêtée dans son élan par l'ouverture de la porte d'entrée.

Ils se levèrent tous les deux et se précipitèrent dans le vestibule pour voir arriver Cassandra, une belle blonde vêtue à la dernière mode : tailleur rouge foncé avec petit chapeau tambourin assorti, bas beige doré et escarpins noirs à très hauts talons. Elle devait avoir le même âge que Betty mais la similitude s'arrêtait là. Ses cheveux décolorés étaient parfaitement coiffés et bouclés. Elle avait des traits harmonieux : des cils immenses, un nez droit, une mâchoire carrée plutôt autoritaire et une bouche charnue à la moue boudeuse, maquillée de rouge profond. Ses cils étaient si épais qu'on les aurait dits vivants et capables de s'enfuir. Elle avait une beauté presque germanique et Mr Norris dut une fois de plus repousser l'image de sa locataire en train de marcher au pas de l'oie, en grand uniforme nazi.

« Cassandra, bégaya-t-il, je vous présente Mrs Braithwaite, la mère de Betty.

– Enchantée », lâcha Cassandra d'un ton rogue. Sa voix grave, aux accents étonnamment distingués, avait ce timbre rauque d'une femme qui vient de se réveiller – assurément fruit d'une longue pratique.

« Enchantée, répondit Mrs Braithwaite en tendant une main que Cassandra prit sans enthousiasme. Nous nous demandions si vous saviez où se trouve Betty ?

– Désolée, je ne peux pas vous renseigner. Ces derniers jours, j'ai été très occupée. À peine si j'ai eu le temps de respirer, alors parler à quelqu'un… » Elle bâilla de façon théâtrale comme preuve à l'appui.

« Et quand l'avez-vous vue pour la dernière fois ? »

Cassandra laissa courir ses yeux dans l'entrée pour bien faire comprendre que si elle réfléchissait à la question posée, cette discussion était à son avis une perte de temps. « Vendredi matin. Elle a dit qu'elle devait partir tôt car elle avait un événement à fêter au travail. Qu'est-ce qu'on s'amuse à la station d'épuration ! » Elle fit une moue de côté pour masquer son sourire narquois. Mrs Braithwaite sortit son carnet et Mr Norris la vit écrire les mots « Tête à claques ».

« Et il ne vous est même pas venu à l'esprit de me contacter, moi, sa mère ? lança Mrs Braithwaite en posant tour à tour sur eux deux son regard courroucé.

– Je ne voudrais pas le dire, glissa suavement Cassandra, mais elle n'a jamais paru avoir beaucoup d'atomes crochus avec vous, si vous me suivez… »

Elle commençait à s'amuser.

« Non, je ne vous suis pas du tout », grinça Mrs Braithwaite, dont le visage s'empourpra brusquement. Elle sentait la rage bouillonner sous son ample poitrine. « Qu'a-t-elle dit ?

– Oh, rien de spécial. J'ai simplement eu l'impression que, ma foi, elle ne s'entendait pas avec vous, voilà tout. »

Blême de rage, Mrs Braithwaite demanda : « Saviez-vous qu'elle ne travaillait pas à la station d'épuration ?

– Non, mais on ne se faisait pas de confidences, répondit Cassandra avec un air de défi. Betty n'était pas vraiment ma tasse de thé, pas plus que moi la sienne.

– Tant mieux pour elle », lança Mrs Braithwaite.

Mr Norris sortit un large mouchoir pour s'éponger le front. Il avait horreur des disputes. Il cédait rapidement, redoutant par-dessus tout d'être la cible d'une colère. Cela lui rappelait trop son enfance.

Cassandra ouvrit son minuscule sac à main, en sortit un petit miroir et entreprit d'inspecter son rouge à lèvres.

« Betty donnait l'impression de travailler vingt-quatre heures sur vingt-quatre. Qui aurait cru que le service d'assainissement soit si absorbant ? Car enfin, que font-ils donc là-bas ? Même pendant les raids aériens, elle n'était jamais à la maison. Ou bien elle travaillait tard, ou bien elle restait chez son petit ami. »

Mrs Braithwaite s'étrangla. « Elle n'aurait jamais fait une chose pareille, j'en suis sûre. »

Cassandra ricana sans faire de commentaire.

« Que savez-vous de ce "petit ami" ? » Mrs Braithwaite prononça le mot comme s'il s'agissait d'une monstruosité suspecte.

« Pas grand-chose. » Cassandra glissa le miroir dans son sac et sortit un paquet de cigarettes. D'un geste expert, ses doigts aux ongles élégamment laqués en saisirent une et elle craqua une allumette dont la boîte avait peut-être été dérobée à la collection de Mr Norris sur la table de l'entrée. Il avait remarqué qu'elle diminuait, et surtout que c'étaient ses boîtes favorites qui avaient disparu, comme celle du Charing Cross Club et même celle du Savoy.

Cassandra alluma sa cigarette en tirant une longue bouffée, tourna la tête et souffla la fumée à l'écart de ses interlocuteurs, l'air excédée.

« Je l'ai rencontré une fois. Il n'a pas semblé s'intéresser à moi, ce qui est plutôt rare. Il avait l'air de préférer nettement Betty, cette raseuse de première. Je me souviens qu'il habitait près de ce grand pub ancien de Clapham, le Pendulum, à côté de Clapham Common. »

Mrs Braithwaite était trop occupée à prendre des notes – et peut-être trop contente d'avoir des informations précises – pour relever la remarque sur « Betty, cette raseuse ». « À quoi ressemblait-il ? » demanda-t-elle.

Cassandra eut un petit rire perlé. « Je les ai rencontrés par hasard, en fait. C'était tard le soir et Betty ne s'attendait visiblement pas à tomber sur une connaissance à Clapham. Elle a eu l'air mal à l'aise et a essayé de l'entraîner pour qu'ils passent leur chemin. Pour être honnête, il avait assez mauvais genre. Un peu trop rugueux pour mon goût, mais je suppose que Betty ne peut pas faire la difficile. » Elle se mordit les joues pour ne pas ricaner. « Si elle a disparu, je ne serais pas autrement surprise qu'il ait… ma foi, vous savez comme il est facile de se débarrasser d'un corps pendant le Blitz. »

Mr Norris fit une grimace horrifiée et Mrs Braithwaite darda sur Cassandra un regard venimeux.

« Ne dites donc pas de bêtises ! »

Cassandra se dirigea vers l'escalier et se retourna en posant son élégant escarpin sur la première marche. « Ce n'est pas le genre d'homme qu'on me verrait fréquenter. »

Sur ce, elle pivota et monta à petits pas comme si elle était à un défilé de mode, balançant une hanche après l'autre, avant de disparaître au tournant de l'escalier.

Lorsque le bruit des pas de Cassandra eut cessé, Mrs Braithwaite rangea résolument son carnet dans son sac. « Bon. On y va ? lança-t-elle.

– Où ça ?

– Trouver ce petit vaurien chez lui, à côté du Pendulum.

– Mais il fait nuit dehors. Le black-out rend toute sortie très difficile, pour ne pas dire dangereuse. »

Il se dirigea vers la petite fenêtre de l'entrée et rajusta le rideau noir pour s'assurer qu'aucun rai de lumière ne filtrait dans la nuit. Il aurait été très ennuyé de devoir payer une amende, et plus encore de se faire reprocher par les voisins d'avoir laissé voir à la Luftwaffe un bon coin à bombarder.

« Avec le couvre-feu, les civils ne sont pas censés circuler dans les rues la nuit, Mrs Braithwaite, et il se peut qu'il y ait un bombardement. Pourquoi ne remettez-vous pas tout cela à demain matin ?

– Il y a un beau clair de lune ce soir, rétorqua Mrs Braithwaite en enfilant prestement son manteau. De toute façon, je tiens à voir ce jeune homme, et il se peut que demain il travaille.

– Eh bien, pourquoi n'y allez-vous pas toute seule ? Moi aussi, je travaille demain, et je regrette, mais j'ai beaucoup de choses à faire avant d'aller me coucher. Et s'il y a encore un raid aérien, il faut qu'on soit prêts...

– Enfin, je ne peux pas aller là-bas toute seule ! Je ne connais pas le chemin. Comment suis-je censée trouver l'endroit par moi-même, et de nuit par-dessus le marché ? »

Il sentit monter une bouffée de panique en la voyant ouvrir son sac et sortir un mouchoir. Elle avait les yeux secs, mais la menace était là.

« Comme vous l'avez si justement remarqué, il fait un beau clair de lune ce soir, dit-il. Et c'est tout droit, je vais vous montrer le chemin sur la carte. »

Le mouchoir s'approcha des yeux, qui furent soigneusement tamponnés. « Est-ce un quartier dangereux ? C'est assez effrayant de s'aventurer seule quand on est une femme, pendant le couvre-feu et sans être sûre de l'endroit où l'on va ni de ce qu'on risque de trouver. »

Tout ceci fut dit sur un ton dramatique, avec un léger trémolo dans la voix.

Mr Norris comprit que le terrain était miné.

« Si vous avez besoin de quelqu'un pour vous protéger, ce n'est pas sur moi qu'il faut compter, Mrs Braithwaite, parce que je ne sais pas me battre.

– Aucune importance. Je sais très bien me servir de mon

sac à main, et si nous rencontrons une difficulté, je suis sûre que vous serez capable de nous tirer d'affaire avec votre présence d'esprit. Ou de trouver un raccourci. » Elle noua son foulard sous son menton comme si la cause était entendue.

« Mais, balbutia Mr Norris, éperdu.

– Vous savez, Mr Norris, lui lança-t-elle avec un regard irrité, je trouve vraiment que vous manquez de punch. Si vous vous affirmiez un peu plus, vous pourriez être agréablement surpris.

– Chacun a sa façon d'aborder la vie. Moi, je suis d'une nature pacifique.

– D'une nature froussarde, oui ! »

Il sentit le sang lui monter au visage. D'ordinaire, il esquivait les disputes, mais Mrs Braithwaite n'était pas une femme avec qui l'on pouvait pratiquer l'esquive. « Je mets mon orgueil à tendre l'autre joue. À faire preuve de patience.

– À fuir au lieu de vous battre pour la justice, oui ! coupa Mrs Braithwaite. Eh bien, vous avez là l'occasion de vous affirmer et de bien faire.

– Ce petit ami est peut-être un fou dangereux. Il pourrait nous tuer si nous le provoquions. Sans compter qu'il peut y avoir un raid aérien. On pourrait se retrouver sous les bombes ! »

Mr Norris s'était mis à trembler et il se tordait nerveusement les mains. Il détestait être ainsi acculé ; si seulement il pouvait courir se cacher dans son lit, remonter les couvertures et attendre que tout se tasse, comme il le faisait enfant pour échapper à son père, quand il entendait crier en bas.

Mrs Braithwaite interrompit le cours de ses pensées : « Vous savez, Mr Norris, parfois il faut simplement respirer à fond et tenter le coup. Pensez à cette pauvre Betty.

– Je sais bien qu'elle est en danger, mais…

– Justement, Mr Norris. Betty est en danger et Dieu sait

ce que cet homme nous apprendra. Vous n'êtes pas curieux ? Vous n'avez pas envie d'en avoir le cœur net ? »

Avec un grand soupir, il tendit machinalement la main vers son masque à gaz et son chapeau.

« Bon, je vous accompagne, mais tâchons de faire vite. J'ai beaucoup de choses à préparer pour demain matin. »

Et voilà comment Mr Norris suivit Mrs Braithwaite, laissant pour la première fois depuis des années sa chemise et ses journaux en plan.

7

Lorsqu'ils sortirent dans la froide nuit de printemps, Mr Norris gémit à la vue de la lune presque pleine – une « lune pour les bombardiers » – qui éclairait la ville et laissait en général augurer un important raid aérien. Elle répandait une lumière laiteuse sur les rues et les toits, vision splendide, inquiétante par son silence même.

Ils cheminaient sans bruit, les yeux fixés sur le faisceau de lumière chiche de leurs lampes de poche éclairant leurs pieds. Wandsworth Common était un quartier bourgeois aux rues bordées de maisons mitoyennes datant de l'époque victorienne. Derrière les façades se trouvaient des pièces confortablement meublées, avec parfois même un piano. Mais lorsqu'ils pénétrèrent dans Clapham, les alentours se firent plus ordinaires, plus louches, et les maisons moins bien tenues.

En entendant approcher un bruit de moteur, Mr Norris tira Mrs Braithwaite dans un jardinet devant une maison et une voiture de livraison apparut au bout de la rue, fantomatique sous le clair de lune. Seuls deux étroits rais de lumière s'échappaient des phares, masqués à cause du couvre-feu, ce qui obligeait la voiture à zigzaguer, à accrocher plusieurs fois le trottoir, manquant de peu le jardin où Mr Norris et Mrs Braithwaite s'étaient réfugiés.

« Nous devrions signaler ce conducteur, souffla Mrs Braithwaite avec conviction.

– Je vous avais avertie que c'était une expédition dangereuse, riposta Mr Norris. Espérons qu'il n'y aura pas beaucoup de voitures dans les rues ce soir. La plupart des gens ne conduisent pas la nuit, d'autant que l'essence est rationnée. »

Le Pendulum était un grand pub décrépit datant de l'époque victorienne. Il donnait sur Clapham Common, terrain communal où la population locale faisait jadis paître son bétail mais aujourd'hui constellé de carrés de légumes apparus dans l'espace vert depuis le début de la guerre. L'enseigne du pub était suspendue sur la façade miteuse : une horloge en pied dont le long balancier oscillait vers la droite. Nulle lumière ne filtrait à travers les rideaux opaques, mais on entendait à plusieurs rues de distance un bourdonnement de bavardages et des éclats de voix.

Mr Norris et Mrs Braithwaite examinèrent les bâtiments avoisinants pour voir lequel pouvait abriter le domicile du petit ami de Betty. À gauche du pub, il y avait une rangée de petites boutiques et ils éliminèrent donc ce côté, préférant se diriger vers la droite, où ils se trouvèrent face à une petite maison qui ne payait pas de mine.

S'il ne l'avait sue habitée, Mr Norris l'aurait crue à l'abandon, en la voyant ainsi : obscure, sans âme, mal entretenue. Le jardinet de devant était envahi par un gros buisson foisonnant qui masquait presque complètement les fenêtres du rez-de-chaussée. La porte d'entrée aurait eu bien besoin d'un coup de peinture et la grille du jardin avait été bloquée en position ouverte pour l'empêcher de tomber de ses gonds.

« Voyons s'il est là », déclara Mrs Braithwaite, passant la première d'un pas décidé. Mr Norris suivit, marchant dans son ombre. Il fit la grimace lorsqu'elle sonna, déclenchant un bruit inutilement strident qui se réverbéra à l'intérieur.

Mr Norris était inquiet. Il n'aimait pas poser de questions, surtout à des gens qu'il ne connaissait pas. Or il se doutait que Mrs Braithwaite allait se livrer à un interrogatoire en forme de mise en accusation, et que cela entraînerait fatalement des ennuis. Tout de même, si cet homme avait vraiment été le petit ami de Betty, il ne pouvait pas être si mauvais que ça.

Ou peut-être que si ?

Ils attendirent quelques minutes, mais ils ne percevaient aucun bruit à l'intérieur.

Mrs Braithwaite sonna derechef.

Rien.

« Il faudra demander au pub », dit-elle – sans même se soucier de baisser la voix ! « Peut-être le connaissent-ils ou savent-ils à quelle heure il rentrera chez lui. »

Mr Norris ne bougea pas et posa sur le vieux pub un regard circonspect. « Il paraît que le Pendulum est plutôt mal famé. Si nous revenions demain ? »

Elle s'agaça : « Et si cet homme sait où est allée Betty ? Elle est peut-être en danger ! Vous abandonnez toujours aussi facilement, Mr Norris ?

– Ma foi, les registres de comptes ne présentent pas trop de dangers au quotidien », répondit-il avec un demi-sourire. Sa remarque fit glousser Mrs Braithwaite.

« Allons voir ce qu'ils peuvent nous dire là-dedans », lança-t-elle.

À l'intérieur du pub, le vacarme était assourdissant. On criait, on chantait, on sifflait dans la grande salle unique. Au fond, une bagarre se déroulait sous l'œil intéressé d'une foule qui criait des encouragements. Autour des tables, des hommes assis ou debout riaient ou discutaient. Le sol crasseux était jonché de poussière et de détritus. La fumée épaississait l'air et quelle odeur ! De la bière renversée combinée à différentes sortes de tabac, le tout se mélangeant aux effluves particulièrement répugnants de corps mal lavés.

Mr Norris ne fréquentait pas les pubs, mais il fit la grimace en se remémorant quelques-unes de ses rares expériences : enfant, on l'envoyait parfois chercher son père dans l'un des établissements du quartier, une mission qui se terminait invariablement par une bonne claque ou un coup de pied musclé.

Quant à Mrs Braithwaite, elle n'avait à l'évidence jamais mis les pieds dans ce genre d'endroit et elle parut un instant sidérée. Respirant par la bouche pour éviter de sentir les fumées toxiques, elle fronça les sourcils pour marquer sa profonde réprobation.

Mais elle reprit vite ses esprits. « Venez, Mr Norris ! » dit-elle, se frayant un chemin vers le bar à grands coups de coude et ponctuant son avance de rares « Pardon ! ».

Les hommes (il n'y avait aucune femme en vue) s'écartèrent, sans lui prêter attention pour la plupart d'entre eux : certains l'ignorèrent et continuèrent à plaisanter ; d'autres se détournèrent en riant. L'un d'eux lui donna un coup de coude en lançant : « Dis donc, ma petite dame, si on rigolait un peu ?

– Non merci », répliqua-t-elle vivement, et elle rentra le menton d'un air écœuré. Mr Norris réprima son envie de rire devant la gêne de sa compagne. Mais il ne fallait pas sous-estimer Mrs Braithwaite : elle n'avait pas fait tout ce chemin pour se laisser désarçonner par une grivoiserie.

« Vous connaissez l'homme qui habite la maison sur la droite ? » demanda-t-elle au jeune serveur qui officiait derrière le bar, un maigrichon vêtu d'une chemise qui avait peut-être été blanche un jour.

« Pas du tout. D'habitude, on sert pas les clientes dans votre genre, alors si j'étais vous, je me tirerais avant de me faire insulter ou pire, si vous voyez ce que je veux dire. »

Mr Norris s'approcha d'elle. « Il a raison. On ferait mieux de filer en vitesse.

– Je ne pars pas avant d'avoir au moins un nom. » Elle darda un œil furibond sur les clients qui les entouraient et commençaient à les regarder, flairant des proies faciles.

Puis, juste au moment où Mr Norris croyait qu'elle allait battre en retraite, Mrs Braithwaite ouvrit tout grand la bouche et claironna : « Est-ce que quelqu'un connaît le jeune homme qui habite la maison d'à côté ? »

Le volume sonore ne baissa pas, mais un malabar chauve qui ressemblait à un chef de bande chez les truands fendit la foule pour s'approcher d'elle. Une grimace déformait sa bouche où luisaient des dents en or. Sa chemise déchirée laissait voir des estafilades dont le sang avait séché, traces d'une précédente bagarre.

Le cœur battant, Mr Norris se réfugia derrière Mrs Braithwaite, qui ne broncha pas. Elle n'était pas grande, mais solidement charpentée, et son ample poitrine lui donnait une présence imposante.

« Qu'est-ce que vous venez faire ici ? lança l'homme en levant le poing.

– Je ne sais pas qui vous êtes, mon brave, mais je vous conseille de baisser cette main. Il y a une raison très sérieuse à notre présence à tous les deux, continua-t-elle en désignant Mr Norris qui s'était encore un peu plus recroquevillé derrière elle. Nous cherchons ma fille, qui a disparu. Alors si quelqu'un ici connaît l'identité de son ami, le jeune homme qui habite juste à côté de cet établissement, je lui serais très reconnaissante.

– Et vous le prouveriez comment ? » demanda le chauve en scrutant ses vêtements et son sac en quête de bijoux, d'accessoires coûteux ou d'argent.

« Je vous donnerais un shilling, dit-elle comme s'il s'agissait d'une fortune.

– Vous vous foutez de moi ! » grinça-t-il, rouge de colère.

Alarmé, Mr Norris chercha du regard l'issue la plus proche. Mrs Braithwaite n'avait visiblement pas mesuré à quel point ils étaient vulnérables. Les clients s'étaient tus, attendant la suite. Il fallait qu'ils sortent de là tous les deux, mais comment ?

Le chauve fit un pas en avant, dominant de toute sa taille Mrs Braithwaite, qui prit tout à coup conscience du danger. L'homme la saisit par le col de son corsage en soie crème et tendit une main vers son sac.

Mais comme il tentait de le lui arracher, il devint très clair qu'elle n'allait pas le lâcher.

« Laissez-le-lui, chuchota Mr Norris d'un ton pressant. On peut foncer vers la porte. Filons !

– Pas question ! » siffla Mrs Braithwaite du coin des lèvres.

Mr Norris retint son souffle en voyant le chauve approcher son visage de celui de Mrs Braithwaite. Il avait les narines dilatées, un rictus hargneux. L'un des autres lança un avertissement : « Bobby Mack aime pas qu'on le chatouille. Feriez bien de vous écraser, ma petite dame, si vous voulez pas vous retrouver demain dans la Tamise.

– Et vous, lança-t-elle au susnommé Bobby Mack avec une agressivité égale à la sienne, vous feriez bien d'apprendre la politesse. Je suis seulement venue chercher des informations, et je ne suis pas d'humeur à prendre un bain, surtout dans la Tamise. »

Un silence total se fit. On n'entendit plus que les respirations des présents dans le silence tendu.

Ce qui suivit surprit tout le monde.

La bouche de Bobby Mack s'ouvrit, mais au lieu d'un grognement, il laissa échapper un petit rire, puis s'esclaffa carrément.

Le reste de l'assistance s'empressa d'en faire autant.

Il lâcha Mrs Braithwaite, l'épousseta un peu, et recula d'un pas.

« Les gars, dit-il en s'adressant à l'assistance, on a une comique ici. Est-ce que quelqu'un sait quelque chose sur le jeune type d'à côté ? » Il pointa un doigt osseux vers Mrs Braithwaite, l'air hilare. « Madame veut pas prendre de bain ce soir ! »

Les éclats de rire fusèrent à nouveau, et les hommes se mirent à lancer à tue-tête : « Pour faire trempette, ma poule, y a pas mieux que la Tamise par les temps qui courent ! » et « Rien de tel qu'un petit plongeon ! »

« Un peu trop sale et trop froid pour mon goût », répliqua-t-elle avec un petit rire hésitant.

Au milieu des plaisanteries et apostrophes, quelqu'un lança : « Il s'appelle Baxter.

– Merci, répondit Mrs Braithwaite en sortant son carnet avec le plus grand sérieux. Savez-vous quand il rentrera ?

– Il est pas souvent là, dit un autre. C'est un sacré gaillard, il bouge beaucoup.

– Tiens donc ! » Elle leva les sourcils. « Qu'entendez-vous au juste par "un sacré gaillard" ?

– Hé là, si vous voulez en savoir plus, faut allonger », intervint le chauve dont les yeux se plissèrent, menaçants. Ceux de Mrs Braithwaite en firent autant.

« Combien ? demanda-t-elle.

– Cinq livres. » Un muscle se crispa sur la mâchoire de l'homme. Il ne plaisantait pas. Mais il ne savait pas à qui il avait affaire.

« Vous n'êtes pas sérieux, là ! Je vous donnerai dix shillings et pas un de plus.

– Vous avez plus besoin de l'information que moi du fric. »

Ils se défièrent férocement du regard un moment.

« Soit. Douze shillings.

– Merci, duchesse, mais non merci ! » Le chauve lui adressa un sourire narquois, puis il lui tourna le dos et repartit vers sa table.

Céder n'était pas dans les habitudes de Mrs Braithwaite. Mais quand elle vit s'éloigner sa chance d'obtenir des informations précieuses, elle eut la mine déconfite.

« Nous devrions peut-être lui donner ce qu'il demande, chuchota Mr Norris sans bouger les lèvres. C'est une somme, certes, mais il a l'air d'en savoir assez long sur Baxter et ses activités. »

Mrs Braithwaite tourna vers lui un visage outré. « On ne peut pas passer pour des poires, enfin ! siffla-t-elle. On m'a appris à ne jamais baisser les bras. »

Au goût de Mr Norris, l'aventure avait déjà assez duré. Il mit la main à sa poche et sortit un beau portefeuille en cuir noir. Se penchant de façon à ne pas être vu, il jeta un coup d'œil à l'intérieur.

« Aïe, je n'ai que deux livres », marmonna-t-il.

Malgré tout, il les prit d'une main qui tremblait légèrement et tapa sur l'épaule de Bobby Mack.

« Dites, est-ce que deux livres feraient l'affaire ? »

Mrs Braithwaite, qui n'avait pas eu le temps d'intervenir, se renfrogna, mais en voyant Bobby Mack arracher les billets de la main de Mr Norris, elle fut agréablement surprise et son visage s'éclaira.

« Bien joué, Mr Norris, lui glissa-t-elle.

– Que savez-vous de Baxter ? demanda aussitôt Mr Norris à l'homme d'un ton pressant.

– Il sert au bar de temps en temps, et il cherche toujours à se procurer des trucs au marché noir.

– Quels trucs ?

– Des passeports en général, et des carnets de rationnement. Je sais pas pourquoi il en a besoin. Et il a toujours de la viande à disposition : à vendre ou à échanger. Où il la trouve, j'en sais rien, mais c'est du premier choix : des côtes de porc et des fois même du faux-filet.

– Ça par exemple ! s'exclama Mrs Braithwaite tout en prenant des notes. Et que veut-il acheter d'autre, dites-moi ?

– Un jour, il cherchait à se procurer une bombe artisanale. Il voulait savoir comment on la fabriquait. Ce qui est bizarre, c'est qu'on avait l'impression qu'il le savait, lui, et qu'il voulait juste voir comment on s'y prenait, nous autres. Le type qui lui a montré était plus ou moins novice, et ce que Baxter a récolté, c'est une bombe de novice. Je suis même pas sûr qu'elle explosera. Elle pourrait faire un trou dans une porte de cabane, et encore !

– Intéressant, dit-elle, notant toujours.

– Y a des fois où il vient ici embaucher un gros bras pour l'accompagner au cas où les choses tourneraient mal. Tout ça, c'est ni vu ni connu, si vous voyez ce que je veux dire.

– Bien sûr », répondit-elle, écarquillant des yeux consternés.

Betty pouvait-elle vraiment fréquenter un individu pareil ?

« Vous lui voulez quoi, au juste ? demanda Bobby Mack.

– Il sort avec ma fille, et ça fait cinq jours qu'elle a disparu. Alors, maintenant que je vois à quel genre de type on a affaire, je commence à me demander s'il ne lui a pas fait subir des choses abominables.

– J'en sais rien, duchesse. Mais c'est pas un enfant de chœur. »

Soudain, la sirène d'alerte aérienne retentit. À petit volume d'abord, puis elle enfla rapidement et devint stridente.

Aussitôt les gens commencèrent à partir. Certains bousculaient les autres et s'éloignaient en courant dans la nuit, d'autres restaient en arrière.

Mr Norris passa devant Mrs Braithwaite et la tira dehors. « Il faut descendre aux abris. »

Une fois dans la rue, il se tourna vers le chauve et lui demanda poliment : « Dites-moi, monsieur, pouvez-vous m'indiquer l'abri le plus proche ?

– On s'en fiche, des abris, dit Bobby Mack. Nous, on préfère rester à la surface et voir ce qui se passe.

– Vous avez raison, approuva Mrs Braithwaite en suivant son regard.

– Ce n'est pas ça qu'il veut dire, murmura Mr Norris en l'entraînant vers la grand-rue. S'ils restent au niveau de la rue, c'est pour voir où tombent les bombes, histoire d'être les premiers à piller les décombres. »

Il était bien décidé à la faire descendre dans un abri avant le début de l'attaque. Durant des nuits comme celle-ci, tout pouvait être rasé en un instant et les gens réduits en bouillie sur place.

Mais Mrs Braithwaite ne bougeait pas et regardait l'horizon. Le sud de Londres se déployait sous leurs yeux. Le ronflement des réacteurs, à peine audible au début, s'amplifia peu à peu jusqu'à ce que le vacarme effréné des moteurs lancés pleins gaz déchire le ciel.

Des projecteurs balayèrent la nuit au-dessus de la ville, frappèrent les nuages et se reflétèrent sur le métal des avions qui prenaient de la hauteur.

Un pilonnement assourdissant retentit non loin d'eux et l'artillerie antiaérienne de la DCA entra en action. Des canons de neuf mètres. À la manœuvre, des groupes de jeunes femmes – coiffeuses et vendeuses – entraînées à monter la garde, coordonner leur action et tirer.

« Alors, c'est comme ça que ça se passe ! s'exclama Mrs Braithwaite, sidérée.

– Oui, et maintenant, filons dans un abri. Je crois que j'en ai repéré un pour le public en venant. Allez, *dépêchez-vous* ! »

Mais elle examinait la petite maison voisine du pub, celle de Baxter.

« C'est maintenant ou jamais, dit-elle d'un ton pressant. Allons regarder par les fenêtres. Pour voir si Betty a été là, et quel genre d'homme il est, ce Baxter. » Puis elle ajouta non sans complaisance : « Je suis sûre que je verrai ça tout de suite.

– Et s'il revient et nous surprend ? objecta Mr Norris en promenant autour de lui un regard affolé.

– Enfin voyons, il ne va pas revenir en plein milieu d'un bombardement. C'est le moment idéal. Oh, pour l'amour du ciel, Mr Norris, un peu de cran !

– Je me flatte d'avoir plus de jugeote que de cran, rétorqua-t-il. Allez, venez ! »

Le ciel s'illumina soudain, comme un énorme projecteur blanc braqué vers la terre.

« Qu'est-ce qui se passe ? s'écria Mrs Braithwaite.

– C'est une fusée à parachute. Les Boches en envoient pour mieux éclairer leurs cibles. Il faut absolument s'abriter. » La panique gagnait sa voix.

Une autre nuée d'avions survola le sud de Londres à basse altitude et Mr Norris regarda les ombres noires tomber dans le ciel nocturne. Une pluie de bombes était larguée à l'aveugle au-dessus de leurs têtes. Il s'aplatit contre le mur de la maison, espérant contre toute attente qu'il les protégerait un peu.

Soudain une explosion assourdissante retentit derrière eux. Un bâtiment voisin avait été touché et le souffle les plaqua au sol. Ils se relevèrent rapidement et Mr Norris entraîna Mrs Braithwaite au coin de la rue. Ils s'adossèrent au mur et virent que la maison dont ils venaient de s'éloigner était en flammes et que des débris jaillissaient dans la nuit, comme vomis par un volcan. Au même instant, ils sentirent le souffle brûlant de l'incendie, et l'air s'emplit de flammèches et de fumée.

Des hurlements fusaient à l'intérieur – ou était-ce dehors ? – et, à travers les flammes, Mr Norris vit le toit s'effondrer dans un fracas qui leur déchira les oreilles, tandis que des tourbillons de feu emportaient des fragments brûlés de vies d'inconnus.

Les clients du pub affluèrent. Certains filèrent sans demander leur reste, craignant l'arrivée de la police sur les lieux ; d'autres proposèrent leur aide et organisèrent une chaîne pour passer des seaux d'eau depuis la cuisine du pub en attendant le renfort des pompiers.

« Vite, partons ! » cria Mr Norris par-dessus le vacarme, et il saisit fermement le coude de Mrs Braithwaite. « Descendons nous mettre en sécurité dans l'abri. »

Mais Mrs Braithwaite ne voulut rien savoir. « Jamais de la vie. Je reste ici pour guetter Baxter. »

Alors Mr Norris renonça. Il la lâcha et pria pour que les bombes ne tombent pas deux fois au même endroit.

8

Mrs Braithwaite contemplait l'incendie, horrifiée. Un camion de pompiers arriva en quelques minutes sur les lieux et des hommes épuisés en uniforme noirci braquèrent sur les flammes le jet puissant d'une lance à incendie.

Elle interpella l'un d'entre eux : « J'entends des gens crier. Il faut les sortir de là.

– C'est trop dangereux, répondit l'homme d'une voix lasse. Le bâtiment risque de s'effondrer. »

Mr Norris connaissait désormais assez Mrs Braithwaite pour savoir que cette excuse ne suffirait pas et, de fait, quelques instants plus tard, l'homme disparut dans le brasier.

Au bout d'un moment, il ressortit, un corps sur l'épaule. Celui d'un adolescent inconscient et très maigre, vêtu d'un vieux pyjama. La foule regarda le pompier l'étendre sur le sol et essayer de le ranimer. Enfin, une ambulance arriva, d'où deux jeunes femmes descendirent en hâte, portant un brancard.

« Il est vivant ! » lança l'une à l'autre d'une voix aux accents très distingués : conduire une ambulance était devenu une occupation pour les filles de l'aristocratie, car seules les femmes riches avaient leur permis.

Vivats et applaudissements s'élevèrent de la foule, comme

un grand cri de soulagement devant ce miracle quotidien où, chaque nuit, des vies étaient perdues et d'autres sauvées.

Les deux ambulancières assirent prestement le garçon, lui posèrent une grosse couverture sur les épaules et lui donnèrent une tasse de thé bien chaud.

Mrs Braithwaite et Mr Norris restaient cloués sur place, les yeux noyés de larmes à cause de la suie, et regardaient les pompiers maîtriser l'incendie, laissant des décombres à moitié calcinés. Peu après le départ de l'équipe arriva un grand camion d'où descendirent des hommes de tous âges qui se précipitèrent pour déblayer les lieux des poutres qui étaient tombées et des restes du toit.

« Qui sont ces gens ? demanda Mrs Braithwaite.

– C'est la brigade de sauvetage et d'intervention, expliqua Mr Norris. Ils viennent sur le terrain après un incendie et cherchent tous ceux qui restent coincés sous les décombres. Vivants ou morts. »

Ce soir-là, il n'y avait pas d'autres survivants. Deux corps furent retirés de la cave. Les victimes s'y étaient sans doute réfugiées, pensant se mettre en sécurité. Elles avaient été protégées des explosions, mais non de l'effondrement du toit.

Mrs Braithwaite retint sa respiration quand on sortit d'abord le cadavre d'une femme sur un brancard : l'un des membres de l'équipe suivait, portant entre ses deux mains la tête coupée net. L'homme avait le visage stoïque de celui qui a fait cela plus d'une fois mais ne s'y est jamais habitué.

Juste au moment où Mrs Braithwaite se disait que ça ne pouvait pas être pire, les hommes commencèrent à extraire le second corps, celui d'un homme, en morceaux. D'abord une jambe, puis un torse, une tête, les bras et finalement un pied. Personne n'était parvenu à retrouver la seconde jambe. On aurait dit un effroyable puzzle dont il manquait une pièce.

Mrs Braithwaite avait été préservée des effets de la guerre.

Et voilà qu'elle avait sous les yeux des personnes réelles, des familles ordinaires qui souffraient. Dans les décombres, elle aperçut la forme familière d'une tringle à vêtements en bois, à moitié calcinée, du même modèle que celle qu'elle avait chez elle. Du linge en train de sécher avait atterri dessus, noirci et sali. Les restes d'une cuisine – une casserole cassée, une fourchette solitaire, un fragment de faïence bleue aux arêtes vives – gisaient en désordre, et ne serviraient jamais plus.

Encore quelques heures plus tôt, la femme décapitée était vivante et menait une vie normale. Comment avait-elle passé sa soirée ? se demanda Mrs Braithwaite. Avait-elle préparé un bon dîner, puis tout rangé en prévision du lendemain, et mis son fils au lit sans se douter qu'au matin il serait orphelin ? Aurait-elle agi différemment si elle avait su ? Y avait-il des prières à faire, des secrets à partager ?

Pendant ce temps, l'adolescent, qui avait échappé de peu à la mort, se retrouvait dans un monde sans parents et sans toit. Assis, seul, il fixait la scène d'un œil vide, comme si c'était un cauchemar. Une voisine essaya de passer un bras autour de ses épaules, mais il se dégagea. Il semblait être la créature la plus solitaire de la planète.

« Que va-t-il faire ? Où va-t-il aller ? demanda Mrs Braithwaite à Mr Norris.

– Il est en âge d'être recueilli par sa famille ou des amis, d'autant plus qu'il est grand, ce qui le rendrait utile dans un commerce ou une ferme. Ce sont les plus jeunes qui sont plus difficiles à caser. Les gens ont trop à faire pour s'occuper de petits enfants et il n'y a souvent d'autre choix que de les envoyer à l'orphelinat. »

Une remontée de souvenirs la fit frissonner. Il y avait un orphelinat près du village où elle avait grandi. De hauts murs gris séparaient le petit espace des champs alentour. Certains jours, elle entendait les cris des enfants à l'intérieur et ne savait s'ils riaient ou pleuraient. Tante Augusta lui avait dit de ne pas se soucier d'eux : ils ne faisaient pas partie de leur monde.

On ne lui avait jamais rappelé qu'elle aussi était orpheline. On lui avait seulement dit qu'elle avait eu beaucoup de chance d'être recueillie par tante Augusta, et qu'elle devait en être très reconnaissante.

« C'est un drame d'être orphelin », dit-elle à mi-voix en observant l'adolescent désespéré, comme si elle se parlait à elle-même.

Mr Norris la regarda d'un air grave. « Si vous n'avez encore jamais vu ce genre de choses, c'est sûr que ça secoue. »

Un peu vexée par la faiblesse évoquée par son compagnon, Mrs Braithwaite se ressaisit. Personne n'allait l'accuser, *elle*, d'avoir été secouée.

« On ne peut pas laisser les Boches croire qu'ils nous mettent à genoux, dit-elle avec assurance. Nous autres, Anglais, il nous en faut plus.

– Bravo, c'est la bonne réaction ! » Il lui posa la main sur le bras, juste au creux du coude, et au lieu de se rétracter comme elle l'aurait fait d'ordinaire, elle laissa cette main où elle était, car la chaleur inattendue du geste lui procurait une forme de réconfort.

La sirène retentit à nouveau, cette fois-ci pour marquer la fin de l'alerte et signaler que l'on pouvait de nouveau circuler en toute sécurité. Les gens commencèrent à sortir des caves et des abris pour évaluer les dégâts et dormir quelques heures avant le matin. Certains restaient muets devant les ruines de leur domicile, ne sachant que faire ni où aller. Mrs Braithwaite se demanda si les problèmes pratiques – un lit où dormir, un endroit où faire la cuisine – l'emportaient sur la conscience de la perte des possessions : votre manteau préféré, un ours en peluche, de vieilles lettres, trésors sans valeur d'autant plus précieux maintenant qu'ils avaient disparu à jamais.

« Rentrons », dit Mr Norris, et il la tira doucement par le bras pour regagner Wandsworth.

En vain : se rappelant la raison de leur visite, elle dégagea son bras. « Allons d'abord jeter un petit coup d'œil chez Baxter.

– Nous n'en avons donc pas assez fait pour ce soir ? »

Mais elle s'était déjà postée derrière le buisson afin d'examiner la maison voisine du pub, attendant que Mr Norris la rejoigne.

« À l'évidence, il est sorti ce soir. Les rideaux sont restés ouverts. » Elle s'approcha de la fenêtre et se hissa sur la pointe des pieds pour voir à l'intérieur. « Sachez que la police est venue plusieurs fois me demander mon concours dans des enquêtes difficiles, Mr Norris.

– Je crois que j'entends arriver un autre avion à basse altitude.

– Ne dites donc pas de bêtises, il est à des kilomètres. En tout cas, je vois quelque chose d'intéressant. » Elle alluma sa lampe de poche et la braqua à l'intérieur. « Regardez en haut des étagères sur le côté. Ce n'est pas un pistolet ? »

Mr Norris en eut le souffle coupé. Il vint se glisser à côté d'elle. « C'est un briquet, on en fait des comme ça maintenant.

– C'est un pistolet, j'en suis sûre. Une arme illégale par-dessus le marché. Je parie qu'il n'a pas le permis de port d'arme.

– Vous ne pouvez pas lancer des accusations pareilles. Nous ne le connaissons même pas, cet homme.

– Il fréquente un bar qu'on ne peut décrire que comme un repaire de voyous. Il trafique au marché noir. Et il fait manifestement partie du milieu. »

Ce rappel ne contribua guère à dissiper les mauvais pressentiments de Mr Norris. Mais avant qu'il ait pu l'entraîner vers la rue, elle s'était enfoncée dans le buisson touffu et le hélait : « Allons inspecter l'arrière ! »

Derrière la maison, une longue fenêtre permettait de voir dans la salle à manger. En braquant leurs lampes à l'intérieur, ils avisèrent une pile de livres sur la table. Ils purent déchiffrer les titres au dos de certains : histoire de l'Europe, philosophie, quelques romans. À côté des livres se trouvaient une machine à écrire et la photo encadrée d'une jolie jeune femme brune aux cheveux mi-longs qui souriait en écarquillant les yeux.

« Ce n'est pas Betty, apparemment, souffla Mr Norris.

– Non. Betty a toujours été châtain clair et ce n'est pas du tout son sourire, n'est-ce pas ?

– Non.

– Mais pourquoi Baxter a-t-il la photo d'une autre fille s'il fait la cour à Betty ?

– C'est peut-être sa sœur ? »

Mrs Braithwaite le regarda avec agacement : « Vous mettriez une photo de votre sœur dans votre salle à manger ?

– Peut-être pas, non. » La sœur de Mr Norris, qui avait six ans de plus que lui, habitait Sheffield et ne lui avait plus adressé la parole depuis qu'elle avait quitté la maison alors qu'il avait treize ans. Il n'aimait pas s'appesantir là-dessus. Après tout, qu'avaient-ils en commun, hormis une enfance effroyable dont personne ne s'était tiré indemne ?

Mrs Braithwaite contournait la maison pour voir si elle pourrait découvrir autre chose à l'avant quand elle entendit des pas s'approcher dans la rue.

« Ce doit être Baxter, chuchota-t-elle. Il faut nous cacher.

– Vous aviez dit qu'il ne pouvait pas venir ! répliqua Mr Norris, aux cent coups.

– Ce n'est pas le moment de discuter, venez ! » Et elle l'attira dans le buisson.

Un homme de haute taille déboucha à grands pas du coin

de la rue. Il avait des cheveux bruns, une petite trentaine, un visage maigre mais séduisant et l'air assuré, voire arrogant, malgré ses vêtements plutôt miteux et une casquette en tissu comme en portent les vendeurs sur les marchés. Il sortit un trousseau de clés qui tinta dans l'air nocturne. Au moment où il en glissait une dans la serrure, il se figea comme s'il sentait une présence.

Puis il se retourna lentement.

Mr Norris et Mrs Braithwaite retenaient leur respiration, s'efforçant de rester immobiles. Mrs Braithwaite commençait à se dire que l'alerte était peut-être passée quand le buisson fut rabattu d'un côté et elle se trouva nez à nez avec Baxter.

« Tiens, tiens, j'ai de la visite ! » Il recula en tenant les branches pour laisser sortir les deux intrus.

Mrs Braithwaite s'extirpa du buisson, suivie par Mr Norris. Un ricanement méprisant figeait le visage de l'homme, comme s'il était confronté à un vilain nid de rats.

« Maintenant, vous allez m'expliquer ce que vous faites ici. » Il pointa l'index vers Mrs Braithwaite. « Vous d'abord.

– Je crois que vous connaissez ma fille, Betty Braithwaite. »

Il retint son souffle une fraction de seconde, puis s'écarta et lança avec un accent beaucoup moins plébéien : « Je ne vois pas en quoi ça vous regarde ?

– Je suis venue à Londres pour la voir et… apparemment, elle a disparu.

– Et vous avez cru que fouiner autour de ma maison pourrait vous aider à la retrouver, c'est ça ? » Sourcils froncés, Baxter fit un pas vers elle. « À quoi jouez-vous au juste, Mrs Braithwaite, si tant est que ce soit bien votre nom ?

– Vous ne manquez pas de toupet ! répondit-elle sans se laisser démonter. Je suis la mère de Betty et je peux le prouver.

– Comment ? »

Mrs Braithwaite réfléchit à toute vitesse. C'était une chance qu'elle ait lu autant de romans policiers ! « Eh bien, elle déteste les carottes, préfère le calcul à la géométrie et ne s'entend pas avec sa mère. » Elle lança cette dernière affirmation avec aplomb, un peu comme si elle la mettait au défi d'être vraie, sachant au fond d'elle-même qu'elle l'était probablement.

Baxter l'observa un moment sans broncher, puis il hocha rapidement la tête et dit : « Alors, pourquoi cherchez-vous à la retrouver ?

– Elle a disparu et nous » – elle indiqua Mr Norris qui était juste derrière elle – « voudrions savoir où elle se trouve. »

Il les toisa tous les deux et répondit avec désinvolture : « Ah, je regrette, mais je n'en sais rien. »

Il reprit ses clés comme si la conversation était close.

« Je sais que ma fille et vous entretenez une relation amoureuse, reprit-elle sur un ton pincé, et j'estime que vous devriez nous dire ce que vous savez. Nous avons la preuve que vous trafiquez au marché noir et je suis sûre que cela intéresserait beaucoup les autorités. »

Il lui lança un regard agacé, puis examina les alentours. « On va bavarder un peu, déclara-t-il, soudain beaucoup plus sérieux. Ce que je vais vous révéler est hautement confidentiel, commença-t-il en faisant un pas vers elle. Vous ne devez le répéter sous aucun prétexte. Ai-je votre parole ? »

Mrs Braithwaite s'empressa de hocher la tête.

« En fait, Betty et moi travaillons pour la police et nous enquêtons sur les activités de marché noir dans le secteur. Il nous faut être excessivement discrets, vous comprenez. Betty a fait *semblant* d'être ma petite amie. C'est une collègue, et elle est en mission spéciale et secrète pour l'instant. » Il parlait maintenant d'une voix différente, avec une assurance toute professionnelle, comme si c'était le vrai Baxter qui s'exprimait et non plus son personnage désinvolte et charmeur. « Je ne devrais bien entendu pas vous dévoiler ceci, mais vous pourriez nous attirer plus d'ennuis si je ne le fais pas. Mon travail consiste à être en contact avec les gens qui font du marché noir et ma mission serait compromise si vous me dénonciez aux autorités.

– Et elle, quel est son travail ? Quand doit-elle rentrer ? Il faut que je la voie, insista Mrs Braithwaite.

– Malheureusement, je ne suis pas en mesure de vous répondre, dit-il en ouvrant les mains. En vous donnant ces informations, j'ai déjà transgressé les règles. Vous devrez me pardonner d'en rester là, Mrs Braithwaite. »

Il reprit ses clés, signifiant ainsi que l'entretien était terminé. « Maintenant, je dois vous demander de rentrer chez vous et de ranger tout ceci dans un coin de votre esprit. Je veillerai à ce que Betty vous contacte dès qu'elle rentrera. »

Son attitude et sa franchise polie désarmèrent Mrs Braithwaite, qui recula d'un pas.

« Merci pour votre honnêteté, Mr Baxter, dit-elle. Cette conversation restera confidentielle. Vous n'avez rien à craindre de nous.

– Merci. »

Conclusion, se dit-elle, la mine déconfite, lorsqu'ils se retrouvèrent dans la rue, *nous voilà bien avancés.*

9

Le trajet de retour à Shilling Lane dans la nuit froide fut calme et silencieux. Ni l'un ni l'autre ne prononça un mot pendant les cinq premières minutes. Très soulagé, à l'idée que la quête de Mrs Braithwaite était terminée, Mr Norris commença à établir le programme de sa journée du lendemain. Elle allait partir et quand il rentrerait du travail le soir, la maison pourrait retrouver son ordre habituel. La cuisine ressemblait à un champ de bataille, le sel et le poivre étaient restés sur la table, les provisions qu'elle avait apportées – navets, choux de Bruxelles, boîtes de Spam – s'étalaient partout.

Chemin faisant, il sentit que sa compagne réfléchissait, que dans sa tête se produisaient de menues frictions à peine perceptibles, comme à l'intérieur d'une horloge. Cela l'inquiéta. Non que Mrs Braithwaite ne réfléchît pas en temps normal : au contraire, elle était toujours très douée pour aller à l'essentiel. Mais il s'inquiétait de la sentir bouleversée.

Enfin, lorsqu'ils arrivèrent à proximité de l'église si reconnaissable à son clocher carré, Mrs Braithwaite s'arrêta brusquement et regarda les pierres tombales.

« Dites-moi, ça va ? s'enquit Mr Norris, priant intérieurement pour que la réponse soit "oui".

– Très bien, dit-elle en lui tendant sa lampe de poche pendant qu'elle sortait un mouchoir brodé. Seulement je trouve qu'après un début tout à fait palpitant, notre petite aventure s'est terminée en queue de poisson, et je n'ai même pas pu voir Betty. C'est assez décevant.

– En tout cas, vous allez pouvoir rentrer chez vous et retrouver votre vie habituelle.

– Eh bien, justement, répondit-elle d'une petite voix qui ne lui ressemblait pas du tout, je n'ai pas spécialement envie de rentrer.

– Ah, je sais que ces choses-là sont de dures épreuves. J'imagine que Mr Braithwaite n'est plus parmi nous ? » Il fit un geste éloquent en direction du cimetière. « Mais nous devons tous aller de l'avant, surtout avec cette guerre qui nous enlève nos proches. Il est sûrement au ciel maintenant, et souhaite que vous continuiez à lutter. »

Parler de ses proches mettait Mr Norris mal à l'aise. Cela lui rappelait trop de souvenirs.

Non, il bloqua d'emblée ses pensées et força son esprit à passer aux mathématiques, comme il le faisait quand il était enfant : treize fois treize font...

« Mr Braithwaite n'est pas allé au ciel, lança Mrs Braithwaite. Il est allé à Hemel Hampstead. » Brusquement secouée par une hilarité nerveuse, elle entendit son rire se réverbérer sur les bâtiments plongés dans l'obscurité. « Vous l'aviez cru mort ?

– Ma foi oui. » Mr Norris ne voyait pas ce qu'il y avait de drôle là-dedans.

« Eh bien non ! Il est parti avec une femme que nous avions rencontrée en vacances dans le Dorset. Elle s'appelait Edith Falcon. Je la trouvais sympathique et je crois que c'était réciproque. Nous étions restées en contact, nous nous écrivions, voyez. Et pendant tout ce temps, elle retrouvait Dickie pour déjeuner dans différents endroits des alentours et partageait avec lui des chambres d'hôtel.

– Comment l'avez-vous découvert ?

– Je n'ai rien découvert du tout. » Elle poussa un profond soupir. Son rire s'était tu. « Je n'ai rien su jusqu'à un horrible matin où l'on a frappé à la porte. Quand je suis allée ouvrir, m'attendant à voir le facteur, je me suis trouvée face à un drôle de petit homme en costume et chapeau melon. Je me rappelle m'être demandé si quelqu'un était mort, mais il a soulevé son chapeau, m'a tendu une enveloppe, souhaité une bonne journée, et il est parti. J'ai pris la lettre, qui m'était adressée. Cela m'a surprise – toutes les enveloppes officielles étaient en général pour Dickie – et je me suis assise à la table de la cuisine pour l'ouvrir. » Son visage s'allongea et elle plissa les yeux, comme si elle était toujours aussi perplexe. « Heureusement que j'étais assise.

– Il demandait le divorce ?

– Oui, dit-elle à mi-voix. Et il me racontait tout : leur longue liaison, leur désir de se marier, leur amour mutuel. » Elle prononça le mot *amour* comme s'il désignait un rat crevé trouvé au coin d'un hangar. « Sur moi, pas un mot, ni sur le monde que j'avais construit autour de notre mariage. Ni sur la façon dont j'allais être ostracisée par le village : une divorcée, détruite par l'inconduite de mon mari. Je n'entrais absolument pas en ligne de compte. On aurait dit que j'étais juste une gêneuse.

– Les choses ont-elles été aussi épouvantables que cela ? »

Elle hésita et il vit le coin de ses yeux et les commissures de ses lèvres frémir. « Non, répondit-elle avec simplicité. Elles ont été bien pires. Vous avez une idée de la façon dont la société punit les femmes divorcées ? Je suis une réprouvée, socialement, économiquement et même moralement, ce qui est absurde, tout le monde peut le constater. Ce n'est pas parce que mon mari est parti avec une autre que je suis un monstre. »

Ils reprirent leur chemin en silence. Pour une fois, Mrs Braithwaite prenait son temps. Rien ne la pressait à être ailleurs.

« Il n'a pas eu qu'une liaison, vous savez, murmura-t-elle.

– Il n'est pas le premier. » Une scène de son enfance revint à Mr Norris et, avant de se rendre compte de ce qu'il disait, il poursuivit : « Mon père en a eu une avec une femme plus jeune. Je les ai surpris dans le pavillon d'été du jardin quand j'étais petit. Ils étaient… vous savez… ensemble.

– Quel âge aviez-vous ?

– Douze ans. Il en avait quarante, l'âge d'avoir un peu de jugeote. Ils m'ont vu. Je me souviens de leurs deux visages, rose et blanc, qui me regardaient par-dessus leurs vêtements retroussés sur leurs jambes nues et blanches. » Avait-il vraiment utilisé le mot « nues » ? Il se sentit rougir violemment. « Pardon ! Je ne voulais pas dire ça.

– C'est le lot de toutes les liaisons, je suppose. Du désir effréné qui vous vide la tête.

– Pourtant mon père n'était pas stupide. Mais il se fichait bien de nous. » Des bribes de souvenirs lui revinrent à l'esprit : son père battant sa mère, sa sœur qui se recroquevillait tout en soutenant son père – sa propre façon de se protéger. « Mon père nous traitait toujours comme des possessions ou des esclaves dont il pouvait faire ce qu'il voulait. Autrement dit, il pouvait nous ignorer, ou parfois nous provoquer ou nous faire du mal. Plus il criait, plus notre angoisse montait, et plus nous étions angoissés, plus il nous méprisait.

– Même quand vous avez quitté la maison ?

– Je croyais qu'une fois parti, je me sentirais libre. En réalité, ça n'a pas été le cas. Il y avait toujours un professeur qui me criait dessus, ou un collègue, ou même des amis. » Il pinça les lèvres, perdu dans ses réflexions. « Mon père est mort il y a quelques années. Pourtant, même aujourd'hui, quand je pense à lui, je sens la peur m'étreindre. Dieu sait comment ma pauvre mère a pu le supporter. Elle a dû considérer que l'adultère était l'un de ses moindres torts. S'il était occupé, absorbé par autre chose, il y avait moins de chances qu'il s'en prenne à nous. »

Ils étaient arrivés, mais avant que Mr Norris ait eu le temps de sortir ses clés, Mrs Braithwaite avait pris son double dans son grand sac et le tournait dans la serrure.

« Mettons la bouilloire à chauffer », dit-elle en ouvrant la porte et en se dirigeant droit vers la cuisine.

Mr Norris la suivit, content de retrouver son cadre familier. « Oui, une bonne tasse de thé nous fera du bien à tous les deux.

– Je vais rester un jour ou deux pour voir si Betty reparaît. Ensuite, sans doute devrai-je rentrer à Ashcombe », dit Mrs Braithwaite. À l'entendre, on sentait que ce ne serait pas de gaieté de cœur.

Mr Norris pria en silence pour que son séjour ne se prolonge pas plus que nécessaire, mais il sourit pour la réconforter. « Je suis sûr que toute cette histoire vous paraîtra moins préoccupante une fois que vous serez rentrée chez vous. Peut-être même qu'une lettre de Betty vous y attend. Et au moins, vous serez de nouveau à l'abri des bombes. » Il posa le pot à lait sur la petite table de la cuisine et rangea le sel et le poivre sur la deuxième étagère, à leur place à côté de la moutarde. « Ce doit être un réconfort pour vous de savoir que votre fille participe activement à l'effort de guerre. Le marché noir est une honte. J'ai toujours su qu'elle avait la tête sur les épaules.

– Oui, répliqua Mrs Braithwaite avec raideur. Je suis contente pour elle. Elle est jeune, elle a la vie devant elle. Mais moi ? Mes jours de gloire sont derrière moi. Et ma fille n'a plus envie de me voir. Comme dit Cassandra, elle a sans doute complètement oublié mon existence.

– Bien sûr que non, voyons ! » Mr Norris versa le thé dans deux tasses. « De plus, je suis sûr que cette pauvre fille à l'hôpital ne vous a pas oubliée. »

Mrs Braithwaite croisa les bras, pensive. « Je pourrais essayer de retrouver ses parents avant de retourner à Ashcombe. L'infirmière m'a dit le nom de l'école où elle travaillait. Si j'y vais, je suis sûre que quelqu'un pourra me donner son adresse. »

Mr Norris releva les yeux vers elle. « Ce serait vraiment gentil de votre part. Un beau geste !

– Je sais, dit-elle sans fausse pudeur. Elle me fait beaucoup de peine. L'infirmière m'a dit que si on pouvait retrouver sa mère, cela contribuerait peut-être à la faire sortir du coma.

– Ce serait un miracle.

– Sans doute. » Elle plissa le front. « Dire que la présence d'une mère peut faire une telle différence ! Elle était là, dans ce lit, blessée, en train de souffrir. D'après l'infirmière, si un membre de sa famille venait, elle pourrait s'autoriser à vivre ou à mourir. Cela libérerait son âme.

– Fine remarque, dit-il en venant s'asseoir à côté d'elle.

– Si la même chose arrivait à Betty, j'espère qu'une femme bienveillante en ferait autant. »

Comme surgie de nulle part, Cassandra débarqua dans la cuisine. Une véritable apparition, avec sa robe violette à reflets brillants qui épousait ses courbes. Elle avait les cils très maquillés et un rouge à lèvres d'une nuance intense. Ses yeux bleus allèrent de l'un à l'autre.

« Vous avez l'air bien déprimés, tous les deux. Des nouvelles de Betty ? » Sa belle bouche s'étira en un sourire narquois tandis qu'elle prenait une tasse et une soucoupe et se servait généreusement de thé. « Elle est tombée sur un bec ?

– Bien sûr que non, répliqua Mrs Braithwaite avec un

regard glacial. Et je vous prierai de ne pas utiliser ce genre d'expression devant moi. »

Mr Norris commençait à souhaiter que Cassandra s'en aille lorsque la porte s'ouvrit sur Florrie.

« Du thé tout frais ! Exactement ce dont j'ai besoin !

– D'une bonne brosse à cheveux aussi », glissa fielleusement Cassandra.

Florrie ne releva pas la remarque et se tourna vers Mrs Braithwaite. « Où en sont vos recherches de Betty ? »

Mrs Braithwaite croisa les bras, l'air impatienté. « Son ami, Mr Baxter, nous informe qu'elle est partie pour un important déplacement professionnel.

– Eh bien, en voilà une bonne nouvelle !

– Pourquoi ? rétorqua Mrs Braithwaite.

– Ma foi, parce que ça veut dire qu'il ne lui est rien arrivé de fâcheux. Vous pouvez rentrer, maintenant, poursuivit Florrie, que cette perspective parut réjouir.

– Quel genre de déplacement professionnel ? demanda Cassandra. Elle ne m'en a jamais parlé.

– Betty n'était pas exactement ta meilleure amie, Cassandra, hein ! dit Florrie.

– Si vous étiez si proches, alors pourquoi ne t'en a-t-elle rien dit ? riposta Cassandra.

– Je ne l'avais pas vue depuis plusieurs jours. Et je suis tellement tête en l'air en ce moment. On ne ferme presque pas l'œil avec toutes ces bombes. Peut-être m'a-t-elle dit quelque chose, mais c'est entré par une oreille et sorti par l'autre. »

En voulant montrer son oreille du doigt, elle laissa glisser son sac, d'où s'échappèrent bâtons de rouge à lèvres et crayons à yeux qui s'éparpillèrent sur le sol. Tout le monde l'aida à ramasser ses affaires, sauf Cassandra, qui sortit une cigarette et l'alluma.

Épuisé par le trop-plein d'émotions de la soirée, Mr Norris décida qu'il était temps de débarrasser la vaisselle sortie pour le thé et d'aller au lit. La nuit serait courte.

Et il avait encore ses comptes à faire.

10

Le *cœur.* Ce mot mettait en général Mrs Braithwaite mal à l'aise. Elle ne revendiquait pas la possession d'un tel organe. Et tante Augusta avait été catégorique là-dessus, décrivant toute émotion venue du cœur comme une sangsue qui vous suce le sang et vous handicape à la moindre occasion.

Mais en entrant dans l'hôpital St Thomas, Mrs Braithwaite prit une conscience aiguë de son cœur.

Le matin même, elle s'était rendue jusqu'à l'école bombardée où la directrice, Mrs Churley, lui avait appris que la B. Braithwaite qu'elle était allée voir à l'hôpital s'appelait Blanche. Une jeune femme jolie, énergique et d'une gentillesse à toute épreuve.

Après avoir obtenu son adresse, Mrs Braithwaite s'était mise en quête des parents de Blanche, mais avait découvert une maison déserte. Une voisine curieuse et assez malveillante l'informa que, quelques semaines seulement auparavant, la mère de Blanche avait été tuée dans une explosion, à la fabrique de bombes où elle travaillait. Quant au père de Blanche, poursuivit-elle avec une délectation mauvaise, il avait été emporté par un cancer avant la guerre.

Il ne restait personne pour rendre visite à Blanche.

Pauvre Blanche. Elle ne devait même pas être au courant

de la mort de sa mère. Mrs Braithwaite en vint rapidement à la conclusion qu'elle allait devoir la lui annoncer.

Que Blanche puisse entendre ou non.

En montant très lentement les marches de l'escalier menant à la salle 10, elle songea à ce qu'elle voulait dire.

La mort était difficile à accepter, y compris pour une jeune femme elle-même si près de rendre l'âme.

Le choc risquait-il de la faire basculer, de lui ôter tout espoir ? La pousser à se laisser glisser dans la certitude de la mort ?

« Je ne suis pas sûre que ce serait une si mauvaise chose, chuchota l'infirmière lorsque Mrs Braithwaite lui expliqua la situation. Le médecin dit que son état empire, et que c'est peut-être une question de jours.

– Alors peut-être vaudrait-il mieux que je ne lui dise rien au sujet de sa mère, dit Mrs Braithwaite avec soulagement.

– Non, je crois que vous devriez lui en parler. Si elle ne sait pas que sa mère est morte, peut-être va-t-elle attendre qu'elle vienne la voir. »

Mrs Braithwaite s'avança à pas prudents dans la salle et s'arrêta près du lit de Blanche. La mince forme sous les draps était dans la même position que la fois précédente. Deux des pansements sur son visage avaient été enlevés, exposant de vilaines brûlures, dont l'une suppurait. La jeune femme avait toujours les yeux fermés.

L'infirmière apporta une chaise. « Touchez-lui la main pour la prévenir que vous êtes là. Parlez-lui. Si elle vous entend, cela lui fera du bien, et sinon, ça ne peut pas lui faire de mal, hein ? »

Elle tapota l'épaule de Mrs Braithwaite pour lui donner du courage en ces tristes circonstances et repartit sans bruit à son bureau à l'extrémité de la salle.

Mrs Braithwaite resta un moment assise avant de tendre la

main pour toucher celle de Blanche. Elle était froide. Saisie de panique à l'idée qu'elle était peut-être morte, Mrs Braithwaite tâta aussitôt le poignet de la blessée pour sentir son pouls.

Il y en avait un. Lent et faible comme les battements d'ailes languissants d'un papillon à la toute fin de l'été.

Elle prit la fine main bandée et la tint serrée dans la sienne pour la réchauffer. C'était bien le moins qu'elle pût faire.

« Bonjour, Blanche. C'est encore Mrs Braithwaite. Je ne me suis pas présentée la dernière fois, mais je suis venue vous voir il y a quelques jours, vous vous en souvenez peut-être. » Elle marqua une pause. Pas facile de faire la conversation à quelqu'un qui ne répond pas.

« Nous avons beau avoir le même nom de famille, nous ne sommes pas parentes. En réalité, je suis à la recherche de ma fille, qui a environ votre âge. Je suis venue à Londres pour la voir, et à mon arrivée j'ai appris qu'elle avait disparu. Je me suis dit qu'elle était peut-être blessée, alors j'ai décidé de la chercher à l'hôpital, et ici, on a cru que c'était vous ma fille. » Les doigts de Mrs Braithwaite s'étaient mis à caresser la main de Blanche pour la réconforter.

Si tant est qu'elle sentît quelque chose.

« Et puis l'infirmière m'a dit que personne n'avait eu le temps de trouver votre mère, alors je suis allée à votre ancienne école. Votre directrice, Mrs Churley, m'a dit tout le courage dont vous aviez fait preuve, et à quel point vous manquiez à tout le monde. Elle m'a donné l'adresse de votre mère. J'y suis allée et j'ai trouvé votre maison. »

Elle avait parlé vite, et les mots sortaient de sa bouche en se bousculant comme si elle se parlait à elle-même. Mais là, elle s'arrêta. Comment allait-elle lui dire la suite ?

Elle approcha la chaise du lit.

« Je suis désolée, Blanche, je n'ai pas trouvé votre mère. J'ai appris qu'elle a été tuée dans l'usine où elle travaillait. » Elle s'interrompit, attendant une réaction. Il n'y en eut aucune. Elle tâta le pouls de Blanche. Lent comme s'il était sur le point de s'arrêter. Son visage était pâle comme un masque et toujours aussi impassible.

Était-il déjà trop tard ?

Était-elle déjà partie, glissant peu à peu hors du temps ? Devait-elle mourir sans savoir que si sa mère n'était pas venue, c'était parce qu'elle ne le pouvait pas ?

Mrs Braithwaite serra sa main un peu plus fort.

« Quoi qu'il arrive, Blanche, sachez que je suis avec vous maintenant. Je ne suis peut-être pas la bonne Mrs Braithwaite, votre mère à vous, mais je suis une maman et pour l'instant, vous êtes la seule fille que j'ai. »

Avant qu'elle ait pu se rendre compte de ce qui lui arrivait, un petit sanglot s'échappa de sa gorge. Elle se mit à pleurer, le souffle saccadé, baissant la tête jusqu'à ce que son front touche la main qui tenait celle de Blanche.

« Je ne sais pas où est ma Betty. Elle est venue à Londres comme vous, pour travailler. Seulement je ne sais pas où elle est, et je ne peux m'empêcher de m'inquiéter au cas où... » Les mots se coincèrent dans sa gorge. « Au cas où je ne la reverrais jamais. »

Elle regarda Blanche à travers ses larmes. Qu'est-ce qu'elle racontait à cette pauvre fille, qui avait précisément été touchée par le genre de catastrophe auquel Betty avait échappé ?

« Je sais que vous avez subi une épreuve atroce, ajouta-t-elle bien vite. On m'a dit que vous aviez eu une conduite héroïque. » Elle ravala ses larmes, pensant aux écoliers rescapés. « Vous avez aidé tellement de gens. »

Mrs Braithwaite se redressa et sortit son mouchoir. « Je ne sais pas si j'ai jamais aidé qui que ce soit. Vraiment aidé, j'entends. J'ai essayé d'organiser une antenne du SVF dans mon village, mais le groupe s'est débarrassé de moi. On m'a dit que j'étais une entrave plus qu'une aide. Sans doute aurais-je dû être un peu plus patiente. »

Elle se laissa entraîner par ses pensées et se sentit rougir en se revoyant en train de brandir le travail de Mrs Harris comme exemple de « la façon dont il ne faut pas faire un pyjama » ; ou encore le jour où elle avait obligé trois des bénévoles de la cantine à nettoyer à nouveau la cuisine de fortune installée dans la salle commune du village, au cas où lady Worthing viendrait inspecter. Or elle n'était pas venue.

Elle aurait pu être beaucoup plus gentille.

« Il faut que je vous dise comment votre mère est morte, ma chère petite », dit-elle, et elle lui répéta doucement les détails qu'elle tenait de la voisine.

« La maison de votre mère est telle qu'elle l'a laissée. Elle vous appartient maintenant. »

Elle attendit une réponse, mais aucune ne vint.

« Si vous ne vous remettez pas... » Elle se reprit et dit : « Si vous n'en avez pas l'usage, elle sera sans doute donnée à des gens qui ont perdu leur toit pendant un raid aérien. » Puis elle ajouta d'une voix douce : « Je suis sûre qu'elle sera aimée et appréciée comme elle l'a été par vous et les vôtres. »

Blanche avait dû avoir une enfance agréable. La voisine avait dit de sa mère qu'elle aurait donné « jusqu'à la chemise qu'elle avait sur le dos ». La maison était accueillante, propre et coquette. Sur la cheminée, une pendule égrenait les minutes en attendant le dîner ou l'heure d'aller se coucher – ou bien la mort ? Si une femme connaissait l'heure de sa mort, vivrait-elle différemment ses derniers instants ? Plus sagement, sans aucun doute. Mais peut-être aussi de façon plus frivole. Serait-elle plus généreuse, moins égoïste ?

Après tout, se demanda Mrs Braithwaite en regardant le jeune corps, *à quoi sert la vie sinon ?*

Elle pensa à Betty, sa fille farouchement indépendante,

toujours tendue vers l'avenir, comme si elle avait du mal à supporter le présent. Elle eut une image fugitive de Betty sur l'estrade de la salle des fêtes du village, en train de faire des claquettes sur la chanson de Fred Astaire où il était question d'un haut-de-forme. Tout en virevoltant sur la scène, elle avait ce demi-sourire qui n'appartenait qu'à elle, et paraissait toute petite, mais assez déterminée pour faire l'aller et retour de la Terre à la Lune.

L'émotion submergea Mrs Braithwaite : un chagrin poignant à l'idée que la vie était si éphémère qu'à peine commencée, l'heure de danser était passée. Elle repensa à sa propre vie dont elle avait gâché une bonne partie en restant sur des rails alors qu'elle aurait pu danser. Mais tante Augusta réprouvait la danse.

Elle repensa à son carnet, aux remarques qu'elle avait notées dans le train. *Comment mesurer la réussite de sa vie ?* Et si cette réussite pouvait se calculer en fonction du plaisir qu'on avait pris à sa vie ? Du temps passé à chanter et à danser ? De toutes les joies qu'on avait eues ?

Elle regarda Blanche et le chagrin l'envahit à l'idée de cette jeune vie ravagée. Des larmes coulèrent sur ses joues, pour la jeune inconnue cette fois, innocente victime de la guerre, comme d'autres déjà mortes ou appelées à disparaître. Qui resterait pour se souvenir d'elle ?

« Je suis triste que vous ayez eu à subir tout ceci, Blanche, dit-elle en serrant sa main. Vous deviez être quelqu'un d'enjoué et de généreux. Le monde a instamment besoin de personnes comme vous pour contrebalancer tous les êtres malfaisants. » Elle pensa à la déplaisante voisine de la mère de Blanche, à l'horrible Cassandra et, à regret, à la femme dédaigneuse qu'elle-même avait été à Ashcombe. Elle frissonna et dit très vite : « Je dois rentrer dans mon village demain matin, je ne pourrai donc plus venir vous voir. J'aurais aimé vous connaître. » Puis, sentant qu'elle devrait être plus optimiste sur les chances de salut de la malheureuse, elle ajouta : « Je veux dire "faire vraiment connaissance avec vous". Je suis sûre que vous aurez une bonne vie, peut-être avec des enfants à vous, un mari – digne de ce nom, j'entends – et une maison emplie d'amour. »

L'amour.

Mrs Braithwaite s'interrompit, laissa tomber la main de Blanche et porta les siennes à ses joues, en plein désarroi. Elle venait de recevoir comme un coup de massue en comprenant que l'amour était *la* chose qui manquait à sa vie. Jamais elle n'en avait eu, elle savait à peine ce que c'était, mais plus elle y pensait et plus elle comprenait que c'était ce que sa fille avait attendu d'elle.

Voilà pourquoi Betty était partie, et Dickie aussi.

Elle resta longtemps assise en silence, jusqu'à ce que l'infirmière vienne lui toucher l'épaule.

« Je regrette, l'heure des visites est terminée. »

Mrs Braithwaite toussota et se leva, se dépliant péniblement. Puis elle se pencha, reprit la main fine et dit au revoir à Blanche.

« Ne vous inquiétez pas, je reviendrai à Londres juste pour voir comment vous allez et bavarder encore avec vous. »

Elle eut envie d'étreindre la jeune femme – de la serrer contre elle comme elle n'avait pas serré sa fille quand elle était partie pour Londres. Hélas, avec tous ces pansements, il n'en était pas question. Et puis ce n'était qu'une inconnue.

Malgré tout, elle lui tapota la main. « Heureusement que nous nous sommes trouvées. »

Elle recula, cherchant toujours à capter un mouvement, un signe.

Mais rien.

« Elle a réagi ? chuchota l'infirmière en la raccompagnant à la porte de la salle.

– Non. » Cela avait-il encore de l'importance ? se demanda Mrs Braithwaite. Blanche était au courant pour sa mère, si elle était en état d'entendre. « Ce qui comptait, c'était que je sois là, reprit-elle.

– C'est vraiment très gentil d'être venue.

– Je reviendrai la voir quand je pourrai. » Elle griffonna sur son carnet et déchira soigneusement la page, qu'elle donna à l'infirmière. « Vous voulez bien prendre mon adresse, au cas où ? »

Elles se comprenaient à demi-mot.

« Nous ne sommes pas censés entrer en contact avec les gens qui ne sont pas de la famille des patients », répondit l'infirmière. Voyant le désarroi de Mrs Braithwaite, elle ajouta : « Cela dit, je peux vous écrire un mot à titre personnel. »

Mrs Braithwaite la remercia puis, avec un dernier regard pour la forme immobile sur le lit, elle lui adressa un adieu silencieux et se dirigea vers la sortie.

11

Mr Norris rentra chez lui une bonne heure plus tôt que d'habitude, car c'était la dernière soirée avant le départ de Mrs Braithwaite pour Ashcombe le lendemain matin. En attrapant le train de 16 h 09 au lieu de celui de 17 h 09 qu'il prenait d'habitude, il avait eu le temps sur le trajet de retour de faire la queue chez le boucher pour acheter des côtelettes (en utilisant tous ses coupons de viande pour la semaine). Une fois rentré, il chercha un petit flacon pour y mettre une branche de forsythia cueillie sur le talus de la voie ferrée, puis commença à éplucher des pommes de terre.

Il n'arrivait pas à savoir s'il était content de voir partir Mrs Braithwaite, qui l'avait entraîné dans un tel tourbillon d'aventures, ou si – comme il se l'avouait finalement – il risquait de la regretter.

Il alla dans l'entrée remettre ses éléphants en place. Non qu'il eût un goût particulier pour les éléphants, mais ceux-ci lui avaient été laissés par son seul frère, qui était très fier de sa collection. Gordon n'avait pas été tué dans la dernière guerre, il était mort à trente ans d'une insuffisance cardiaque dans son institution. Mr Norris s'y était rendu après le court service funèbre, une célébration rondement menée et à laquelle n'assistaient que lui-même et l'officier d'état civil de l'institution.

Les quelques possessions de Gordon avaient déjà été mises dans un carton par le préposé à l'accueil.

« Eh bien voilà, Mr Norris. La fin d'un long voyage. »

Les mots *pénible* et *embarrassant* n'avaient pas été utilisés : ils étaient implicites, comme toujours.

Il avait pleuré. Gordon était l'une des personnes qu'il aimait le plus, toujours prêt à le réconforter en l'étreignant ou à lui remonter le moral d'un sourire. Ils avaient joué aux cartes – Mr Norris le laissait gagner – et parlé de leur vie. Gordon avait ajouté à l'existence de Mr Norris une dimension unique et lorsqu'ils étaient ensemble, Mr Norris avait l'impression de jouir d'une lucidité extrême, mais si fragile que s'il la touchait du doigt, elle se dissoudrait en un million d'étoiles.

Né quand Mr Norris avait dix ans, Gordon n'était resté qu'une nuit chez eux, avant que la sage-femme ne vienne le prendre. Mr Norris entendait encore les cris de sa mère lorsqu'il repensait à ce jour où elle s'était cramponnée à lui, son aîné, en regardant son bébé qu'on emmenait. Il avait senti ses doigts lui entrer dans la chair, et ses larmes lui mouiller les cheveux et le visage. Il avait fini par dévaler l'escalier et sortir sous la pluie.

Pourquoi avait-il fallu emmener le bébé ?

L'institution n'était pas tout près de chez eux, mais ils étaient allés voir son frère plusieurs fois par an. Puis, après la mort de sa mère – d'une crise cardiaque –, Mr Norris avait continué d'y aller seul. La relation entre les deux frères était restée forte, brisée seulement par la mort de Gordon, bien que Mr Norris fût conscient que ses visites s'étaient de plus en plus espacées. Qu'est-ce qui l'avait donc tant occupé ?

Dans le carton de Gordon, il avait trouvé une vieille photo de famille que sa mère avait dû lui donner : leur père, se tenant droit et fier, les bras croisés, leur mère, avec son sourire timide, leur sœur aînée, les sourcils froncés, l'air furieux, et Mr Norris à dix ans, regardant le monde extérieur avec de grands yeux ronds comme des soucoupes.

Il y avait également quelques vêtements de base, et les éléphants. C'était tout. Mr Norris se rappelait avoir apporté d'autres cadeaux au fil des années, mais en déduisit que les membres du personnel s'étaient sans doute servis au passage.

Personne n'avait eu envie des éléphants de Gordon.

C'était Mr Norris qui avait aidé Gordon à constituer sa collection. Il lui en avait apporté un chaque année ou presque, lorsqu'il en avait trouvé un joli dans une boutique ou à une vente de charité. Souvent, il avait fait beaucoup d'efforts pour en dénicher un, fouinant sur les étals des brocanteurs du marché ou dans les magasins d'antiquités et arpentant la ville pendant ses jours de congé. Il y en avait en bois sculpté, en céramique peinte en gris ou en bleu, puis vernissés ; et il y avait le favori de Gordon, celui en marbre blanc, plus gros que les autres, invincible, la trompe levée.

Depuis l'arrivée de Mrs Braithwaite, les éléphants étaient en permanence en désordre.

« Allons, tout retrouvera sa place lorsqu'elle sera partie », se dit-il.

Le bruit de la clé dans la serrure se répercuta dans toute la maison, et il se surprit à trotter vers la porte d'entrée pour aller à la rencontre de l'arrivante.

« Alors, que s'est-il passé ? demanda-t-il avec empressement en la débarrassant de son manteau.

– Beaucoup de choses, hélas », répondit Mrs Braithwaite, ponctuant sa déclaration d'un geste théâtral.

Mr Norris la fit aussitôt entrer dans la cuisine, lui avança une chaise et reprit ses préparatifs pour le dîner.

« Avez-vous retrouvé ses parents ? Êtes-vous retournée la

voir ? demanda-t-il tout en coupant menu de grandes feuilles de chou.

– Oui, mais cela a été beaucoup plus difficile que je ne l'imaginais », dit Mrs Braithwaite.

Et elle se prit à déverser toute l'histoire.

Alors Mr Norris abandonna feuilles de chou et côtelettes sur le plan de travail et vint s'asseoir à côté d'elle pour écouter le récit de sa journée.

12

Après avoir dormi d'un sommeil agité, Mrs Braithwaite se réveilla de bonne heure et resta un moment allongée dans l'étroit lit de Betty. Elle se sentait à mille lieues de sa fille unique. Betty lui avait menti au sujet de son travail et de Baxter. Que pouvait-elle lui avoir caché d'autre ?

Pourquoi ne pas inspecter le tiroir de la coiffeuse ? Pareille occasion ne se représenterait pas de sitôt, et la laisser passer semblait presque un acte de négligence coupable.

C'est pour le bien de Betty, se dit-elle en tirant sur le tiroir récalcitrant pour l'ouvrir.

À l'intérieur se trouvait un assortiment de documents, pour beaucoup des lettres d'elle-même, dont deux n'avaient pas été ouvertes, allez savoir pourquoi. Elle les mit de côté, puis examina l'un après l'autre les papiers dignes d'intérêt.

D'abord une lettre d'Anthony Metcalf, le fils parfait de Mrs Metcalf et l'ami d'enfance de Betty. Mrs Braithwaite les soupçonnait d'avoir été plus que de simples amis à un certain stade – elle avait vu la façon dont Anthony regardait sa fille, et avait même entendu dire qu'ils s'étaient embrassés, mais Betty était beaucoup trop secrète pour raconter ce genre de choses à sa mère.

Chère Betty,

J'espère que tu restes à l'écart de toutes ces effroyables bombes. Comment trouves-tu ton travail à la station d'épuration ? Pas trop ennuyeux, j'espère ? J'ai eu la chance d'être évacué avec mon université dans le Sud-Ouest, et ai le plaisir de t'apprendre que j'ai décidé de ne pas accepter de travailler dans l'administration – on m'a dit que je serais plus utile en continuant mes études au vu de mes exceptionnelles capacités.

Alors, tu as fait une rencontre et tu es mordue ? Quelle bonne nouvelle ! Je t'avoue que j'étais un peu gêné parce que moi aussi, j'ai rencontré quelqu'un, une très jolie jeune femme qui m'a complètement emballé. Tu imagines à quel point j'ai été soulagé en apprenant que toi aussi tu avais rencontré le véritable amour.

J'ai eu des nouvelles d'Ashcombe et ai appris par mes parents que ta mère traverse une passe très difficile. Le divorce semble l'avoir perturbée et ces dames du SVF ont décidé de la démettre de ses fonctions. Reste à l'en informer, et elle ne va sûrement pas se laisser faire. Tu as choisi le bon moment pour partir.

Donne-moi de tes nouvelles et dis-moi tout ce que tu as appris sur le système d'épuration de l'eau. Je piaffe d'impatience.

Je t'embrasse,

Anthony

Quel toupet de la part d'Anthony Metcalf de transmettre des commérages sur elle à sa propre fille ! Elle relut plusieurs fois la lettre, se concentrant sur le paragraphe qui la concernait et s'interrogeant sur la désinvolture de la remarque : *Tu as choisi le bon moment pour partir.*

Était-ce aussi ce que s'était dit Betty en quittant la maison ?

Dans un autre registre, cependant, elle ne put refréner un

ricanement satisfait à l'idée que l'« exceptionnel » Anthony avait manifestement été écarté d'un poste dans l'administration alors que Betty, elle, s'était vu confier un travail important pour la police. Elle se rappela l'empressement avec lequel Mrs Metcalf leur avait annoncé à toutes – en faisant mine de ne pas vouloir en parler – que son Anthony, si intelligent, ne pouvait pas s'engager dans l'armée parce qu'il avait été sélectionné pour un travail dans les services spéciaux du gouvernement.

Ce n'était pas le seul élément qui avait retenu son attention dans cette missive. Betty devait être vraiment éprise de Baxter, surtout si elle avait parlé de lui à Anthony.

Mrs Braithwaite fronça les sourcils. Pourquoi Baxter lui avait-il dit que Betty et lui faisaient semblant si Betty s'empressait d'annoncer à ses amis qu'elle était « mordue » ? Elle remit la lettre dans son enveloppe et passa à la suivante.

Ce n'était pas une lettre, mais une simple feuille de papier pliée, qui ne contenait que cinq ou six mots aux lettres mélangées. *Un message codé, probablement*, se dit-elle en le rangeant dans son sac. Sans doute en lien avec le travail de Betty.

Le troisième document était une autre lettre, de Baxter cette fois-ci. Elle se hâta de l'ouvrir et, suffoquée, poussa un petit cri.

C'était une lettre d'amour.

Ma chérie,

Donne-moi des nouvelles. Je ne peux te dire combien tu me manques. Cette séparation m'est insupportable ! Te souviens-tu du soir de la réunion ? Nous avons passé toutes les bornes ! Je me rejoue ces moments-là dans ma tête chaque soir et pense à ta peau, à ton corps…

Ici, tout est terne : la formation, les gens et même le cadre. Sans toi, la vie ne vaut pas la peine d'être vécue. Je n'ai qu'un désir pour mon retour : que tu puisses me consacrer une journée entière. J'ai tant envie de toi, chérie.

En attendant, j'espère que moi aussi, je te manque. Ne donne ton cœur à personne d'autre !

Je t'embrasse passionnément, mon amour adoré,

Baxter

Mrs Braithwaite rougit jusqu'à la racine des cheveux.

Elle ne connaissait vraiment pas sa fille. Qui était cette autre Betty ? Cette femme qui laissait un homme à qui elle n'était pas mariée caresser sa peau veloutée ? Qui était cette personne qui partait en mission pour son travail sans savoir si elle rentrerait, sans dire à personne où elle allait ?

Il y avait plus urgent cependant.

Quand ils avaient rencontré Baxter, il leur avait affirmé que Betty n'était sa petite amie que de nom. Or cette lettre prouvait sans ambiguïté que leur relation n'avait rien d'une façade. Elle était tout ce qu'il y avait de plus charnel et authentique.

Malgré son contenu, il lui fallait montrer cette lettre à Mr Norris toutes affaires cessantes. Mrs Braithwaite s'habilla rapidement, monta au dernier étage et frappa à la porte de son logeur.

« Oh, mais c'est un peu tôt, non ? » fit-il en découvrant Mrs Braithwaite sur le seuil. Il portait un pyjama rayé bleu et blanc et une robe de chambre marron tout à fait décente. Sans ses lunettes, il clignait sans cesse des yeux.

Mrs Braithwaite ne s'attendait pas à ce genre d'accueil. « J'ai des nouvelles très importantes, figurez-vous. »

Il se frotta les yeux, et elle en profita pour pénétrer d'autorité dans sa chambre. C'était un grenier typique avec des plafonds en pente et deux fenêtres mansardées donnant sur le monde extérieur. La pièce occupait presque tout le dernier étage. Les murs blancs, l'ordre méticuleux et le lit une personne poussé dans un coin faisaient penser à une cellule de moine. Sur une petite table de nuit à côté du lit étaient posés quelques livres. Divers meubles désassortis étaient disposés çà et là, notamment une méridienne en velours violet et une table de bridge avec quatre chaises.

« Ça sert un peu de débarras », dit-il pour excuser l'ameublement hétéroclite, et il rabattit les couvertures sur le lit. « Le précédent propriétaire a laissé quelques meubles dont je n'ai trop su quoi faire. Je dormais dans l'une des chambres du premier, mais les filles sont venues, et Cassandra a insisté pour avoir un grand lit…

– Ah, tiens donc ! s'exclama Mrs Braithwaite avec un froncement de sourcils réprobateur. Cette fille a un toupet phénoménal ! »

Mr Norris lui proposa une chaise à la table de bridge et s'assit en face d'elle. « Alors ? »

Le visage grave, elle sortit la lettre et la lui tendit. Il la déplia de ses longs doigts osseux, mit ses lunettes et recula un menton alarmé en lisant une phrase. Pourquoi diable Baxter avait-il cru bon de mettre noir sur blanc des descriptions aussi explicites ?

« Baxter a donc menti en disant qu'ils n'étaient que des collègues de travail, conclut Mr Norris avec un soupir.

– Exact, dit-elle en plissant les yeux. Ceci ne prouve qu'une chose.

– Quoi donc ?

– Qu'on ne peut pas lui faire confiance. Et là où elle se trouve, Betty est peut-être en danger.

– Vous ne parlez pas sérieusement ? s'alarma Mr Norris, complètement réveillé maintenant. Je sais que vous aimez les romans à suspense, mais je crois que là, vous allez trop loin, Mrs Braithwaite. Ce n'est pas parce qu'il nous a menti sur la nature de leurs relations qu'elle est nécessairement en danger.

– Pourtant, tout converge vers cette conclusion. En tout état de cause, s'il est sérieux au sujet de Betty, alors qui est la petite brune sur la photo de son salon ? Je trouve qu'il y a chez lui quelque chose de louche depuis le début. » Elle renifla avec vigueur pour appuyer sa remarque.

« Et qu'avez-vous l'intention de faire à ce sujet ? Vous ne pouvez pas vous présenter à la police avec une lettre d'amour et une photo. Vous ne dramatisez pas un peu ?

– Vous avez vu les livres d'histoire de l'Europe sur les étagères de Baxter. Et ceux de philosophie ! » Elle se leva et se pencha au-dessus de la petite table. « Les gens qui lisent de la philosophie sont suspects.

– Pourquoi dites-vous cela, enfin ? se rebiffa Mr Norris. Moi, je m'intéresse à la philosophie. Ce n'est pas parce que les gens veulent s'informer sur d'autres modes de pensée qu'ils sont malfaisants pour autant.

– C'est contraire à la Bible, pour ne pas dire antipatriotique. »

Mr Norris poussa un soupir très audible. « Beaucoup de grands penseurs étaient profondément croyants, vous savez. L'un n'exclut pas l'autre.

– Mais combien d'entre eux étaient anglais ? rétorqua-t-elle triomphalement.

– Eh bien…

– Vous voyez ! Ce qui prouve bien que la philosophie est dangereuse. »

Une sonnerie grêle retentit dans la pièce et il fallut quelques instants à Mrs Braithwaite pour comprendre que le réveil de Mr Norris donnait le signal de départ de la journée.

Mr Norris se leva prestement et alla ouvrir la porte en

lui disant : « Laissez-moi m'habiller. Nous pourrons parler de tout ceci dans la cuisine avant que je parte au travail. »

Elle resta clouée sur place. « Enfin, vous ne pouvez pas aller travailler après ça !

– Vous comptiez faire quoi ?

– Aller à la police, évidemment. Nous leur montrerons la lettre et les conduirons chez Baxter.

– On ne peut rien déduire de cette lettre, Mrs Braithwaite. »

Elle pensa à un autre argument. Fouillant dans son sac, elle sortit un morceau de papier couvert de mots sans queue ni tête.

« Et cela, qu'en dites-vous ? »

Il prit la feuille.

FUY drmag-sfrg xsrogvim xsfixs sfrg

« C'est un message codé. Apparemment, il nous faudrait une machine à chiffrer pour le traduire. » Il leva les yeux vers elle. « Où l'avez-vous trouvé ?

– Dans le tiroir de Betty, avec les lettres. »

Il reposa les yeux sur le message comme s'il s'agissait d'un vilain insecte. « Je me demande où elle l'a eu.

– C'est précisément pour ça qu'il faut continuer nos recherches. »

Il mit le papier dans sa poche et resta un moment debout, l'œil sur la pendule. Il la poussa vers la porte en disant : « Bon, eh bien, je suppose que nous pouvons faire un saut au commissariat avant que je prenne mon poste. »

Et il agita légèrement la main pour qu'elle libère l'embrasure de la porte et le laisse fermer. Elle descendit l'escalier au trot afin de voir ce qu'elle pouvait trouver pour le petit déjeuner.

13

« Il faut nous croire, enfin ! » Mr Norris regarda Mrs Braithwaite, debout à l'accueil du commissariat de Wandsworth, abattre un poing musclé sur le bureau.

« Mais je vous crois, dit l'inspecteur Watts avec raideur. Seulement, des disparus, nous en avons tout le temps. Et vous comprenez, toutes nos jeunes recrues se sont engagées pour participer à l'effort de guerre, alors nous sommes en sous-effectif. Je ne sais rien sur ce Baxter et n'ai pas entendu parler d'activités policières clandestines à Clapham – mais il est exact qu'il y a beaucoup de marché noir par là-bas, et ça ne m'étonnerait pas qu'on ait tendu un piège aux trafiquants. »

Watts était un homme corpulent à la grosse moustache noire qui commençait à grisonner près du nez ; quelques poils gris s'échappaient de ses narines et se mélangeaient de façon assez disgracieuse au reste de sa moustache. Sans doute très sportif autrefois et capable de rattraper à la course n'importe quel voleur, il arborait aujourd'hui une respectable bedaine qui mettait à rude épreuve la ceinture de son uniforme noir.

Il haussa les épaules. On voyait tout de suite qu'il n'avait pas atteint cet âge et ce grade pour se laisser harceler par des demandes sans importance. « Aujourd'hui, tout le monde a son idée concernant les organisations secrètes, l'espionnage, etc. Tous les jours je vois quelqu'un débarquer ici avec des hypothèses délirantes sur ce qui aurait pu arriver à une personne disparue.

– Je suppose qu'on les revoit, ces disparus ? intervint Mr Norris.

– Vous savez, en général on les retrouve morts après un raid aérien. À moins qu'ils n'aient profité de la confusion ambiante pour mettre les voiles, ni vu ni connu. La semaine dernière, une femme disparue depuis six mois a été retrouvée mariée et heureuse à Bognor Regis.

– Eh bien, c'est une histoire qui finit bien, glissa Mr Norris, optimiste, à Mrs Braithwaite.

– Le mari n'a pas vu ça comme ça, ricana le policier. Il l'a ramenée chez lui vite fait bien fait. »

Le sourire de Mr Norris s'effaça. Voilà qui n'avançait guère ses affaires. Il avait compté sur le policier pour le relayer dans la recherche de Betty. Il fallait qu'il aille travailler, lui. Le bilan de fin d'année n'était fait qu'à moitié et il lui était pénible de penser à ses comptes, empilés bien proprement en attendant qu'il en finisse avec eux. Tous ces chiffres en souffrance…

« Seulement cette personne-là est bel et bien disparue, lança Mrs Braithwaite, mettant comme toujours les pieds dans le plat. J'ai cherché dans les hôpitaux et dans tous les endroits où elle aurait pu être. Son petit ami manigance quelque chose, c'est moi qui vous le dis. » Elle prit une très ample inspiration et lâcha : « Il serait temps de vous remuer un peu et de faire quelque chose.

– Je vais prendre les détails de l'affaire et je signalerai Baxter au quartier général, dit Watts en poussant sur le côté la fiche qu'il venait de remplir. C'est tout ce que je peux faire en attendant des preuves supplémentaires. »

Mrs Braithwaite se renfrogna. Puis elle prit Mr Norris par

le coude et commença à le tirer doucement vers la sortie. « Je crois que nous devrions laisser l'inspecteur faire son travail, vous ne pensez pas ?

– Euh, si vous le dites… » Mr Norris eut la fâcheuse impression qu'elle avait une idée derrière la tête et il se cramponna au bureau devant lui.

Alors Mrs Braithwaite fit quelque chose qui ne lui ressemblait pas du tout. Elle lui adressa un clin d'œil. Un signe subreptice, comme celui que pourraient échanger deux malfaiteurs. Elle hocha la tête pour lui indiquer la porte, puis cligna de nouveau de l'œil.

Sidéré, Mr Norris en perdit ses moyens, et il se laissa entraîner à l'extérieur.

« Alors, que vouliez-vous me dire ? » demanda-t-il lorsqu'ils furent sortis.

Elle allongea le pas pour regagner Shilling Lane. « Si *eux* ne veulent rien faire, alors c'est *nous* qui allons passer à l'action. » Elle s'arrêta net au milieu du trottoir et se tourna vers lui : « Mr Norris, si personne d'autre ne veut aller au secours de Betty, eh bien c'est à nous de le faire.

– Mais l'inspecteur Watts va informer Scotland Yard ! Ils vont évidemment mettre fin aux agissements de Baxter, quels qu'ils soient.

– Vous ne l'avez donc pas entendu ! Il a dit que des histoires comme la nôtre, il en entendait tous les jours, et qu'en général, il n'y a pas de quoi fouetter un chat. Il ne nous prend pas au sérieux. » Elle posa la main sur le haut du bras de Mr Norris et le secoua légèrement : « C'est à nous de découvrir ce qui est arrivé à Betty. »

La journée était grise. D'épais nuages stagnaient dans un ciel sans vent, et Mr Norris ne put s'empêcher de penser qu'il était en train de se faire piéger. Et que l'affaire prenait des proportions inacceptables.

Il reprit à pas lourds le chemin de Shilling Lane.

« Où allez-vous, Mr Norris ? cria Mrs Braithwaite, se précipitant derrière lui. Nous devons retourner chez Baxter pour voir s'il est possible de le suivre à nouveau. Peut-être aussi au Pendulum, au cas où nous pourrions y trouver une piste. Nous avons du pain sur la planche. Et pas de temps à perdre. »

Mr Norris n'entendit pratiquement rien de ce qu'elle disait. Il était épuisé. Il en avait assez de ces recherches effrénées mais vaines.

« Enfin, Mr Norris, on ne peut pas baisser les bras. Vous n'avez donc aucun sens du devoir ?

– Non, aucun », dit-il en s'arrêtant et ouvrant les mains. Il saisit l'une de celles de Mrs Braithwaite et poursuivit d'un ton implorant : « Il faut me croire. Je ne suis tout simplement pas homme à faire ce genre de choses.

– Mais si, Mr Norris, et vous le faites très bien ! » Elle lui pétrit la main. « Vous vous sous-estimez ! Essayez seulement et vous verrez. Vous êtes un homme très doué, très habile. Il vous suffit d'orienter votre intelligence dans la bonne direction. »

Il laissa les mots s'insinuer dans son esprit et y onduler comme des serpents essayant de le tenter. « N'insistez pas, Mrs Braithwaite. Il faut que j'aille au bureau. On a besoin de moi là-bas. Mon univers, c'est la comptabilité. »

Ils terminèrent le trajet en silence.

Mrs Braithwaite alla à la cuisine dans l'espoir de requinquer Mr Norris avec une tasse de thé très fort et très chaud, mais il prit sa serviette, son melon, la boîte contenant son masque à gaz, et se dirigea vers la porte.

Cap sur le travail.

14

Mrs Braithwaite le regarda partir, profondément frustrée. Comment avait-il pu l'abandonner ainsi ? Puis elle se leva d'un geste décidé, noua son foulard sur sa tête et se dirigea vers la porte.

« Eh bien, je vais retrouver Betty toute seule ! »

Elle n'avait plus le choix : Baxter était son dernier lien à sa fille. Elle allait retourner chez lui et le suivre quand il sortirait. Il finirait bien par la conduire à Betty.

Les pensées lui vinrent en foule tandis qu'elle montait la colline en direction de Clapham. Et presque toutes avaient trait à Mr Norris.

« Il va voir comment je me débrouille, moi ! » marmonna-t-elle.

Mais lorsqu'elle arriva en haut de la côte et se retrouva devant chez Baxter, ce fut Betty qui passa au premier plan de ses préoccupations.

La plus grande malchance dans la vie, elle s'en était aperçue à ses dépens, était de s'associer à un homme qui n'était pas fait pour vous. Or Baxter, à l'évidence, n'était pas fait pour Betty.

Elle observa les fenêtres sur rue de la maison. Bien qu'il n'eût pas ouvert les rideaux qui les occultaient la nuit, elle était persuadée qu'il se passait quelque chose à l'intérieur, car elle voyait des ombres bouger derrière eux. Il y avait quelqu'un dans cette maison, et ce quelqu'un sortirait tôt ou tard.

Elle se cala contre le coin du mur le plus sombre, d'où l'on pouvait voir la porte. Le temps passa et au bout d'une heure, elle commençait à avoir mal aux pieds, mais elle était bien décidée à attendre le temps qu'il faudrait.

Au moment où la somnolence la gagnait, une silhouette surgit.

À sa taille et à son allure, elle reconnut Baxter. Elle se plaqua contre le mur en espérant qu'il ne se tournerait pas de son côté. Elle se rappela ses larges épaules et sa réaction agressive lorsqu'il les avait découverts dans le buisson, et elle frissonna. Il était probablement bien entraîné au combat.

Espérons que je ne serai pas sa prochaine victime, se dit-elle en retenant sa respiration.

Il partit à grands pas de l'autre côté, à l'évidence pressé, en direction de la cabine téléphonique sur l'esplanade en face du Pendulum. Elle s'avança de quelques pas sur la pointe des pieds et le vit décrocher le combiné. Il parla un moment, puis reposa le récepteur sur sa fourche une fois la conversation terminée.

Mais il ne partit pas aussitôt. En sortant de la cabine, il se baissa pour renouer ses lacets et, ce faisant, il parut essuyer sa main sur le bas de la porte, tout près du sol. Puis il s'éloigna rapidement.

Elle le suivit à distance. Il se dirigeait vers le centre de Londres, empruntant des rues secondaires bordées de maisons mitoyennes, et bifurquant souvent au dernier moment.

À l'écart de l'artère principale, les rues étaient tranquilles et beaucoup moins fréquentées, aussi fut-elle obligée de le laisser prendre de l'avance pour ne pas éveiller ses soupçons.

Soudain, comme s'il avait entendu un bruit – les pas de

Mrs Braithwaite peut-être –, il se retourna d'un coup et cligna des yeux, face à la lumière. Elle n'eut que le temps de se jeter dans un jardinet et de s'y accroupir, priant le ciel qu'il ne vienne pas la tirer de là manu militari.

Il resta quelques instants immobile, aux aguets. Puis un oiseau battit des ailes derrière Mrs Braithwaite, lui causant une belle frousse. Baxter se retourna et reprit son chemin, ayant sans doute conclu que le bruit venait de l'oiseau.

Après avoir emprunté un dédale de petites rues, il déboucha sur une grande artère. Elle était bondée : partout des queues s'allongeaient sur le trottoir devant des boulangeries et des épiceries. Les gens essayaient d'acheter des provisions avant que les stocks pour la journée ne soient épuisés. Des femmes, panier au bras, allaient d'une boutique à l'autre. Certaines étaient accompagnées de petits enfants qui trottaient pour les suivre. Un aveugle tapait le trottoir de sa canne blanche pour se frayer un chemin dans la cohue. À côté d'une cabine téléphonique rouge, un agent de police d'un certain âge promenait autour de lui un regard hautain et ne voyait sans doute pas les délits commis sous son nez.

Juste après une boucherie, Baxter marqua une courte pause et regarda autour de lui, puis ouvrit une petite porte coincée entre la boucherie et une boutique de fleurs fermée, et s'y engouffra. Elle claqua derrière lui, et Mrs Braithwaite resta plantée là.

La porte en bois délabrée dont la peinture noire s'écaillait n'invitait guère à la visite. Une bombe avait détruit l'étage de la boucherie, mais dans la vitrine, un écriteau proclamait : ICI, ON EST FIDÈLE AU POSTE, MR HITLER. Ce qui devait vouloir dire que la porte donnait accès à un sous-sol ou à une cave.

Qu'y avait-il à l'intérieur ? Ou qui ? Si Mrs Braithwaite se targuait de n'avoir peur de rien, elle réfléchit néanmoins sérieusement. Fallait-il essayer d'entrer ou attendre que Baxter ressorte ?

Finalement, sa curiosité eut raison de sa prudence et elle décida d'ouvrir très doucement la porte si elle y parvenait, et d'écouter. Elle avait toute confiance en sa capacité de déceler à l'oreille un éventuel danger.

Un déclic se fit entendre lorsqu'elle tourna la poignée d'un coup sec et la porte s'ouvrit. À l'intérieur, c'était l'obscurité totale. On distinguait à peine une cage d'escalier. Des marches descendaient vers une cave, d'où provenaient des voix étouffées. Il y avait une autre porte en bas de l'escalier.

Allait-elle se risquer à descendre sans bruit et l'entrouvrir très légèrement ?

Avant qu'elle ait pu trancher, elle s'ouvrit et un rai de lumière éclaira le bas des marches. Les voix devinrent distinctes.

« Il est hors de question qu'il y ait des sabotages ou des assassinats. » C'était la voix de Baxter, claire et forte.

Un autre homme glissa une remarque trop bas pour qu'elle l'entende, mais elle distingua un nom, Fox, et il termina en disant un peu plus fort : « Huit heures samedi à l'église. »

Elle eut beau tendre l'oreille, elle n'entendit que du remue-ménage, comme si quelqu'un donnait des coups de pied dans des caisses ou les déplaçait.

C'est alors qu'une grosse voix bourrue et grave lui parvint : « Qu'est-ce qu'on va faire d'elle ? »

Un homme – Baxter ? – répondit, mais elle ne saisit pas ses paroles.

Gardaient-ils Betty prisonnière dans cette cave ?

Mrs Braithwaite eut à peine le temps de réfléchir : elle entendait des pas lourds qui montaient.

Elle recula rapidement et, ne sachant que faire, retourna dans la rue où elle était horriblement exposée aux regards.

Elle sentait son sang battre dans sa gorge, et chercha frénétiquement des yeux une cachette. Un escalier ou une ruelle ? Mais il n'y avait rien. Il fallait qu'elle reste là en espérant qu'il ne la verrait pas, sinon…

Un homme trapu en bleu de travail poussa la porte et passa devant elle sans lui prêter la moindre attention tandis qu'elle renouait son foulard. Elle fila à grands pas sur le trottoir comme si elle se rendait chez l'épicier par une journée ordinaire. C'était le meilleur déguisement possible. S'exposer pour mieux se cacher. Personne ne soupçonnerait une ménagère de plus de cinquante ans.

Tout en avançant, elle vit Baxter sortir à son tour et s'éloigner en sens inverse.

« Qui sont ces gens ? » se demanda-t-elle à voix basse, la tête toujours baissée.

Lorsqu'il fut hors de vue, elle s'arrêta, le cœur battant la chamade.

Que dois-je faire ?

Peut-être Betty était-elle retenue prisonnière ici.

Elle chercha du regard l'agent de police qu'elle avait vu plus tôt, mais il avait disparu, et elle n'avait pas le temps de retourner au commissariat pour tout expliquer. Une seule chose était certaine : elle allait devoir descendre elle-même.

Une inquiétude sournoise la fit hésiter : n'était-ce pas un peu trop imprudent ? Que se passerait-il si elle se faisait prendre elle aussi ?

Pour parer à cette éventualité, elle se dirigea d'un pas vif vers la cabine téléphonique, sortit quelques pièces de son sac et composa le numéro de Mr Norris.

Une sonnerie, deux, trois. Mrs Braithwaite imagina le bruit en train de se réverbérer dans la maison vide. Bien entendu, Mr Norris n'était probablement pas encore rentré de son travail.

Quatre sonneries, cinq, six.

L'une des filles rentrerait-elle pour le déjeuner ?

Sept, huit, neuf.

Si seulement elle avait pris le numéro de téléphone du travail de Mr Norris !

Dix sonneries, onze.

Enfin un déclic sonore : quelqu'un avait décroché.

Mrs Braithwaite retint son souffle. Pourvu que ce soit Mr Norris.

« Allô ? » La voix hautaine de Cassandra.

Mrs Braithwaite soupira. Elle aurait encore préféré tomber sur Florrie, même si cette grande étourdie risquait d'oublier de transmettre le message à Mr Norris.

« Mrs Braithwaite à l'appareil », dit-elle en articulant clairement. Elle articulait toujours clairement au téléphone. Une bonne diction dénotait une bonne éducation. « Auriez-vous la gentillesse de prendre un message pour Mr Norris ? »

Elle entendit des bruits, indiquant que Cassandra avait trouvé le stylo que Mr Norris laissait toujours à côté du téléphone. « Quel est ce message ? » Le ton était sec, à la limite de l'impolitesse.

Une pensée alarmante traversa l'esprit de Mrs Braithwaite. Cassandra était-elle fiable ? Elle était en tout cas discourtoise à l'extrême.

Mrs Braithwaite réfléchit à toute vitesse et décida de coder son message, espérant que Mr Norris aurait la présence d'esprit d'en saisir le sens caché.

« Dites-lui que j'ai été obligée d'aller dans la grand-rue pour chercher des saucisses », dit-elle d'une voix nette.

Elle entendit Cassandra noter à l'autre bout du fil. « C'est tout ? demanda la jeune fille.

– Et dites-lui que je suis “fidèle au poste”. Il comprendra. »

Enfin, espérons-le ! pensa-t-elle lorsque Cassandra raccrocha sur un « au revoir » brusque.

En sortant de la cabine, elle rassembla son courage pour la mission qui l'attendait et se dirigea vers la porte de la cave.

Elle tourna la poignée, mais la trouva fermée cette fois-ci.

En collant son oreille contre le bois, elle crut entendre un bruit de l'autre côté et recula instinctivement. Qui était à l'intérieur ? Qui risquait de venir à la porte ? Une grosse brute comme l'homme qui venait de sortir ? S'il la voyait, il la jetterait dans la Tamise. On la retrouverait noyée la semaine prochaine. Les poissons auraient mangé ses vêtements et son corps irait s'échouer sur une plage, nu et boursouflé. Mrs Metcalf aurait beau jeu de rire triomphalement.

Mrs Braithwaite réfléchit : allait-elle prendre ses jambes à son cou, ou affronter la tête haute cette mort horrible et humiliante ? Au bout de cinq bonnes minutes, personne n'était apparu à la porte.

Elle fit une seconde tentative pour l'ouvrir, essayant de la faire céder, mais elle était solidement verrouillée.

Elle allait devoir entrer par effraction.

En fouillant dans son sac, ses doigts se refermèrent sur sa fidèle épingle à cheveux. Elle l'avait déjà utilisée pour ouvrir diverses portes : sa propre porte d'entrée un jour où elle avait laissé ses clés à l'intérieur, le cabanon du voisin lorsqu'un chat avait disparu, la porte-fenêtre donnant sur la terrasse de Mrs Metcalf.

S'exposer pour mieux se cacher, se dit-elle en sortant son propre trousseau de clés qu'elle agita ostensiblement.

Après un regard à gauche et à droite, elle attaqua la serrure, dissimulant l'épingle au milieu des autres clés, tout en préparant l'histoire qu'elle raconterait si on la repérait.

« Je suis un membre du SVF et je cherche d'éventuels logements pour héberger les sans-logis bombardés », marmonna-t-elle.

Il lui fallut plusieurs minutes de tâtonnements, à explorer l'intérieur de la serrure avec le bout de l'épingle, avant d'entendre un déclic. Brusquement, la porte s'ouvrit.

Enfin dans la place !

Rajustant son manteau, elle referma sans bruit derrière elle.

Il faisait noir sur le palier, mais elle se rappelait l'emplacement de l'escalier menant à la cave et, à tâtons, elle entreprit de descendre aussi discrètement que le permettait le bois pourri des marches.

Une fois en bas, elle tâta les murs en quête d'une poignée, et la tourna. La porte s'ouvrit sans résistance et elle se trouva dans un autre espace, toujours aussi sombre. Elle craqua une allumette – discrètement soustraite à la collection de Mr Norris dans l'entrée – et quand la petite lueur vacillante devint une flamme brillante et stable, elle éclaira un long couloir où s'ouvraient trois ou quatre portes de part et d'autre.

C'est alors que les bruits commencèrent.

D'abord, il y eut un léger grattement, qui aurait pu être le fait d'une souris ou d'un rat, s'il ne s'était transformé en une série de petits chocs rythmés, comme seul un humain pouvait en produire. Les bruits venaient de derrière l'une des portes.

Mrs Braithwaite recula de quelques pas et s'abrita dans un placard sous l'escalier, refermant la porte derrière elle. Elle fouilla dans son sac, cherchant une arme mortelle, comme un couteau ou une bouteille, mais le seul objet pointu qu'elle trouva fut un stylo à bille, et elle répugnait à s'en servir, car elle n'en avait pas d'autre.

Dans sa cachette, elle attendit, suant à grosses gouttes. Une minute passa, puis plusieurs, sans que personne vienne l'agresser. Les chocs sourds et réguliers s'étaient atténués et elle n'entendait plus que de légers grattements. C'était peut-être une souris, finalement ?

Elle se glissa hors de son refuge et décida bravement d'essayer l'une des portes.

Les grattements venaient de la seconde sur la gauche, aussi décida-t-elle de commencer par la première sur la droite.

Une fois la porte ouverte, elle craqua une autre allumette. La flamme jaillit, tremblota longuement, révélant une sorte de salle de réunion où des chaises dépareillées étaient rassemblées autour d'une vieille table de réfectoire en bois. Elles étaient en désordre, comme si une réunion s'était interrompue brutalement et que tout le monde avait laissé sa chaise où elle était.

Elle retourna dans le couloir et essaya la porte voisine, toujours à droite. À l'intérieur de la pièce, elle craqua une autre allumette. À ce compte-là, elle n'en aurait bientôt plus.

Mais elle s'arrêta net, essayant rapidement de comprendre ce qu'elle avait sous les yeux. Il y avait au centre de la pièce un vieux banc délabré sans dossier, dont certaines zones près des quatre coins laissaient voir le bois nu là où le vernis et la crasse avaient disparu, comme usés par le frottement. Près du banc, un seau en métal, vide.

Sur une table à côté étaient posées plusieurs chaînes et une bouteille emplie d'un liquide clair. Elle s'en approcha, l'ouvrit et renifla le contenu. L'odeur était si âcre qu'elle faillit vomir. Était-ce de l'alcool pur ? De l'alcool à brûler ? Ou pire encore ? À côté du banc, par terre, se trouvait une autre chaîne en métal.

Elle la regarda, puis de nouveau le banc.

Quelqu'un avait-il été attaché ici et avait-il râpé les coins de bois en essayant de se libérer ?

Était-elle dans une sorte de salle d'interrogatoire ?

L'allumette s'éteignit.

Se guidant à tâtons au mur derrière, elle regagna le couloir.

Le grattement recommença : de petits frottements sur le sol ou contre le mur, venant de la porte en face.

Elle allait essayer cette porte. Après tout, ce bruit pouvait être n'importe quoi, mais elle était prête à détaler pour sauver sa peau, ce qu'elle ne se rappelait pas avoir fait un jour.

La serrure cliqueta, et ce son ténu parut se réverbérer dans le couloir vide. Mrs Braithwaite se figea quelques instants, attendant que quelqu'un lui saute dessus. Rien ne se passa. Le bruit, lui, était devenu plus fort et plus rapide.

Elle passa prudemment la tête à l'intérieur.

Malgré l'obscurité complète, elle savait qu'il y avait quelqu'un dans la pièce : elle sentait à l'odeur de sueur et de crasse la présence d'un autre être humain. Brusquement, elle entendit le bruit distinct d'un gémissement étouffé.

Elle craqua une allumette et distingua dans le coin une silhouette bâillonnée, attachée à une chaise. Son cœur s'arrêta, puis se mit à battre follement. La prisonnière avait beau être sale, avec les cheveux tirés en arrière et les yeux rouges écarquillés de terreur, Mrs Braithwaite la reconnut.

C'était Betty.

15

Betty regarda, incrédule, la personne qui ressemblait trait pour trait à sa mère traverser la pièce au pas de course pour venir la serrer dans ses bras.

« Ma chérie ! Betty ! Qu'est-ce qui t'est arrivé ? » Sa mère lui arracha son bâillon et commença à essayer de la détacher.

« Maman ? Qu'est-ce que tu fais ici ? » Le ton de Betty n'était pas fâché à proprement parler, plutôt vexé. C'était *sa* mission et si les choses avaient en effet un peu dégénéré, il était impératif de ne pas mettre des civils en danger.

Surtout pas sa mère.

« Je suis venue te libérer, pardi ! » souffla Mrs Braithwaite d'une voix enrouée en lui détachant les mains. La corde était solide et bien serrée. « Tu vas devoir me donner un peu de jeu pour que je puisse défaire le nœud. »

Betty réfléchit rapidement. Même une fois ses poignets et ses chevilles dégagés, il y avait peu de chances que sa mère et elle puissent sortir avant que Briggs et Marty ne les interceptent.

« Il va falloir te dépêcher. Mais qu'est-ce que tu fais ici ?

– Il fallait bien que je vienne à ton secours, enfin ! Je n'ai pas fait le voyage à Londres pour découvrir au bout du compte que tu as été, disons, liquidée.

– Tu ne devrais pas être ici. Le QG a sûrement envoyé un ou plusieurs agents, qui sont sans doute en chemin.

– Le QG ? De qui parles-tu ? Pourquoi ne t'a-t-on pas délivrée plus tôt ? »

La question avait déjà traversé l'esprit de Betty. Où étaient ses secours ?

Pendant que sa mère se battait contre les nœuds dans l'obscurité, Betty se demanda ce qui avait bien pu la conduire jusqu'à elle. Elle qui avait passé tant d'années à ne pas se soucier de ce que sa fille pouvait bien faire, voilà qu'elle avait soudain décidé de se manifester, de lui sauver la vie – au risque de faire capoter toute l'opération.

« Tu ne veux pas savoir comment je t'ai retrouvée ? demanda Mrs Braithwaite, fière d'elle.

– Pas le temps pour l'instant. Concentre-toi sur mes liens.

– Alors arrête de gigoter ! »

Le ton sec fit soupirer Betty, qui resta aussi immobile que possible. Même quand on venait à son secours, apparemment, elle ne faisait rien comme il fallait.

Mrs Braithwaite sortit quelque chose de son sac – *quelle idée de venir avec un sac à main pour une évasion !* – et marmonna entre ses dents tout en s'escrimant sur le nœud, dont elle vint finalement à bout grâce à son stylo à bille. Betty dégagea ses mains et aida aussitôt sa mère à dénouer les cordes entravant ses chevilles, qui étaient imprégnées de sang.

« Ils t'ont torturée ? demanda Mrs Braithwaite, indignée.

– Oui », se contenta de répondre Betty. Puis, voyant la mine horrifiée de sa mère, elle ajouta : « Ça arrive dans ce travail, maman. »

Le visage de Mrs Braithwaite se figea en une moue opiniâtre, les coins de la bouche tirés vers le bas. « C'est quoi, ce fameux travail ? Ne me dis pas qu'il s'agit de classer des dossiers à la station d'épuration, hein ! »

Enfin libérée, Betty s'étira et se releva. « Je suis tenue au secret. Tu es déjà suffisamment en danger, mieux vaut que tu n'en saches pas plus.

– Tu n'es pas mêlée à une entreprise criminelle au moins ! » dit Mrs Braithwaite, que cette simple idée révulsait.

Betty prit une grande inspiration. « Écoute, maman, je travaille pour le gouvernement et suis chargée d'une mission cruciale, c'est tout ce que tu as besoin de savoir.

– Tu ne pouvais pas faire quelque chose qui ne mette pas ta vie en danger ? Travailler au service du chiffre, c'était trop facile, c'est ça ?

– Je voulais apporter ma contribution à la guerre.

– Sans penser une seconde au fait que tu es ma seule famille ? » Mrs Braithwaite craqua une allumette et inspecta Betty des pieds à la tête. « Ça fait combien de temps que tu es ici ?

– Je ne sais pas. J'ai été inconsciente un certain temps. » Elle secoua résolument la tête. « Écoute, ce n'est pas le moment de parler de ça. Il faut qu'on file. »

Elle saisit sa mère par la main et la tira vers le couloir. Ensemble, elles coururent jusqu'à l'escalier puis se mirent à gravir les marches avec précaution. Les bruits de la rue leur parvinrent : une femme qui grondait un enfant, un homme qui sifflait entre ses dents, le tap-tap-tap d'une canne d'aveugle sur le trottoir. Montant une marche après l'autre, Betty se pencha en avant, l'oreille aux aguets.

« Aie l'air normal, souffla-t-elle à sa mère. On va faire comme si on était deux ménagères qui font leurs courses. »

Et elle compta silencieusement « Un, deux, trois » avant d'ouvrir la porte.

La lumière du jour l'éblouit un instant. L'air poussiéreux de la rue entra à flots, apportant les effluves de viande fraîche et de sciure de la boucherie voisine. Betty prit le bras de sa mère qui la suivait, l'entraîna vigoureusement et se précipita dans la rue.

Elle s'arrêta net. Une grande masse sombre en bleu de travail se dressait devant elle, immobile.

« Où vas-tu comme ça ? » Briggs la dominait de toute sa hauteur, les bras écartés, prêt à la saisir.

« Cours ! » lança Betty à sa mère en la poussant.

Briggs saisit le bras de Betty. Elle essaya de se dégager, mais il avait prévu sa réaction et comme il était beaucoup plus vigoureux, il la repoussa à l'intérieur, derrière la porte noire.

Elle eut le temps de glisser un regard rapide vers le trottoir et vit du coin de l'œil Mrs Braithwaite, qui trottait vers la boucherie, se heurter à Marty, le plus fluet de ses ravisseurs, déguisé en aveugle. Il jeta sa canne sur le sol et empoigna Mrs Braithwaite dont le sac resta sur le trottoir, abandonné.

« Avance », dit Briggs à Betty en la poussant dans l'escalier devant lui. Il la retint quand elle faillit tomber, et ses doigts s'enfoncèrent dans ses poignets, les serrant si fort qu'elle grimaça.

Il avait allumé la lumière, une ampoule nue qui pendait au plafond en bas de l'escalier. La porte du couloir était restée ouverte et les deux hommes jetèrent leurs deux prisonnières dans la pièce où Betty avait été retenue.

« Je le savais, qu'on aurait dû la liquider dès le début, grogna Briggs en relevant la chaise où il attacha de nouveau Betty. Elle a déjà dit tout ce qu'elle savait. On n'a rien à en tirer d'autre.

– Le chef n'est pas d'accord. Il pense qu'elle connaît les codes. »

Betty prit une expression hermétique et fixa le sol devant elle tandis que Briggs serrait ses nœuds.

Mrs Braithwaite jacassait délibérément.

« Lâchez-moi, jeune homme. Vous savez qui je suis ? »

Briggs lança un sourire narquois à Marty et désigna Mrs Braithwaite du menton. « Qu'est-ce qu'on va faire de celle-là ?

– Je me demande bien à quoi elle pourra servir », dit Marty en attachant Mrs Braithwaite à une autre chaise. Il avait ôté ses lunettes, découvrant des yeux d'alcoolique, lourdement cernés et injectés de sang.

« Sachez que je dirige le SVF d'Ashcombe. De plus, je suis la mère de Betty, alors s'il lui arrive quelque chose, je... »

Betty fit la grimace. Sa mère s'attendait-elle à mener ces hommes à la baguette comme les dames du village ?

Briggs approcha son visage de celui de Mrs Braithwaite. « Vous allez nous révéler tous les secrets d'un complot de mamies-confitures ? »

Les deux hommes s'esclaffèrent et ouvrirent la porte pour sortir.

« On vous laisse en famille, lança Briggs. On va voir ce que le chef veut faire de vous. »

La porte se referma derrière eux avec un claquement sourd, plongeant son cachot dans l'obscurité. Le bruit de leurs pas, mêlé à leurs ricanements, s'éloigna dans le couloir, puis dans l'escalier. Vint enfin le claquement de la porte noire, qui se réverbéra dans les couloirs vides.

Elles étaient seules.

« Ça se présente mal, marmonna Betty en tentant de desserrer ses liens. Et ils savent faire des nœuds solides, ce qui n'arrange rien.

– Comment es-tu arrivée ici, ma petite fille ? » demanda Mrs Braithwaite, comme si elles se retrouvaient à un thé mondain où elles n'avaient pas été invitées.

Betty hésita, se demandant quoi révéler au juste. « Je suis désolée, maman, je n'ai pas le droit de te le dire. Secrets officiels, etc. Mais au départ, j'ai été enlevée. J'étais en service commandé quand Briggs – le grand costaud en bleu de travail – a surgi de nulle part et m'a embarquée de force à l'arrière d'une camionnette. Je ne sais pas ce qui s'est passé ensuite : je me suis réveillée ici. Ils ont dû me droguer.

– Qu'est-ce qu'ils te veulent donc ? »

Betty hésita encore. « Disons seulement que je détiens sans doute une information qu'ils veulent avoir, et s'ils arrivent à l'obtenir, ils me tueront.

– Alors ne leur dis rien, Betty, conseilla Mrs Braithwaite d'une voix enrouée. Ne leur dis rien du tout.

– Ne t'en fais pas, maman. Je sais comment m'y prendre avec eux.

– Je me doutais bien qu'il était urgent de te retrouver, ajouta Mrs Braithwaite avec conviction. Nous avons cherché jour et nuit, essayant de deviner où tu avais pu aller.

– *Nous* ? Qui ça ?

– Mr Norris et moi, voyons !

– Mr Norris ? » Betty laissa échapper un petit rire. « Mon propriétaire, Mr Norris ? Lui qui a peur de son ombre ?

– Eh bien, il m'a été d'un précieux concours, en réalité, dit Mrs Braithwaite, piquée. Il a remué ciel et terre avec moi pour essayer de découvrir ce qui t'était arrivé.

– Ah oui ? Et où est-il maintenant ? demanda Betty, toujours ironique. Il va venir à la rescousse ? »

La voix de Mrs Braithwaite vacilla. « Il estimait que c'était trop dangereux de venir aujourd'hui, et je crois qu'il n'avait pas tort.

– Ne t'inquiète pas, maman, déclara Betty, je trouverai le moyen de nous sortir de là. » Hélas, les cordes qui lui liaient les poignets étaient trop serrées pour qu'elle puisse se dégager. Elle continua à parler tout en s'efforçant d'imaginer un autre plan. « Dis-moi, maman, pourquoi es-tu ici ? À Londres, je veux dire. C'est à peine si tu m'as donné de tes nouvelles depuis que je suis partie, et maintenant que je suis au milieu d'une opération d'envergure, tu débarques en essayant de me sauver la mise.

– Sans ce dénommé Briggs, nous aurions pu nous enfuir, dit Mrs Braithwaite d'un ton maussade. Mais pour être franche, ma chérie, la vie n'a pas été si rose pour moi à Ashcombe. Depuis le divorce, les femmes du village ont cru bon de me mettre à l'écart. Elles disent que c'est ma faute si ton père est parti. Que j'étais trop dure, trop froide. Et que j'ai nui à la réputation du village. » Elle poussa un soupir. « Je ne comprends pas. Si quelqu'un doit être ostracisé, c'est plutôt ton père. C'est lui qui a été infidèle toutes ces années. Tu crois vraiment que j'avais envie qu'on divorce ?

– Anthony Metcalf a dit...

– Je sais, ma chérie, j'ai lu la lettre, coupa rondement Mrs Braithwaite. Je ne peux en conclure qu'une chose : elles craignaient que je ne leur prenne leurs maris. Tu imagines ? Mrs Metcalf croyait-elle sérieusement que je puisse avoir envie de ce pauvre minable qui trafique les comptes depuis dix ans ? Et puis pourquoi voudrais-je d'un autre homme ? Je suis très bien sans ton père. Mieux qu'avec lui, même !

– Ça, je n'en doute pas, maman ! J'ai été désolée d'apprendre qu'on voulait te faire démissionner. »

Le silence régna quelques instants dans l'obscurité.

« Elles ont dit qu'en tant que divorcée, j'étais immorale et donc indigne d'occuper une position où les autres viendraient me demander aide et conseils.

– Immorale ? De tous les adjectifs pour te décrire, je n'aurais pas choisi celui-là, maman !

– C'est ton père qui était immoral. Lui et toutes ses liaisons. Et pourtant, il tire son épingle du jeu alors que moi, je suis traînée dans la boue. Dans la boue, je te le dis. C'est très édifiant, ce qui m'est arrivé, Betty. »

Betty pensa à la lettre d'Anthony, puis à la dernière fois où elle l'avait vu, avec cette moustache ridicule qu'il avait laissée pousser et la façon dont il donnait raison à sa mère pour critiquer Mrs Braithwaite, persuadé que Betty lui emboîterait le pas. Elle rougit en se souvenant de toutes les fois où elle s'était plainte d'elle, où elle avait pleuré sur l'épaule d'Anthony, meurtrie par une remarque désagréable, et tempêté contre la malchance de grandir sans une maman bienveillante. Elle rougissait aujourd'hui en pensant à son propre manque de loyauté à l'égard de sa mère, qui était venue à son secours. Elle se jura que si elle sortait vivante de cette affaire, elle écrirait aussitôt à Anthony pour lui raconter ce qui s'était passé et reprendre tout ce qu'elle avait pu dire de négatif sur sa mère.

« Je me rends compte de la bêtise que j'ai faite en consacrant tout mon temps à ces bonnes femmes stupides, poursuivait Mrs Braithwaite. J'aurais dû prêter plus d'attention à la véritable guerre. Et à toi. » Elle prit une grande inspiration. « J'ai réfléchi. Il y a beaucoup de choses que je voulais te dire, des choses que j'aurais dû te dire il y a des années. Je sais que je n'ai pas toujours été la meilleure des mères…

– Ma foi, en dehors du jour où…

– Je sais, je sais. Tu te souviens du jour où tu es partie ? Quand tu as dit que tu n'aurais peut-être pas d'enfants ? J'y ai repensé et je me suis demandé si c'était… si par hasard, ce n'était pas à cause de moi. De ma façon de me comporter avec toi.

– Peu importe, maman. Tu étais très accaparée par le village », dit Betty avec amertume. Entre son père qui courait les jupons et sa mère qui ne s'intéressait que fort peu à sa fille unique, Betty avait le sentiment d'avoir eu une enfance au mieux solitaire, au pire négligée.

« Les femmes du village sont impitoyables ! Notre réputation était en jeu !

– Ta réputation est plus cruciale que ta propre fille ? C'est ça que t'a appris tante Augusta ?

– Tu n'étais peut-être pas adepte de ses méthodes, mais tante Augusta était d'une grande sagesse à sa façon.

– Elle se prenait pour la reine Victoria. J'ai passé la moitié de ma vie à subir l'autorité de cette mégère.

– Écoute, je reconnais qu'elle était peut-être un peu rétrograde, mais son discernement n'en était que plus précieux.

– Parce que c'était sage de sa part – et de la tienne – de se vanter d'ascendances aristocratiques alors que nous vivions dans une petite maison mitoyenne à Ashcombe ? »

Sa mère fut choquée par le ton qu'elle avait utilisé. « Ma mère et elle étaient quand même filles du comte de Mulcaster. Elles avaient été élevées au château de Faversham, et en auraient été les héritières légitimes si elles avaient été des garçons. Tante Augusta était née noble. Cela la peinait énormément de s'être trouvée rabaissée aux yeux du monde et de devoir venir vivre avec nous pour ses vieux jours.

– Je croirais presque l'entendre parler en t'écoutant, maman.

– Ma foi, elle m'a rendu un immense service en sacrifiant tout pour m'élever après la mort de mes parents.

– C'était une vieille dame aigrie. Tu ne te rappelles donc pas ces horreurs qu'elle disait sur ta mère ?

– Tante Augusta ne faisait que défendre mes intérêts, répondit Mrs Braithwaite. C'est pour cela qu'elle m'a élevée comme elle l'a fait, avec de vraies valeurs.

– Des valeurs rétrogrades.

– Betty ! Je sais que tante Augusta ne t'aimait pas beaucoup…

– Elle a caché mes livres de sciences dans la cave. Elle m'a persécutée du jour où elle est venue s'installer avec nous, quand j'avais neuf ans, jusqu'à sa mort quand j'en avais dix-huit.

– Elle aurait voulu que tu te conduises comme les autres filles, comme Patience, la fille de Mrs Metcalf. Pourquoi ne pouvais-tu pas être une fille comme les autres, au lieu d'un bas-bleu, le nez toujours plongé dans les livres ?

– Avec toi, il n'y en avait que pour tante Augusta. Tu ne t'es jamais demandé ce que *moi*, j'aurais aimé. Même après sa mort, tu n'as pas renoncé à ses principes ridicules – tu as même commencé à les répéter en pontifiant, comme si c'étaient les tiens.

– Je croyais que je faisais ce qu'il fallait, et je m'assurais que nous étions respectables. »

Betty soupira. « Si seulement tu avais cru en moi, maman. Tu vois Patience en train remplir ce genre de mission spéciale en temps de guerre ? »

Mrs Braithwaite s'immobilisa et renifla. « Non. Je n'ai jamais pensé que ton éducation pourrait te prédisposer à... ma foi, à sortir du lot. » Et elle ajouta rapidement : « Non que cela ait de l'importance, mais quelle que soit la voie que tu choisisses désormais, tu sortiras toujours du lot à mes yeux. » Elle renifla de nouveau. « Ah, je regrette vraiment de ne pas avoir mon sac à main, parce que j'aurais bien besoin de mon mouchoir. »

Le silence tomba et Mrs Braithwaite reprit : « Betty, est-ce que ça va ?

– Ça va, maman, répondit Betty, sans toutefois pouvoir dissimuler les larmes dans sa voix. J'ai toujours eu l'impression de te décevoir en n'étant pas aussi parfaite que Patience.

– Tu ne m'as pas déçue du tout, protesta Mrs Braithwaite. Tu vaux mille fois mieux que cette sotte complètement surfaite. Je n'aurais pu avoir une meilleure fille. Simplement, je ne m'en rends compte que maintenant.

– Et je sais que tu veux que je fasse un beau mariage, que j'aie des enfants, mais ce ne sont pas mes seules aspirations. Mon travail est assez incroyable, tu sais. Je suis épatée de voir comme il m'ouvre l'esprit, comme je me sens utile. » Betty essaya de nouveau, en pure perte, de dégager ses mains. « Et de nos jours, maman, ce n'est pas parce qu'une fille est intelligente que ça l'empêche de se marier.

– Ah, de mon temps, si ! » dit Mrs Braithwaite. Et de reprendre d'un ton âpre : « Quand j'étais enfant, la seule femme qui avait un travail tout en étant mariée était la reine. On jugeait la réussite d'une femme d'après l'homme qu'elle épousait et la société dans laquelle elle évoluait ensuite. Ma mère a fait une mésalliance et tante Augusta ne le lui a jamais pardonné.

– Et regarde où cette façon de penser t'a menée, hasarda Betty. Papa n'a pas vraiment été une affaire comme mari, hein ? »

Mrs Braithwaite poussa un énorme soupir. « De mon côté, j'aurais peut-être pu être un peu plus chaleureuse envers lui.

– Oh, maman, ne tiens aucun compte de ce que raconte Mrs Metcalf ! Surtout maintenant que nous avons toutes les deux besoin d'une bonne dose de ton inébranlable ténacité. »

16

Les retrouvailles avec Betty n'avaient pas été le franc succès qu'avait imaginé Mrs Braithwaite. Certes, elles avaient pu avoir une conversation, leur meilleur échange depuis des années, mais Betty semblait garder rancune à sa mère d'avoir mis son nez dans ses affaires. Pire encore, elle refusait de révéler l'endroit où elle travaillait et ce qui dans son activité lui avait valu d'être enlevée.

« Allons, ma petite fille, tu pourrais au moins me dire de quel côté tu es. »

Un bruit soudain leur parvint du couloir : des pas lourds descendaient les marches et résonnaient crûment dans l'obscurité.

« Les voilà, chuchota Betty d'une voix rauque. Quoi qu'il arrive, maman, essaie de sauver ta peau. Ne leur dis rien. »

Avant même qu'elle eût fini sa phrase, la porte s'ouvrit à la volée et l'aveuglante lumière blanche d'une torche fut braquée sur elles. Mrs Braithwaite frissonna.

« Bon, toi », hurla une voix à Betty – celle de Briggs, hostile et agressive –, « je dois t'emmener à… mais t'as pas besoin de savoir où. » Il s'approcha d'elle d'un pas menaçant. « Fox veut te voir. »

Il la détacha de sa chaise et lui cria aussitôt de cesser de gigoter. « T'as de la chance, parce que si ça tenait qu'à moi, je me débarrasserais de toi tout de suite.

– Et ma mère ? demanda Betty.

– Elle, on s'en tape. Je suis sûr que Marty fera bien une partie de… dames avec elle si elle s'embête. Et il la tuera après, ajouta-t-il en ricanant.

– Mais, maman… »

Il lui plaqua une main sur la bouche et la poussa dans l'embrasure de la porte devant lui. « Et pas de coup tordu pendant le trajet, hein !

– Ne leur dis rien, Betty ! » cria Mrs Braithwaite.

Mais Betty avait disparu.

Le rayon de la torche quitta la pièce et la porte se referma avec un claquement lourd. Une clé grinça dans la serrure et les voix s'éteignirent.

Plus rien.

Mrs Braithwaite se retrouva seule. Elle ne songeait ni à la mort ni à la façon dont ils projetaient de la tuer. Elle pensait à Betty et au bonheur qu'elle avait éprouvé en la retrouvant. Les larmes lui montèrent de nouveau aux yeux quand elle s'adossa au mur et commença à repasser ses souvenirs comme si elle dévidait une bobine de film derrière ses paupières : l'enfance de Betty, chacun des précieux moments qu'elles avaient passés ensemble depuis le premier, celui où elle avait posé les yeux sur le minuscule bébé en pleurs qui gigotait de tous ses membres, déjà impatient d'explorer le monde.

Et il lui apparut alors comme une évidence que c'était ainsi qu'on devait mesurer la réussite de sa vie : à l'aune de la famille, du temps passé avec chacun de ses membres, pour les aider et cheminer dans le monde à leurs côtés.

Un nouveau bruit retentit : une porte s'ouvrait, des pas descendaient, lents et résolus. Cette fois, à coup sûr, la fin était proche.

17

Mr Norris rentra de son travail à six heures moins le quart. Il accrocha son chapeau melon à une patère, puis alla à la cuisine mettre la bouilloire à chauffer. Il prit son journal, plié sous son bras, et s'assit à la table pour le lire en attendant que l'eau bouille.

Une soirée tranquille, se dit-il en écoutant les clapotis doux de l'eau qui commençait à chauffer. Et pourtant, il ne pouvait se débarrasser de l'impression que tout n'était pas pour le mieux dans le meilleur des mondes.

Tout cela, c'était à cause de Mrs Braithwaite. Elle avait bouleversé sa routine. Il était devenu comme le liquide dans la bouilloire, agité et impétueux.

Non qu'il ne la trouvât pas sympathique, mais elle revenait sans cesse à la charge avec de nouvelles exigences et cherchait à lui faire faire des choses qu'il ne voulait pas faire. Et qu'on ne devrait jamais demander à une personne ayant un tempérament tel que le sien.

Il reprit son journal là où il s'était arrêté. Depuis le début de la guerre, il se sentait obligé de lire la rubrique nécrologique, au cas où. Elle occupait de plus en plus de place. Une liste sans rime ni raison, une suite d'âmes quittant ce monde chaque jour, certaines en héros, d'autres en hommes ou femmes ordinaires, embarqués dans une guerre qui n'était pas la leur. Il fut pris au dépourvu par une brusque vague de tristesse et sentit une boule se former dans sa gorge. Il se rendit compte que les événements des derniers jours l'avaient impliqué directement dans cette guerre.

La bouilloire commença à siffler. Il sortit deux tasses, s'attendant à voir comme d'habitude Mrs Braithwaite débarquer et lui faire le compte rendu de sa journée. Il éprouva un vague frisson de manque lorsqu'elle n'apparut pas.

Comme il avait eu vite fait de s'habituer à elle ! Ou s'était-il si bien accoutumé au silence de son monde qu'il n'avait pris conscience de sa propre solitude qu'après l'arrivée de sa visiteuse ?

Il décida de monter frapper à sa porte, mais en passant dans l'entrée, il s'avisa qu'elle n'était peut-être pas là. Est-ce que par hasard elle était sortie depuis le matin et n'était pas revenue ?

Il accéléra l'allure, grimpa l'escalier quatre à quatre et courut jusqu'à sa porte où il frappa frénétiquement. « Mrs Braithwaite. Mrs Braithwaite ! »

N'obtenant pas de réponse, il prit ses clés et ouvrit la porte. Un soupçon du parfum à la lavande qu'elle portait flottait encore dans la pièce bien rangée. Elle n'était apparemment pas rentrée de la journée.

Il s'assit sur le lit.

Que lui était-il arrivé ?

Peut-être avait-elle vu juste en estimant que Baxter était un sale type, au bout du compte. Et pire, peut-être lui avait-il réservé à elle aussi un sort abominable.

Il fallait qu'il la retrouve. Il irait chez Baxter, qui le mènerait à elle tôt ou tard.

Seulement cela pourrait prendre une éternité, et qui sait à quel genre de danger il s'exposait ?

Il promena son regard autour de lui en quête d'inspiration et, en regardant la coiffeuse, se souvint du message codé qu'il avait dans la poche. Il avait dit à Mrs Braithwaite qu'il le déchiffrerait, mais il avait prévu d'attendre le week-end pour s'en occuper, et de s'y atteler avec une bonne tasse de thé.

FUY drmag-sfrg xsrogvim xsfixs sfrg

S'asseyant devant la coiffeuse, il sortit un bloc. Un mot revenait deux fois : *sfrg*. Le code devait être basé sur une équivalence orthographique.

Il nota plusieurs possibilités. Mr Norris était fier de son talent pour les mots croisés, et il connaissait donc les lettres les plus fréquemment associées : *e* et *i* avec *r*, *c* avec *h*, *t* avec *e*, et ainsi de suite. Ce message étant bref, on devait avoir évité les mots superflus tels que les articles. Mais pourquoi utiliser deux fois le même mot ?

Et pourquoi les trois premières lettres étaient-elles des majuscules ? Il s'agissait peut-être d'un sigle – aujourd'hui, tout le monde avait l'habitude de réduire les groupes, les lieux et les occupations à des initiales. Cela leur conférait un air plus officiel et plus important. Le Service volontaire féminin était devenu le SVF, la Force expéditionnaire britannique, la FEB. Même lorsqu'ils écrivaient à leur famille, les soldats utilisaient des acronymes codés pour dire à leurs proches où ils se trouvaient : « Femme Rebelle A Nargué Chaque Ennemi » signifiait France ; « Apporte La Grande Écharpe Rouge » désignait Alger.

Il considéra la phrase codée. Pourquoi y avait-il un mot à trait d'union ? Pouvait-il s'agir d'un nombre ? Car il était peu probable qu'on ait mis un adjectif composé à l'intérieur d'un message aussi bref. Si c'était un nombre, dont une partie était répétée à la fin en quatre lettres, toutes différentes, alors il pouvait s'agir de cinq, sept, huit ou neuf. En procédant par élimination, il ne tarda pas à voir que seul « huit » était possible.

Huit.

Dès lors, il comprit qu'il avait la clé. Une fois ces quatre premières lettres élucidées, il passa rapidement en revue les autres possibilités, et peu à peu le sens du message apparut.

Et lorsque l'acronyme se révéla, il eut un choc.

L'UFB, laissa-t-il échapper dans un souffle. L'Union des fascistes britanniques.

Les eaux dans lesquelles évoluait Betty étaient non seulement beaucoup plus troubles qu'il ne l'avait cru, mais aussi infiniment plus dangereuses.

Et Mrs Braithwaite avait atterri dans ce guêpier.

Tout en redescendant l'escalier, il se demanda s'il valait mieux aller frapper à la porte de Baxter et exiger qu'il lui dise ce qu'il avait fait de Mrs Braithwaite, ou se contenter de le filer. Il tomba nez à nez avec Cassandra qui montait.

Elle portait une robe moulante bordeaux et le maquillage de ses yeux, très appuyé, accentuait son air félin. Maintenant qu'il venait de découvrir que Betty avait des liens avec l'UFB, il éprouva un certain malaise à l'idée que Cassandra aussi pouvait être mêlée à tout ceci. Il avait toujours trouvé qu'elle avait un physique très aryen avec ses cheveux blonds. Et toute cette agressivité.

« Vous avez eu votre message téléphonique ? dit-elle de sa voix traînante et étudiée. Cette chère Braithwaite a téléphoné pour vous dire ce qu'il y avait pour le dîner. » Et elle glousse en se faufilant près de lui pour gagner sa chambre.

« Hein ? fit-il, surpris, en se retournant vers elle. Elle a appelé ? Quand ?

– Cet après-midi, vers trois heures. Je n'ai pas compris pourquoi c'était urgent au point qu'elle ne puisse pas attendre d'être rentrée. Tout ça pour des saucisses. »

Mr Norris répondit aussitôt : « Elle a dû avoir peur que

je n'aille en acheter moi aussi. » Puis il sourit, comme si c'était le plus naturel des messages, ce qui n'était pas le cas. Pourquoi diable Mrs Braithwaite lui téléphonait-elle à propos du dîner ? Et de saucisses ? Elle qui détestait les saucisses et n'en mangeait plus depuis 1939.

Cassandra le regardait avec pitié. « Je n'aurais jamais cru qu'elle était votre genre, Mr Norris. »

Il haussa les épaules, espérant donner une impression de nonchalance : « Si elle se charge des courses et de la cuisine pendant qu'elle est là, pourquoi refuserais-je ?

– Ça se défend, en effet. Mais je trouve qu'on ne devrait pas l'encourager à rester. » Cassandra lui adressa l'un de ses petits sourires narquois, puis désigna du doigt le bloc à côté des éléphants dans l'entrée. « Elle a ajouté autre chose, qu'elle était fidèle au poste, ce qui veut certainement dire qu'elle a l'intention de s'installer. »

Mr Norris s'approcha du bloc et remercia Cassandra, qui monta dans sa chambre.

En lisant les mots « Fidèle au poste », il fit la grimace et passa lentement dans la cuisine. « Drôle de remarque », murmura-t-il.

Et si elle était à double sens ? Assurément, Mrs Braithwaite n'aurait jamais confié un message explicite à Cassandra, car elle se méfiait d'elle.

Il s'assit à la table de la cuisine, le bloc devant lui, et lut le message dans son intégralité.

Ai été obligée d'aller dans la grand-rue pour chercher des saucisses. Fidèle au poste.

Quelque chose le dérangeait. Mrs Braithwaite avait un faible pour cette abominable viande en conserve, le Spam ; elle était sûrement capable de faire des kilomètres à pied pour dénicher une épicerie qui en avait en stock.

Avait-elle utilisé un code pour lui faire savoir où elle se trouvait ? Pour du Spam, elle devait aller chez un épicier, mais pour des saucisses, elle aurait besoin d'un boucher. Était-ce la raison pour laquelle elle avait choisi de parler de saucisses ? Avait-elle mentionné les saucisses parce qu'elle savait qu'il tiquerait ?

Il y avait une boucherie dans la grand-rue de Wandsworth, cependant, si elle avait pris le domicile de Baxter comme point de départ, elle avait pu aller dans la grand-rue de Clapham. Il devait y avoir une boucherie là-bas, voire deux.

Mais pourquoi « Fidèle au poste » ?

Une anagramme, peut-être ? Il réorganisa les lettres dans son esprit. Piste floue… fou dépisté… député las… soupe fétide.

Il mit la feuille de papier dans sa poche et se dirigea vers l'entrée. La seule façon d'en avoir le cœur net était d'aller voir.

18

Pendant qu'on poussait Betty à l'arrière d'une camionnette de livraison, deux pensées lui traversèrent l'esprit. D'abord une peur atroce pour sa mère. Quelqu'un savait-il où elle se trouvait ? Betty avait été enfermée assez longtemps pour savoir que ces hommes étaient non seulement des brutes, mais aussi des balourds : leurs coups de pied et de poing pouvaient faire des dégâts incontrôlés.

Ensuite, elle comprit qu'il lui fallait sortir d'urgence de cette camionnette. Le véhicule stationnait le long du trottoir et lorsque Briggs l'avait poussée à l'intérieur, le démarrage avait été instantané, faisant crisser les roues, ce qui indiquait que quelqu'un d'autre conduisait. Briggs avait sûrement dû retourner dans le sous-sol pour surveiller Mrs Braithwaite.

Dieu seul savait qui était au volant de ce maudit véhicule et quelle était sa destination.

Un autre sous-sol où elle serait à nouveau torturée, peut-être par une équipe un peu plus professionnelle ? Elle ne redoutait pas la douleur – elle avait été entraînée à la supporter, mais elle était bien consciente d'être relativement novice à ce jeu-là. Un tortionnaire plus expérimenté avait des chances de mettre sa détermination à rude épreuve.

Elle savait exactement ce qu'ils voulaient obtenir d'elle : le nom de l'autre agent double et de l'organisme qui les avait envoyés, elle et lui. Ils avaient compris que l'UFB avait été infiltrée par deux taupes et ils avaient réussi à découvrir qu'elle était l'une des deux.

Mais si elle avait été démasquée, Baxter ne l'était pas encore et elle était bien décidée à ne pas le donner, quelles que soient les tortures infligées.

Il était indispensable à l'opération. Et Betty ne se leurrait pas sur son cœur qui battait la chamade, son estomac noué et le désir ardent qu'elle avait de lui.

Elle était amoureuse.

Il faisait sombre à l'intérieur de la camionnette, exception faite d'un étroit rai de lumière venant de la portière. Elle s'en approcha, s'efforçant de garder l'équilibre malgré le tangage du véhicule qui la ballottait d'un côté à l'autre en même temps qu'un certain nombre de grandes caisses qui, à l'odeur, devaient contenir de gros morceaux de viande crue.

Comme elle avait encore les mains liées dans le dos, elle fut obligée de se tourner pour tâter la fermeture de la portière et la sentit bouger sous ses doigts.

Briggs était-il assez bête pour avoir mal refermé ?

Elle essaya de faire jouer le loqueteau, elle força pour l'ouvrir. Mais le pêne refusait de s'enclencher.

« Allez ! » supplia-t-elle en tirant avec ses doigts.

Perdant soudain l'équilibre lorsque la camionnette prit un virage sec, elle tomba lourdement sur le côté, sans pouvoir amortir sa chute avec ses mains.

« C'est quoi, ce bordel ! » hurla une voix râpeuse à l'avant.

La camionnette s'arrêta brièvement et Betty put se remettre d'aplomb. Quand la voiture redémarra en trombe, elle fut projetée contre la porte.

Qui s'ouvrit soudain, la fermeture vétuste ayant cédé sous son poids.

Elle atterrit sur le macadam et rebondit légèrement, s'éraflant bras et jambes dans sa glissade.

La camionnette disparut au virage suivant, la porte arrière brimbalant sur ses gonds.

Il n'a pas remarqué qu'il m'avait perdue.

En roulant sur elle-même pour se relever, elle vit une voiture noire arriver et piler. Les pneus crissèrent et le pare-chocs s'immobilisa à quelques centimètres d'elle.

Elle se releva et s'écarta d'un bond afin d'éviter le conducteur, qui était descendu de voiture pour voir si elle n'était pas blessée. En hâte, elle lui souffla : « Ne dites à personne que vous m'avez vue », puis elle ajouta : « S'il vous plaît ! » d'un ton urgent. Et elle fila aussi vite qu'elle put dans une petite rue perpendiculaire, puis une autre, et une autre encore, jusqu'à ce qu'elle fût sûre que personne ne pouvait l'avoir suivie.

Dans une allée calme bordée d'arbres, elle s'arrêta pour reprendre son souffle.

Elle était libre.

Elle aperçut une grille avec un poteau rouillé et eut vite fait de râper la corde fatiguée qui l'entravait encore.

Elle devait vraiment aller au QG et faire un rapport de ce qu'elle savait. Toutefois il fallait d'abord qu'elle délivre sa mère. Ou bien devait-elle trouver Baxter et lui raconter ce qui s'était passé ?

Il savait que Betty était retenue prisonnière. Elle avait entendu sa voix dans le sous-sol, tout de même. Une fois de plus, une étrange dissonance retentit au fond de son esprit. Mais Baxter, agent double ? Impossible.

Si ?

Non. Elle avait beau savoir qu'il n'avait pas été autorisé à venir à son secours – le MI5 ne pouvait courir le risque de compromettre sa couverture –, Betty était malgré tout meurtrie que ce ne soit pas lui qui l'ait sauvée.

C'était sa mère.

Betty devait retourner à la boucherie pour la libérer. Elle eut un soupir d'agacement.

Comme à son habitude, sa mère avait foncé tête baissée. C'était ridicule. Elle avait mis les pieds dans une affaire qui la dépassait complètement. Maintenant, elle était prisonnière, impuissante, et Betty – au lieu de remplir sa mission, un enjeu national – devait risquer sa propre liberté pour aller la délivrer.

Briggs serait toujours là, à monter la garde. Et le chauffeur de la camionnette devait à présent l'avoir prévenu de la fuite de Betty. Ils étaient sûrement aux aguets, à l'attendre.

Elle inspira profondément, serra les dents et reprit la direction du sous-sol de la boucherie.

Quels que soient les risques, il lui fallait tout oser. Elle devait la vie à sa mère, après tout.

19

Mr Norris monta à grands pas la côte menant au Pendulum. À cette heure-là, les gens rentraient fatigués de leur travail, fermaient les rideaux pour le black-out et se préparaient à une nouvelle nuit mouvementée. C'était un soir de pleine lune, où les risques étaient les plus grands. Les bombardiers allemands arrivaient toujours par escadrilles, et profitaient du clair de lune pour larguer leurs bombes sur les docks et les usines. Au début, ils visaient seulement les cibles susceptibles de gêner l'effort de guerre – usines, pistes d'atterrissage, bâtiments officiels – ; puis après avoir complètement anéanti les quais du quartier de l'East End à Londres, ils avaient reçu une nouvelle mission : bombarder les civils. Bureaux, maisons, écoles, églises, ils visaient tout ce qui pouvait saper le moral des habitants. Ils ne cherchaient plus à paralyser la faculté de riposte des Britanniques, mais à briser leur résistance.

Le ciel était encore vide et, tout en avançant rapidement dans les rues avec sa lampe de poche, Mr Norris leva les yeux vers l'espace bleu de plus en plus sombre où les minuscules points lumineux des étoiles se rassemblaient à l'horizon pour contempler la nuit se déployer à des années-lumière.

« Quelle différence cela fait-il au fond ? » se dit-il en regardant la lune, qui ne se doutait pas de ce que signifiait sa lumière. « Nous ne sommes ici que pour une infime fraction de temps. »

Mais il avait peur et il le savait. Toute sa vie, il avait été certain que la meilleure stratégie était d'éviter les situations potentiellement périlleuses. Or il allait droit vers le danger.

Pourtant, il se surprit à presser le pas, à courir, comme poussé par un élan intérieur. Il ne pouvait pas décevoir Mrs Braithwaite, elle qui était si courageuse et qui lui avait reproché d'être « frileux ».

Non, il fallait qu'il lui montre, qu'il montre à tout le monde de quoi il était capable, lui aussi.

La grand-rue de Clapham se composait d'une longue rangée de magasins fermés pour la nuit. Il commença par chercher une boucherie, se demandant s'il repérerait la bonne. Pouvait-il y en avoir plusieurs, finalement ?

Eh oui. La rangée de boutiques en comportait au moins trois ; quatre si l'on en comptait une qui paraissait vide.

« Qu'est-ce qu'elle a dit ? murmura-t-il en remontant, puis redescendant la rue. Des saucisses chez le boucher de la grand-rue. »

Beaucoup de passants se hâtaient de rentrer chez eux afin de se préparer pour la nuit. Une femme le bouscula et faillit le faire tomber sur la chaussée ; un aveugle avançait en tapant sur le trottoir avec sa canne blanche, essayant de se frayer un chemin dans la cohue.

« Ça va ? demanda Mr Norris en lui touchant le coude pour lui faire comprendre qu'il était prêt à l'aider. Il y a beaucoup de monde ce soir.

– C'est bon ! » répondit l'homme qui repoussa brusquement sa main et se retourna comme s'il voulait le regarder à travers ses lunettes noires. « Laissez-moi tranquille. »

Mr Norris haussa les épaules et passa son chemin. Les raids aériens mettaient les nerfs à vif. S'il n'avait pas été ici à chercher Mrs Braithwaite, il aurait été chez lui à faire les cent pas dans sa chambre en se demandant s'il devait rester sur place ou aller dans un abri afin de trouver un emplacement confortable pour la nuit.

Trop tard à présent.

Il continua à avancer, examinant chacune des boutiques. Il y avait une grande boucherie qui faisait de la réclame pour toute une liste de produits, dont des saucisses. Était-ce la bonne ? Ou la suivante ? Elle avait un auvent en toile rayée bleu et blanc et c'était le genre de boutique où Mrs Braithwaite serait susceptible d'aller.

C'est alors qu'il la remarqua.

Au milieu d'une rangée de maisons se trouvait une petite boucherie au toit endommagé par les bombes. Un écriteau annonçait : ICI, ON EST FIDÈLE AU POSTE, MR HITLER.

Mr Norris ne put retenir un sourire. Qu'elle était maligne !

En s'approchant, il remarqua un autre objet, visible à l'intérieur de la boucherie.

Le cœur battant la chamade, il se précipita.

Sur le comptoir, un objet marron réfléchissait la lumière de sa lampe à travers la vitrine du magasin.

Le sac à main de Mrs Braithwaite.

20

Mr Norris regarda le sac sur le comptoir du boucher. Il semblait sali et abîmé comme s'il était tombé par terre et avait été foulé aux pieds, avant d'être essuyé et mis dans la vitrine au cas où son propriétaire reviendrait.

Mais Mr Norris savait que cet objet signifiait beaucoup plus. Mrs Braithwaite avait dû être entraînée de force alors qu'elle se débattait comme un beau diable, sinon jamais elle n'aurait abandonné son sac. S'il n'avait déjà compris qu'il était mêlé à une affaire aussi terrifiante que dangereuse, il en avait la preuve formelle avec ce sac laissé sur l'étal.

On avait dû enlever Mrs Braithwaite sur le trottoir et la pousser dans la boucherie ou lui faire passer la porte noire décrépite à côté, assurément.

Il examina ladite porte. Il n'en menait pas large. D'un côté, il pouvait aller au commissariat, informer Watts de la situation, s'en remettre à lui et rentrer à Shilling Lane. S'il partait maintenant, il aurait le temps d'aller s'abriter dans une station de métro en cas de raid aérien. Il pourrait même avoir une bonne place dans son abri préféré, la crypte de l'église du quartier. Mais Watts ne ferait certainement rien avant le lendemain matin. Il n'y avait pas de preuve de la disparition de Mrs Braithwaite et la solution de facilité serait sans doute de remettre les choses à plus tard, quand il ferait jour, surtout s'il y avait des bombardements cette nuit.

D'un autre côté, Mr Norris pouvait prendre l'initiative. Il était manifestement arrivé quelque chose à Mrs Braithwaite. L'idée qu'elle pouvait se trouver emprisonnée quelque part – et sans son sac – lui donnait des sueurs froides.

Comment pouvait-il l'abandonner à son sort ?

Pendant ces quelques jours, ils étaient devenus amis. Certes, elle était autoritaire, dominatrice, et incapable de discerner le danger de situations qui, à ses yeux à lui, étaient de véritables pièges mortels. Mais elle avait bon cœur, était sociable, et on ne s'ennuyait pas avec elle. Il se rendit compte non sans tristesse qu'elle était devenue l'amie la plus proche qu'il avait eue depuis bien des années.

Il testa la porte de la boucherie. Bien entendu, elle était fermée à clé. Il eut beau la secouer discrètement, elle ne céda pas.

Alors, il porta son attention sur la porte noire décrépite, fermée elle aussi.

Faute d'une meilleure idée, Mr Norris décida de descendre la rue, juste au cas où quelqu'un à l'intérieur l'aurait entendu essayer d'entrer. Il risquait de se faire entraîner à l'intérieur lui aussi. Et il serait bien avancé.

Il se retourna pour regarder le bâtiment, en quête d'une éventuelle autre entrée.

Il s'avisa alors que pour livrer les gros quartiers de viande, il devait y avoir un accès à la boucherie par l'arrière. Peut-être un entrepôt avec une porte donnant sur une ruelle derrière le magasin ?

Il courut vers le bout de la rue et tourna dans une allée débouchant sur une petite voie parallèle à la rue principale. Elle était bordée de maisons. Il lui faudrait calculer sur l'arrière de laquelle donnait la boucherie, puis se glisser dans son jardin pour accéder à l'arrière-boutique.

L'escalade n'était pas le point fort de Mr Norris. Il risquait de perdre son chapeau melon et de déchirer son imperméable. Son salaire était certes raisonnable, mais ne lui permettrait pas de se racheter un imperméable coûteux s'il l'abîmait.

Il trouva la maison qui semblait correspondre et prit son élan à la course pour franchir la grille.

Au troisième essai, il réussit à poser un pied sur le haut de celle-ci, se hissa et se laissa retomber de l'autre côté, assez content de lui. Il avait perdu son chapeau dans l'opération. Tant pis, il le récupérerait au retour.

Le jardin à l'arrière de la maison était petit, et Mr Norris se trouva vite face à un autre obstacle : un grand mur le séparait de la cour de la boucherie. Il trouva des appuis pour grimper et réussit du premier coup à le franchir et à retomber sur le sol dur derrière les boutiques.

À voir l'état de la cour, il conclut qu'il était bien dans celle du boucher. Une odeur écœurante de sang emplissait l'air, et des tas de sciure teintés de brun et de rose témoignaient du carnage du jour. Mr Norris n'était pas de ces gens qui aiment s'appesantir sur l'origine de ce qu'ils mangent.

Il examina le bâtiment.

Il vit une porte qui devait conduire au local de découpage de la boucherie, à l'arrière de la boutique. Constatant qu'elle était fermée, il chercha des yeux un autre accès.

La seule autre ouverture était une fenêtre, qu'il essaya d'ouvrir. Fermée elle aussi. Par la vitre, il voyait le verrou à l'intérieur. Si seulement il pouvait l'atteindre ! Mais comment ?

La réponse lui vint en un éclair, mais il la repoussa tout aussi vite. Il ne pouvait pas casser la glace. Cela ferait trop de bruit, sans compter les dégâts. Et il pouvait se blesser.

Puis il se ressaisit.

Mrs Braithwaite valait bien la vieille fenêtre sur cour d'une boucherie ou une main égratignée, non ?

Il regarda autour de lui et avisa une pierre de la taille d'un poing. Il enroula prudemment sa main dans un pan de son imperméable. Après une courte prière, il fonça vers la fenêtre et lança la pierre dans la vitre, qui explosa haut et fort. Le bruit se réverbéra dans les cours voisines. Mr Norris détala prestement et se cacha dans l'ombre de la palissade.

Silence.

Il releva la tête. Des fragments de verre brillants étaient épars sur le sol à côté de la fenêtre, formant un halo irréel sous la lune. Au centre de la vitre s'ouvrait un grand trou déchiqueté où des crocs de verre acérés pointaient vers l'intérieur comme des poignards.

Il se dirigea avec précaution vers l'ouverture, écrasant des morceaux de verre sous ses pieds. Il tâta la pointe la plus agressive et se piqua le doigt, au bout duquel perla une goutte de sang rouge vif. Il sortit son mouchoir pour l'essuyer puis s'en entoura la main d'un geste vif, poussa le morceau de verre vers l'intérieur et fit de même avec les autres jusqu'à ce que tout le verre soit déblayé du cadre de la fenêtre.

Le mouchoir se couvrit de taches de sang et quand il le retira, il vit que ses jointures étaient zébrées de dizaines d'égratignures.

Il passa la main à l'intérieur de la fenêtre et la déverrouilla. Mais en essayant de l'ouvrir, il se rendit compte qu'un imbécile l'avait peinte fermée et qu'elle était collée.

« Allons bon, c'est malin ! » marmonna-t-il en écartant avec son mouchoir les morceaux de verre sur le rebord de la fenêtre.

Il allait devoir s'introduire par le petit espace.

Il se hissa, réussit à mettre un pied sur le rebord, puis se glissa à l'intérieur. Heureusement, Mr Norris était menu, avec des épaules tombantes qui passèrent facilement par l'ouverture sans toucher les bords encore hérissés d'éclats de verre.

Il atterrit sur une grande table en bois qui était en fait un billot de boucher, sur lequel reposait une hache massive et menaçante. Quelques quartiers de viande étaient suspendus sur un côté de la pièce, et une étroite porte donnait sur la boutique.

À part ces quelques objets, la pièce était vide. Pas de Mrs Braithwaite.

Et s'il s'était trompé ?

Peut-être n'était-il pas dans la bonne boucherie ?

Puis il se rappela le sac à main.

Si, elle devait être là, quelque part. Il commença à chercher une porte menant au sous-sol, ouvrit des armoires, des placards, et même des petits coins qui sentaient plus mauvais qu'un abattoir. Il arriva ensuite devant une porte étroite qui ne voulait pas s'ouvrir.

« Encore une porte verrouillée », fulmina-t-il. Il n'y avait pas de trou de serrure, ce qui indiquait la présence d'un verrou de l'autre côté.

Mr Norris prit une grande inspiration. Il n'avait pas le choix.

Il retourna vers le billot sur lequel était posée la hache, massive et peu maniable.

Il suffirait de l'abattre une seule fois.

Elle était lourde, et pouvait tuer un homme d'un seul coup. Non sans mal, il l'approcha de porte. S'efforçant de contrôler son geste afin de faire le moins de bruit possible, il la bascula en arrière, rassembla toute la force dont il était capable, et abattit la lame contre la porte.

Qui se fendit comme un tronc d'arbre et le panneau central éventré dévoila un escalier sombre qui descendait. Il posa la hache sur le sol et passa une main dans l'ouverture en quête du verrou qui bloquait la porte. Il se trouvait en haut et, lorsqu'il le tira, le bruit métallique se répercuta dans toute la pièce. Pétrifié, il tendit l'oreille, redoutant que quelqu'un ne se précipite dans l'escalier pour l'affronter.

Au moment précis où il franchissait l'ouverture, il entendit des piétinements en bas. Au pied de l'escalier, une porte s'ouvrit brutalement. Un homme apparut, une véritable armoire à glace, qui monta l'escalier au pas de charge comme un train s'apprêtant à faucher le petit homme fragile en travers de son chemin.

En une fraction de seconde, Mr Norris prit la décision qui allait lui sauver la vie.

Il se pencha et ramassa la lourde hache.

La suite parut se dérouler au ralenti. La peur remplaça la colère sur le visage de l'homme, sa lèvre inférieure se crispa sur le côté en une grimace horrifiée et ses jambes parurent se dérober sous lui.

Mr Norris brandit la hache, descendit quelques marches et la fit basculer aussi vite qu'il put par-dessus sa tête pour l'abattre en direction de l'agresseur.

Il manqua son but, évidemment, mais l'homme perdit l'équilibre en voulant éviter la lame, tomba en arrière et dégringola l'escalier, au bas duquel il resta inerte.

La poussière retomba autour de lui.

Mr Norris resta figé, et la lame de la hache plantée dans la marche qu'elle avait fendue. Il lâcha le manche et contourna lentement l'arme pour descendre. Il attendit quelques instants avant de s'approcher de l'homme – pour s'assurer qu'il n'allait pas finalement bondir pour l'agresser – et posa doucement les doigts sur son cou.

Il trouva un pouls. À l'évidence, l'autre était évanoui.

Mr Norris se releva vivement. Il devait profiter des quelques instants avant que son adversaire ne reprenne conscience pour voir si Mrs Braithwaite était là.

La porte ouverte au bas de l'escalier donnait sur un couloir. Il s'y glissa sans bruit et essaya une porte après l'autre. Lorsqu'il ouvrit la troisième, l'ampoule du couloir projeta un cône de lumière à l'intérieur. Il entendit un bruit étouffé dans le coin. À mesure que ses yeux s'accoutumaient à la pénombre, il distingua une forme. Puis des gémissements.

« Mrs Braithwaite ! » chuchota-t-il. Dans sa hâte de la libérer, il dut s'y reprendre à plusieurs fois pour défaire les nœuds de son bâillon.

« Mr Norris ! », s'exclama-t-elle lorsqu'il l'ôta et dénoua les cordes qui lui entravaient poignets et chevilles. Elle lui jeta les bras autour du cou et éclata en sanglots. « J'ai cru que vous n'arriveriez jamais ! »

Il lui tapota machinalement l'épaule pendant qu'elle le serrait dans ses bras – Mr Norris n'était pas très doué pour les étreintes – et lui dit avec douceur : « Bien sûr que j'allais venir. Pour qui me prenez-vous ?

– Ma foi, vous n'aviez pas l'air trop aventureux ce matin !

– Ah, mais c'était ce matin ! Allez, venez, il n'y a pas de temps à perdre. »

Ils enjambèrent l'homme toujours inconscient et se précipitèrent dans l'escalier de derrière. Mrs Braithwaite avisa la hache fichée dans une marche.

« C'est vous qui..., commença-t-elle.

– Oui, mais on n'a pas le temps de parler de ça maintenant. »

Quand ils débouchèrent dans l'arrière-boutique, Mr Norris franchit l'étroite porte menant au magasin et revint avec un objet familier à la main.

« Mon sac ! » s'écria Mrs Braithwaite. Elle le lui prit et le passa au creux de son coude, comme si de rien n'était, avant d'examiner la fenêtre cassée.

Mr Norris avait déjà compris que c'était là qu'ils risquaient de se retrouver coincés, au propre comme au figuré. Mrs Braithwaite était beaucoup plus volumineuse que lui.

« Montez là-dessus ! » cria-t-il en l'aidant à grimper sur le billot. Elle resta quelques instants assise à scruter d'un œil critique la petite ouverture et promena les doigts sur les bords hérissés de fragments de verre.

« C'est par là que vous voulez me faire passer ?

– Oui, et le plus vite sera le mieux. »

Elle prit une grande inspiration, sortit la tête, réussit à passer les épaules au travers de la fenêtre puis expira le plus possible pour dégager son ample poitrine.

Mais l'ouverture n'était pas assez large.

Un bruit dans l'escalier fit sursauter Mr Norris. L'homme se réveillait. Il fallait faire très vite.

Sans un mot, il se précipita contre l'arrière-train de Mrs Braithwaite, qui était coincé dans l'ouverture, et d'une poussée, le propulsa au-dehors. Elle dégringola sur le pavé de l'autre côté.

« Arrgghh, Mr Norris ! s'exclama-t-elle.

– Vite ! lança-t-il en se glissant tant bien que mal à son tour à travers la fenêtre. Filons ! »

Ils coururent comme des fous, escaladèrent le mur du jardin, puis la grille. Alors seulement ils s'arrêtèrent pour reprendre leur souffle. Mr Norris avisa une vieille connaissance : son chapeau melon. Il se pencha pour le ramasser, l'épousseta d'un revers de main puis le recoiffa.

« On est sortis ! souffla-t-il. Bravo, Mrs Braithwaite, et pardon d'avoir dû vous aider ainsi à franchir cette fenêtre. »

Il la regarda : elle avait les cheveux en bataille et une balafre rouge sur une joue.

« Eh bien, Mr Norris, jamais je n'aurais cru que vous aviez autant de ressource, mais… » – elle prit une grande inspiration – « ce que je suis contente de m'être trompée !

– Qu'est-ce qui se passe ici ? » lança une voix sévère derrière eux, et le rayon d'une lampe de poche les aveugla momentanément.

Mr Norris saisit la main de Mrs Braithwaite, prêt à fuir à toutes jambes. Alors la voix reprit : « Qu'est-ce que vous faites dans mon jardin ? »

C'était le propriétaire de la maison qui était sorti voir d'où venait le bruit.

Mrs Braithwaite fut la première à se tordre, cédant à un fou rire hystérique, toute à la joie d'être en vie, de retour dans un monde où les gens se mettaient en colère quand on franchissait le périmètre de leur jardin. Mr Norris se joignit à elle, envahi par un sentiment de cocasserie absolue. Et pendant qu'ils étaient pliés en deux, les mains sur les genoux et incapables de reprendre leur sérieux, l'homme se lança dans une tirade sur la propriété privée, le respect de l'intimité et la guerre, terminant sur ces mots : « Si vous ne cessez pas de rire, j'appelle la police. »

Il ne devait jamais comprendre pourquoi ils recommencèrent à se tordre de plus belle.

21

Betty rajusta ses vêtements et sa coiffure avant d'entrer dans un modeste restaurant où une poignée d'habitués étaient rassemblés autour de petites tables rondes pour dîner.

« Excusez-moi, je me suis complètement perdue, annonça-t-elle de sa voix la plus étudiée. Je cherche la grand-rue de Clapham. »

La serveuse, enceinte jusqu'aux yeux, était aimable mais fatiguée. « Vous n'êtes pas loin, ma belle. Continuez tout droit sur cette rue et c'est à gauche au carrefour. À vingt minutes environ. »

Betty s'immobilisa dans l'embrasure de la porte. « Vous n'auriez pas un verre d'eau à me donner ? Je meurs de soif et j'ai oublié de prendre mon sac. »

La femme disparut dans une arrière-salle et revint avec un verre d'eau et un petit pain.

« Vous avez aussi l'air affamée, ma belle. Ce sont les raids aériens ?

– Oh, merci ! Oui, à cause d'eux, j'ai été debout toute la nuit. » Elle sourit gentiment, but l'eau et essaya de ne pas engloutir le petit pain trop vite.

Tout en montant la côte d'un bon pas tandis que le ciel s'obscurcissait autour d'elle, Betty songea que la guerre révélait souvent le bon côté des gens. Cette femme n'était pas obligée de partager son pain, d'autant qu'elle aurait bientôt une autre bouche à nourrir.

En arrivant dans la grand-rue, Betty se dirigea vers la boucherie et se cacha une fois parvenue à proximité, afin d'observer quelques instants les alentours. Marty était en général posté à l'extérieur la plus grande partie de la journée, sous un déguisement d'aveugle, et elle n'avait aucune envie de tomber sur lui.

Après avoir vérifié qu'il n'était en vue nulle part, pas plus que Briggs, elle se précipita vers la porte et tourna la poignée.

Ouverte, contre toute attente.

Elle se glissa à l'intérieur avec précaution, descendit l'escalier sur la pointe des pieds, à tâtons dans l'obscurité, et retrouva le couloir puis compta une porte, deux portes sur sa gauche. La seconde était celle de la pièce où elle avait vu sa mère pour la dernière fois.

Elle resta suffoquée : la porte était ouverte.

Elle se précipita à l'intérieur : la pièce était vide.

Qu'était-il arrivé à sa mère ?

Elle courut de pièce en pièce.

Les lieux étaient déserts.

22

En redescendant lentement la rue vers Wandsworth Common, Mrs Braithwaite regarda Mr Norris et sourit. « Vous êtes un ami sur qui l'on peut compter, Mr Norris. Aujourd'hui, vous vous êtes surpassé ! poursuivit-elle en lui étreignant la main.

– Oui, hein ! répondit-il en rougissant. Qui l'eût cru ?

– Vous savez qu'ils tiennent toujours Betty ? Je l'ai vue. Ils l'ont torturée pour essayer de lui arracher des informations. Elle fait de l'espionnage, précisa-t-elle en se tournant vers Mr Norris. Je m'en doutais.

– Ça se comprend. Il aurait été dommage de ne pas utiliser une intelligence comme la sienne. Mais où est-elle ?

– Ils l'ont emmenée peu avant votre arrivée. Ce qui me glace, c'est la crainte qu'ils la torturent à nouveau, puis se débarrassent d'elle. » Elle entendit sa voix déformée par l'effroi. « Ce sont des monstres sans pitié, Mr Norris !

– Ce qui vous met aussi en danger, dit-il en secouant la tête. Si vous savez qui ils sont – puisque vous pouvez les reconnaître –, ils vont vouloir se débarrasser de vous aussi.

– Ils étaient deux. Un gros costaud, Briggs, et un gringalet, Marty – celui qui circule dans les parages sous un déguisement d'aveugle.

– Ça par exemple ! Dire que je lui ai proposé de l'aider ! bégaya Mr Norris, écœuré. Pas étonnant qu'ils aient été au courant de ma venue. Il a dû prévenir le costaud. » Il avala sa salive en regardant Mrs Braithwaite. « Qu'est-ce qu'ils vous ont fait ? demanda-t-il.

– Ils m'ont ligotée. Je crois qu'ils avaient prévu de me tuer. »

Mrs Braithwaite lui prit le bras. « Mr Norris. Vous avez été d'un héroïsme incroyable ! Quand avez-vous compris qu'il se passait quelque chose d'anormal ? Avez-vous eu mon message ? »

Il lui raconta toute l'histoire, depuis le moment où il était rentré du travail : comment il avait décrypté le code avant l'arrivée de Cassandra et comment, à partir du message téléphonique qu'elle lui avait transmis, il avait déduit que Mrs Braithwaite pouvait se trouver dans la boucherie.

« Vous avez décrypté le message trouvé dans la coiffeuse de Betty ? Que disait-il ? »

Mr Norris fouilla aussitôt dans sa poche et en sortit un bout de papier chiffonné.

UFB vingt-huit Chiltern Church huit.

« Que signifie UFB ? demanda-t-elle en fronçant les sourcils.

– Union des fascistes britanniques, si je ne me suis pas trompé, répondit-il d'une voix unie. Une bande répugnante de fascistes qui prennent Hitler pour le nec plus ultra. C'est bizarre qu'ils existent toujours. Le groupe a été dissous au début de la guerre. Tous les chefs ont été arrêtés et emprisonnés. Mais il y a encore des partisans qui agissent dans l'ombre et opèrent comme une cinquième colonne.

– Une cinquième quoi ?

– Cinquième colonne. C'est le terme qu'on utilise pour désigner ceux qui dans un pays travaillent pour l'ennemi. Ces nazis essaient d'affaiblir le pays pour qu'il s'écroule de l'intérieur.

– Qui pourrait vouloir faire une chose pareille, rétorqua Mrs Braithwaite, outrée. Qui pourrait vouloir aider Hitler ?

– Certains ont des liens particuliers avec l'Allemagne, du sang allemand, répondit Mr Norris en écartant les mains. D'autres pensent que c'est de ce côté-là qu'il faudra être quand l'invasion se produira. Dans toute l'Europe, ceux qui suivent Hitler sont grassement récompensés : un château en Pologne pour les uns, une œuvre d'art pour les autres. Et puis il y a ceux que les nazis font chanter en menaçant de s'en prendre à des êtres chers. Ils n'ont pas vraiment le choix. Enfin, il y a les autres.

– Quels autres ? »

Mr Norris haussa les épaules. « Ceux que la rhétorique hitlérienne a convaincus d'un nouvel ordre mondial. Ils estiment que le monde serait mieux gouverné si les dirigeants étaient prêts à servir leurs intérêts à eux, à leur apporter richesse et pouvoir, surtout s'ils estiment avoir été lésés jusqu'ici. Ils se cramponnent à l'idée de race supérieure, comme si c'était la réponse à tout.

– Comment peut-on manquer à ce point de patriotisme ? C'est lamentable !

– Avant la guerre, l'UFB tenait des meetings où l'on déblatérait sur les étrangers en disant qu'il fallait rappeler sur le trône le précédent roi, Édouard VIII. Un grand nombre des membres de l'aristocratie et de la bourgeoisie étaient – et sont encore – partisans d'Édouard. J'ai entendu dire qu'ils ont tous des photos d'Hitler dans leurs tiroirs et qu'ils sont prêts à les sortir dès que nous serons envahis.

– Mais ne m'avez-vous pas dit que l'UFB avait été mise hors la loi au début de la guerre ?

– La plupart de ses partisans ont quitté le navire quand le mouvement a été interdit. J'étais allé à l'un de leurs meetings dans les années trente par curiosité et, franchement, ce que j'ai entendu ne tenait pas debout. C'était bourré de jeunes gens qui avaient une passion pour les uniformes allemands et les propos belliqueux. L'économie était en ruine et ils n'étaient pas fâchés de pouvoir jeter la pierre à leurs parents ou à la société pour le triste lot qui était le leur. C'était le sujet de tous leurs discours : la façon dont les Britanniques de souche avaient été lésés par des gens venus d'ailleurs. Ils déversaient des torrents de haine contre les Juifs et les étrangers, qu'ils rendaient responsables de tous les maux. »

Mrs Braithwaite regardait le message décodé. « On dirait une convocation à un meeting, dit-elle. Vingt-huit pourrait renvoyer au vingt-huit du mois, qui est samedi, autrement dit demain ! Et huit, à l'heure, sans doute huit heures du soir.

– C'est ce que j'ai pensé aussi, répondit Mr Norris en souriant. J'ai donc jeté un rapide coup d'œil à mes encyclopédies et j'ai trouvé Chiltern Church. C'est une église désaffectée sur une petite route tranquille près du village de Knockholt dans le Kent, non loin de Sevenoaks.

– Il va falloir y aller, Mr Norris, s'écria-t-elle.

– Ça, c'est une autre affaire, répondit-il sans conviction. Peut-être pourrions-nous nous cacher à proximité et nous contenter de regarder les gens y entrer, voir qui ils sont et prévenir la police. Je suis sûr que l'inspecteur Watts serait beaucoup plus intéressé si nous pouvions lui donner des noms.

– C'est évident. Moyennant quoi, il faut d'abord savoir où ils ont emmené Betty. » Elle accéléra, l'entraînant à sa suite. « Vous voyez bien qu'on doit la sortir de là. Elle est en danger et ne me dites pas que Watts va intervenir. Vous savez qu'il n'en fera rien. »

Ils étaient encore loin de Shilling Lane. Ils pressèrent le pas et Mrs Braithwaite entreprit de raconter à Mr Norris sa conversation avec Betty.

« Elle m'a dit que j'avais été une mère, ma foi, assez peu chaleureuse, et que tante Augusta faisait trop la loi chez nous.

– J'ai cru comprendre que tante Augusta avait des principes assez stricts ?

– C'est elle qui m'a élevée après la mort de mes parents. Elle était fille d'un comte, comme ma mère, et bien qu'elle n'ait hérité de rien, elle soutenait toujours qu'il y a une bonne et une mauvaise façon de faire les choses. Que nous étions des aristocrates, quel que soit l'endroit où nous logions.

– Une femme redoutable, à vous entendre.

– Chaque fois que nous allions chez quelqu'un, elle disait : "Quel manque de goût !" Cela devait la réconforter, car elle avait perdu toute sa fortune et ses privilèges le jour où le titre était passé à notre cousin Cedric, un type méprisable. Elle répétait sans arrêt : "Nous ne sommes pas du même monde", alors qu'à mon sens, nous étions exactement comme les autres. » Elle renifla en prenant brusquement conscience que, comme le lui avait fait remarquer Betty, cette tante Augusta qui avait occupé une si grande place dans sa vie n'était qu'une vieille femme aigrie, cramponnée à une gloire passée.

« Pourquoi Betty la détestait-elle autant ? demanda Mr Norris.

– Quand Betty avait neuf ans, tante Augusta est venue habiter chez nous car elle a dû quitter sa maison – elle avait toujours vécu au-dessus de ses moyens, bien entendu, et était incapable de réduire ses dépenses. Dickie s'est plaint qu'elle avait mis notre monde sens dessus dessous avec ses règles et ses jugements, mais comme j'y étais habituée, je crois que je ne m'en suis pas rendu compte.

– Qu'a dit Betty ?

– Que tante Augusta l'avait fait souffrir avec ses principes rigides. » Mrs Braithwaite fit une grimace avant de reprendre : « Et que j'avais perpétué ses valeurs d'un autre âge.

– Je suis sûr que ce n'est pas le cas.

– Eh bien, justement, soupira-t-elle, c'est ce que j'ai sans doute fait. Tante Augusta était mon unique référence. Jamais il ne m'a traversé l'esprit qu'elle pouvait avoir tort. Elle est morte peu avant le départ de Betty pour Londres. Elle parlait toujours de la mort comme si c'était un sort réservé aux pauvres. Elle était si certaine qu'elle n'aurait pas à subir une telle indignité que ce fut un choc lorsqu'elle s'y est finalement trouvée confrontée. »

Ils arrivaient à Clapham Common et voyaient le sud de Londres se déployer devant eux. La pleine lune éclairait les toits et nimbait le pub et la cabine téléphonique d'une lueur argentée.

Soudain, Mrs Braithwaite s'arrêta. « Seigneur ! J'ai oublié de vous parler de la cabine. Celle qui est devant le Pendulum. Lorsque Baxter est sorti de chez lui, il est allé passer un coup de téléphone dans la cabine. Et quand il l'a quittée, je l'ai vu passer la main au bas de la porte comme s'il l'essuyait. Cela m'a paru bizarre, mais peut-être a-t-il laissé un signe quelconque ? » Elle retint son souffle. « Il n'aurait pas laissé quelque chose dans la cabine, dites ?

– Ma foi, je me demande...

– C'est un endroit idéal, rendez-vous compte ! » Une lueur d'excitation s'alluma dans son regard. « C'est une cache !

– C'est-à-dire ? »

Elle lui tirait le bras pour le faire retourner vers le vieux pub. « Un endroit où un espion dépose quelque chose à l'intention d'un autre. Une sorte de système de transmission secret. On voit ça tout le temps dans les intrigues policières. Je savais bien que mes lectures me serviraient un jour. Il doit avoir mis une marque sur la porte pour signaler à son collègue qu'il avait laissé quelque chose à cet endroit. Il faut aller voir !

– À quoi cela va-t-il nous avancer ? demanda Mr Norris, hésitant.

– Il faut y aller, insista-t-elle fermement. D'autant plus que nous savons à quoi Betty est mêlée. » Elle prit une grande inspiration. « J'ai peut-être été une mère négligente par le passé, mais l'heure est venue de me rattraper. »

Il la regarda partir d'un pas décidé. Elle ne tarda pas à s'arrêter puis à se retourner.

Leurs regards se croisèrent. Il poussa un long soupir.

« Bon, alors allons-y », marmonna-t-il. Et il la rejoignit au trot, non sans noter la fugitive expression de plaisir sur son visage.

23

Ne sachant trop où chercher sa mère, Betty décida d'aller d'abord faire son rapport au QG de Piccadilly. Après tout, c'était la marche à suivre réglementaire. Baxter attendrait.

Un bus l'emmena rapidement hors de Clapham et elle s'installa sur un siège tout au fond, en espérant que le contrôleur ne viendrait pas l'ennuyer. Le mouvement du bus la berça, le monde extérieur devint flou et ses yeux se fermèrent.

Mais impossible de dormir.

« Ils l'ont emmenée dans l'une de leurs autres planques, se disait-elle. Ils doivent s'être dépêchés de la transférer pour que je me casse les dents si je revenais. »

Où était-elle ? Et que comptaient-ils lui faire ?

Sa mère ne connaissait aucune information secrète – ni même importante aux yeux de Betty –, donc ils n'avaient pas de raison de la torturer. En fait, ils avaient fort peu de raisons de la garder prisonnière.

À moins qu'ils n'aient l'intention de se servir d'elle comme appât ?

« Ils se doutent que je vais essayer de la libérer, et ils m'attendront. »

Mais entre-temps, que feraient-ils à sa mère ? Maintenant qu'elle connaissait leurs visages, jamais ils ne la laisseraient partir.

La réalité s'imposa à Betty dans toute sa violence.

Si elle n'allait pas rapidement au secours de sa mère, il y avait de grandes chances qu'ils la tuent.

Tandis que le bus brimbalait et la ballottait, elle resta assise, les larmes roulant sur ses joues.

Elle avait avec sa mère une relation ambivalente depuis presque toujours. Tendres bien que conventionnels quand elle était petite, leurs rapports s'étaient refroidis à mesure qu'elle grandissait. Lorsqu'elle était partie au moment de la guerre, ils étaient carrément glacials.

L'arrivée de tante Augusta avait marqué une dégradation. Betty avait d'emblée détesté cette vieille sorcière manipulatrice, égoïste et méchante.

« Il faut être coriace, sinon tu seras la risée de tous, répétait tante Augusta sur tous les tons à sa mère. La racaille de ce village te marchera dessus si tu la laisses faire. » Et parfois même elle demandait : « Où est passé ton esprit de famille ? Tu vas traîner notre nom dans la boue. Veux-tu vivre avec ça sur la conscience ? »

Tante Augusta avait enfermé Mrs Braithwaite dans son carcan moral. En toute honnêteté, Betty devait reconnaître qu'elle en avait été prisonnière elle aussi jusqu'à son départ de la maison. Elle se souvenait d'avoir joué le rôle de tante Augusta dans un exercice didactique au début de son entraînement au MI5. Lorsqu'elle s'était entendue répéter comme un perroquet « Les femmes de notre monde ne devraient jamais s'abaisser à bavarder avec un enfant », elle avait pris conscience de l'influence toxique exercée sur leur famille par l'acrimonieuse vieille dame. Sa pudibonderie victorienne et son snobisme extrême avaient étouffé la vie de Mrs Braithwaite sous une chape d'agressivité, de mépris de classe et d'orgueil effroyablement mal placé.

Après l'exercice, Betty était allée se promener. Tout en

admirant l'architecture des bâtiments, elle avait posément chassé de son esprit les restes de l'ascendant sournois et indésirable de la vieille dame. Le formateur avait dit : « Comprendre la façon dont les gens vous manipulent, c'est avoir fait la moitié du chemin pour vous libérer de leur pouvoir sur vous. » Ces mots avaient tourné en boucle dans son esprit jusqu'à ce qu'elle eût exorcisé tante Augusta pour de bon.

En réfléchissant dans cet autobus, Betty se rendit compte que sa mère avait à son tour commencé à réviser son opinion sur tante Augusta et son influence délétère. Si seulement c'était arrivé plus tôt !

Betty avait toujours préféré son père – peut-être parce qu'elle tenait de lui. Elle avait son intelligence et lui ressemblait un peu physiquement, avec ses cheveux châtain clair et ses yeux noisette. Son visage étroit contrastait avec celui, très carré, de sa mère. Si celle-ci avait un physique imposant, Betty jouissait pour sa part d'une grande force mentale et prenait du recul en silence, drapée dans la supériorité d'un esprit acéré.

Son père avait été son modèle et sa source de joie. Il avait beau n'être que directeur d'une entreprise alimentaire, c'était un scientifique dans l'âme. Lorsqu'elle était enfant, il la fascinait par sa connaissance des étoiles et des planètes, des vies secrètes des animaux, du cours et des méandres des rivières jusqu'à la mer. Elle avait adoré cette époque. Quand ils allaient à la plage, il lui expliquait la formation des dunes ou des petits sillons de sable qui serpentent parallèlement à la mer, tels de petits tunnels forés sous la surface par quelque créature marine antédiluvienne. Il était hypnotisé par les vagues – elle aussi – et ensemble, ils en observaient le mécanisme, essayant de créer une formule susceptible de l'expliquer complètement et de le mesurer.

Pour lui, tout avait une raison d'être, un équilibre. Or là, dans ce bus, la tête appuyée contre la fenêtre, elle se rendait compte qu'il avait tort. L'équilibre était un mythe. Le monde était en proie aux chaos et à l'opportunisme.

Et s'il le savait depuis le début ?

Et s'il avait délibérément introduit le chaos dans son propre monde ?

Elle l'avait admiré, idolâtré même. Elle avait eu du chagrin lorsqu'il avait commencé à venir la voir moins souvent. Après le divorce, leurs dîners mensuels s'étaient vite espacés. Si elle tenait tant à intégrer le MI5, à laisser une trace dans le monde, c'était surtout pour qu'il soit fier d'elle – ou même tout simplement pour qu'il la voie enfin ?

Betty ne savait même pas où il se trouvait maintenant.

Et aujourd'hui, alors qu'elle était prisonnière dans cette cave, c'était sa mère qui était venue à sa recherche. Malgré ce qui avait pu distendre leurs relations, Mrs Braithwaite ne l'avait jamais laissée tomber.

Aujourd'hui, elle l'avait délivrée.

« Ça va, ma petite fille ? » demanda une femme plus âgée assise sur le siège voisin, en lui passant un mouchoir.

Betty se redressa, prit le mouchoir en reniflant et esquissa un petit sourire.

« Merci. Ce n'est rien. »

La femme tendit la main et la posa sur la sienne. « Ne vous en faites pas, ma jolie. On a tous besoin de pleurer un bon coup de temps en temps. Ça va vous aider à y voir plus clair, je vous assure. »

24

Il y avait du monde au Pendulum. Debout sur le trottoir, des hommes fumaient, riaient, parlaient fort et se préparaient à une nuit de pillage. Mrs Braithwaite jeta un coup d'œil vers la maison de Baxter. Elle était silencieuse et semblait vide.

« Allons voir », souffla-t-elle, et elle s'arrêta un instant derrière le buisson broussailleux avant de s'approcher à petits pas hésitants de la fenêtre pour regarder à l'intérieur. « Les rideaux du black-out ne sont pas tirés. »

D'emblée, elle remarqua que la photographie de la jolie fille avait disparu. Puis elle s'aperçut que tout le reste avait disparu aussi : on avait vidé les lieux.

Ils se dévisagèrent.

« Il a levé le camp. »

Mr Norris fronça les sourcils. « C'est un peu gros comme coïncidence, non ?

– Quoi donc ? Qu'il disparaisse le jour où je me fais enlever ?

– Qu'est-ce que ça peut vouloir dire ?

– Allons au pub demander si quelqu'un l'a vu. »

Mrs Braithwaite prit la direction du Pendulum, timidement suivie par Mr Norris.

« Ils sauront où est Baxter, j'en suis certaine », murmura-t-elle pour elle-même en crispant le poing sur son sac à main.

Il y avait foule au Pendulum. La guerre était synonyme de profit, pour le pub comme pour sa clientèle de voyous, surtout lors des nuits de pleine lune.

Quand il reconnut Mrs Braithwaite, Bobby Mack s'approcha d'elle, flairant un autre échange lucratif.

« Vous êtes revenue à la pêche aux informations, duchesse ? lança-t-il, l'œil fixé sur son sac à main.

– Je cherche toujours ma fille, répondit Mrs Braithwaite avec un sourire poli, sachant que l'homme pourrait être utile. Auriez-vous par hasard entendu parler d'un groupe fasciste basé dans les environs ? »

Bobby Mack fronça les sourcils. « Oui, des fascistes, il y en a dans les parages. Mais on ne sait pas où exactement. Ils nous évitent.

– Vous devez bien les avoir côtoyés dans votre… travail.

– On n'a rien à voir avec cette engeance. Avec des cinglés pareils, on se méfie. Ils doivent bien se douter qu'on leur réglerait leur compte.

– Ce sont des hors-la-loi, au même titre que vous. »

L'homme se renfrogna un instant, puis il se mit à rire. « Non. Nous, on est des hors-la-loi *propres :* on travaille dur et on est de braves gens. On fait ça pour vivre, pour avoir un toit et mettre sur la table de quoi nourrir les mômes. Ces fascistes, non seulement ils savent pas ce qu'ils font, mais pire, ils ne connaissent même pas les règles que nous, on respecte.

– Quelles règles ? Que voulez-vous dire ?

– L'an dernier, on a eu des potes qui se sont fait choper par une descente des agents du contrôle économique parce que ces crétins de fascistes avaient eu la langue trop longue. Des novices, qui ne connaissent rien à rien. On les aurait bien étranglés… » Ses grosses mains firent le geste de tordre un cou invisible. « Ils vont nous ôter notre gagne-pain, et puis ils amèneront ces fichus nazis et nous feront tous pendre.

– Vous ne pouvez pas les mettre hors d'état de nuire ?

– Ils se planquent. Ça, ils savent faire. » Il se croisa une main sous chaque bras. « Ils peuvent être sacrément violents. Et sans pitié. Aucune moralité, moi je vous le dis. Rien ne les arrête. » Il se racla la gorge et expédia un gros crachat sur le sol à côté de lui. Mrs Braithwaite pinça les lèvres pour éviter de montrer son dégoût.

« Vous n'avez pas vu Baxter ?

– Baxter ? Non, mais c'est pas surprenant. Il est toujours en vadrouille, celui-là. » Il resta un moment à observer fixement Mrs Braithwaite, puis lâcha : « Me dites pas qu'il fricote avec ces fascistes, quand même ?

– Je n'en sais rien. » Elle rangea son carnet et sortit un billet d'une livre de son sac.

Il l'arrêta du geste. « Non, c'est gratuit. Si vous voulez me renvoyer l'ascenseur, vous me direz ce que vous aurez trouvé sur ces sales fascistes. Avec mes gars » – il désigna les malfrats debout derrière lui – « on aimerait leur toucher deux mots. »

Ne sachant trop si elle devait le remercier – un échange de bons procédés méritait sûrement de la reconnaissance, même si le raisonnement qui l'avait provoqué était déplaisant –, elle remit promptement le billet dans son sac et dit avec assurance : « Je vous tiens au courant. »

Il sourit et se retourna vers sa bande de voyous. « Vous savez où me trouver, duchesse. »

25

Une fois dans la nuit froide, Mrs Braithwaite s'approcha de Mr Norris et braqua le faisceau de sa lampe sur la cabine téléphonique rouge qui se dressait sur la pelouse, en bordure de l'esplanade. « Allons donc jeter un coup d'œil, dit-elle. Regardez à l'intérieur, et moi je vérifierai l'extérieur, à l'endroit où j'ai vu Baxter passer la main. »

Il se glissa dans la cabine et laissa courir ses doigts sur l'appareil, en dessous, sur l'étagère et à l'intérieur de la porte. Rien. Il se sentit très las, comme s'il avait échoué et déçu Mrs Braithwaite. L'année précédente au travail, les comptes les plus compliqués qu'il traitait jusque-là avaient été réassignés. On lui avait expliqué que ces opérations-là exigeaient une formation spéciale, une forme d'intelligence spéciale aussi. Il avait donc remis les écritures en question à ses chefs, et un collègue plus jeune, Jontry, un homme qui ne semblait avoir ni formation ni intelligence particulières, les avait emportées dans un bureau à part en arborant un sourire vainqueur. Depuis, sa confiance en lui-même était ébranlée. Il devait bien y avoir une raison pour que l'on confie son travail à quelqu'un d'autre. Non ? Il haussa les épaules à l'intention de Mrs Braithwaite, de l'autre côté de la vitre. *Rien.*

Elle ouvrit la porte d'un geste sec.

« J'ai trouvé une marque à la craie sur le battant, dit-elle. C'est un signe. Il doit y avoir quelque chose ici.

– Et si quelqu'un est déjà passé le prendre ? Ce serait plus facile si nous savions ce que nous cherchons.

– Si vous étiez un espion, que laisseriez-vous ? Une note avec un message secret ? Un objet utile comme un pistolet ou un couteau à cran d'arrêt ? » Elle referma la porte en disant : « Réfléchissez, Mr Norris. »

Il braqua sa lampe sur le plafond, leva le bras et se dressa sur la pointe des pieds pour vérifier une tache sombre près de l'un des bords. C'était de la crasse. En sortant son mouchoir pour s'essuyer les doigts, il remarqua quelque chose.

C'était dans le coin inférieur, au point de contact entre la porte et le plancher. Il entrouvrit très légèrement la porte et passa les doigts pour tâter l'endroit. Un objet était glissé sous le revêtement. Il en tira et dégagea un petit carnet noir, vieux et très abîmé, mais intact. En le retournant, il resta suffoqué : un passeport britannique ! Il l'ouvrit rapidement pour voir le nom.

Elizabeth Braithwaite.

Il poussa la porte. « Vite, Mrs Braithwaite. J'ai trouvé quelque chose.

– Quoi donc ? demanda-t-elle en contournant la cabine.

« Un passeport au nom de… Elizabeth Braithwaite. »

Elle porta la main à sa bouche, horrifiée. « C'est le nom de Betty. »

Elle lui arracha le passeport des mains pour regarder la photo. Mais ce n'était pas celle de Betty.

C'était celle de la jolie brune dont la photo était encadrée chez Baxter.

Mrs Braithwaite poussa un petit cri : « Qu'est-ce que ça veut dire ?

– Ils doivent donner à cette jeune femme l'identité de

Betty. Peut-être pour l'envoyer à l'étranger. » Bien qu'il s'efforçât de rester calme, Mr Norris se sentait submergé par le sentiment que tout leur échappait. « Il y a une adresse, à Sevenoaks.

– Qui est vraiment Betty ? s'exclama Mrs Braithwaite. À quoi peut-elle bien être mêlée pour qu'une autre fille usurpe son identité ? Et pourquoi est-ce Baxter – son prétendu amoureux – qui dispose du passeport ? Qu'est-ce que je vous avais dit, Mr Norris ? Il n'est pas fiable du tout, je le savais.

– Betty vous a-t-elle donné des informations précises sur ses activités ?

– Aucune ! Elle m'a juste dit qu'elle était en mission officielle hautement confidentielle. En fait, elle semblait surtout assez vexée de me voir mêlée à ses affaires.

– Auquel cas, ce doit être une espionne, et une bonne. Baxter travaille sans doute avec elle, finalement », conclut Mr Norris à contrecœur.

Mrs Braithwaite écarquilla les yeux, prenant brusquement conscience d'une possibilité qui ne l'avait pas effleurée : « Vous croyez qu'ils essaient d'infiltrer l'UFB ? »

Mr Norris réfléchit, le front plissé. « L'idée m'est venue à moi aussi. Cela expliquerait pourquoi Baxter a l'air d'un voyou mais parle avec un accent des classes supérieures. Et pourquoi il donne le passeport de Betty. S'ils ont capturé Betty, ils doivent se douter de sa véritable identité.

– Exactement, Mr Norris.

– Alors qui sont ces gens ? La grosse brute qui vous poursuivait, ce n'est pas lui le chef, si ?

– Il n'y a qu'une façon d'en avoir le cœur net. Il faut monter la garde et surveiller la cabine jusqu'à ce que quelqu'un vienne récupérer le passeport. » Elle le tendit à Mr Norris. « Vite, remettez-le où vous l'avez trouvé. »

Mr Norris se pencha, glissa le passeport sous le plancher et laissa la porte se refermer tandis qu'ils retournaient au pub.

« Si nous devons monter la garde, il faut nous éloigner de chez Baxter », dit Mrs Braithwaite en s'écartant du pub pour se diriger vers la rangée de petites boutiques sur la gauche : un magasin de journaux, une épicerie, et une minuscule brocante que Mr Norris connaissait bien depuis l'époque où il cherchait des éléphants, avec son intérieur encombré, son odeur de renfermé – moisi et poussière mêlés –, les animaux empaillés et monstrueux qui montaient la garde à l'entrée, le tintement discordant de la vieille clochette bosselée quand un client ouvrait la porte. Le patron était maigre et noueux comme un vieil if, et il avait toujours l'air amusé de celui qui se raconte une bonne blague.

Ils se perchèrent sur le seuil de la brocante, d'où ils voyaient très bien la cabine téléphonique. Ses contours apparaissaient ou disparaissaient au gré des nuages plus ou moins denses passant innocemment devant la lune. Il s'était mis à pleuvoir, et la marche d'entrée était dure et mouillée. Mr Norris commença à penser à son lit et à ce qu'il avait à faire le lendemain matin.

« Devons-nous vraiment passer la nuit ici ? » demanda-t-il.

Elle le regarda, l'air atterré : « Évidemment, voyons ! Sinon, comment savoir qui vient chercher le passeport ?

– Mais ça peut prendre plusieurs jours.

– Maintenant que Baxter est parti, c'est peut-être notre seule piste. De toute façon, s'il l'a placé ici ce matin, quelqu'un ne devrait pas tarder à passer le récupérer. Il ne peut pas rester indéfiniment dans une cabine téléphonique. »

À peine avait-elle fini sa phrase qu'un jeune homme trapu sortit du pub, entra en trébuchant dans la cabine et plongea les mains dans ses poches pour trouver de la monnaie. Il décrocha et passa son coup de fil, puis ressortit en titubant.

Alors, il se retourna face à la porte et regarda vers le bas.

« Il cherche le signe à la craie, chuchota fiévreusement Mrs Braithwaite. C'est notre homme ! »

Mais à sa posture, Mr Norris comprit ce qu'il faisait.

« Il se soulage.

– *Quoi !* s'exclama Mrs Braithwaite, outrée, se redressant pour mieux voir. Comment ose-t-il… » – elle chercha le mot – « *uriner* sur une cabine publique !

– J'espère qu'il n'a pas arrosé le passeport, gloussa Mr Norris.

– J'ai bien envie de lui dire deux mots », lança Mrs Braithwaite en s'apprêtant à l'intercepter sur son chemin de retour vers le pub. Mr Norris la retint.

« Évitons de nous faire remarquer. »

Ils gardèrent le silence quelques minutes, puis Mrs Braithwaite reprit la parole. « Il arrivait à mon mari d'uriner dehors, quand nous étions à la campagne. Il faisait ça contre un arbre, comme un chien. Les hommes se conduisent comme de vrais animaux, parfois.

– Nous sommes *tous* des animaux, *tout* le temps.

– Comment pouvez-vous dire une chose pareille ?

– Nous sommes des animaux doués de raison, mais des animaux quand même. Tout ce que nous faisons sur cette terre, c'est pour rester en vie plus longtemps et pour aider nos familles et nos communautés à survivre.

– Alors dites-moi, pourquoi croyez-vous que certains font des choses crapuleuses, deviennent fascistes, entre autres ?

– Ils s'imaginent sans doute qu'à terme, cela leur profitera, leur permettra de survivre, dit patiemment Mr Norris. Je n'en ai connu que quelques-uns, bien qu'ils aient été très nombreux il y a quelques années, si l'on doit croire tout ce que racontent les journaux. À la banque où je travaille, il y avait un homme qui se vantait d'être un ami personnel d'Oswald

Mosley, fondateur et leader de l'UFB avant son interdiction. Bien entendu, même à l'époque, je l'évitais. Il était issu de la petite noblesse, or le fascisme était très en vogue parmi les lords et les ducs dans les années trente.

– Quelle horreur ! Vous en avez connu d'autres ? »

Il poussa un soupir.

« Il y avait un jeune homme très déplaisant, un dénommé Glover – avec qui je partageais un logement à Cambridge. Avant mon arrivée, il s'était déjà attribué le meilleur lit, la meilleure chaise, la meilleure armoire et le meilleur casier. Il avait pris le bureau sous la fenêtre, me laissant celui près de la porte, une porte par laquelle il passait toutes les cinq minutes pendant que j'essayais de travailler. Il avait entrepris de me débarrasser de tous les biens matériels dont il estimait pouvoir faire meilleur usage que moi : stylos, livres, et une assez jolie cravate que j'avais achetée à Londres. Il me rabaissait aussi chaque fois que l'occasion se présentait, ce qui se produisait de plus en plus souvent.

– J'espère que vous lui avez dit ses quatre vérités !

– Non. D'après ce que j'ai compris, Glover était très tourmenté par son statut social : il était né dans une famille désargentée, et c'est un oncle riche qui payait ses études. Je crois que c'est pour cela qu'il est devenu fasciste. Il était toujours très amer quand il s'agissait de classe. Il a d'abord essayé d'adhérer à un groupe communiste, et quand ça n'a pas marché, il est devenu fasciste. »

Mrs Braithwaite l'écoutait, atterrée. « Comment vous êtes-vous débrouillé avec lui ? demanda-t-elle.

– Eh bien, au lieu de me bagarrer avec lui, ce que j'aurais eu du mal à supporter, j'ai décidé de tendre l'autre joue. D'essayer de l'aider. » Il haussa les épaules. « Je me disais que si Glover se sentait mieux en m'humiliant, il arriverait peut-être un jour à une forme d'équilibre, me remercierait et mènerait une vie normale et stable.

– Sauf que ça ne s'est pas passé comme ça, j'imagine ?

– Non. Plus je lui donnais, plus il m'exploitait. Et plus il m'exploitait, moins il avait l'air de m'apprécier ou de me respecter. J'aurais voulu qu'il devienne quelqu'un d'humain et d'heureux, soupira Mr Norris. Au lieu de quoi j'ai favorisé l'éclosion d'un tyran, d'un homme qui m'a persécuté. »

L'expression de Mrs Braithwaite était si réprobatrice que les commissures de sa bouche rejoignirent son menton. « Comment avez-vous pu supporter ça ? »

Il regarda ses mains. « Chaque soir, je lui tournais le dos et rêvais à autre chose. Vous savez, Mrs Braithwaite, il y a toujours un ailleurs – une réalité différente – où l'on peut s'échapper quand on veut. »

Et il sentit une délicieuse légèreté le gagner au souvenir d'Enid Tuffington. Il ne se lassait pas de se repasser l'image de la jeune fille descendant d'un pas dansant vers la rivière sous le soleil, cet après-midi-là. Dans ce monde alternatif, il pouvait être heureux, intensément vivant et libre, et courir avec elle dans de vertes prairies où le parfum de l'herbe grasse se mêlait à celui des fleurs des champs – digitales, coquelicots et boutons-d'or.

Quand ils arrivaient à la rivière, le regard d'Enid croisait le sien et, l'espace d'un instant éphémère autant qu'éternel, il voyait jusqu'au fond de sa propre conscience. Mais dès qu'il essayait de saisir ce moment – de prendre Enid dans ses bras –, tout s'effaçait, lui échappait. Et la réalité reprenait le dessus.

« Qu'est-ce que vous me racontez là, Mr Norris ! » La voix tranchante de Mrs Braithwaite le tira de sa rêverie, et il prit conscience de son séant osseux ankylosé, à force d'être assis sur la marche de pierre. « La réalité est bien supérieure à n'importe quel rêve. » Puis elle se radoucit et ajouta d'un ton moins abrupt : « Vous n'avez donc pas envie de voir les choses, de les éprouver ? De sentir monter en vous ces émotions – la peur, la surprise, la joie d'être en vie ? »

Mr Norris allait répondre lorsque quelqu'un s'approcha, et Mrs Braithwaite lui envoya un coup de coude pour le faire taire.

Une femme vêtue d'une cape noire, capuchon relevé, s'approchait furtivement de la cabine en lançant autour d'elle des regards circonspects.

« Peut-être que c'est la brune qui vient récupérer le passeport ? »

Mr Norris essaya de distinguer la couleur des cheveux de l'inconnue, mais le capuchon ne laissait rien voir.

« Regardez ! Elle entre dans la cabine ! » chuchota Mrs Braithwaite, d'une voix tout excitée.

La silhouette commença à parler au téléphone, la tête rentrée dans les épaules, leur tournant le dos.

Au bout de quelques minutes, elle reposa le téléphone et se disposa à sortir sans hâte. Elle laissa tomber quelque chose dans la cabine et se pencha pour le ramasser.

« Elle va prendre le passeport », chuchota Mrs Braithwaite.

Et de fait, une main fine et blanche surgit, saisit le passeport et le fit disparaître prestement sous la cape.

La main de Mrs Braithwaite se crispa sur le poignet de Mr Norris.

« C'est elle ! »

Et là-dessus, la femme redescendit la rue en direction de Wandsworth Common. Le couple lui emboîta le pas à une distance respectable, se dissimulant derrière les buissons des jardins, dans le sillage de la silhouette mince qui marchait d'un bon pas sous la pluie.

Au bas de la rue, elle tourna dans Shilling Lane.

« Elle doit vivre près de chez nous. Ça va nous faciliter les choses », souffla Mr Norris.

Mais ils restèrent sidérés en voyant la femme tourner dans l'allée de chez Mr Norris, sortir des clés et ouvrir la porte.

L'instant d'après, elle avait disparu à l'intérieur.

26

Le cœur de Betty battit un peu plus vite quand elle descendit de l'autobus et enfila la rue sombre partant de Piccadilly. Non loin de là se trouvait le vieux cinéma familier devant lequel un écriteau À LOUER se dressait comme une sorte de camouflage.

Le quartier général du MI5, l'une des agences d'espionnage les plus prestigieuses au monde, s'était installé dans ces locaux au début de la guerre après avoir été bombardé, et maintenant, il se nichait là, bien à l'abri sous son nouveau déguisement.

On utilisait d'ordinaire la porte arrière pour y entrer, et Betty s'y glissa furtivement, suivant la consigne donnée à tous les agents. Malgré l'heure tardive, l'effervescence y régnait. L'espionnage était un jeu des plus complexes, qui ne souffrait aucun relâchement.

La première fois qu'elle était venue dans les bureaux du MI5, c'était à l'époque où une de ses camarades de lycée et elle s'étaient vu offrir un travail de secrétariat pendant l'été 1939, lorsque la guerre avait semblé inévitable. C'était un immense privilège d'être sollicitées ainsi. Même comme employées de bureau, leur travail était strictement confidentiel et on leur avait donné de faux certificats d'embauche dans une station d'épuration. Pendant la guerre, les gens avaient appris à ne pas poser trop de questions.

En tout état de cause, le MI5 avait pour Betty des projets plus ambitieux. Très vite, ses véritables capacités étaient apparues : une intelligence affûtée, une aptitude à la duplicité combinée à une grande ténacité pour accéder au vif du sujet. Elle fut réaffectée.

« Votre travail de secrétariat est impeccable, miss Braithwaite, lui dit son chef. Mais nous avons reçu la consigne de repérer des jeunes filles qui ont l'esprit vif. »

Avec un sourire entendu, il lui donna une lettre lui indiquant où elle devait se présenter. Elle la prit avec un mélange d'excitation, de crainte et une étrange fierté de voir qu'enfin, ses discrets talents avaient été reconnus. Son intelligence n'était pas un fantasme : elle était vraiment fine, et un gouvernement de guerre avait grand besoin de gens comme elle.

Après quelques examens pour tester ses capacités physiques et intellectuelles, elle avait reçu un entraînement de base, qui en soi constituait un banc d'essai. Assise dans une salle de classe, elle avait appris comment penser en espionne : comment se déguiser et maquiller ses actions, comment bien mentir, circuler sans être suivie, filer une cible sans se faire remarquer. D'autres cours la formèrent à la transmission radio, aux techniques d'encodage et de décryptage, et à celles pour transporter messages, argent ou microfilms sur sa personne.

Pendant cet entraînement elle apprit que l'amour était strictement exclu du programme et ne pouvait servir qu'à des fins d'espionnage. L'un des cours de Betty portait sur les techniques « pour gagner la confiance d'autrui », ce qui lui ménagea quelques surprises, naïve comme elle l'était au départ.

Elle fut envoyée en Écosse pour y recevoir une formation spéciale. Ce n'était pas un entraînement de commando. On ne voulait pas d'un agent à l'apparence militaire, mais d'un civil en bonne santé capable de se maintenir dans la clandestinité pendant des jours, de coucher à la dure, de subsister avec les moyens du bord, de se servir de diverses armes à feu et de désarmer l'ennemi, voire de le tuer au besoin. Elle apprit l'art du cambriolage, de la contrefaçon et du mensonge afin de pouvoir adopter un déguisement, le garder un certain temps, et savoir déceler le camouflage chez quelqu'un d'autre.

Les responsables appréciaient toujours Betty. Non contente d'être exceptionnellement performante – elle n'aurait reculé devant rien pour éliminer l'ennemi –, elle avait de surcroît l'air de mademoiselle Tout-le-monde, avec son visage quelconque et ses cheveux châtain. Elle n'éveillait aucune méfiance.

Une fois rentrée à Londres, elle eut un entretien final avec celui qui devait être son chef. C'était lui seul qui décidait si elle était acceptée ou non. Pour Betty, c'était le défi le plus sérieux. Mr Cummerbatch était un vieux routier, habile à renifler de loin les points faibles chez les autres.

C'était un sexagénaire corpulent amateur de bonne chère et à l'abondante crinière grise. S'il avait toujours une pipe dans une main et un verre de scotch dans l'autre, Betty savait qu'il ne fallait pas le sous-estimer.

« Pourquoi voulez-vous faire de l'espionnage, Braithwaite ? » demanda-t-il avec un sourire en se carrant dans son fauteuil dans une attitude détendue, comme si elle était une nièce ou une amie de la famille.

« Parce que je m'en sais capable, dit-elle avec fougue. J'ai à cœur de faire ma part pour repousser une invasion allemande. J'en mesure les risques, mais je suis prête à donner ma vie pour mon pays. »

Il la regarda par-dessus ses lunettes. « Vous n'êtes pas une sentimentale, j'espère ? Avec des liens amoureux, etc. ?

– Non, monsieur. Je n'ai ni mari, ni enfant, ni personne qui ait besoin de moi. »

Il consulta son dossier et dit : « Vous n'avez pas indiqué de famille proche. Qu'est-il arrivé à vos parents ?

– Nous ne sommes pas très liés, monsieur. Ni l'un ni l'autre ne tient particulièrement à moi, alors cela ne devrait pas être un motif de préoccupation pour vous.

– Mais pour vous, ce n'en est pas un ? »

Ses yeux se plissèrent en attendant sa réponse.

« Je suis très bien toute seule, monsieur. » Elle se redressa sur sa chaise. « Et je vous promets d'être le meilleur agent que vous ayez jamais eu. »

Elle l'observa et, dans la longue minute qu'il mit à répondre, elle eut l'impression que son cœur s'arrêtait.

« Eh bien, nous allons vous donner une chance », dit-il enfin.

Elle sentit un frisson d'excitation la traverser. Elle n'avait encore jamais rien désiré avec autant d'intensité.

Ils la mirent au travail aussitôt.

Sa première mission fut un succès retentissant. On l'avait envoyée piéger un radiotélégraphiste mobile qui expédiait en Allemagne des messages concernant la stratégie. Les transmissions avaient conduit Betty à plusieurs adresses possibles à Kensington, et elle avait suivi un certain nombre de suspects avant de concentrer ses recherches sur une personne, une femme apparemment inoffensive, Catherine Aldridge, alias Katharina Fischer, qui se faisait passer pour une secrétaire belge. Elle retrouvait ses contacts – pour la plupart de dangereux espions nazis qui transmettaient ses messages au Reich – dans des cafés, des toilettes publiques et divers grands magasins. Katharina affectionnait particulièrement les comptoirs de l'alimentation chez Harrods, où un paquet de jambon surchoix du Wiltshire pouvait abriter entre ses tranches quelque message codé. Chaque jour, Betty s'habillait différemment et prenait une identité différente – un jour, femme de ménage, le lendemain, bibliothécaire – et elle filait Katharina pour l'observer et noter ses faits et gestes.

Lorsque Katharina fut arrêtée, Betty avait déjà indiqué au MI5 quatorze espions liés à l'affaire, dont tous furent envoyés dans des camps de prisonniers de guerre, ou devinrent agents doubles.

« Bien joué, Braithwaite », lui dit Mr Cummerbatch après sa mission. Il souriait, mais ses petits yeux la scrutaient, guettant chez elle une éventuelle complaisance sur le rebond de son succès. « La prochaine fois, je vous trouverai quelque chose d'un peu plus difficile.

– Je prends ceci comme un compliment, répondit-elle un peu vite, ce qu'elle regretta aussitôt.

– Le succès n'est jamais acquis, Braithwaite. »

Sa mission suivante consistait à se lier d'amitié avec une femme soupçonnée d'appartenir à la cinquième colonne. Il y avait une chambre à louer dans la maison où elle logeait à Wandsworth, ce qui était une chance exceptionnelle.

Betty s'était crue prudente, et estimait avoir eu un déguisement et une couverture impeccables.

Mais elle s'était fait prendre.

Arrivée devant la porte du bureau de Mr Cummerbatch ce soir-là, elle baissa les paupières, furieuse contre elle-même. Elle avait commis l'erreur de sous-estimer l'ennemi.

Elle frappa à la porte.

Il y eut un silence, de petits mouvements, puis une voix d'homme cria : « Entrez ! »

En proie à un mélange de soulagement et d'inquiétude, elle pénétra dans le bureau.

« Alors, la petite Braithwaite, dit-il d'un ton mesuré. Toujours en vie ?

– Tout juste, monsieur.

– Nous nous sommes fait du souci à votre sujet, Braithwaite. Nous avons songé à envoyer quelqu'un à la rescousse. Mais à l'évidence, vous êtes tout à fait capable de vous tirer d'affaire toute seule.

– Pour tout vous dire, monsieur, c'est ma mère qui m'a tirée d'affaire.

– Votre mère ?

– Elle est venue à mon secours. »

Il gloussa. « Vous vous moquez de moi, Braithwaite ? Je croyais qu'elle vous adressait à peine la parole, d'après ce que vous m'aviez dit ?

– En effet, monsieur. Je ne m'attendais pas à ça de sa part. Elle a réussi à deviner l'endroit où je me trouvais et est venue me libérer. Mais elle s'est fait piéger avec moi. Ils m'ont embarquée peu après dans une camionnette de livraison d'où je me suis échappée.

– Et où est votre mère à présent, dites-moi ?

– C'est une partie du problème, monsieur. Ils l'ont changée de local. »

Il posa sur elle un regard lourd. « Si vous me racontiez tout depuis le début ?

– Ça a commencé vendredi dernier, à vingt et une heures vingt. Je filais la cible qui rentrait chez elle. Au lieu de prendre l'autobus, elle est descendue dans la station de métro de Leicester Square. Nous avons pris un train de la Northern Line en direction d'Elephant & Castle, et quand je suis sortie de la station de métro derrière elle, deux voyous m'attendaient. C'était un piège. Ils m'ont poussée à l'arrière d'une voiture noire – je crois que c'était une Morris ou une voiture du même type. Le plus grand des deux – un dénommé Briggs – m'a immobilisée sur le siège arrière pendant que l'autre conduisait. Celui-là, c'est un vrai sadique, un dénommé

Marty – et je n'ai pas pu m'échapper. Briggs m'a passé une cagoule noire sur la tête, derrière devant, si bien que je n'ai pas pu voir où l'on m'emmenait. Une fois à destination – je sais maintenant que tout se passait dans le sous-sol d'une boucherie de Clapham –, mes ravisseurs m'ont traînée hors de la voiture, fait descendre un escalier. Puis on m'a jetée dans une pièce sans lumière où Briggs m'a attachée à une chaise et a commencé à me torturer pour me soutirer des informations.

– Que voulaient-ils savoir ? »

Elle eut un rire bref. « C'était un amateur et il a craché le morceau : ils soupçonnaient la présence d'une autre taupe dans leur groupe – quelqu'un de plus haut placé, mais je ne sais pas qui c'est. »

Mr Cummerbatch écrivit quelques notes dans un cahier devant lui. « Que cherchaient-ils à savoir d'autre ?

– Ils ne savaient pas au juste qui nous avait envoyés. Je n'ai rien dit.

– Parfait. Qui soupçonnent-ils ?

– Soit la police, soit le MI5, ou l'un des leurs – un groupe fasciste rival, voire les nazis qui surveillent la façon dont évoluent les choses. Ils pensent que j'ai pu être envoyée pour surveiller Fox, quelle que soit l'organisation dont je dépends.

– Intéressant, dit-il en prenant encore quelques notes.

– Vous savez ce qui est bizarre, monsieur, c'est que je ne comprends pas quand j'ai pu être repérée ni par qui. J'ai commencé à me demander si ce n'est pas par un des nôtres.

– Un des nôtres ? J'en doute, Braithwaite. Il y a fort peu de gens qui savent même qu'on vous a confié cette mission. À moins que ce ne soit Baxter.

– Non, impossible, dit-elle avec une assurance qu'elle était loin d'éprouver.

– Ah bon ? » Cummerbatch leva un sourcil. Rien ne lui échappait.

Mais Betty insista. « Il faudrait qu'il soit un as de la dissimulation pour me cacher ça à moi. Non, ça ne peut pas être lui. »

Il revint à ses notes. « Vous vous rendez bien compte que vous allez devoir vous mettre à l'abri pendant un moment, jusqu'à ce que nous ayons réglé cette affaire. Vous êtes connue, et sur leur liste d'ennemis à abattre. Nous ne voulons pas risquer la vie d'agents pour des missions de secours inutiles. »

Le cœur de Betty se serra. Se mettre à l'abri signifiait ne plus retourner chez elle – ou du moins dans sa petite chambre de Shilling Lane – et rester à l'écart des endroits où la bande risquait de la chercher. Cela signifiait aussi qu'elle était dessaisie de sa mission.

« J'aimerais vraiment terminer ma mission, monsieur, parce que je connais tous les membres du groupe, je sais comment ils agissent, ce qu'ils font...

– Vous vous êtes grillée. » Mr Cummerbatch ne souriait plus. « Partez vous reposer à la campagne, allez randonner. Je vais vous donner un billet de train pour les Cotswolds, à moins que vous ne préfériez la côte du Devon ?

– Mais ma mère ? Elle est retenue prisonnière, monsieur.

– J'enverrai quelqu'un d'autre à son secours. » Il se redressa et écrivit quelques mots dans son carnet. « Elle ne risque rien. Elle n'a été prise que cet après-midi et il ne lui arrivera rien de grave, pendant quelques jours au moins, car ils espèrent que vous allez venir la chercher. » Il releva les yeux. « Baxter sait peut-être où elle a été emmenée.

– Je pourrais aller le voir ? » dit-elle, peut-être un peu trop vite.

Il releva les yeux sous ses sourcils et la dévisagea sévèrement. « Braithwaite, je sais qu'il y a quelque chose entre Baxter et vous. Or ça, ma petite fille, c'est une entorse majeure aux règles du MI5.

– Je sais, répondit-elle à mi-voix, se sentant rougir de la tête aux pieds.

– Je vous prie de mettre un terme à cette relation. Tout de suite.

– Bien, monsieur.

– C'est très sérieux, Braithwaite. Je n'en parlerai pas en haut lieu, car vous seriez tous les deux renvoyés du MI5 et je me retrouverais privé de deux de mes meilleurs agents. » Il poussa un gros soupir et elle se rendit compte de l'énorme pression qui devait être son lot. « Ne faites pas échouer l'opération, Braithwaite. Pour vous, pour le MI5, pour le pays. Nous avons besoin de Baxter et nous ne pouvons pas risquer de le voir subir le contrecoup de vos erreurs. Vous êtes grillée. Ne le grillez pas, lui. »

Elle déglutit avec peine et s'efforça de refouler son envie de pleurer ; malgré tout, les larmes lui montaient aux yeux. « Je ne m'attendais pas à être démasquée. Je pensais avoir fait un sans-faute. »

Mr Cummerbatch posa sur elle son regard calme et mesuré. « Nous commettons tous des erreurs. Mais c'est la façon dont vous rebondissez ensuite qui vous définit, Braithwaite. »

Elle sécha rapidement ses yeux. « Comptez sur moi, monsieur.

– Bien. Je veux que vous disparaissiez au moins une semaine. J'ai une mission possible pour vous en Écosse, ce qui aura l'avantage de vous mettre à l'abri loin de Londres quelque temps.

– Bien, monsieur », répondit-elle en s'efforçant de cacher sa déception. L'Écosse était à huit cents kilomètres de Londres. « Mais ne puis-je rester ici, au cœur de l'action ? »

Il secoua lentement la tête. « Vous devez comprendre que ce n'est pas envisageable pour l'instant.

– Je peux me déguiser.

– La procédure habituelle prévoit un changement de lieu, Braithwaite. Vous le savez. Auriez-vous par hasard oublié le protocole ? ajouta-t-il, sarcastique.

– Non, bafouilla-t-elle. Je suis désolée, monsieur.

– En tout état de cause, vous avez besoin de sommeil. Ce soir, vous resterez dans le foyer de Bloomsbury, puis vous partirez prendre un long repos dans le Devon. Le manque de sommeil mène à…

– De mauvaises décisions », marmonna-t-elle. On le leur avait assez seriné pendant leur formation.

Il ébaucha un mince sourire. « Nous en resterons là, Braithwaite. Prenez ce qu'il vous faut à la réserve. Je m'occupe de votre billet pour le Devon, et je vous revois dans une semaine. » Il se leva, l'escorta jusqu'à la porte qu'il ouvrit.

« Au revoir, Braithwaite.

– Au revoir, monsieur.

– Soyez prudente, dit-il alors qu'elle sortait dans le couloir. Et n'oubliez pas qu'ils connaissent votre visage. »

27

Avant l'arrivée de ses locataires, Mr Norris ne savait rien d'elles. La joviale préposée au cantonnement, bien connue pour ses talents de persuasion auprès des civils à qui elle demandait de loger des travailleurs de guerre, lui avait assuré qu'il s'agissait de jeunes filles calmes et correctes qui ne lui causeraient aucun ennui.

Elle était loin du compte ! se dit-il en se glissant sans bruit dans l'entrée avec Mrs Braithwaite. Les trois locataires lui avaient bel et bien attiré des ennuis, même avant cette incursion soudaine dans le fascisme.

Florrie, certes très affable, était toujours en train d'aller et venir, perturbant dans son sillage la paisible routine de Mr Norris. Les pans de ses innombrables écharpes colorées faisaient sans cesse tomber les éléphants et mettaient les cadres de guingois. Quant à sa chambre, on aurait cru que l'armoire d'une artiste de cirque y avait explosé : chapeaux, chaussures, manteaux et jupes de couleurs vives étaient éparpillés partout. Il avait essayé de lui expliquer comment il aimait que la maison soit tenue et elle avait acquiescé avec enthousiasme, sans pour autant modifier ses habitudes, ce dont elle semblait totalement incapable.

Mr Norris considérait Betty comme la plus sérieuse des

trois. Elle passait le plus clair de son temps dans le salon, à écouter religieusement les informations, comme si sa vie en dépendait. Elle n'était plus une enfant et se comportait à bien des égards comme une adulte, mais elle avait beau sortir et s'amuser, il voyait bien qu'il y avait chez elle des profondeurs cachées, car elle donnait l'impression d'analyser tout et tout le monde, et de chercher en permanence la vérité.

Il avait apprécié sa compagnie et s'était demandé quel genre d'enfance elle avait eu et si elle avait été ignorée et maltraitée comme lui. En rencontrant Mrs Braithwaite et en entendant parler de tante Augusta, il avait eu la réponse à certaines de ces questions. Une chose était sûre cependant : malgré sa nature dominatrice et prompte au blâme, Mrs Braithwaite était incapable de cruauté. Cela au moins, il le percevait nettement. Lorsque Betty serait retrouvée – lorsqu'il les verrait ensemble, elle et sa mère –, il aurait peut-être la réponse aux interrogations qui subsistaient.

Cassandra, elle, était étonnamment distante et froide, glaciale, presque. Pourtant, un soir, peu après son arrivée, il était certain d'avoir entendu des sanglots étouffés venant de sa chambre. Il s'était demandé ce qui l'avait bouleversée à ce point, mais il n'avait pas osé poser la question. Face à l'avalanche de mauvaises nouvelles dues à la guerre, on encourageait les gens à garder le sourire, partant du principe qu'un flot ininterrompu de larmes risquerait de faire basculer l'esprit combatif de la nation sur la pente de la confusion et du défaitisme. Il était néanmoins descendu sur la pointe des pieds de ses combles et avait hésité devant sa porte, se demandant s'il ne valait pas mieux qu'elle s'épanche sur ce qui la perturbait. La tristesse et les horreurs refoulées pouvaient rapidement avoir un effet délétère sur une personnalité. Il ne savait que trop combien la colère pouvait être contagieuse : la rage de son propre père avait contaminé sa famille, entraînant chez chacun de ses membres des symptômes différents et sévères : le désespoir chez sa mère, la malveillance chez sa sœur et, chez lui, une peur abjecte. C'était en partie cette peur qui l'avait empêché ce jour-là de se manifester face au chagrin de Cassandra.

Dans l'entrée, sur la patère à chapeaux, était suspendue la cape noire, encore humide de pluie.

Cela signifiait qu'en l'absence de Betty, la mystérieuse femme qui avait pris le passeport dans la cabine était soit Florrie, soit Cassandra.

Mrs Braithwaite lança à Mr Norris un regard entendu et, avec des mimiques exagérées et des mouvements des mains, lui indiqua qu'elle allait vérifier le rez-de-chaussée pendant qu'il irait à l'étage.

Mr Norris monta sur la pointe des pieds. Il entendit une voix qui chantait – faux – « Kiss Me Goodnight, Sergeant Major ».

Spontanément, il alla d'abord à la chambre de Cassandra. Il avait toujours pensé qu'elle était différente de ce qu'elle voulait donner à voir : toutes ces soirées tardives, l'épais maquillage qui était presque un déguisement, son quant-à-soi.

Il écouta à la porte et, n'entendant rien, il se pencha pour regarder par la serrure, mais juste alors la porte s'ouvrit et Cassandra le toisa, l'air indigné.

« J'ignorais qu'en prenant une chambre ici, je me ferais espionner par le propriétaire ! lança-t-elle sèchement.

– Oh, je vous prie de m'excuser ! » bredouilla Mr Norris en se redressant et s'époussetant pour se donner une contenance.

Que pouvait-il dire ?

« Mon journal n'est plus à sa place, et je me demandais si vous l'aviez emprunté, poursuivit-il, mal à l'aise.

– Non, bien sûr que non. » Elle le regarda, sourcils froncés, comme si elle se demandait s'il n'était pas dérangé. « Je viens juste de rentrer.

– Alors ce doit être votre cape qui est pendue à côté de la porte, celle qui est toute mouillée ? Auriez-vous la gentillesse de la ranger dans votre chambre ? Elle va mouiller le reste des vêtements accrochés. »

Cassandra leva les yeux au ciel, passa prestement devant lui et dévala l'escalier sur ses talons aiguilles.

« Ah, ce n'est pas la mienne, dit-elle en dépliant la cape. Ce doit être celle de Florrie. » Sur ce, elle tourna les talons, remonta avec raideur et ferma sèchement la porte derrière elle.

Florrie ne fut pas d'une plus grande aide.

« C'est bien ma cape, mais je ne l'ai pas mise ce soir. » Elle eut un petit rire. « Ce doit être Cassandra votre coupable. Elle m'emprunte sans arrêt mes affaires sans me demander la permission.

– Alors où est le manteau que vous portiez, *vous* ? » demanda Mrs Braithwaite, qui avait suivi la scène depuis la porte du salon. Elle s'avança résolument pour pousser Florrie dans ses retranchements.

« Là-dessous », dit la jeune fille en soulevant la cape d'un geste prompt, révélant un plus petit manteau bleu foncé par-dessus lequel la cape avait été accrochée.

Mr Norris tâta le tissu. Mouillé lui aussi.

« Ah, bon, c'était sans doute Cassandra », dit-il en remontant l'escalier.

Il hésitait devant sa porte quand le hululement prolongé de la sirène antiaérienne retentit, et il recula à temps pour laisser passer Cassandra, qui avait jailli de sa chambre.

Arrivée en bas, elle enfila un imperméable camel, encore marqué de pluie aux épaules, signe qu'elle était rentrée depuis peu. Sans un mot, elle sortit dans la nuit et claqua la porte derrière elle.

Mr Norris fit signe à Mrs Braithwaite de le suivre dans la cuisine pour y discuter, et il referma soigneusement la porte.

« Elles ont toutes les deux des vêtements mouillés, dont aucun n'est la cape, souffla-t-il. À moins de fouiller leurs chambres pour trouver le passeport, je ne vois pas comment on pourrait en avoir le cœur net.

– Et la coupable peut soit garder le passeport sur elle, soit s'en débarrasser rapidement en le donnant à quelqu'un d'autre. Allez savoir ! dit Mrs Braithwaite en se laissant tomber sur une chaise.

– Il faut descendre se mettre à l'abri. Si on se dépêche, on trouvera de la place dans la crypte de l'église – c'est beaucoup plus civilisé que l'abri public, suggéra Mr Norris. Peut-être que l'une des deux filles y est allée aussi. Je les y ai vues de temps à autre. Allez chercher vos affaires. Je prends des couvertures. »

Et sur ces mots, ils firent leurs préparatifs en prévision d'une nuit dans la crypte.

28

Après son entrevue avec Cummerbatch, Betty s'était rendue à la réserve, un impressionnant bric-à-brac au sous-sol. Placards et cartons débordaient de vêtements déjà portés. Sur des étagères s'entassaient livres, cartes et dictionnaires de langues étrangères. Sur des coffres, des étiquettes indiquaient : APPAREILS PHOTO ET JUMELLES, PETITES ARMES À CACHER, ou encore MICROS. Il n'y avait personne, hormis un binoclard qui vérifiait l'inventaire à partir d'une liste au bureau central. Betty prit donc son temps.

Elle fouilla dans un vaste éventail de vêtements de seconde main et choisit un imperméable et plusieurs robes ; puis elle se concentra sur des accessoires qui lui permettraient de bien se camoufler : chapeaux et foulards, une paire de lunettes, un uniforme bleu marine qui avait pu servir à une Wrens – une auxiliaire féminine de la Royal Navy.

Elle prit ensuite des cartes et des lampes de poche, ainsi qu'un certain nombre d'autres articles utiles : une broche dissimulant une minuscule boussole, un poignard miniature qui pouvait se cacher dans le revers de col d'un manteau, et un petit passe-partout commode.

Lorsqu'elle sortit, le préposé au comptoir lui tendit un billet de train pour le Devon ainsi que de l'argent « de la part de

Cummerbatch ». Elle accepta le tout, non sans embarras, et le glissa dans son sac.

Était-elle vraiment disposée à partir pour le Devon ?

Elle prit d'une démarche lasse le chemin du foyer. C'était là qu'elle avait été logée en arrivant à Londres, une maison d'hôtes du MI5 pour les femmes, installée dans une des grandes maisons mitoyennes du dix-huitième siècle bordant Tavistock Square. À l'intérieur, un dédale d'escaliers et de couloirs menaient à de petites chambres pour une ou deux personnes avec juste assez de place pour accrocher et ranger les affaires de jeunes filles voyageant léger.

La chambre qui lui avait été attribuée était pour une personne, et le souvenir de sa première semaine au MI5 la fit sourire quand elle se remémora son enthousiasme de novice. Ah, ses affaires rangées méticuleusement, comme si elle était sous surveillance permanente ! Ses deux réveille-matin réglés pour ne pas être en retard ! Ses insomnies lorsqu'elle vivait dans la hantise d'avoir commis une petite erreur et d'être renvoyée chez elle, broyée par l'humiliation et l'échec !

Elle s'était doutée que le travail de bureau pouvait être un marchepied pour autre chose. Elle le sentait au plus profond d'elle-même. C'était sa chance, elle ne devait pas la compromettre.

Et voilà qu'elle se retrouvait deux ans plus tard agent aguerri du MI5, affamée et épuisée après avoir été emprisonnée et torturée. L'envers d'un pays en guerre était mille fois plus sordide que ce qu'elle avait imaginé au départ.

Et pourtant, la conscience du chemin parcouru l'emplit d'un sentiment de fierté, aussitôt suivi par la conviction qu'elle était capable d'accomplir n'importe quelle mission proposée.

Alors pourquoi l'envoyait-on dans le Devon ? Puis en Écosse ?

Elle ne s'était pas engagée au MI5 pour rester sur la touche, à tuer le temps. Et sa réputation ? Son père avait été fier d'elle quand elle lui avait annoncé que sa contribution à l'effort de guerre « avait quelque chose d'un peu exceptionnel ». Ne lui avait-il pas alors serré la main, comme s'il reconnaissait finalement en elle une adulte ?

« Tu me fais honneur, Betty, avait-il dit en la regardant avec ces yeux brillants et humides qui la faisaient fondre. J'ai toujours su que tu irais loin. »

Et maintenant ? Il ne s'était pas manifesté depuis des mois.

« Peut-être que maman avait raison, se dit-elle. Et qu'il a juste essayé de nous faire croire qu'il s'intéressait à nous alors que ce n'était pas vrai. Il se moque bien de ce que je peux faire, ou de la nature exceptionnelle de mon travail. »

Son père avait certes beaucoup de charme, mais au bout du compte, c'était sa mère qui, malgré sa raideur et sa tendance à brasser de l'air, avait donné la preuve de son amour pour elle.

« C'est maman qui m'a sauvée, finalement. »

Elle pensa à sa mère, captive quelque part, harcelée et menacée par Briggs et Marty en attendant que Cummerbatch ait trouvé un agent disponible – qui ne saurait rien de l'affaire et devrait donc être mis au courant avant de passer à l'action – à envoyer en opération de sauvetage.

L'idée lui était odieuse.

« C'est exclu, dit-elle à haute voix avec détermination. Je dois la retrouver. »

Betty était depuis assez longtemps au MI5 pour savoir que la première chose à faire dans une situation donnée était d'évaluer les risques. Or le plus gros risque en l'occurrence était de s'attirer les foudres de sa hiérarchie pour avoir désobéi aux ordres et être retournée sur le théâtre des opérations.

L'idée lui fit battre le sang plus vite dans les veines. Elle se leva et noua un foulard sur ses cheveux.

Quels que soient les risques, elle ne pouvait pas rester là à attendre d'apprendre le sort réservé à sa mère. Mrs Braithwaite avait volé à son secours et Betty devait en faire autant pour elle.

Elle choisit des vêtements propres et se changea. « Si je veux la retrouver, se dit-elle, il faut que je contacte la seule personne qui sait où elle peut être. »

Baxter.

Baxter devait connaître les cachettes de la bande. Peut-être même savoir où ils l'avaient emmenée. Elle pouvait faire la tournée de leurs planques jusqu'à ce qu'elle tombe sur la bonne.

C'était la solution.

Il y avait bien entendu une autre raison à son désir de retrouver Baxter. Un sourire éclaira brièvement son visage au souvenir de la façon dont il la regardait, de son odeur musquée, de la douceur de ses lèvres, de sa peau.

Betty avait toujours été une fille logique, pragmatique. « La tête sur les épaules », c'est ainsi qu'on la décrivait au lycée, et cela ne lui déplaisait pas. Aussi avait-elle été ébranlée par sa rencontre avec un homme qui avait bouleversé son rapport à la logique. Dès leur premier contact, elle avait éprouvé un tourbillon de sentiments tel qu'elle avait cru perdre le nord. Elle brûlait d'impatience de le retrouver.

Il avait sans doute été obligé de déménager après avoir été suivi par Mrs Braithwaite. Heureusement que, bien des mois auparavant, ils avaient pensé à mettre sur pied un plan pour échanger des messages codés afin que chacun puisse savoir où se trouvait l'autre.

« La cabine téléphonique devant la cathédrale St Paul, avait-il proposé. C'est parfait. D'un accès facile, et toujours ouverte. On peut laisser un petit message dans l'annuaire » – il avait marqué une pause – « à F comme Freud. » Un sourire avait joué sur ses lèvres. Il adorait ces nouvelles notions, ces façons inédites d'envisager le monde. Tous ces livres, ces idées, cette tendance à s'affranchir des sentiers battus. Était-ce pour cela qu'elle l'aimait ?

Elle avait questionné Mr Norris sur Freud en rentrant à Shilling Lane ce soir-là. Il lui avait souri avec sa douceur habituelle et répondu : « Freud estime que notre enfance a une influence déterminante sur notre vie adulte et qu'elle façonne notre personnalité. C'est vraiment très astucieux », avait-il déclaré, avant de poursuivre en expliquant les présupposés théoriques, la façon dont le ça et le moi déterminaient chacune de nos décisions. La pendulette sur la cheminée marquait minuit passé lorsque Betty était montée se coucher, la tête pleine d'idées mouvantes qui dérangeaient la poussière dans les coins obscurs.

Elle enfila son imperméable et descendit quatre à quatre les escaliers de la pension. Maintenant qu'elle avait arrêté son plan, elle avait hâte de voir Baxter.

Elle désobéissait carrément aux ordres de Cummerbatch. Le billet de train pour le Devon brûlait le fond de son sac, et elle avait l'impression d'être une écolière en maraude séchant une retenue.

Mais tant pis.

Toute sa vie semblait avoir abouti à cet instant.

29

La crypte était bondée, et pour couronner le tout, les gens chantaient. Comme tout le monde, Mrs Braithwaite aimait bien pousser la chansonnette, mais les airs choisis en l'occurrence n'étaient pas du meilleur goût. Ils avaient attaqué avec « Roll out the Barrel », mais comme la plupart d'entre eux ne connaissaient que le début de cette chanson populaire, ils changèrent et s'en donnèrent à cœur joie avec « It's a Long Way to Tipperary », qui donnait surtout envie de rapprocher Tipperary afin d'éviter d'avoir à déplorer en chanson la longueur du trajet !

Mr Norris se mit en devoir de chercher un bon coin où passer la nuit, talent dont il semblait être fier, car il dit : « Ne vous en faites pas, Mrs Braithwaite, en deux temps trois mouvements j'aurai trouvé où nous installer.

– On a raté toutes les bonnes places le long des murs, ronchonna-t-elle.

– Pour en avoir une, il aurait fallu arriver il y a plusieurs heures. » Avec un soupir, il ajouta : « Une fois qu'on aura fait nos lits, on sera très bien, vous verrez. »

Ils entreprirent d'étaler les couvertures par terre à l'extrémité d'une rangée et Mr Norris les tira soigneusement : « Si chacun dispose bien ses couvertures, on peut loger plus de monde, chuchota-t-il. Le sacristain passe pour vérifier. On veut éviter de devoir refuser l'accès aux gens. »

Mrs Braithwaite garda le silence. Elle était atterrée. L'odeur fade de la mort emplissait les lieux. Il y avait des tombes et des catacombes de chaque côté. Et elle poussa un gémissement horrifié en s'avisant que les grandes dalles sur lesquelles ils allaient s'allonger portaient, gravés et à moitié effacés, les noms des défunts. Les rangées de couvertures lui rappelaient les alignements de tombes, et les multiples couleurs, dans la pénombre, évoquaient le patchwork de fleurs et d'herbe recouvrant les emplacements au cimetière.

La mort n'était pas un sujet sur lequel Mrs Braithwaite aimait s'attarder. Tante Augusta en parlait comme d'un événement déplaisant, affligeant les classes inférieures, à l'exception, bien entendu, de celle de la reine Victoria, qu'elle considérait plutôt comme un modèle de transcendance.

« Je ne veux pas me coucher sur un mort ! » lança-t-elle avec véhémence à Mr Norris en cherchant un endroit vierge de toute inscription.

Il cessa de lisser les couvertures. « Je sais bien que ce n'est pas idéal, mais je vous assure que c'est infiniment préférable à un abri public. La puanteur seule suffit à vous incommoder. Allez, aidez-moi à tendre ce drap. »

Elle recommença à disposer draps et couvertures avec lui, mais une idée l'obsédait ; et quand ils eurent fini, elle s'assit sur ce qui allait lui tenir lieu de lit et la formula tout haut : « Vous ne trouvez pas que c'est immoral de coucher sur la tombe de quelqu'un ?

– Pas vraiment. Je crois que s'ils savaient, les morts ne trouveraient pas ça choquant. Après tout, nous sommes en guerre. Et en tout état de cause, nous sommes séparés d'eux par une dalle épaisse. Je ne pense pas que des squelettes vont sortir pour vous assassiner, si c'est ce que vous croyez. »

Il rit gentiment et, après avoir sorti un thermos, il versa du thé bien chaud dans deux tasses.

« Je n'aime pas penser à la mort, dit-elle.

– Elle est pourtant inévitable, répliqua-t-il, songeant à ses amis de lycée qui avaient été tués lors de la précédente guerre. Mourir prématurément, et pendant une guerre est une double tragédie. D'abord parce que vous venez juste de commencer votre vie, ensuite parce que cela prouve que la nature humaine se retourne contre elle-même. Mais quand je pense à mes anciens camarades, je me rends compte que ce n'est pas la mort qui est le plus à redouter. C'est la peur de ne pas exploiter pleinement notre potentiel.

– Que voulez-vous dire au juste ?

– Parfois, quand je pense à tout ce que j'ai eu peur de faire, je me souviens de mes amis, débordant d'enthousiasme lorsqu'ils sont partis pour la dernière guerre. » L'idée le fit sourciller et Mrs Braithwaite vit non sans surprise ses yeux s'embuer. « Ils aimaient la vie plus que je ne l'ai jamais aimée, bien qu'ils n'aient pas vécu longtemps. »

Il regarda ses mains.

Mrs Braithwaite fronça les sourcils sans comprendre. « Tout ça c'est très joli, mais franchement, moi je songe plutôt à ma vie au présent. La vie appartient aux vivants, comme on dit.

– Avez-vous jamais fait l'expérience de la mort d'un proche ?

– Mes parents sont morts », dit-elle tout doucement. Puis elle reprit son ton habituel pour ajouter : « J'étais très jeune à l'époque.

– Que s'est-il passé ? demanda-t-il en se rapprochant légèrement.

– Un accident en mer. Nous étions sur un bateau à destination de la France, et il a heurté des rochers peu après avoir quitté la côte sud. J'ai eu la vie sauve, mais j'ai failli mourir d'une pneumonie. Je suis restée seule à l'hôpital pendant des semaines avant que tante Augusta ne vienne me chercher.

– Je suis désolé, dit Mr Norris. Qu'est-il arrivé à vos parents ?

– Ils se sont noyés, répondit-elle d'un ton détaché. Mais ce n'étaient pas de bons parents, d'après tante Augusta, alors c'est peut-être aussi bien. »

Mr Norris en resta suffoqué. « C'étaient vos parents, tout de même ! Vous ne les aimiez donc pas ? Je me demande parfois si nous n'avons pas besoin de savoir d'où nous venons pour pouvoir avancer dans la vie. Comment pouvez-vous espérer qu'une plante pousse si vous lui coupez les racines ?

– Mieux vaut ne pas y penser. » Elle se mit à épousseter d'invisibles saletés sur sa couverture.

« Ne croyez-vous pas que votre tante, avec les meilleures intentions du monde, a pu vous dire que vous étiez mieux lotie avec elle qu'avec vos vrais parents pour que vous ayez l'impression que votre vraie place était avec elle ? avança-t-il prudemment.

– Je dois vous avouer que je n'y ai pas vraiment réfléchi, Mr Norris, rétorqua-t-elle sèchement. Réfléchir est un passe-temps très surestimé, et certains d'entre nous sommes bien trop occupés à essayer de remettre le monde à l'endroit pour perdre notre temps à ruminer.

– Pourtant, on a besoin de méditer, de réfléchir à ce qu'on pense, croit et ressent vraiment. Parfois, si on ne s'arrête pas sur les événements importants qui se produisent dans notre vie, tout reste bloqué à l'intérieur, et un jour, on risque d'exploser.

– Il n'y a aucune chance que ça m'arrive, je vous le garantis ! » lança-t-elle en lissant sa couverture.

La conversation semblait avoir mis Mr Norris en veine de réflexion, et il poursuivit sur un ton assez méditatif : « Quand des gens que vous aimez meurent, quelque chose change en vous, et vous devenez quelqu'un d'autre. Certains disent que vous prenez en vous une partie d'eux, que vous abritez en vous tout ce que vous aimiez chez eux, qu'il vous incombe de les garder en vie dans votre cœur, quoi qu'il en coûte. »

Mrs Braithwaite sentit comme un frémissement à l'intérieur d'elle-même, mais si elle laissait la moindre parcelle de lumière entrer dans ce recoin de son esprit, un flot de souvenirs de cette triste nuit reviendrait en force.

« Tante Augusta m'a bien recommandé de ne pas y penser, rétorqua-t-elle, espérant qu'il changerait de sujet.

– Et vous avez toujours fait ce que voulait tante Augusta ? » demanda-t-il avec douceur.

Mrs Braithwaite le regarda pensivement. « Oui. Enfin, je le faisais. En général. Betty m'a dit aujourd'hui que toutes ses règles étaient cruelles. » Elle ferma les yeux comme si elle luttait contre une pensée. « Il n'en reste pas moins que tante Augusta, elle, a vécu assez longtemps pour m'élever. Tandis que mes parents, en fait, m'ont abandonnée. Tante Augusta a eu la générosité de me recueillir et de m'élever comme sa propre fille. Cela seul suffit à montrer que c'était une femme de bien.

– Cela peut signifier tout autre chose aussi. Peut-être avait-elle toujours désiré un enfant à elle, auquel cas la mort de vos parents lui en a offert un fort à propos.

– Et peut-être devriez-vous vous mêler de vos affaires. Tante Augusta a été la première à reconnaître qu'elle avait toujours voulu une fille et que j'ai été un don du ciel, car elle a pu s'occuper de moi comme si j'étais son enfant. Elle a renoncé à tout pour moi.

– Quel âge aviez-vous lorsque vos parents sont morts ?

– Six ans. » Elle regarda le sol, et éprouva un début d'agacement. « Vous voyez ce qui se passe quand on commence à penser à la mort : ça dérape tout de suite. »

Ils burent leur thé en silence, jusqu'à ce qu'un chahut dans un coin de la crypte les fasse se retourner. Cassandra, vision incongrue avec son maquillage et son imperméable camel, essayait de glisser une couverture dans un étroit espace entre deux femmes d'un certain âge qui lui faisaient clairement comprendre qu'il n'y avait pas assez de place pour elle.

Mr Norris se pencha. « Je vous avais bien dit qu'elle viendrait ici. Allons voir si nous pouvons calmer le jeu, dit-il en se levant. Ce sera un bon prétexte pour lui poser quelques questions. »

Mrs Braithwaite s'assit, espérant que Mr Norris se retournerait et verrait qu'elle avait besoin d'une main secourable pour l'aider à se relever, mais il s'approchait déjà du théâtre des hostilités, et elle dut se déplier toute seule.

Cassandra commençait à s'énerver contre les deux matrones à côté d'elle. « Il y a un petit homme ridicule à l'entrée, qui a dit que je ne pouvais pas rester si je ne trouvais pas de place, or c'est la seule qui reste.

– On est trop à l'étroit ici, décréta l'une des femmes. Allez vous mettre ailleurs.

– Cassandra ! lança Mr Norris, pourquoi ne venez-vous pas près de nous ? On se serrera un peu. »

Cassandra se retourna. Sa bouche, qui commençait à esquisser un sourire satisfait en voyant Mr Norris, s'affaissa quand elle avisa Mrs Braithwaite.

« Ah ça, c'est gentil ! » dit l'une des femmes en ramassant la couverture de Cassandra, qu'elle mit d'autorité dans les bras de Mr Norris.

« Le sacristain est très pointilleux, expliqua Mr Norris à Cassandra. Il faut prendre en compte les intérêts de chacun. Vous ne voulez pas être mise dehors, n'est-ce pas ? »

Il consulta sa montre. « À cette heure-ci, vous ne trouverez plus rien. Vous n'aurez pas le choix, sinon aller à l'abri du quartier. »

Cassandra exhala bruyamment par les narines. « À ce compte-là, je préférerais encore affronter les bombes ! » Elle ramassa son sac manifestement coûteux et laissa Mr Norris porter le reste de ses affaires. « Autant vous suivre, alors », dit-elle. Puis sentant ce que sa réflexion avait de discourtois, elle glissa un bras sous celui de Mr Norris, lui adressa un charmant sourire et ajouta : « Merci d'être venu à mon secours. »

Et moi ? se dit Mrs Braithwaite. *On ne pense pas à l'espace auquel je renonce ?*

Ils regagnèrent l'endroit où étaient posées leurs couvertures et Mr Norris les réorganisa de façon à placer Cassandra entre eux.

Mais pour Mrs Braithwaite, une chose était très claire : pas question que Cassandra soit sa voisine.

« Cassandra devrait peut-être se mettre à côté de vous, Mr Norris, lança-t-elle d'un ton péremptoire.

– Oh, soit », répondit-il en rechangeant les couvertures de place et en les arrangeant au mieux dans l'étroit espace.

Au moment précis où Mrs Braithwaite s'apprêtait à dire qu'ils étaient vraiment trop serrés et que Cassandra allait devoir se déplacer, Mr Norris la remercia chaleureusement pour la générosité dont elle faisait preuve en partageant son espace.

« Vous êtes toujours prête à aider, n'est-ce pas, Mrs Braithwaite ? »

Elle sourit, vaincue, sachant que Mr Norris lui donnait le bénéfice du doute : elle n'était pas aussi gentille qu'elle l'aurait souhaité. Mais peut-être pouvait-elle changer, peut-être avait-elle *déjà* changé ?

Cassandra se pencha et s'assit avec un sourire narquois, repliant les jambes sous elle. On aurait dit un chat qui avait trouvé la meilleure place auprès du feu. « Oui, merci, Mrs Braithwaite. Peut-être que vous êtes moins grincheuse que vous ne le paraissez, après tout ! » Et elle partit d'un petit rire perlé, laissant perplexe l'intéressée qui se demanda si c'était une plaisanterie ou non.

« Je dois dire que je suis surprise de vous voir ici, Cassandra, vous qui sortez tous les soirs. Dieu sait ce que vous faites dehors ! glissa Mrs Braithwaite d'un ton acerbe.

– Vous avez raison, je suis rarement à la maison », répondit Cassandra, pas gênée le moins du monde. Elle avait même l'air satisfait, comme si elle était fière d'être une fêtarde. « Ce soir j'avais rendez-vous avec un ami » – à la façon dont elle prononça le mot, on sentait que c'était plus qu'un ami – « mais il n'est pas venu, ce qui ne lui ressemble pas du tout : il est fou de moi. » Des plis se creusèrent sur son beau front. « J'espère qu'il ne lui est rien arrivé.

– Vous devez vous faire du souci, dit Mr Norris.

– Il est navigateur dans la RAF, alors…

– Peut-être a-t-il décidé de ne pas venir au rendez-vous, finalement », dit Mrs Braithwaite d'un ton pincé, toujours vexée d'avoir été qualifiée de « grincheuse ». Mais, voyant que la jeune fille paraissait sincèrement inquiète et que ce jeune homme était peut-être plus qu'une passade, elle ajouta : « Pour un cas de force majeur, bien sûr.

– C'est peut-être la bonne explication », murmura Cassandra, comme si elle s'adressait à elle-même. Et Mrs Braithwaite eut l'impression très nette que soudain, Cassandra ressemblait à une petite fille, seule et perdue, et que son ami lui manquait. Pourquoi faisait-elle tant d'efforts pour être désagréable alors qu'au fond, elle était aussi humaine que n'importe qui ?

Pouvait-elle vraiment avoir des accointances avec les fascistes ?

Mr Norris se jeta à l'eau : « Nous sommes toujours à la recherche de Betty. Et son petit ami, vous le connaissiez bien ?

– Pas vraiment. Je ne l'ai rencontré qu'une fois, le jour où je les ai croisés par hasard devant le Pendulum. Ils étaient pressés et il ne m'a pas franchement ensorcelée, même si je soupçonne Betty d'avoir écourté la rencontre. » Elle gloussa.

« Pourquoi donc ? demanda naïvement Mr Norris.

– Oh, beaucoup de femmes n'aiment pas que leur homme me côtoie trop longtemps. » Elle posa sur Mr Norris un regard de braise pour appuyer ses dires. Il en perdit ses moyens – et ses lunettes. « Au cas où il aurait le sentiment de faire fausse route, termina-t-elle.

– Alors le soupirant de Betty n'est pas tombé sous votre charme ? » intervint aussitôt Mrs Braithwaite, voyant que Mr Norris se prenait à batailler avec le thermos pour se donner une contenance.

Cassandra parut agacée. « À vrai dire, non. Du reste, je n'aurais pas cru qu'il soit le genre de Betty. Très beau garçon, je reconnais. Mais quelle dégaine ! Et il dégageait une odeur… pestilentielle ! »

Mrs Braithwaite fit la grimace. « Une odeur de quoi, à votre avis ? demanda-t-elle.

– De pourriture. Vous savez, un peu comme celle de la viande avariée.

– La viande avariée…, répéta Mr Norris, pensif. Il ne travaillait pas chez un boucher, par hasard ? »

Cassandra secoua la tête. « Tout ce que je sais, c'est que ce n'est vraiment pas le genre d'homme que j'aimerais fréquenter.

– Extinction des feux ! » cria le sacristain d'une voix bourrue.

Mrs Braithwaite dévisagea Mr Norris tandis que Cassandra

retirait ses talons aiguilles et les rangeait soigneusement à côté de son sac à main.

« Vous croyez que c'est elle ? » articula-t-il silencieusement, faisant un signe de la tête.

Mrs Braithwaite haussa les épaules et se pencha pour chuchoter : « Si elle connaît Baxter, elle a très bien joué la comédie. Cette histoire d'odeur de viande avariée m'a l'air un peu trop déplaisante pour avoir été inventée de toutes pièces.

– Peut-être pourrez-vous jeter un coup d'œil dans son sac à main quand elle sera endormie ? suggéra Mr Norris.

– Vous ne pouvez pas vous en charger ?

– Non. Je suis un homme ! Si elle se réveillait pendant que je le fouille ? objecta-t-il, scandalisé que Mrs Braithwaite ait pu émettre pareille suggestion. Vous au moins, vous aurez la ressource de dire que vous vouliez emprunter un mouchoir ou quelque chose de ce genre. »

Les gens baissaient la lumière de leurs lampes de poche, et le sacristain circulait en recommandant d'« avoir plus d'égards pour les autres » avec une rudesse un peu surprenante pour un homme d'église.

Cassandra s'étira sous sa couverture avec une moue sans équivoque marquant sa contrariété de se trouver là ; puis elle baissa les paupières comme pour ignorer tout le monde. « Je n'ai pas fermé l'œil depuis des jours ! déclara-t-elle d'un ton théâtral.

– On éteint tout maintenant, cria le sacristain en se couchant lui-même sur des couvertures étalées dans un coin.

– Il a plus de place que nous autres », glissa Mrs Braithwaite à Mr Norris dans un murmure rauque. Ils étaient maintenant installés sous leurs couvertures, dans une obscurité que seule trouait la lueur vacillante d'une petite lampe à huile à côté du lit du sacristain.

« Il peut en avoir davantage encore s'il le décide. C'est sa crypte après tout.

– La crypte appartient à Dieu, plutôt.

– C'est le sacristain qui nous autorise à descendre ici, et à mon avis, il n'a pas plus d'espace que nous.

– Pourtant, d'ici, on dirait que si. Je vais peut-être aller voir, et s'il s'avère qu'il y a plus de place…

– Qu'est-ce que vous ferez ? » Mr Norris se souleva sur un coude et Mrs Braithwaite l'imita. « Si vous l'asticotez, il nous demandera de partir, et qu'est-ce que nous aurons gagné ? »

Elle regarda Mr Norris. Maintenant qu'il avait ôté ses lunettes, ses yeux clairs reflétaient la minuscule lueur de la lanterne. Il était couché tout près d'elle, et un creux étroit marquait la fin de sa couverture à lui et le début de la sienne.

« Mais en bon chrétien, il devrait prendre le moins de place possible ! insista-t-elle.

– Je suis très bien là où je suis, dit Mr Norris avec un bon sourire, et s'il en est de même pour vous, Mrs Braithwaite, je suggère que nous essayions de dormir pendant qu'il en est encore temps. S'il y a un bombardement cette nuit, il n'en sera plus question.

– Comment voulez-vous que je dorme avec le souci que je me fais pour Betty ?

– Ma chère Mrs Braithwaite, nous avons tous les deux besoin de sommeil. La journée d'aujourd'hui a été très remplie. Demain, nous y verrons plus clair.

– Vous croyez ?

– Oui, répondit-il avec une conviction très inhabituelle chez lui. Maintenant, profitons de la tranquillité et dormons. »

Quelle tranquillité ? se demanda Mrs Braithwaite en s'allongeant de nouveau et en fermant les yeux. La crypte était pleine d'échos, de ronflements, de reniflements ; une femme chantait en sourdine une berceuse à son enfant, des gens marmonnaient, se retournaient pour combattre l'inconfort, sachant que le sol de pierre allait ankyloser leur autre côté ; au mépris de toute bienséance, ils poussaient dans l'air froid et humide de grands gémissements incongrus.

L'épuisement la terrassa néanmoins et elle s'assoupit un moment. Elle fut brutalement tirée du sommeil par une série d'explosions fracassantes qui faisaient trembler la pierre sous elle.

Aussitôt, elle se redressa sur son séant et la mémoire lui revint : elle se trouvait dans une crypte, cernée par la mort, qui était au-dessus, au-dessous, partout.

Les gens se mirent à hurler, puis on entendit partout des « chut ! » visant à rasséréner l'assemblée. Un petit enfant fondit en larmes, mais quelqu'un le fit bientôt taire. Les cris se transformèrent en chuchotements.

L'hystérie fut rapidement calmée.

Une femme commença à chanter à mi-voix « We'll Meet Again », et d'autres se joignirent à elle. Bientôt retentit un chœur très doux qui, tel un flot consolateur et chaleureux, fit planer le calme et leur donna l'impression d'être tous unis.

« On dirait que les bombes tombent du côté de Clapham. À l'opposé de chez nous », souffla Mr Norris.

C'était tout lui, ça, songea Mrs Braithwaite : dire « chez nous » et non « chez moi ». C'était sa maison, après tout, et non la leur à tous.

« Comment pouvez-vous le savoir ? chuchota-t-elle en retour.

– Ah, au bout d'un moment, on finit par s'y repérer. Avec une oreille exercée et quelques calculs.

– Sommes-nous en sécurité ici ?

– Autant qu'on peut l'être dans un abri souterrain. Il est profond. Le sol au-dessus de nous est assez solide pour que l'église ne nous écrase pas si elle s'écroule. » Il eut un petit rire. « Vous croyez que je viendrais ici si je n'avais pas évalué tous les dangers potentiels ? »

Cela ne la fit pas rire. « Non, sans doute, répondit-elle. Il n'empêche que c'est très troublant… »

Une autre explosion assourdissante ébranla la crypte, et les vibrations firent osciller la lanterne du sacristain.

Mrs Braithwaite ne put se défendre d'un sentiment de claustrophobie ; les murs, le plafond, le sol même l'oppressaient, comme s'ils se resserraient sur elle et l'étouffaient. Elle pensa à la pauvre Blanche, sur qui un bâtiment s'était effondré.

Gagnée par la nausée, elle se rallongea, frissonnant de peur, essayant de penser à autre chose, à n'importe quoi. Mais son esprit retournait obstinément vers la mort. Elle pensa à tante Augusta, dans son cercueil avant l'enterrement, à sa beauté pâle et dure, telle qu'elle avait été de son vivant. À ceci près qu'elle était inerte, arrêtée dans son élan, réduite au silence. Mrs Braithwaite se rappela l'avoir regardée dans son cercueil – avec des sentiments mélangés à vrai dire. Elle aurait voulu étreindre cette femme merveilleuse devenue immobile et muette, et puiser dans son silence même une sorte de chaleur : après tout, elle ne pouvait plus intimider ni juger. En même temps, Mrs Braithwaite avait eu conscience de lutter contre un sentiment très déloyal de libération, comme si elle prenait le pouvoir de tante Augusta. Mais la vieille dame avait une règle à propos de la loyauté : « Parmi les qualités à avoir, c'est la plus haute et la plus importante. » Mrs Braithwaite ne pouvait donc la trahir, même maintenant qu'elle était morte.

Soudain, une déflagration terrible retentit, une onde de choc qui ébranla la crypte comme une éruption volcanique. Un bruit sourd effroyable déchira l'air de la salle. Des cris fusèrent, la lanterne s'affola, projetant de larges ombres mouvantes dans l'espace empli d'échos ; tout le monde se leva.

Cette fois-ci, la panique ne put être contenue.

Mrs Braithwaite constata avec horreur que la moitié du plafond s'était effondrée de l'autre côté de la salle, et les dégâts apparaissaient au gré des mouvements de la lanterne qui se balançait sur son crochet. Des gens étaient pris au piège des décombres ; des pierres avaient explosé, recouvrant tout d'éclats plus ou moins gros et l'atmosphère chargée de poussière était presque irrespirable.

Ce fut une Mrs Braithwaite très agitée qui se leva précipitamment, tremblante d'horreur. Le chaos ambiant lui avait envahi l'esprit, elle n'arrivait plus à avoir les idées claires. Elle empoigna son sac, se tourna et courut vers la porte, butant sur des corps encore au sol. Il y avait trop de monde dans cette crypte, et trop peu de place.

Elle trébucha et tomba sur des gens toujours étendus qui remuaient sous elle comme des vers dans un seau. Elle se releva tant bien que mal et se dirigea à tâtons vers la sortie.

Mais le plafond s'était effondré autour de la porte, coincée par des pierres et des briques cassées. Dans la foule qui se pressait pour fuir, elle commença à jouer des coudes.

Une voix d'homme s'éleva : « La porte est bloquée ! » De multiples cris jaillirent, et les gens se mirent à pousser pour tenter de s'approcher.

« Ce sont les décombres qui la bloquent, hurla une femme d'une voix aiguë. Il faut s'écarter pour les déblayer. »

Personne ne lui prêta attention. Si une personne reculait dans la cohue, une autre prenait aussitôt sa place. C'était à désespérer.

Soudain, de l'un des murs latéraux, fusa bruyamment un jet d'eau incontrôlable, qui devint vite un flot tumultueux.

Les gens entreprirent de rassembler à la hâte leurs couvertures et leurs affaires en vociférant : « Il y a de l'eau ! »

« Une bombe a dû toucher les conduites d'eau », hurla

une femme en ramassant de gros morceaux de pierre pour tâcher de colmater la large brèche déchiquetée dans le mur.

Mais l'eau gicla d'un autre point, puis d'un troisième ; une fine gerbe jaillit du mur, qui s'effrita sous la pression montante.

La panique gagna, les gens se mirent à crier, à tomber les uns sur les autres en essayant de refluer de l'autre côté de la salle. Le bébé braillait à pleins poumons. Mrs Braithwaite comprit que le moment était venu d'intervenir.

Si quelqu'un savait s'imposer dans un groupe, c'était elle.

« Écoutez, tout le monde ! claironna-t-elle du ton qu'elle prenait pour mener le SVF, en tapant sèchement dans ses mains. Il va falloir coordonner nos efforts dans le calme, c'est vital. »

Et comme personne ne semblait réagir, elle ouvrit tout grand la bouche et cria d'une voix de stentor : « STOP ! »

Tout le monde se tourna vers elle.

« Nous voulons tous sortir, évidemment, mais il va falloir travailler tous ensemble. Ceux qui sont près de la porte, reculez d'un pas et laissez ceux qui sont devant déblayer les débris pour qu'on puisse ouvrir. » Elle les regarda s'exécuter.

« D'où vient l'eau ? reprit-elle. Il faut une autre équipe pour essayer de colmater la brèche afin d'arrêter l'inondation. »

Elle répartit les tâches entre les équipes, s'assurant que les enfants et les personnes âgées restaient à l'écart tandis que les plus robustes transportaient les gros morceaux de caillasse.

Soudain, trois petites fuites se rejoignirent. Un énorme jet d'eau se déversa comme si une canalisation principale se vidait tout simplement de son contenu. Aussitôt, le niveau de l'eau au sol se mit à monter, et vite. Le mur derrière la brèche commença à donner des signes de fragilité, prémices d'un effondrement sous la poussée du liquide. Il y avait maintenant une dizaine de centimètres d'eau sous leurs pieds, et à ce rythme, il y en aurait cinquante à soixante d'ici quelques minutes.

Il fallait sortir de là.

Elle se dirigea vers la porte, qu'elle eut du mal à atteindre dans la cohue, et découvrit que, même une fois les décombres déblayés, le battant ne voulait toujours pas s'ouvrir.

« Je crois que c'est bloqué de l'autre côté, lança une femme, essayant désespérément de ne pas laisser la panique transparaître dans sa voix.

– Il va falloir défoncer la porte », déclara Mrs Braithwaite. Debout au milieu de la salle, elle frappa fort dans ses mains pour obtenir l'attention de tous. « Il nous faut une hache ou quelque chose de lourd afin de ménager une ouverture. Il y a des volontaires ? »

Pendant quelques instants, chacun regarda ses voisins, l'air perdu.

Puis la même femme cria : « Ces morceaux de pierre sont pointus. Si j'en aiguisais un à l'aide d'un autre bloc ?

– Oui, bonne idée », approuva Mrs Braithwaite, qui s'approcha d'elle pour tenir le morceau de pierre afin qu'elle puisse l'affiler avec une autre pierre. Hélas, il y avait maintenant plus de cinquante centimètres d'eau par terre. Or fracturer la pierre supposait de la caler contre le mur, qui se fissurait et dont l'autre côté paraissait céder, laissant passer de petits jets d'eau venant de toutes les directions.

« On va devoir essayer en la gardant telle quelle », dit Mrs Braithwaite.

Un homme d'un certain âge prit la pierre et commença à frapper la porte, qui peu à peu se fendilla sous ses coups. À mesure que le trou s'élargissait, on apercevait de l'autre côté une montagne de caillasse et de détritus.

« Plus vite, cria une femme, il faut se dépêcher. »

Une autre se mit à chanter, d'une voix de soprano hésitante, parfois couverte par les cris et le bruit de l'eau qui fusait. Elle chantait « Abide with Me ». D'autres joignirent leurs voix à la sienne, au petit bonheur, tout en s'activant, peu disposés à renoncer à la vie.

L'eau montait rapidement autour de leurs jambes, tournoyant en remous. La jupe en tweed de Mrs Braithwaite devint lourde, elle se sentit tirée vers le bas.

Et puis soudain, tout parut ralentir.

Les tourbillons de l'eau, le bruit des voix, la chanson hésitante, la traction grandissante de ses jupes, l'eau qui grimpait peu à peu le long de ses jambes, de sa taille, progressant insidieusement pour l'avaler d'un coup, la noyer, l'emporter. Elle revit sa mère, prisonnière du bateau, la poussant, elle, son enfant de six ans, à travers le minuscule hublot pour la tendre à l'homme dans le canot de sauvetage. Le visage de sa mère, ses yeux sombres et angoissés, le parfum de son haleine, doux comme la rosée ; le dernier baiser posé sur son front, tendre et miséricordieux, comme si elle condensait une vie d'amour dans ce seul bref instant. Leurs mains qui se tenaient encore au-dessus de l'eau avaient lentement glissé, ne se touchant plus que par les doigts, puis le bout des doigts, pour se disjoindre finalement.

La lampe du sacristain s'éteignit soudain et l'obscurité engloutit la crypte. Le chant s'interrompit net au milieu d'un couplet et des cris d'angoisse retentirent tandis que les gens pataugeaient dans les ténèbres, on aurait dit la fin du monde, la fin de tout.

Dans leur désir de sortir, ils se mirent à marteler la porte de plus belle, éperdus.

Mrs Braithwaite avait à présent de l'eau au-dessus de la ceinture et le froid s'insinuait dans son corsage. Bien qu'elle fût transie, elle ressentait un grand calme intérieur, comme si elle attendait la mort et que sa mère lui faisait signe de l'autre côté. Comme elle lui avait manqué pendant toutes ces années !

Une femme s'approcha d'elle, la prit par l'épaule et la secoua. Elle portait une petite fille sur sa hanche.

« Vous n'allez pas vous arrêter maintenant. Il faut aider ma fille. Vous devez nous faire sortir d'ici. » Elle pleurait à moitié, tout en essayant désespérément de se ressaisir. « Vous devez sauver ma petite fille. » Elle embrassa le front de l'enfant avec une telle tendresse que Mrs Braithwaite sentit son cœur s'accélérer.

Aussitôt, elle se remit en action. Elle tira la femme jusqu'à la porte en se frayant vigoureusement un chemin à travers la cohue. Puis elle prit un gros bloc de pierre des mains d'un homme et se précipita de toutes ses forces sur la porte, qui céda sous l'effet combiné de son élan et de son poids. Propulsée de l'autre côté, elle passa à travers les gravats et atterrit dans le couloir, sec jusque-là. Mais l'eau déferla par l'ouverture derrière elle.

Dégoulinante, elle se releva en recrachant de l'eau. Il faisait sombre et les gens commencèrent à franchir la porte à sa suite, la femme et sa petite fille les premières.

« Que chacun jette les pierres sur le côté ou les pousse du pied afin de déblayer le chemin pour ceux qui viennent derrière. »

Tâtant le chemin d'un pied prudent, elle finit par atteindre l'escalier en pierre au bout du couloir et fit signe à la femme et à sa petite fille de monter les marches pour sortir de l'eau.

Trempées, épuisées, elles se hâtèrent d'obéir. En haut des marches, Mrs Braithwaite ouvrit la porte et le silence soudain de l'église les accueillit. Elles reprirent leur souffle en y entrant, levèrent les yeux vers le toit béant et laissèrent leur regard filer vers les étoiles qui scintillaient, leur renvoyant un faible écho de calme et de certitude.

L'église avait été touchée de plein fouet. Le toit s'était complètement effondré. La moitié du gros mur de pierre s'était écroulée et son poids avait fait céder l'épais sol dallé, qui avait projeté dans la crypte des pierres déchiquetées. L'une d'elles devait avoir touché au passage une canalisation.

Les gens se déversèrent par la brèche, et Mrs Braithwaite les engagea à presser l'allure pour que ceux qui étaient encore prisonniers de la crypte puissent sortir à leur tour. Mr Norris n'était pas encore apparu, alors que le niveau de l'eau devait être haut maintenant.

« Dieu vous bénisse, dit la mère de la petite fille en passant devant Mrs Braithwaite. Merci du fond du cœur. Ma fille vous doit la vie. »

Mrs Braithwaite regarda l'enfant, sauvée des eaux comme elle-même l'avait été. Mais la petite, elle, avait encore sa mère, et Mrs Braithwaite sentit les larmes lui monter aux yeux tandis qu'elle caressait les cheveux de l'enfant, lui dégageant le visage. « Ne la laissez jamais s'éloigner de vous », dit-elle à la femme. Et, se penchant pour poser un baiser sur le front de l'enfant, elle chuchota : « Et toi, petite, chéris ta mère. »

La femme reposa l'enfant au sol, prit sa petite main, et toutes deux enjambèrent les décombres tant bien que mal pour gagner la rue. Et rentrer chez elles, malgré les bombes.

Mrs Braithwaite regarda la cohorte dépenaillée sortir de l'église : certains la remerciaient, se forçaient à sourire et essayaient de se conduire normalement ; d'autres, traumatisés, frissonnaient de froid et de peur. Au risque de subir un autre bombardement cette nuit, ils retournaient chez eux en piteux état, ne serait-ce que pour se sécher, se réchauffer et dormir dans le confort familier de leur lit.

C'était étrange au fond : le fait d'avoir frôlé la mort change votre vision de la vie, rend votre lit plus douillet, votre famille plus chère, et chaque instant plus précieux.

Mr Norris n'apparaissait toujours pas. Réflexion faite, elle n'avait pas vu Cassandra non plus.

Le flot de gens qui sortait s'amenuisa, puis cessa.

Où était-il ?

Soudain, il surgit, titubant et trempé, le visage figé par l'horreur.

« Cassandra ne veut pas sortir ! » Il regarda Mrs Braithwaite, atterré, ne sachant plus que faire. « Elle est pétrifiée par la peur.

– Je vais aller voir ce qui lui arrive », dit-elle résolument. Et elle redescendit les marches.

« La crypte est presque complètement noyée, Mrs Braithwaite ! » cria-t-il.

Mais elle était déjà hors de portée.

Les six dernières marches menant à la crypte étaient maintenant submergées, et en se précipitant dans le couloir, elle se rendit compte que l'eau était maintenant à quinze centimètres du plafond. Seul le haut de la porte restait visible au-dessus de la surface.

Tant pis.

Elle prit une grande inspiration, s'écarta du mur et avança, moitié marchant, moitié nageant, malgré le poids de ses vêtements qui la tirait vers le bas. Elle n'avait jamais été très bonne nageuse, mais elle agita les bras, poussa sur ses pieds pour finalement franchir la porte et entrer dans le piège mortel de la crypte.

Une fois à l'intérieur, elle remonta à la surface pour respirer. Le plafond de la crypte était plus haut que celui du couloir, et elle put sortir la tête et le cou. Cependant, l'eau montait vite et il faisait noir.

« Cassandra, où êtes-vous ? cria-t-elle dans l'obscurité pleine d'échos.

– Qui est là ? » répondit la voix faible et tremblante de Cassandra.

Mrs Braithwaite se dirigea vers l'endroit d'où venait la voix, les mains tendues jusqu'à ce qu'elle touche le bras et l'épaule de ce qui était sans conteste un autre être humain. Elle prit sa main. La peau était froide comme la mort, et Cassandra semblait clouée sur place. Autour d'elles, l'eau montait rapidement.

« C'est Mrs Braithwaite. Venez, il faut partir, sinon nous allons nous noyer, dit-elle d'une voix pressante.

– Je ne peux pas, bégaya Cassandra. Partez sans moi. Tout ira bien pour moi ici.

– Bien sûr que non ! s'exclama Mrs Braithwaite. Allez, venez ! »

Elle saisit le bras de Cassandra et entreprit de la tirer vers la porte. Mais la jeune femme était inébranlable.

« Je veux rester. Je mourrai ici. C'est écrit.

– Ne dites donc pas de bêtises, ma petite ! Allez, dépêchons ! » rétorqua Mrs Braithwaite. Puis, se rendant compte que Cassandra refusait de bouger, elle demanda : « Pourquoi est-ce écrit ?

– Il est écrit que je dois être avec Peter, répondit-elle d'un ton rêveur, comme si elle était déjà à moitié morte.

– Qui est Peter ? » embraya aussitôt Mrs Braithwaite, pressée d'en finir et de sortir. Elle était déjà sur la pointe des pieds pour garder la bouche hors de l'eau et elle savait que d'ici peu, elle allait devoir retenir sa respiration.

« Mon mari, murmura Cassandra. Il m'attend, je le sais. » Elle prit une grande inspiration. « Il s'est noyé à Dunkerque. Son canot de sauvetage a été bombardé. Vous voyez pourquoi je dois mourir noyée. C'est écrit.

– Allons donc ! » dit Mrs Braithwaite, soudain calmée. Elle

savait ce que c'était de perdre un être cher et de sentir au plus profond de soi l'impossibilité de continuer à vivre sans lui.

Elle serra plus fort la main de Cassandra. « Mes parents sont morts noyés, et moi, j'ai dû continuer à me battre pour vivre un autre jour, et bientôt, un jour s'est fondu dans le suivant, et un autre encore. On s'aperçoit que si la vie a changé du tout au tout, elle vaut quand même la peine d'être vécue. Plus tard, qui sait, vous rencontrerez peut-être quelqu'un qui comptera pour vous. Cela peut vous sembler impossible, mais croyez-moi, chère petite, vous devez donner à la vie une seconde chance. » Tout en parlant, elle comprit que ce n'était pas seulement Cassandra qu'elle tentait de convaincre, mais elle-même aussi.

Comment s'attendre à ce qu'une plante survive si vous coupez ses racines ?

Cassandra pleurait maintenant à gros sanglots. « Non, je ne veux pas !

– Il le faut, répliqua Mrs Braithwaite, qui commençait à avoir de l'eau dans la bouche, sinon nous allons mourir toutes les deux.

– Non, partez sans moi, cria Cassandra avec véhémence. Je ne peux pas avoir votre mort aussi sur la conscience. »

Mrs Braithwaite crispa la main sur le bras de la jeune femme et marmonna entre ses dents : « Eh bien, vous allez devoir venir avec moi, Cassandra. » Elle lui fit prestement un croche-pied qui la déséquilibra, et l'entraîna vers la porte dans l'eau tourbillonnante.

« Maintenant, il faut retenir votre respiration pendant ce passage. Prête ? »

Pas de réponse.

« Bien. Je vais compter jusqu'à trois, alors vous prendrez une grande inspiration et on se lancera. » Mrs Braithwaite savait que le couloir menant à l'escalier devait être à présent submergé. Il faudrait qu'elles prennent vraiment beaucoup d'air, de quoi leur suffire pendant tout le trajet. Et elle devrait faire vite si elle voulait que Cassandra tienne la distance.

« Un, deux » – elle fit une courte prière – « et trois ! »

Mrs Braithwaite inspira autant d'air qu'elle le put et plongea la tête sous l'eau. Elle passa sous la porte, puis dans le couloir, remorquant Cassandra derrière elle par le bras sans même vérifier si elle avait inspiré avant de plonger.

Ou elle survivrait, ou pas. C'était aussi simple que ça.

Le couloir était long et Mrs Braithwaite pédala en s'aidant du fond, une main tendue pour garder l'équilibre, l'autre tenant fermement le bras de Cassandra, qu'elle tirait de toutes ses forces. Il leur fallait atteindre l'escalier au plus tôt. Elle progressa en titubant le plus vite qu'elle put.

Soudain, son pied heurta quelque chose. Une marche ?

Elle leva un pied, essayant de trouver la marche suivante, et faillit s'évanouir de soulagement lorsqu'elle sentit sous elle la solidité de l'escalier. La gorge nouée par l'émotion, elle se hissa sur la marche.

Et Cassandra ?

Elle monta quelques marches à la hâte en la tirant derrière elle. Des bras se tendirent d'en haut pour l'aider, et saisirent le bras et l'épaule de Cassandra.

« Je la tiens ! dit une voix familière. Montez. Je m'occupe d'elle. »

Mrs Braithwaite entendit Cassandra tousser et crachoter pendant qu'on la hissait hors de l'eau, et elle monta les dernières marches sur des jambes flageolantes. Enfin, elle pénétra dans l'église, suivie par Mr Norris qui soutenait Cassandra, l'aidant à monter les marches tant bien que mal.

Un agent de la défense passive était arrivé avec des torches et soudain, la lumière éclaira l'intérieur de l'église. Mrs Braithwaite se laissa tomber sur l'un des bancs, essayant de reprendre son souffle.

Quelques instants plus tard, une couverture chaude et sèche la recouvrit et une voix amie lança : « Bravo, Mrs Braithwaite, vous avez réussi.

– *Nous* avons réussi, Mr Norris. » Elle leva les yeux vers lui et sourit. « Dieu soit loué, tout le monde est sorti. Comment va Cassandra ?

– Elle se réchauffe, comme les autres. Vous avez été héroïque.

– Ah, il fallait bien que mon règne comme responsable du SVF d'Ashcombe serve à quelque chose, non ? »

30

Lorsqu'ils furent rentrés et eurent passé des vêtements secs, Mr Norris mit la bouilloire sur la cuisinière et approcha les chaises du fourneau pour qu'ils se réchauffent.

« Vous ne m'aviez jamais dit que vous aviez été mariée, Cassandra, commença-t-il.

– Je croyais que ce serait plus facile pour moi si personne n'était au courant. Que je pourrais me construire une autre vie, et oublier l'ancienne que je partageais avec Peter. Seulement tout ne se passe pas comme on croit, hein ? » Elle se mit à pleurer et toute l'histoire fut dévoilée : ils étaient tombés follement amoureux, avaient couru main dans la main dans les rues de Londres, fous de bonheur, fusionnels, inséparables. Rien ne pouvait les désunir.

Sauf la mort.

« Quand vous avez le véritable amour et que vous le perdez, sanglota-t-elle, vous vous desséchez comme un arbre pétrifié. Votre apparence reste la même, mais vous pourriez aussi bien être mort.

– Pourtant, vous ne pouvez pas refuser d'admettre la disparition de l'autre et donner le change, dit Mrs Braithwaite. Une personne de ma connaissance » – elle regarda Mr Norris – « m'a dit qu'il fallait garder ceux qui sont morts dans son cœur. Et les y laisser vivre. On ne peut pas laisser partir quelqu'un simplement parce qu'il est mort. Il faut raconter les histoires de sa vie, chérir le temps passé ensemble, pleurer parce qu'il vous manque, et c'est normal. » Elle passa un bras autour des épaules de la jeune femme.

Cassandra, dont les cheveux blonds séchaient en petites mèches souples autour de son long cou élégant, paraissait tendue, comme si elle laissait un animal incontrôlable sortir d'une cage. « J'ai trop de chagrin. Il va m'étouffer.

– Le chagrin a beaucoup de points communs avec la peur, dit Mr Norris avec douceur. Nous redoutons qu'il nous submerge. Mais il faut lui laisser libre cours, pour nous-mêmes et pour ceux que nous avons perdus. Ce n'est qu'ensuite que nous pourrons éprouver du plaisir et du réconfort à nous souvenir d'eux, de leur existence, de tout ce qu'ils ont été. »

Cassandra fondit en larmes et enfouit son visage dans l'épaule de Mrs Braithwaite.

Ce fut une longue nuit. Ils restèrent autour de la table de la cuisine, à parler de ceux qu'ils avaient perdus jusqu'à ce que la fatigue les arrête. Il fallait aller se coucher, et après que Cassandra fut montée dans sa chambre, Mrs Braithwaite regarda Mr Norris avec un sourire contrit. « Eh bien, nous avions mal jugé Cassandra, apparemment !

– Quelle triste histoire. C'est une très gentille fille, pas du tout la peste que nous avions crue.

– En effet. Et ce n'est à l'évidence pas elle qui a pris le passeport. Elle se moque éperdument de son sac – je crois qu'il est resté dans la crypte.

– Alors si ce n'est pas Cassandra, ce doit être Florrie, dit Mr Norris. Dommage qu'elle ne soit pas rentrée. Il faudra la mettre au pied du mur demain matin.

– Et si nous allions voir dans sa chambre pendant qu'elle

n'est pas là ? Elle doit bien avoir laissé une preuve compromettante quelque part. Elle est tellement tête en l'air.

– À moins que… » Mr Norris la regarda.

« À moins que quoi ?

– À moins que son étourderie ne soit de la poudre aux yeux. Vous avez remarqué qu'elle laisse tomber son sac chaque fois que la conversation prend un tour qui ne lui convient pas ? dit Mr Norris d'un ton uni, comme si les morceaux du puzzle s'emboîtaient.

– C'est arrivé deux fois, rien qu'avec moi. Quelle petite sournoise ! fulmina Mrs Braithwaite. Elle a *fatalement* des réponses. Et même si elle ne sait pas où se trouve Betty, elle doit connaître quelqu'un qui pourrait nous renseigner.

– Comment allons-nous la persuader de nous le dire ? Nous n'allons pas la torturer ! »

C'était la voix du bon sens.

« Il faut aller inspecter sa chambre », décréta Mrs Braithwaite.

D'un même mouvement, ils montèrent l'escalier et Mr Norris fouilla ses poches pour trouver le double de la clé de Florrie.

Il ouvrit la porte à la volée et tendit le bras pour allumer la lumière. Mais pas besoin de lampe pour voir qu'ils arrivaient trop tard.

La pièce était vide.

Mr Norris eut une brève vision de Florrie en train de jeter le contenu de sa coiffeuse dans une valise vide, de flanquer ses chaussures par-dessus et de combler les espaces restants avec ses écharpes et ses robes multicolores, voire peut-être avec la sinistre cape noire pendue au portemanteau de l'entrée.

Il chercha du regard un message, une adresse où faire suivre le courrier, un peu d'argent pour couvrir le restant impayé de son loyer. Mais il n'y avait rien.

« Peut-être devrais-je remettre la bouilloire à chauffer », suggéra-t-il. Que dire d'autre en effet ?

Mrs Braithwaite passa la première et ils redescendirent en silence à la cuisine.

« Florrie est le seul lien qui nous reste avec Betty », murmura-t-elle en se laissant tomber sur sa chaise habituelle – elle aimait celle qui faisait face à la porte tandis que Mr Norris préférait celle près de la fenêtre.

« Où trouver des informations ailleurs ? Baxter a décampé et le sous-sol de la boucherie doit avoir été vidé. Je suis sûre que Florrie a prévenu son groupe que nous étions peut-être sur leurs traces.

– Ne commencez pas à vous alarmer, Mrs Braithwaite. Il est plus de deux heures du matin. La nuit porte conseil. Je suis certain que nous aurons d'autres idées après avoir dormi. »

Mais une lueur s'était allumée dans l'œil de Mrs Braithwaite. « Rappelez-moi la date de demain ?

– Le vingt-huit. » En prononçant ces mots, il comprit où elle voulait en venir.

« La réunion de l'UFB à Chiltern Church. » Mrs Braithwaite se leva et se mit à faire les cent pas. « Il faut y aller et découvrir qui précisément dirige ce groupe. Nous pourrons loger quelque part à proximité. Je suis sûre qu'il y a un hôtel ou un pub qui loue des chambres.

– Si nous allons à cette réunion, ils sauront que nous les épions, dit Mr Norris d'une voix où pointait la panique. Pourquoi y assisterions-nous sinon ?

– Nous pouvons toujours prétendre que nous nous sommes trompés d'adresse ou de réunion, ou inventer quelque chose.

– C'est trop risqué. Si quelqu'un nous reconnaît, nos corps seront retrouvés sur un site bombardé. » Mr Norris avait entendu des rumeurs à ce sujet. Il y avait des assassinats maquillés dans tout le pays : les morts étaient abandonnés dans des bâtiments bombardés, afin d'être mêlés aux victimes des raids aériens. Des centaines de vendettas avaient lieu chaque nuit, et il était impossible de prouver que tel ou tel avait été assassiné.

« Ne dramatisons pas ! Personne ne soupçonnera rien. Et si l'on nous pose des questions, nous sommes un couple d'un certain âge qui cherche un club de bridge. »

Mr Norris se figea et rougit jusqu'aux cheveux. Elle avait utilisé le terme « couple » si négligemment. Il n'avait eu qu'une seule fois l'impression d'en former un : au temps où il était amoureux d'Enid Tuffington. Une vision d'elle traversa son esprit et il pinça les lèvres.

« Personne ne pourrait nous prendre pour un couple, dit-il tout haut, avant de rectifier rapidement : Non que l'idée soit mauvaise en soi, mais nous sommes trop différents ! Diamétralement opposés, en fait, vous n'êtes pas d'accord ? »

Elle se mit à rire : « Si, c'est vrai. Cela dit, nous avons à peu près le même âge. Et personne ne peut savoir que nous sommes si différents, hein ? »

Personne ne pourrait croire que nous sommes ensemble ! se dit Mr Norris : une femme charpentée, autoritaire, à la mâchoire carrée, avec un homme mince, timide et aux épaisses lunettes.

Mrs Braithwaite se pencha sur la table et lui tapota la main en souriant : « Personne ne se doutera de rien. »

31

Betty fila dans les rues de Bloomsbury. Le bruit des avions et des batteries antiaériennes se rapprochait ou s'éloignait au gré du raid aérien, toile de fond de son propre drame. De multiples incendies se propageaient, chauffant l'air autour d'elle, et elle essuya son front où se mêlaient sueur et suie. Des ambulances, pour la plupart de vieilles automobiles assez grandes pour accueillir des corps sur des brancards, contournaient à toute vitesse des monceaux de détritus pour récupérer les nouvelles victimes. Plus d'une fois, elles étaient obligées de s'arrêter et de faire demi-tour dans une rue étroite momentanément bloquée par les ravages de la nuit.

Il y avait du monde partout. Responsables de la défense passive, équipes de sauvetage lourdement équipées et pompiers quadrillaient les rues, suivis comme leur ombre presque invisible par des bandes de pilleurs attendant qu'ils aient quitté les lieux pour trier les restes de la vie des autres.

C'était extraordinaire de voir toute la population d'une ville parvenir nuit après nuit à vivre cela, puis se lever chaque matin en essayant de soigner son apparence – d'un rapide coup de peigne – avant d'aller au travail, et de s'efforcer de faire comme si de rien n'était.

Betty déambulait rapidement. Son impatience se nourrissait

de son épuisement ainsi que d'une âpre soif de justice. Elle se donnait rarement la peine de descendre aux abris. Aucun des agents spéciaux ne le faisait. Leurs missions étaient si dangereuses que le risque d'être anéanti par une bombe avant de se faire tuer dans le cadre de leur travail leur semblait négligeable.

Le raid de cette nuit avait été particulièrement dévastateur. Betty se demanda où se trouvait sa mère, si elle paniquait, épuisée, enfermée dans un autre repaire, ou pire.

Peut-être était-elle déjà morte.

En tournant dans Fleet Street, elle vit que le brouillard de cendre et de fumée s'épaississait, formant un nuage au-dessus de la City en face d'elle. Prises dans les colonnes de lumière aveuglantes des projecteurs, les volutes de fumée se paraient de brillants reflets gris perle.

Alors Betty se mit à courir vers la City. Autour d'elle, ce n'était qu'un champ de ruines : chefs-d'œuvre architecturaux, services municipaux, magasins, églises, maisons, tout ce qui se dressait majestueusement depuis parfois des siècles avait été pulvérisé en quelques instants.

Elle descendit Ludgate Hill à la course, si oppressée par l'angoisse qu'elle avait du mal à respirer.

Avaient-ils touché la cathédrale St Paul ?

La lumière spectrale de la lune, dont l'éclat argenté semblait surnaturel, nimbait le dôme colossal, et l'effet était si spectaculaire qu'on avait l'impression d'y voir le doigt de Dieu. La cathédrale était toujours là, majestueuse, entourée de nuages de poussière, comme un monstre géant survivant d'un autre âge, incapable de comprendre le monde où il se dressait maintenant.

C'était ce qu'éprouvait Betty elle aussi : le sentiment déconcertant que rien de ceci n'aurait dû arriver. Pas ici. Pas maintenant. Cette métropole, siège de beauté et de culture, où les gens vivaient et travaillaient, s'était métamorphosée en sanglant théâtre de guerre. Poussée par la rage, elle chercha frénétiquement la cabine téléphonique convenue entre Baxter et elle, et la découvrit enfin dans l'ombre de l'édifice massif.

Elle se précipita à l'intérieur et feuilleta l'annuaire jusqu'à la bonne page. Là, elle découvrit un petit bout de papier plié et glissé le plus près possible de la reliure.

Elle lut le bref message codé et décrypta l'adresse : 45 Rathborne Road, Battersea Park. Tout près de Clapham. La situation devait devenir critique.

Glissant le bout de papier dans la poche de son imperméable, elle remit l'annuaire en place et fila, tête baissée.

Elle ne pouvait courir le risque d'être vue.

Sinon, elle signait son arrêt de mort.

32

Lorsque Mrs Braithwaite se réveilla – plus tard que d'habitude – le lendemain matin, elle eut l'impression d'être différente. Un changement radical s'était produit en elle dans cette crypte, et elle se sentait calme, l'esprit clair.

Cassandra elle aussi descendit tard. Et il y avait chez elle aussi quelque chose de différent. Envolée, l'attitude dure, cassante ; elle était maquillée plus discrètement, et elle portait une robe verte plus sobre. Elle paraissait plus jeune, et aux yeux de Mrs Braithwaite plus charmante, maintenant que sa carapace avait disparu.

« Vous êtes très jolie, dit Mrs Braithwaite en lui tendant une tasse de thé.

– J'ai décidé de tourner la page, annonça Cassandra en souriant. Je vais essayer de redevenir celle que j'étais… avant. » Dans ses yeux étincelaient des larmes mêlées à une détermination nouvelle. « Je vais donner une seconde chance à la vie. Le type de la RAF m'a téléphoné. Il a raté notre rendez-vous à cause des raids. Il a dit qu'il était content d'être encore vivant. » Elle eut un petit rire triste. « Je ne pouvais pas le contredire. Je le retrouve ce soir.

– Excellente idée, déclara Mr Norris. Je suis sûr que vous finirez par vous remettre d'aplomb. »

Après une tasse de thé, Cassandra partit travailler. Mrs Braithwaite et Mr Norris se mirent en route pour leur prochaine opération : la réunion à Chiltern Church.

Le voyage jusqu'à Knockholt fut plus long que prévu. Le train fut retardé, puis à l'arrêt une demi-heure pour laisser passer un convoi militaire qui avait la priorité.

Assis face à Mrs Braithwaite, Mr Norris jeta un regard nerveux autour de lui. « Avez-vous pensé à tous les dangers que nous courons en assistant à cette réunion de l'UFB ? S'ils nous prennent, ils nous tueront.

– Si cela nous mène à Betty, je suis prête à en prendre le risque », répondit-elle avec force.

Elle regarda par la fenêtre et prit conscience qu'elle aimait vraiment Betty. Jamais jusqu'ici elle n'avait reconnu éprouver de l'amour. C'était un sentiment dont tante Augusta se méfiait profondément, et Mrs Braithwaite s'avisa soudain que c'était sans doute la raison pour laquelle elle-même avait fait le choix d'un mari tel que Dickie.

En regardant Mr Norris, elle ajouta : « Vous seriez surpris de savoir ce que les gens peuvent faire par amour. Vous est-il arrivé d'aimer quelqu'un ? »

La question parut le désarçonner : ses épaules se voûtèrent et son menton recula. « Ma foi, bafouilla-t-il, j'ai cru être amoureux quand j'étais jeune. Mais cela n'a abouti à rien.

– Ah, qui était-elle ? » Mrs Braithwaite eut conscience d'être indiscrète : la question lui avait échappé car elle était intriguée. Mr Norris ne semblait pas être le genre d'homme à avoir un cœur d'artichaut. Et puis, elle lui avait parlé de Dickie, alors c'était normal qu'elle l'interroge à son tour.

Il avala sa salive comme un chat qu'on étrangle. « Elle s'appelait Enid Tuffington. Une très belle fille que j'ai rencontrée à Cambridge pendant la dernière guerre. Un après-midi où nous étions assis au bord de la rivière, je lui ai demandé de m'épouser, et elle a accepté, mais en disant qu'il faudrait attendre la fin de la guerre. » Il s'interrompit, les yeux rêveurs.

Mrs Braithwaite n'avait jamais mis les pieds à Cambridge. Bien que sa fille eût toujours voulu aller y étudier, elle avait pour sa part reculé devant le coût et les problèmes que cela aurait posés. Et elle se disait que Betty devrait avoir pour objectif de se marier et d'avoir des enfants. Évidemment, maintenant qu'elle voyait sa fille exceller dans son rôle d'espionne, elle ne pouvait s'empêcher de penser qu'une fois encore, elle avait commis une erreur.

« Qu'est-il donc arrivé à Enid, alors ? demanda-t-elle.

– À l'époque, Cambridge était étrangement désert. La plupart des jeunes gens étaient partis à la guerre, et j'étais l'un des seuls à rester. Je suppose que c'est la raison pour laquelle elle s'est intéressée à moi. »

Il fit une pause et regarda ses mains avant de poursuivre : « Elle a fini par arriver à la conclusion que je n'étais pas le bon parti qu'elle avait cru. »

Mrs Braithwaite fronça les sourcils, prenant fait et cause pour le pauvre homme. « Pourquoi ? Que s'est-il passé ?

– C'était à cause de mon frère Gordon.

– Votre frère ?

– Il vivait dans une institution spécialisée depuis qu'il était bébé. Il est devenu un homme, quelqu'un de merveilleux, sans avoir jamais quitté l'institution en question. J'avais l'idée, l'espoir qu'un jour je pourrais le prendre à demeure chez moi. » Il baissa la tête. « J'aurais eu du mal, seul, à m'occuper de lui, mais j'avais le sentiment qu'il était mon unique famille. Vous comprenez, j'avais quitté la maison et n'y étais jamais retourné. Sauf à l'occasion des obsèques de mes parents : celles de ma mère, pour conduire la malheureuse à sa dernière demeure ; et celles de mon père, pour m'assurer qu'il était bien mort. Ma sœur en grandissant était devenue aussi agressive que mon père. Gordon, lui… Gordon était un vrai frère, la seule personne qui me connaissait vraiment, et je voulais qu'il vive avec moi dès que j'aurais une maison à moi.

– Et Enid Tuffington n'était pas d'accord ?

– Enid s'était mis dans la tête que ce serait elle qui serait obligée de s'occuper de lui. Elle a dit que ce n'était pas normal, que *lui*, il n'était pas normal.

– C'est épouvantable !

– Ça m'a brisé le cœur. » Il resta quelques instants aux prises avec ses pensées, puis reprit : « Je suppose que je n'ai jamais voulu tourner la page. Je n'ai pas voulu voir la vérité.

– Quelle vérité ?

– Que c'était une fille égoïste et vaniteuse. Elle était incapable de voir ce qu'il y avait de bon chez les autres. Gordon avait une très belle âme. Enid, elle, était obsédée par son désir d'ascension sociale. Elle a dû penser qu'il serait un fardeau pour elle, pour nous. Elle se disait que les autres allaient la juger. Pourquoi les gens se prennent-ils au piège de leur bataille stupide pour acquérir un statut social au point d'oublier d'apprécier ce qui est beau chez ceux qui les entourent ? »

Mrs Braithwaite baissa les yeux sur ses mains pour cacher la rougeur qui lui montait aux joues : pourvu qu'il n'ait pas le pouvoir surnaturel de lire ce qui était écrit dans son carnet ! Avait-elle gâché sa vie elle aussi en une « bataille stupide » pour parvenir à une position sociale dominante, sans être capable de voir autour d'elle ce qui pouvait être source de joie ?

Elle détourna la tête et regarda par la fenêtre, où les collines cédèrent brusquement la place à une large vallée. Des champs verts parsemés d'arbres et enjambés par des ponts se déployaient jusqu'à une rivière sinueuse en contrebas ; un petit hameau se nichait sur le côté. Le tableau était paisible, immobile, hormis une petite camionnette de livraison marron qui cahotait sur une route de campagne.

Alors, quelque chose s'apaisa aussi à l'intérieur de Mrs Braithwaite. Devant ce paysage baigné de soleil, les courbes de cette rivière étincelante, les petites gouttes de rosée qui miroitaient dans les champs, elle se laissa envahir par un sentiment d'émerveillement face à la beauté du monde qui l'entourait.

33

Betty descendit de l'autobus à Battersea et commença à chercher Rathborne Road, le nouveau domicile de Baxter. Sachant que Clapham était tout proche, elle remonta le col de son imperméable camel, renoua son foulard sur sa tête et accéléra l'allure. Florrie était souvent dans ce quartier, et Betty laissa courir ses yeux sur les alentours afin de voir si elle repérait sa chevelure rousse dans la foule, repensant à leur première rencontre.

Au premier abord, Florrie donnait l'impression d'une ravissante évaporée. Une fille qui faisait partie de l'équipe du soir au central téléphonique. D'emblée, elle avait annoncé à Betty qu'elle n'avait qu'une idée en tête, trouver un riche mari, et avait admis au grand étonnement de son interlocutrice qu'elle ne reculerait pas devant une grossesse opportune pour le prendre au piège, si nécessaire.

« Tu as un amoureux ? » avait-elle enchaîné.

Betty avait fait la grimace. C'était au tout début de l'opération, et elle n'avait pas encore rencontré Baxter.

« Pas pour l'instant », avait-elle répondu en riant. Puis, voyant l'air déçu de Florrie, elle avait fait semblant de se confier : « Mon dernier flirt avait des mains baladeuses, alors j'ai dû me débarrasser de lui. »

Elles avaient gloussé toutes les deux et Florrie avait promis à Betty de lui « présenter des amis ». Betty avait témoigné l'intérêt prudent qui convenait à une fille travaillant dans une station d'épuration.

Bien entendu, au bout de quelques semaines d'amitié, Florrie s'était sentie suffisamment à l'aise avec Betty pour l'emmener à l'une de ses « réunions » afin de la présenter à certains de ses « amis ». C'est alors que Betty s'était rendu compte que Florrie, loin d'être une figure périphérique, était en réalité un personnage clé pour le succès du groupe. Son rôle principal était celui de messagère, mais elle se chargeait aussi de recruter et d'exécuter de petits actes de sabotage – couper des fils téléphoniques, retirer les obstacles anti-débarquement d'une plage pour permettre une invasion allemande –, et elle avait provoqué dans une fabrique de munitions une petite explosion qui aurait pu passer pour un accident si Betty n'avait envoyé une alerte auparavant.

Betty ralentit l'allure en arrivant à la nouvelle adresse de Baxter. L'endroit paraissait froid et vide.

Était-il sorti ?

C'était une modeste maison mitoyenne de l'époque édouardienne – deux pièces au rez-de-chaussée, deux pièces au premier –, construite une trentaine d'années plus tôt. Les rideaux du black-out étaient tirés, bien qu'on fût en plein jour.

Elle s'approcha de la porte et frappa doucement.

Pas de réponse, aucun bruit à l'intérieur.

Elle décida d'entrer par la fenêtre à guillotine du salon. À l'aide de ses ongles et d'une lime, elle eut vite fait de l'ouvrir.

Une fois dans la place, elle alluma quelques lampes et regarda autour d'elle. Des journaux étaient abandonnés sur la table, ainsi que quelques tasses sales et une assiette où l'on voyait des restes de toasts. Elle ramassa une chemise jetée sur un dossier de chaise et y enfouit son visage pour respirer la douce odeur de terre chaude qu'elle connaissait si bien.

Dans la chambre, elle vit le lit défait, d'autres vêtements épars, et sur le sol *Le Meilleur des mondes*, face contre terre, ouvert à la page soixante-quatre, au moment où l'histoire entre dans le vif de l'action. Elle s'étendit sur le dos et tira les draps sur elle, s'enveloppant dans l'odeur que Baxter y avait laissée. Après avoir lu quelques pages, vaincue par la fatigue accumulée les jours précédents, elle sombra dans un profond sommeil.

34

Lorsque le train s'arrêta à la gare de Knockholt, Mr Norris poussa un profond soupir. Il voyait déjà trois raisons d'être inquiet : d'abord, retrouver Betty s'avérait incroyablement difficile. Ensuite, s'introduire dans un meeting fasciste sans y avoir été invité lui paraissait pour le moins hasardeux. Et enfin, que dirait-il à son travail ? Il avait promis de s'occuper d'un certain nombre de choses pendant le week-end, comme d'habitude, et il vit avec une douloureuse lucidité qu'il n'allait sans doute pas pouvoir honorer sa promesse. Ils seraient mécontents. Il s'imagina Jontry, qui avait déjà eu la promotion qu'attendait Mr Norris, en train de barrer d'un gros trait noir le mot « fiable » sur son évaluation de performance.

Mr Norris aimait à se croire fiable, et comme ils traversaient la petite ville pour gagner leur hôtel, il eut l'impression déplaisante que son col l'étranglait. Tous les signaux d'alarme étaient résolument au rouge.

Le pub The Crown était un vieux bâtiment trapu de style Tudor qui se vantait de proposer « des chambres agréables et tout confort ». Blanc avec des poutres noires, il penchait légèrement à gauche, comme si quelqu'un de lourd avait dormi de ce côté-là pendant plusieurs siècles.

Le patron, un grand costaud, les accueillit. « Vous avez de

la chance, il nous reste une chambre double à l'étage. » Il avait une curieuse voix de fausset et son sourire découvrait une rangée de dents mal plantées. Son pantalon était arrimé à son imposante circonférence par des bretelles mal dissimulées sous un cardigan vert qui avait connu des jours meilleurs.

« Un grand lit ne fera pas l'affaire, objecta aussitôt Mr Norris. C'est que nous ne sommes pas… nous ne sommes pas un couple. » *Pourquoi cet homme s'imaginait-il une chose pareille ?*

– Ah ! » La mine du patron s'allongea, puis son sourire revint. « Ma foi, l'un de vous pourra dormir dans la petite chambre.

– Je vais la prendre », déclara Mr Norris, résigné. Et ils montèrent l'escalier derrière l'homme.

La chambre double était grande et assez bien meublée, avec deux longs rideaux bordeaux encadrant une fenêtre à deux battants qui donnait sur des champs. Mrs Braithwaite parut satisfaite, et se laissa tomber sur un canapé accueillant.

« Et la vôtre est par ici », dit le patron, que Mr Norris suivit le long d'un couloir au plafond bas. Le tenancier ouvrit finalement l'une des portes tout au bout.

« Ah », fit Mr Norris.

La pièce ressemblait plus à un long placard qu'à une chambre, avec un lit une personne en fer forgé le long d'un mur nu couvert de toiles d'araignée. Il n'y avait rien d'autre, par manque de place à l'évidence. Une petite fenêtre carrée s'ouvrait assez haut dans le mur du fond, donnant la sensation qu'on se trouvait dans une cellule de prison abandonnée.

« Désolé, c'est tout ce que nous avons, reprit le patron. Je vais demander à ma femme de faire un brin de ménage et je vous la laisserai à moitié prix. » Puis il se fendit de l'éternel adage : « À la guerre comme à la guerre, hein ! »

Après avoir posé sa petite valise, Mr Norris alla arracher

Mrs Braithwaite au luxe de sa chambre pour qu'ils dînent de bonne heure. Ils étaient en mission, que diable !

Le patron les conduisit à une salle à manger vide où le dîner serait servi, puis il s'excusa afin d'aller se renseigner sur le menu.

La salle douillette avait des murs blancs ornés de souvenirs liés au cricket, notamment des photographies de toutes les équipes du village depuis la fin du dix-neuvième siècle. Le plafond était plus bas d'un côté, et bien que le bâtiment ait tenu debout pendant cinq siècles, Mr Norris craignit qu'il ne choisisse ce soir-là pour s'effondrer sous le poids de Mrs Braithwaite. Il ferait bien de surveiller ce qu'elle prendrait au dîner afin de conjurer les risques inconsidérés.

« Je n'ai jamais mangé dans un pub, annonça-t-elle en regardant autour d'elle. C'est très différent d'un restaurant. Vous y allez souvent ?

– Quand j'étais à Cambridge, avec quelques-uns de mes camarades, j'ai fait des randonnées en montagne dans tout le pays. » Il se sentit sourire à cette évocation. « Nous avons fait l'ascension du Snowdon, du Ben Nevis, de Scafell Pike, de Skiddaw. Nous logions chez l'habitant ou dans des pubs s'il y en avait un dans les parages, et parfois même sous la tente. » Il prit une grande inspiration en revivant ces jours grisants, où il s'emplissait les poumons du bon air des cimes et s'émerveillait des perspectives découvertes depuis les sommets balayés par le vent. Il avait l'impression de dominer tout ce qu'il voyait.

« En arrivant en haut, nous éclations de rire avant de nous asseoir pour regarder le paysage : les montagnes grises, l'océan au loin, si bleu qu'il semblait inoffensif. »

Il sentit ses yeux se fermer pour mieux revoir ces images.

« Mais c'était le silence qui coupait le souffle. Tout bruit avait disparu, au point qu'on osait à peine respirer. On avait l'impression d'être les premiers et les derniers à arpenter la terre. »

Il y eut une pause. Mrs Braithwaite demanda d'une voix douce : « Que sont devenus vos amis ?

– Ypres, la Somme, Passchendaele. » Mr Norris pinça les lèvres en songeant à ses compagnons, dont aucun n'avait survécu à la guerre. Il ignorait comment ils étaient morts au juste. Tout le monde savait que les détails que l'armée donnait aux familles étaient faux. L'une des formules le plus fréquemment utilisées était : « Il est mort sur le coup, en brave ; une balle lui a traversé le cœur. » Ou encore : « Il a sauté sur une grenade, la mort a été instantanée. » Il savait pertinemment que c'étaient de pieux mensonges, que la mort était plus sale, plus sanglante, et il ne pouvait se résoudre à avaler ces fictions.

« Je suis désolée », dit Mrs Braithwaite à mi-voix.

Il posa sur elle un regard triste.

« Ils étaient si excités à l'idée de partir à la guerre, comme si c'était une sorte d'épreuve ultime pour tester leurs capacités physiques et mentales. Je me demande s'ils se trouvaient toujours dans le même état d'esprit à la fin.

– Et vous ? Vous n'êtes pas parti à la guerre vous aussi ? »

Rares étaient les hommes de son âge à ne pas avoir été mobilisés.

« On n'a pas voulu de moi. Je n'étais pas en assez bonne santé. J'ai une faiblesse cardiaque, vous savez. » Il toussota comme pour appuyer ses dires. « J'étais assez robuste pour escalader une montagne, mais pas assez pour aller mourir. » Sa gorge se serra. « Certaines nuits, mes amis reviennent me voir dans mon sommeil. Ils me disent de ne pas me sentir coupable. Je ne peux m'empêcher de penser que j'aurais dû être là-bas moi aussi. J'aurais pu protéger l'un d'entre eux, prendre une balle à sa place.

– Comment étaient-ils ? »

Il regarda ses mains. « Quincey était un type merveilleux, qui avait beaucoup de succès auprès des filles. Bradshaw, lui, était un grand sportif. Il arrivait toujours le premier au sommet. Si l'un d'eux avait dû survivre à la guerre, j'aurais misé sur lui. Et pourtant, il est tombé dès le premier mois. Pas de médaille, rien.

– Et le dernier ?

– Ludlow.

– Eh bien ?

– C'était juste un jeune homme insouciant, qui voulait se marier, avoir des enfants et un bon travail. »

Le silence tomba entre eux pendant quelques minutes. Mrs Braithwaite tendit la main pour effleurer celle de Mr Norris.

« Je suis sûre qu'ils sont contents que leur nom soit encore prononcé. »

Sans répondre, il ouvrit la main et prit celle de Mrs Braithwaite dans la sienne.

Le patron revint et les examina non sans curiosité. Leurs mains se séparèrent rapidement, comme si l'instant n'avait jamais existé.

« Nous n'avons plus de viande fraîche aujourd'hui, je regrette. Mais nous pouvons faire des merveilles avec du Spam.

– Mrs Braithwaite va être comblée », dit Mr Norris. Et ils se mirent à glousser doucement tous les deux. Le patron les regarda tour à tour, se demandant quelle mouche les avait piqués.

35

Betty avait rencontré Baxter dès la première semaine de l'opération concernant l'UFB. On lui avait donné des directives pour retrouver l'autre agent chargé de la même mission à une place donnée de la grande salle de lecture du British Museum. Vêtue en secrétaire – tailleur bleu marine et petite toque assortie –, elle était entrée avec assurance dans la bibliothèque au jour dit, ralentissant l'allure pour admirer les hauts murs de la colossale rotonde entièrement tapissée de livres anciens qui dominaient le visiteur de tous côtés, tandis que des rais de soleil obliques pénétraient par plusieurs fenêtres ménagées dans le vaste dôme. Cette architecture conférait à la salle l'aspect monumental d'une cathédrale de livres, lieu de culte silencieux pour esprits en quête de réponses. Elle compta les rangées de pupitres, tourna pour entrer dans celle qui lui avait été indiquée, marchant doucement pour ne pas déranger les lecteurs alignés – dont un ou deux étaient des femmes, maintenant que la guerre les autorisait à utiliser elles aussi leur cerveau.

Elle s'arrêta en arrivant près d'un jeune homme assis à la quatrième place et plongé dans l'un des livres. Vêtu d'un costume ordinaire, il avait l'air d'un employé de bureau, d'un fonctionnaire peut-être. Était-ce lui son contact ?

« Dites, c'est bien *L'Adieu aux armes* de Hemingway que je vois là ? Pourrais-je y jeter un coup d'œil quand vous aurez fini ? » Elle débita calmement la phrase de code, comme s'il s'agissait d'une conversation ordinaire. « Vous en avez pour longtemps ?

– Cinq ou six minutes, pas plus, si vous pouvez attendre ? » La réponse prévue.

C'était bien lui son contact.

Alors il tourna la tête et leurs regards se croisèrent. Quelque chose en elle frémit : une connivence, un désir.

Ce n'était pas parce qu'il était beau avec ses cheveux bruns bien coiffés et ses yeux d'un marron profond. Ni parce que c'était un homme et pas l'un des très jeunes gens qu'elle côtoyait chez elle. En fait, elle conclut plus tard que l'explication était toute simple : lorsqu'il leva vers elle un doux regard à la fois amusé et intense, elle y perçut une sorte de lumière chaleureuse, de connivence immédiate qu'elle n'avait encore jamais vue chez quiconque.

Elle resta clouée au sol un instant, puis se rappela ce qu'elle faisait là. Et pourquoi elle était venue.

Trouve une place et assieds-toi. Ne reste pas là plantée comme un piquet, à attirer l'attention.

L'homme avait disposé une pile de livres sur la place à sa droite pour dissuader un nouvel arrivant de s'y asseoir, comme s'il avait reçu des consignes à cet effet. Elle tira la chaise et s'assit, regardant nonchalamment les livres en les rangeant sur le côté de son bureau.

« Vous l'avez lu ? » demanda l'homme.

La question n'était pas prévue dans la conversation.

« Quoi donc ?

– *L'Adieu aux armes* ?

– Évidemment. Comme tout le monde, non ? » répondit-elle assez sèchement, ne sachant trop à quoi s'en tenir.

Il eut un petit rire silencieux. Avait-elle dit quelque chose de drôle à son insu ? Ou était-ce son inexpérience ?

Sans bruit, il fit tomber un petit morceau de papier et la laissa le ramasser.

Il portait une série de mots codés : les noms des membres de l'organisation fasciste. Elle le mit dans son sac à main.

« On m'a dit que nous devions organiser un rendez-vous plus à loisir », chuchota-t-elle.

Rapidement, il écrivit sur un autre petit bout de papier et, sans la regarder, il esquissa un rapide sourire avant de placer son message dans le livre qu'il glissa vers elle.

Elle l'ouvrit et lut :

Venez chez moi mardi minuit.
33 Gainsborough Road, Clapham.

Elle se sentit rougir. Jamais elle n'était allée seule chez un homme, surtout un homme aussi beau et, disons, mûr. Certes, c'était en service commandé mais si jamais il… et si elle… enfin s'ils… ?

Ne sois pas ridicule, se dit-elle. *On est en service commandé.*

Leurs regards se croisèrent une brève seconde et, malgré la fugacité de l'échange, elle perçut en lui une sorte d'avidité secrète, non pour son corps ou son esprit, mais pour une communication plus profonde, comme s'il était le dernier spécimen d'une espèce rare et avait senti qu'elle aussi appartenait à la même, et qu'eux seuls pouvaient évaluer à sa juste mesure l'extrême précarité de leur situation.

Elle resta un moment assise à sa place, lisant la page où il avait inséré son message. C'était une scène d'amour, la description d'un baiser.

L'avait-il choisie délibérément ?

Quand elle le regarda, il était plongé dans sa lecture et ne lui prêtait pas attention.

Il y avait un autre petit bout de papier, vierge celui-là, servant seulement à marquer une page sur laquelle un passage avait été souligné au crayon.

Le monde brise tous les êtres, mais certains finissent par devenir plus forts là où ils ont été brisés.

Était-ce lui qui avait souligné ce passage ?

Elle avait envie de tendre la main pour lui toucher le bras – à une trentaine de centimètres d'elle, et pourtant à des lieues – mais il était concentré sur sa lecture, comme s'il l'avait oubliée.

Au bout de vingt minutes, elle se leva, rendit le mince volume au bureau principal et sortit d'un pas vif. La bibliothèque, les lecteurs, une ou deux lectrices, et même son nouveau complice, étaient tous à leur bureau exactement comme avant, et le soleil tombait sur eux, créant l'impression d'un précieux paradis intellectuel.

Mais au fond d'elle-même, Betty se sentait illuminée par une lumière nouvelle, une qui l'aveuglerait assurément si elle n'était pas vigilante.

Le mardi soir, lorsqu'elle frappa à sa porte, ses nerfs étaient tendus comme jamais, malgré son entraînement. Les fascistes, les dangereux nazis, et même la perspective de la mort la déstabilisaient manifestement moins que l'idée de se retrouver seule avec ce séduisant inconnu à la présence si intense.

Il était interdit aux agents du MI5 d'avoir des relations amoureuses. Son entraînement n'avait laissé aucune ambiguïté à cet égard. Quoi qu'il se passe chez cet homme, il faudrait qu'elle lui rappelle les règles. C'était aussi simple que ça.

Pourtant, elle avait les mains moites lorsqu'elle vit la porte s'ouvrir.

« Chérie ! » s'exclama-t-il bien haut en l'attirant à l'intérieur et désignant le salon du menton, comme s'il voulait lui faire comprendre qu'ils n'étaient pas seuls. « Comme je suis heureux de te voir. Entre, entre ! » Il laissa échapper un petit rire et ajouta, en hôte attentif : « Je vais te montrer la maison, et tu pourras prendre tes aises. »

Il la pilota vers le salon et désigna du doigt un petit appareil collé au cadre de la fenêtre. Un micro, un des modèles qu'elle avait appris à reconnaître pendant son entraînement. Surprise, elle retint son souffle, et ils échangèrent un regard complice. On les écoutait.

« Oh, comme c'est joli, chez toi, chéri », dit-elle, prenant la balle au bond : cette rencontre était censée être un rendez-vous galant et non une réunion de travail. « Tu as de vrais talents de décorateur ! »

Elle crut un instant qu'il allait pouffer de rire. La pièce était tout sauf un modèle de bon goût : des murs sales partiellement couverts de rideaux marron et de vieilles photos de machines agricoles. Elle n'aurait pas pu être plus déprimante.

« Assieds-toi. Qu'est-ce que tu veux boire ? » Il fit un geste grandiloquent ironique pour désigner le canapé et alla vers un petit meuble-bar d'où il sortit une bouteille de whisky et deux verres. Il versa un doigt dans chacun et lui apporta le sien.

« Alors, où en étions-nous restés la dernière fois ? » Il lui donna le verre et trinqua bruyamment, lui indiquant du geste qu'elle était censée boire.

« Tchin-tchin », dit-elle en continuant la comédie.

Mais en avalant la première gorgée, elle s'étrangla.

Il se mit à rire et lui donna de petites tapes dans le dos. « Tu n'as pas l'habitude de l'alcool fort, hein ? Attends une minute, je crois que j'ai du sherry. »

Il lui tapota encore le dos, puis sa main s'immobilisa quelques instants à mi-hauteur. Il cessa de rire et elle n'eut qu'une seconde pour penser, paniquée : *Oh, Seigneur, il va m'embrasser !* Alors cet homme qu'elle n'avait rencontré qu'une fois, cet agent et collègue de travail avec lequel il lui était strictement interdit d'avoir le moindre lien affectif, se pencha et posa ses lèvres sur les siennes. Sa bouche avait un goût de whisky, mais elle était chaude et douce, et ses lèvres aussi, qui baisèrent doucement sa bouche avant de descendre le long de son cou.

« Eh, là, bas les pattes ! dit-elle, s'efforçant de jouer son rôle. Et mon sherry ?

– Pourquoi ? Ça t'a déplu ? » dit-il avec un sourire tel qu'il était difficile de savoir s'il jouait son personnage ou parlait en son nom.

« Si tu me le servais, ce sherry ? »

Il se leva, trouva une bouteille de sherry et, tout en lui en versant, demanda si elle avait envie qu'il mette de la musique.

« Ah, tu as un tourne-disque ? » répondit-elle, sachant que la musique leur permettrait d'avoir un échange normal, car leur conversation serait brouillée par l'arrière-plan sonore.

« Oui, répondit-il de sa voix caressante de séducteur. Et je sais exactement quel morceau créera l'ambiance adéquate. »

Elle leva les yeux au ciel pendant qu'il mettait en route un petit tourne-disque tout près de l'endroit où était placé le micro, et tout de suite, le son d'un grand orchestre jouant du jazz emplit la pièce.

« Alors, où en étions-nous ? lança-t-il d'une voix forte avant de retourner s'asseoir près d'elle sur le canapé.

– On peut parler maintenant ? chuchota-t-elle.

– Oui. Il faudra reprendre la comédie à la fin du disque, mais nous avons quelques minutes. »

Ils avaient des missions distinctes, qui se recoupaient sur

certaines personnes et organisations de la cinquième colonne. Il était crucial qu'ils partagent des informations et surveillent mutuellement leurs arrières. Or, pour cela, chacun devait savoir ce que faisait l'autre.

Au cas où quelque chose tournerait mal.

Le disque se termina et son nouveau collègue reprit aussitôt son rôle de séducteur.

« Enfin, chérie ! Si tu te retrouves sous une bombe demain, tu seras bien avancée d'avoir gardé ta vertu ! »

Cet argument circulait dans tous les salons du pays.

Retenant son envie de rire, Betty répondit d'une voix canaille : « Dis-moi, il n'y a pas d'autres filles ? Un type comme toi doit avoir toute une cour.

– Personne ne soutient la comparaison avec toi », chuchota-t-il d'une voix rauque, la main passée sous son menton pour guider la bouche de Betty vers la sienne pour un autre baiser.

Betty avait embrassé d'autres garçons avant lui – Lawrence, de l'épicerie d'Ashcombe, et Jeremy Proctor, du lycée de la ville – mais l'expérience l'avait chaque fois laissée perplexe : pourquoi ? Pourquoi les gens se livraient-ils à cet exercice claustrophobique et maladroit avec leur bouche ? On se retrouvait avec de la salive partout, et il vous fallait un mouchoir d'urgence.

Maintenant, elle avait la réponse.

Le problème n'était pas le baiser en soi, mais les garçons qui l'avaient embrassée.

Aujourd'hui, le baiser était merveilleux. Elle sentit son corps se détendre au fur et à mesure qu'il se prolongeait, et ils se laissèrent tomber sur le canapé.

Au bout de quelques minutes, il se dégagea et dit : « Tu vois, quand tu veux ! » avant de se lever pour changer le disque.

Avait-il voulu s'écarter ? Était-ce entièrement de la comédie ?

Elle avait cru qu'il l'embrassait vraiment. Maintenant, elle n'en était plus si sûre et se sentait plutôt vexée.

« On va écouter quelque chose de mieux adapté à notre humeur, hein ? » Et, après avoir mis un morceau langoureux, il revint s'asseoir près d'elle.

« On est obligés de s'embrasser ? chuchota-t-elle, la voix couverte par la musique.

– Je croyais que ça te plaisait, répondit-il, amusé. Nous ne sommes pas obligés, bien entendu. Ça n'était pas au programme, j'ai juste eu l'impression, va savoir pourquoi, que ça venait naturellement. Pas toi ? »

Elle ne répondit pas tout de suite. Oui, elle était bien d'accord. Ou était-ce son corps qui essayait de la convaincre de choses dont elle aurait aimé qu'elles fussent vraies ?

« Je pense que nous devrions terminer notre conversation concernant l'opération. Ensuite, nous pourrons faire savoir à ceux qui nous écoutent que j'ai découvert en toi un affreux goujat. Et je partirai en claquant la porte. » Elle sourit et se sentit plus détendue. « Je sais que nous sommes censés nous retrouver chaque semaine, mais que dois-je faire si tu es obligé de changer d'adresse ? Ou que l'on t'a pris en chasse ? Tu me laisseras un signe, un repère ?

– Il y a une veste couleur tabac pendue sur un crochet à la petite fenêtre à l'arrière de la porte d'entrée. Si elle n'est plus là, cela voudra dire que tu ne dois pas entrer. » Il regarda ses mains. « Même si on m'emmène contre ma volonté, on me laissera prendre une veste.

– Astucieux ! Et si tu es envoyé en mission, comment saurai-je où te joindre ?

– Je laisserai un message codé pour toi à l'intérieur d'un annuaire, dans la cabine téléphonique à côté de la cathédrale St Paul.

– Où à l'intérieur de l'annuaire ? » À l'entraînement, on

leur avait indiqué divers lieux publics propices pour y laisser des messages, et l'annuaire en faisait partie.

Il réfléchit. « Pour toi, ma chérie, ce sera Freud, je pense », dit-il avec un sourire entendu en repoussant une mèche derrière l'oreille de Betty.

Estimant ce geste déplacé, elle remit la mèche comme elle était avant. « Et si nous nous rencontrons alors que tu es suivi ? » demanda-t-elle.

Il sourit. « Si je suis suivi, je t'embrasserai. »

Alors, sachant à peine ce qu'elle disait, elle regarda sa bouche chaude et douce, et répondit : « Alors, espérons que tu le seras ! »

Ils se regardèrent quelques instants en attendant la fin du morceau, essayant de deviner chacun ce que l'autre avait en tête ; puis elle se pencha en avant et chuchota : « Peut-être devrions-nous nous entraîner. » Elle effleura de ses lèvres son cou, juste sous l'oreille. « Nous ne voudrions pas mal jouer la comédie, hein ? »

Naturellement, ce baiser supplémentaire n'était pas nécessaire, mais la comédie était amusante.

À ceci près qu'au fil des semaines, cela cessa d'en être une.

Leur travail, le danger, combinés à leur désir et leur proximité tendue, les firent passer peu à peu du statut d'amoureux à celui d'amants, dont les liens se resserraient à chaque rencontre.

36

Il faisait nuit lorsque Mrs Braithwaite et Mr Norris se mirent en route pour le meeting. La petite route menant à Chiltern Church traversait une zone boisée et semblait irréelle à la lueur de la lune décroissante. En entendant un hibou hululer dans un arbre voisin, ils scrutèrent les ombres avec inquiétude. Bien qu'il ne fît pas vraiment froid, Mrs Braithwaite sentit un frisson lui parcourir la nuque.

Ils pressèrent le pas jusqu'à leur arrivée devant un bâtiment décrépit blotti contre le bois. Il avait un toit pentu et anguleux, et un clocher biscornu. À proximité, deux murs en ruines suggéraient qu'il avait jadis fait partie d'une petite communauté disparue depuis des lustres.

« Vous pensez que c'est ici ? chuchota Mrs Braithwaite en ramenant Mr Norris sous le couvert du bois.

– Comment savoir ? Peut-être devrions-nous chercher une indication quelconque.

– Tendons l'oreille : il doit y avoir des gens qui parlent. Puis nous ferons nos investigations comme prévu. »

Ils avancèrent prudemment dans les broussailles et, à quelques mètres du bâtiment, ils entendirent des voix. Ou plutôt une. Le timbre vibrant d'un homme qui faisait un discours véhément.

Mrs Braithwaite se retourna vers Mr Norris, qui hocha silencieusement la tête. Ils devaient être au bon endroit.

À ce moment-là, des applaudissements éclatèrent à l'intérieur.

Mrs Braithwaite s'approcha doucement, espérant trouver une fenêtre, mais elles étaient toutes peintes en noir. Était-ce une façon de respecter le black-out à peu de frais, ou une ruse pour éviter d'être vus ?

Ils n'avaient pas le choix, ils allaient devoir pousser la porte d'entrée et prétendre être à la recherche du club de bridge.

La porte était grande et solide, beaucoup plus récente que le reste du bâtiment. Peut-être le groupe l'avait-il installée lui-même en guise de précaution supplémentaire.

Mrs Braithwaite prit une grande inspiration et se tourna vers Mr Norris. « Prêt ? »

Il semblait au bord de la syncope, aussi n'attendit-elle pas sa réponse. Elle compta silencieusement jusqu'à trois, tourna la poignée et entrouvrit légèrement la porte. Un rai de lumière jaune sale éclaira les herbes miteuses autour d'eux.

Elle jeta un coup d'œil à l'intérieur. Un tout jeune homme – probablement trop jeune pour partir à l'armée – lui sourit. « Entrez vite ! Ça a déjà commencé ! » Tirant Mr Norris derrière elle, elle se glissa parmi les participants debout à l'arrière de la salle. C'était un miracle qu'ils n'aient pas été arrêtés par le factionnaire à la porte, et elle se dépêcha de se perdre parmi les présents.

Il y avait moins de gens qu'elle ne l'avait cru en entendant les applaudissements, une trentaine de personnes au plus, mais le bruit avait été amplifié par le haut plafond à colombages. La salle était éclairée par des dizaines de bougies éparpillées dans le vaste espace, lui donnant un aspect sournois et ténébreux, comme l'assistance elle-même.

L'orateur devant l'autel était rondouillard et vêtu d'un

complet de tweed passé de mode, avec un gilet jaune et des lunettes rondes qui ne flattaient guère son apparence. Sa voix sonore chevrotait, surtout quand il disait une méchanceté. Ce qui était fréquent.

« Nous allons leur montrer que nous sommes les maîtres ! » Il fit le salut nazi, et Mrs Braithwaite et Mr Norris frémirent en entendant l'assemblée galvanisée l'applaudir.

Il poursuivit avec une autorité venimeuse, invectivant l'assistance comme s'il s'agissait d'écoliers en goguette qui n'avaient pas fait leurs devoirs.

« Vous devez obtenir plus d'informations. Jusqu'ici, nous avons réussi à nous procurer les plans d'un nouveau type de tank et une carte des mines et barbelés installés sur la plage de Brighton. Mais cela ne suffit pas. »

Au premier rang, quelqu'un lança : « Quand doit avoir lieu l'invasion ?

– Ah, elle est imminente, claironna-t-il. Mr Fox nous garantit que les plans sont bien avancés. Vous avez tous vos consignes pour le grand jour. À nous de semer le désordre dans les forces nationales, de couper les câbles des communications et de jeter la confusion parmi les civils. Les dates ne sont pas encore fixées. Elles seront communiquées quelques jours à l'avance, aussi assurez-vous de pouvoir être joints. »

Un grand moustachu non loin d'eux cria : « Professeur, comment sauront-ils qui les a aidés ? » Il portait des knickerbockers fatigués et rapiécés, comme un chasseur ou un garde-chasse. « On nous a promis des récompenses.

– La Gestapo et d'autres autorités sont au courant de vos efforts, Mr Taplin. Il n'y aura pas d'erreurs ! » Le professeur leva l'index et le pointa vers le plafond d'un geste théâtral. « Notre loyauté à notre Führer sera payée de retour. Nous remettrons sur des rails ce pays fourvoyé afin qu'il devienne puissant et juste. Tous ici » – et il écarta les bras d'un geste ample en relevant impérieusement la tête – « nous serons vainqueurs, et ceux qui nous ont combattus comprendront leur sottise. »

Des vivats retentirent et le toit en renvoya les échos. On aurait dit des mouettes se disputant le contenu de filets de pêche éventrés.

« Où en est le projet de bombarder le pont du chemin de fer à Loxton ? lança Taplin d'une voix forte. Nous avons des plans pour saboter tout le système ferroviaire. »

Au lieu de répondre, le professeur s'écarta. « Ce soir, notre chef, Mr Fox, ne peut être parmi nous, reprit-il, et nous avons la visite d'un responsable du Dorset, qui devrait pouvoir répondre à vos questions. »

Un jeune homme maigre et sec en complet veston se dirigea vers l'estrade. Mrs Braithwaite laissa échapper un léger hoquet de surprise.

Si elle s'était attendue à le voir là !

Anthony Metcalf.

Elle l'aurait reconnu n'importe où, elle qui l'avait vu grandir. Mais aujourd'hui, il y avait chez lui quelque chose de différent, une sorte d'assurance pompeuse. Toutes ces années où l'on s'était moqué de lui parce qu'il était le monsieur Je-sais-tout du coin avaient conduit à cette trahison.

Mrs Braithwaite ne put s'empêcher d'imaginer la tête de Mrs Metcalf si elle découvrait un jour que son fils chéri travaillait pour l'ennemi. Pouvait-on descendre plus bas ? Mère d'un traître – les dames du village n'auraient d'autre choix que de l'exclure. Et Mrs Braithwaite retrouverait sa place légitime à la tête du SVF.

« C'est Anthony Metcalf, le fils de Mrs Metcalf, chuchota-t-elle à Mr Norris, qu'elle sentit frémir sans le regarder.

– Il va vous reconnaître. Il faut s'en aller, souffla-t-il.

– Je veux entendre ce qu'il a à dire. Je vais me cacher

derrière vous. » Et, joignant le geste à la parole, elle se glissa derrière lui, passant de temps à autre la tête derrière son épaule pour voir l'orateur.

Sur la scène improvisée, Anthony Metcalf avait la mine revêche mais beaucoup d'aisance. Sa fine moustache, de la même couleur que ses rares cheveux bruns, donnait à son large visage blafard l'aspect d'un terrier hargneux. À côté du jeune malabar lourdaud en chemise noire derrière lui, il avait l'air d'un gringalet. Bizarrement, malgré ce contraste comique, il donnait l'impression d'être totalement sûr de lui, voire sans scrupule, comme si la vanité le gonflait de l'intérieur.

De sa voix affectée et pédante, il s'adressa à l'homme qui avait posé la question au sujet du sabotage ferroviaire. « Monsieur Taplin, je crois ? Berlin a bien spécifié que l'heure n'est pas aux infiltrations ou opérations à risque, je vous le précise. En tout cas pas avant l'invasion. Nous perdrions notre avantage si nous étions pris.

– Mais nous ne nous ferons pas prendre », ronchonna Taplin.

Anthony ignora la remarque et poursuivit : « D'après nos sources internes, le gouvernement britannique ne croit pas qu'il subsiste une cinquième colonne dans le pays. Les chefs de l'UFB et les autres sympathisants nazis de premier plan ont été emprisonnés, et nos dirigeants sont persuadés que les autres ont changé d'avis et se sont rangés derrière le pays. Ce n'est pas le moment de les détromper. » Il eut un long rire sarcastique. « S'ils sont assez bêtes pour croire que le peuple britannique est une bande de moutons sans cervelle, il faut les laisser dans l'erreur. »

Des rires fusèrent dans la salle et les poutres les répercutèrent avec des échos sinistres.

« Nous allons avoir l'occasion de passer à l'action, dit Anthony d'une voix sourde et dissuasive, avant de lever le poing. L'heure viendra où nous pourrons montrer notre force, faire voir aux autres qui sont les maîtres. Nous avons donné à Goering l'assurance de notre loyauté absolue et indéfectible à la patrie. »

Des vivats enthousiastes retentirent. Mrs Braithwaite se recroquevilla, cherchant à passer inaperçue, mais incapable pour autant de se joindre au chœur bruyant des approbations. Les nazis étaient des brutes et des voyous. Pour eux, dominer un pays signifiait rafler les richesses et traiter tous les autres comme des esclaves ou, pire, les exterminer. Elle avait entendu des rumeurs selon lesquelles ils avaient envoyé la moitié des habitants de la Pologne en Sibérie et l'autre moitié en Allemagne afin de les faire travailler dans les usines de guerre comme prisonniers. Et qu'arrivait-il aux maisons vides, aux terrains inoccupés ? On les distribuait aux officiers nazis en guise de récompense.

Ils ne se souciaient que d'eux-mêmes.

Elle observa ces gens fourvoyés qui l'entouraient. Ne comprenaient-ils donc pas qu'ils ne tarderaient pas à devenir eux aussi les esclaves des nazis ? La majeure partie de l'assistance se composait d'hommes, certains au-dessous de l'âge de la conscription, mais pour la plupart d'âge mûr. Il y avait quelques femmes aussi. Mrs Braithwaite s'était attendue à ce que ces nazies se distinguent par leur aspect, qu'elles aient l'air étrangères, méchantes. Eh bien, pas du tout. Elles étaient châtain, quelconques, et auraient très bien pu être des voisines ou des bénévoles du Service volontaire féminin. L'une d'elles portait même un foulard qui ressemblait au sien : rouge avec des roses ivoire.

Quel toupet !

Une femme se leva pour prendre la parole d'une voix forte et distincte. Elle devait approcher de la trentaine, et avait une coupe de cheveux courte et pratique. Une cicatrice lui barrait une moitié du visage. Peut-être avait-elle été blessée dans un bâtiment bombardé. Ou peut-être cela s'était-il produit dans des circonstances plus sinistres.

« L'invasion ne va plus tarder. Je le sens dans ma chair, lança-t-elle d'une voix aiguë et passionnée. Cette semaine, une pluie de bombes s'est abattue sur Sevenoaks et j'ai éprouvé un frisson d'excitation comme jamais. Le vent tourne. Nous serons vainqueurs et les minables qui resteront, hommes et femmes, deviendront nos esclaves. »

Mrs Braithwaite crut s'effondrer. Jamais elle n'avait pensé que des gens, des compatriotes, pouvaient être ébranlés par la rhétorique nazie. Comment pouvait-on être aussi naïf, aussi facilement convaincu par de fausses promesses, aussi assoiffé de sang ?

Elle jeta un coup d'œil furtif à Mr Norris et vit qu'il était tout pâle et avait sorti son mouchoir. Ils partageaient la même appréhension éperdue : ce qu'ils voyaient là, c'était la nature humaine dans ce qu'elle avait de pire.

Mr Norris lui donna un petit coup de coude et désigna discrètement la porte. Elle comprit qu'il lui faisait signe de partir avant qu'Anthony Metcalf ne la reconnaisse. Dans une si petite salle, elle ne pouvait se dissimuler.

Elle fouilla dans son sac et trouva ce qu'elle cherchait. À son tour, elle donna un coup de coude à Mr Norris et lui glissa l'objet qu'elle venait de sortir.

C'était une petite photo de Betty, prise avant qu'elle ne quitte la maison. Même jeune et à la veille d'une grande aventure, elle avait toujours son air solennel.

Mrs Braithwaite lança un dernier coup d'œil éloquent à Mr Norris afin de lui signifier qu'il devait rester et en apprendre davantage.

Elle comptait sur lui pour être ses yeux et ses oreilles.

Il lui fit un petit signe d'assentiment.

Lorsqu'elle arriva à la porte, elle dit au très jeune homme qui les avait accueillis qu'elle avait besoin d'air. Il souleva le loquet et ouvrit la porte pour la laisser sortir discrètement dans la nuit.

Elle se dissimula derrière un gros chêne. C'est vraiment lamentable que des gens puissent être fascinés par des idées et des discours pareils, au point de croire qu'ils peuvent asservir par la force le reste du monde, se dit-elle.

Ils feraient mieux d'opérer un retour sur eux-mêmes et de scruter leur âme.

37

Mr Norris se sentait mal. Il entendit avec incrédulité la balafrée sadique – celle que le bombardement de Sevenoaks mettait en transe – arriver au bout de sa tirade et recevoir des applaudissements chaleureux mais – il le constata non sans soulagement – moins serviles que pour Metcalf.

Quel motif recevable pouvait-il invoquer pour expliquer sa présence, son identité, et la raison pour laquelle sa compagne avait disparu ? S'il trouvait une explication plausible, il pourrait se fondre dans l'assistance et glaner des informations supplémentaires. Mais s'il ne réussissait pas à donner le change – et un frisson descendit le long de sa colonne vertébrale –, il ne donnait pas cher de sa peau.

Pour clôturer la réunion, Metcalf monta de nouveau sur l'estrade et exhorta cette fois l'assistance à la vigilance. « Chaque renseignement recueilli sera aussitôt transmis à la Gestapo et accélérera l'invasion de la Grande-Bretagne. »

Des acclamations enthousiastes accueillirent cette déclaration finale, et tout le monde s'approcha de l'estrade dans l'espoir de voir Metcalf de près et de faire sa connaissance.

« Voici un petit message secret pour Goering, dit une femme d'un certain âge en lui mettant dans la main une lettre pliée. Un croquis de la plage de Worthing et de son système de défense. À conserver précieusement. »

Un homme plus jeune affirma avoir découvert une formule d'encre invisible à partir de panais.

Metcalf lui sourit et déclara d'une voix totalement dépourvue d'ironie : « C'est vraiment très astucieux. » Aussitôt, le jeune homme fut entouré d'autres participants désireux de connaître la formule.

Taplin, debout à côté de Mr Norris, se pencha et lui dit : « C'est dommage que Mr Fox soit hostile à notre projet de sabotage du pont de chemin de fer.

– Ah oui, vraiment, bégaya Mr Norris.

– Tout était prêt pour la semaine prochaine. » Il avait une voix gutturale et un accent vulgaire contredisant l'impression donnée par le costume de chasse. Son regard particulièrement fuyant était celui d'un homme pas tout à fait sain d'esprit, et il parlait à mi-voix, du coin de la bouche, comme s'il était en connivence avec Mr Norris et qu'ils partageaient une bonne blague. « Je sais fabriquer des bombes, et je suis bon tireur, étant garde-chasse. Tuer, j'aime ça ! » Il tendit une main assez malpropre pour serrer celle de Mr Norris.

« Je vous comprends. Moi aussi, je trouve frustrant d'être… » – Mr Norris hésita, en quête du mot juste – « bridé par des règles alors que je n'ai qu'une envie, les briser toutes. » Il prit une expression farouche, tout en se sentant parfaitement grotesque.

Taplin lui adressa le sourire ténébreux de celui-qui-n'est-pas-là-pour-plaisanter et se détourna pour parler à son autre voisin, un petit homme au visage mafflu, qui avait tout du hamster en train de se caler les joues avec des noisettes.

« Ernie veut être dans le coup avec nous, dit-il en se retournant vers Mr Norris, qui dut serrer la petite main grassouillette du susnommé.

– Taplin dit qu'on sera des héros si on fait sauter le pont du chemin de fer », expliqua Ernie, qui avait l'air plus inquiet qu'héroïque.

Taplin, lui, piaffait. « Ce serait une désorganisation totale dans les trains. Les nazis pourraient envahir le pays sans rencontrer de résistance. Mr Fox le ferait savoir à Berlin et je serais certain d'être décoré de la croix de fer. » Rempli d'aise à cette perspective, il laissa échapper un grognement satisfait. « Gillian en a reçu une l'an dernier pour avoir volé les plans du nouveau modèle de Spitfire. »

Une croix de fer ? Recevaient-ils des médailles nazies par avion d'Allemagne ? se demanda Mr Norris. *Et qui est Gillian ?*

Taplin avisa Metcalf et s'éloigna pour plaider sa cause et le convaincre d'appuyer le sabotage du pont.

Mr Norris se retrouva à côté d'Ernie, qui ne semblait pas aussi à l'aise que les autres. Il n'y avait aucun fanatisme chez lui. Sans doute aurait-il lui aussi largement préféré être à la maison avec un journal, à écouter la radio. Il avait dans les yeux une lueur de confusion, comme s'il avait du mal à comprendre pourquoi tout le monde était aussi excité.

« Votre ami Taplin paraît très organisé. Cela fait longtemps que vous vous connaissez ? demanda Mr Norris.

– Nous sommes voisins. Nous avions six ans tous les deux quand il est arrivé dans mon quartier. » Ernie eut un petit rire curieusement amer. « Il y a des fois où je me demande… enfin, je ne suis pas vraiment un partisan de la violence, si vous voyez ce que je veux dire.

– Oh, parfaitement. Moi non plus, je n'aime guère les affrontements. » Mr Norris marqua une pause avant de poursuivre doucement : « Vous savez, vous n'êtes pas obligé de faire tout ce que dit Taplin. »

Ernis parut un moment suffoqué. Il jeta un regard alarmé

vers Taplin, toujours en grande conversation avec Metcalf. Puis sa peur se transforma brusquement en hostilité et il reposa les yeux sur Mr Norris, la mine hargneuse. « Qu'est-ce que vous racontez ? Taplin veut mon bien.

– Ah, mais je n'en doute pas », marmonna Mr Norris – comment avait-il pu se méprendre au point de croire qu'il pouvait aider Ernie à sortir de ce guêpier ? En priant pour qu'Ernie ne s'attarde pas sur leur échange, il se hâta de rectifier : « Je voulais seulement dire que certains d'entre nous ne sont pas des bagarreurs, voilà tout. Le sabotage du pont est une idée formidable. Plus vite cette guerre sera finie et mieux ça vaudra pour tout le monde. Ici, on travaille en ce sens en facilitant la victoire des nazis. »

Il se faisait volubile, développant un argument qu'il avait déjà entendu : capituler pour que cesse la guerre car les Allemands allaient gagner tôt ou tard, de toute façon. Mr Norris n'en pensait pas un mot. Il supporterait les bombardements jusqu'à la fin des temps si cela pouvait empêcher les nazis de défiler au pas de l'oie dans Westminster.

« Oui, vous avez sans doute raison », dit Ernie, radouci. Mr Norris se demandait quelle serait la réaction de Taplin si Ernie lui répétait ce qu'il venait de dire. Taplin était un désaxé, à l'évidence.

Mr Norris essaya de changer de sujet et saisit l'occasion pour sortir une petite photo de Betty.

« Regardez : cette fille m'a tiré l'œil. Elle militait dans l'UFB avant la guerre, et je me demandais si vous ne l'aviez pas déjà vue dans vos meetings. »

Ernie prit la photo. « Oui, je l'ai vue. Mais je ne sais pas comment elle s'appelle. Elle est venue une ou deux fois avec Gillian. » Il rougit et sourit.

« Gillian ? releva aussitôt Mr Norris.

– La fille avec laquelle je sors. » Ernie rougit encore plus.

« Je ne crois pas avoir eu le plaisir de la voir. Vous pouvez me la décrire ?

– Oh, elle est superbe. Beaucoup de personnalité – elle aime bien le bazar, je dois dire ! Un beau brin de fille. De longs cheveux et un sourire à vous damner. »

Ne serait-ce pas Florrie, à tout hasard ?

L'esprit tournant à toute allure, Mr Norris demanda : « Elle a des cheveux de quelle couleur ? » Et il ajouta avec un sourire complaisant : « Moi, j'aime les blondes. » Quel rôle exécrable il lui fallait jouer !

Ernie se mit à rire. À l'évidence, il adorait parler des filles. « Elle a des cheveux magnifiques. Auburn, comme Rita Hayworth. On n'a pas beaucoup de blondes à nos meetings en ce moment. Avant la guerre, il y avait plein de jolies filles, mais celles qui viennent maintenant sont toutes quelconques, et pour la plupart mariées. Et la moitié d'entre elles ont un gros béguin pour Hitler. »

Ils rirent tous les deux.

Ainsi, Florrie faisait partie du groupe, et Betty l'avait accompagnée à des meetings.

« Elles connaissent Metcalf ?

– Metcalf est nouveau ici. » Ernie se rembrunit.

« Il me fait l'effet d'un baratineur, non ? » avança prudemment Mr Norris, pressentant qu'il avait peut-être touché un point sensible.

Ernie fronça les sourcils. « Il y a une règle implicite : on ne pique pas la copine du voisin. »

Mr Norris dissimula un sourire.

Alors c'est ça ! Ernie et Metcalf courent tous les deux derrière la même fille, Gillian. Ou plutôt Florrie.

« Je me demande où je pourrais trouver l'amie de Gillian, demanda Mr Norris.

– Je crois qu'elles vivent dans la même maison au sud de Londres, avec un vieux bonhomme, apparemment… »

Mr Norris se sentit pâlir et fronça les sourcils.

« Un vieux bonhomme » ? C'était comme ça que les filles parlaient de lui ? Mais je n'ai que cinquante-deux ans !

Tout compte fait, ce n'était pas si jeune que ça. Et qu'avait-il fait de toutes ces années ? L'angoisse l'envahit : n'avait-il pas perdu son temps à force de jouer la carte de la sécurité, de rester cramponné à sa routine ?

En tout cas, personne ne pouvait l'accuser de jouer la carte de la sécurité en ce moment.

Taplin vint tirer Ernie par le bras pour l'éloigner car Anthony Metcalf s'approchait, visiblement désireux de faire la connaissance de Mr Norris.

« Vous êtes nouveau, je crois, non ? » lui dit-il avec un sourire poli et amical. Il n'avait rien de l'agressivité sournoise des autres. Son allure et ses manières étaient celles d'un gentleman, d'un homme éduqué, probablement sorti d'une université – Mr Norris aurait parié sur Oxford – et, avant cela, de l'une des très bonnes écoles du pays. « Permettez-moi de vous souhaiter la bienvenue dans notre groupe. »

Il serra la main de Mr Norris avec l'élégante désinvolture qu'on attend d'un ancien d'Oxford.

« Vous n'êtes pas d'ici, n'est-ce pas ? »

Mr Norris hésita, essayant d'imiter l'air complaisant et satisfait des autres. « Non, j'étais à Manchester et je m'occupais de la coordination là-bas.

– J'ai entendu dire que nous y avons beaucoup de sympathisants.

– Pas autant que nous le souhaiterions, mais nous travaillons dur pour en gagner. » Mr Norris ponctua sa remarque d'un rire chevalin, calqué sur celui de Taplin. Il devenait bon à ce petit jeu.

« Et vous êtes basé là-bas, alors ? » demanda Metcalf en se rapprochant. Mr Norris se demanda si la question traduisait un doute. Il l'avait posée d'une voix rêche et légèrement menaçante.

« Non, je suis à Londres pour l'instant. Pour quelques jours seulement, et je me suis dit que j'allais faire un saut à cette réunion.

– Qui vous a parlé de nous ?

– Un de mes collègues du groupe de Londres. Smith. » Il choisit le nom le plus commun qui soit dans le vain espoir qu'il existe un fasciste appelé Smith dans le secteur.

Hélas.

« Je ne connais aucun Smith », déclara Metcalf, dont les yeux se plissèrent, méfiants. Sa mâchoire inférieure prit un angle agressif. « Vous êtes sûr que vous parlez bien du groupe de Londres ? »

Mr Norris recula d'un pas. Décidément, venir assister à ce meeting avait été une très mauvaise idée. Il n'était pas fait pour jouer la comédie, ni aligner des mensonges. Il devrait s'en tenir à ses comptes à l'avenir. S'il en avait un.

Il changea son fusil d'épaule. « Mais si, vous devez connaître Smith ! Un homme d'un certain âge qui fume toujours la pipe. Vous savez, je me suis souvent demandé s'il n'utilisait pas un pseudonyme, car j'ai entendu d'autres personnes l'appeler différemment : Williams ou Taylor. » Il hocha la tête d'un air entendu. « Vous voyez ce que je veux dire ?

– Taylor ? » Metcalf parut perplexe. « Oui, je connais un Taylor. Quand l'avez-vous vu pour la dernière fois ?

– Oh, la semaine dernière, je crois.

– Vous êtes sûr ? La dernière fois que j'ai entendu parler de lui, il avait été envoyé dans un camp d'internement sur l'île de Man, l'an dernier.

– Ah, vous pensez sans doute à l'autre Taylor. » Inventer

des mensonges au pied levé n'était pas un talent que Mr Norris avait souvent exploité. Pour faire bonne mesure, il ajouta : « C'est un grand ami de Mr Fox. Un fumeur de pipe.

– Un ami de Mr Fox, dites-vous ? » lança Metcalf, et l'espace d'un instant, tout fut en suspens. Metcalf réfléchissait et évaluait Norris de la tête aux pieds. « Où l'avez-vous rencontré ? demanda-t-il, circonspect. À Londres ? »

Mr Norris toussota nerveusement. Que dire ? Il était pris au piège, coincé dans une église en ruine avec un groupe de fanatiques nazis.

Je suis fait !

Et soudain, il eut un éclair d'inspiration.

« Dans le sous-sol d'une boucherie de Clapham », répondit-il d'un ton uni, avec un léger sourire. Il se savait en terrain sûr.

Il avait tapé dans le mille.

Metcalf leva les sourcils et hocha la tête avec un respect tout neuf. Cela signifiait-il que le sous-sol de la boucherie était le quartier général, ou qu'il n'était utilisé que par les membres de premier plan pour des tâches importantes, telles que torturer des espionnes ?

Metcalf lui administra une grande claque sur l'épaule. « Désolé pour l'interrogatoire, mon vieux. Nous devons être prudents, vous savez ce que c'est. En vérité, le bruit court que nous avons une taupe parmi nous, quelqu'un qui n'est pas ce qu'il paraît. »

Mr Norris s'empressa d'opiner. *Tiens, tiens*, pensa-t-il.

« Quoi qu'il en soit, poursuivit Metcalf, bienvenue dans notre groupe. »

Mr Norris prit une grande inspiration et se lança. « Y a-t-il à Londres un autre point de réunion du groupe ? D'après ce que je sais, la boucherie est peut-être grillée.

– Ah oui ? Vous savez, je ne fais que passer dans la région, répondit Metcalf en croisant les bras dans une posture martiale. Je n'ai pas encore rencontré le groupe de Londres.

– Mais vous connaissez sûrement Mr Fox ?

– Je le répète, nous ne nous sommes pas encore rencontrés. » Il sourit à nouveau. « Je dirige la section du sud-ouest, même si j'ai été pressenti pour de plus hautes fonctions. »

Mr Norris hocha la tête avec le sourire entendu qu'il avait adopté. « Il faudrait à l'organisation plus d'hommes tels que vous. » Puis, réfléchissant à toute vitesse, il ajouta : « Il paraît que Mr Fox a besoin d'un bras droit.

– Oui, je l'ai entendu dire moi aussi. » Les yeux de Metcalf se plissèrent de dépit ; à l'évidence, Fox était plus un ennemi qu'un ami. « Ce serait intéressant de le suivre dans ses déplacements. » Il baissa la voix. « En fait, je le soupçonne d'être la taupe. »

Mr Norris eut un hoquet. *Quelle information de premier ordre !* « Mais comment en être sûr ? demanda-t-il.

– Impossible pour l'instant, grinça Metcalf. Et gardez ceci pour vous. Je vois que vous êtes un peu mieux informé que ceux-ci », poursuivit-il en regardant d'un œil critique Ernie et Taplin.

Après quoi, il présenta Mr Norris à d'autres participants, tous plus déplaisants les uns que les autres, notamment le professeur, un jeune homme qui avait volé une carte des sites bombardés de Londres à l'intention de la Luftwaffe, et une Suédoise rugueuse qui déclara trouver le groupe « trop modéré » pour son goût.

Mr Norris n'avait qu'une envie, s'échapper. Mais il lui fallait encore trouver une piste menant à Betty. Ses yeux balayèrent la salle, en quête d'une personne susceptible de lui donner un indice.

C'est alors qu'il avisa la fille, une ravissante brune en uniforme d'infirmière qui se tenait debout, à l'écart, et regardait calmement la scène. Ce n'était pas sa beauté ni son sourire qui avaient éveillé l'intérêt de Mr Norris. Non, il avait une seule et excellente raison de lui parler : c'était sa photo qu'il avait vue chez Baxter et sur le passeport de la cabine téléphonique. La bénéficiaire de l'identité de Betty.

« Bonjour ! lança-t-il allègrement. Je suis descendu à Londres pour la journée. Je suis persuadé de vous avoir déjà vue quelque part. Assistez-vous aux meetings de Londres ? demanda-t-il pour lancer la conversation.

– Ça m'arrive. Mais je vais plus souvent à ceux de Sevenoaks, répondit-elle. Je m'appelle Mary Montgomery. »

Il examina l'impeccable tenue d'infirmière. « Dites-moi, vous ne travaillez pas à l'hôpital de Sevenoaks ?

– Si. »

La jeune fille n'était pas bavarde. Si Mr Norris avait espéré qu'elle parlerait d'un petit ami, ou de Baxter, il n'eut pas cette chance. Il devait réfléchir très vite.

Alors une idée lui vint. Malgré sa répugnance, il allait devoir faire comme si elle lui avait tapé dans l'œil.

« Vous êtes très jolie, vous savez », dit-il en se rapprochant d'elle et levant un bras qu'il laissa planer dans son dos sans oser l'enlacer. Il avait vingt bonnes années de plus qu'elle, tout de même ! « Ne me dites pas que vous avez un amoureux, si ? »

Il ébaucha un sourire qui dut avoir l'air d'une grimace concupiscente.

Elle renifla, manifestement écœurée. « J'ai un fiancé et nous devons nous marier », dit-elle, avant de préciser d'un ton légèrement hautain : « Et pour votre gouverne, sachez qu'il est assez haut placé dans la hiérarchie de l'organisation. »

Une idée traversa l'esprit de Mr Norris. « Mr Fox ? » hasarda-t-il.

Elle leva les yeux vers lui. « Lui-même.

– Ah oui ! dit Mr Norris en baissant la voix. Je ne l'ai pas encore rencontré personnellement, mais je suis très curieux d'assister au prochain meeting à Londres. » Et il ajouta sans avoir l'air d'y toucher : « Sauriez-vous par hasard où il se tient ?

– À l'endroit habituel, mardi prochain dix-huit heures », lâcha-t-elle sèchement avant de s'éloigner avec une moue dégoûtée.

Il fallut à Mr Norris un certain temps pour se remettre de cet échange. Le rôle du vieux libidineux n'était pas vraiment taillé pour lui et il sentit la mortification courir dans toutes les fibres de son corps tandis qu'il reprenait son calme.

Un attroupement se formait autour de la balafrée, qui s'était mise à clamer avec une ferveur quasi religieuse que le Führer arrivait, qu'il « venait sauver le peuple britannique ».

Pendant ce temps-là, Ernie et Taplin étaient en grande conversation. Taplin grimaçait de rage pendant qu'Ernie lui expliquait quelque chose rapidement à voix basse, essayant de le calmer et jetant de temps en temps un regard en direction de Mr Norris.

Lequel, brusquement étreint par la peur, décida qu'il était temps de prendre le large. Il se rapprocha de la porte, salua rapidement le jeune homme qui la gardait, et sortit dans la nuit.

Et sous une pluie battante.

En regardant autour de lui, il avisa une tête trempée qui sortait de derrière un gros chêne. Les cheveux de Mrs Braithwaite étaient plaqués sur son crâne et ses vêtements imbibés d'eau. Elle avait l'air d'une chienne mouillée. Et très en colère.

« Vous en avez mis du temps !

– C'était beaucoup plus compliqué que je ne l'imaginais, dit-il en ôtant sa veste pour en couvrir les épaules de Mrs Braithwaite. De grâce, dépêchez-vous, poursuivit-il. Plus vite nous aurons filé et mieux cela vaudra. »

38

Betty se redressa sur son séant dans le lit de Baxter. Il faisait noir et elle entendait des pas dans le salon.

Il y avait quelqu'un dans la maison.

Avait-elle été suivie ?

Elle sortit du lit, enfila un pantalon laissé sur un dossier de chaise, et à côté, trouva un billet de théâtre, un petit peigne d'homme et – tiens donc – un canif.

Elle l'ouvrit et se dirigea à pas de loup vers la porte, l'oreille aux aguets car le bruit semblait se rapprocher, dans le couloir puis près de la chambre.

Elle hésita : allait-elle ouvrir la porte d'un coup et plonger la lame dans l'intrus avant qu'il (ou elle ?) puisse découvrir sa présence ? À l'entraînement elle avait souvent répété ce geste, mais serait-elle capable de le refaire de façon efficace face à un ennemi très réel, sans doute armé et violent ? L'expérience le dirait.

Elle compta mentalement jusqu'à trois, ouvrit la porte à la volée, et faillit plonger sa lame dans le ventre de…

Baxter.

La grimace de l'arrivant s'effaça, il laissa tomber le couteau de cuisine qu'il brandissait et la serra étroitement dans ses bras.

« Oh, Betty ! Dieu soit loué, tu es saine et sauve ! »

39

« J'ai attendu des heures », grommela Mrs Braithwaite tandis qu'ils s'éloignaient sous l'averse. Le chemin menant au village était plongé dans l'obscurité et bordé de part et d'autre par des bois denses. « J'étais folle d'inquiétude. Et gelée, de surcroît.

– Comment pouvais-je savoir qu'il s'était mis à pleuvoir ? Les fenêtres étaient badigeonnées de noir. Je ne voulais pas éveiller les soupçons en partant trop vite. »

Mr Norris lui fit un compte rendu circonstancié de la soirée. Hormis son erreur de jugement face à Ernie, elle trouva qu'il s'en était plutôt bien tiré, surtout sachant qu'il n'y avait guère plus timide et pusillanime que lui.

« Anthony Metcalf à la tête d'une cellule nazie ! Betty le sait-elle ? Je suis sûre qu'elle m'en aurait parlé. Anthony et elle sont bons amis. Il lui écrit toujours.

– D'après ce que j'ai cru comprendre, il vient juste d'arriver du secteur sud-ouest. Au meeting, personne ne le connaissait, et il n'a pas encore rencontré Fox ni aucun des membres du groupe de Londres. Je me demande si Betty est au courant pour Mary Montgomery, la fille sur la photo de chez Baxter.

– Comment est-elle, cette Mary Montgomery ?

– Eh bien, elle m'a fait plutôt bonne impression. Elle est

infirmière, et je ne pense pas qu'elle soit très convaincue par ces sornettes fascistes.

– Que voulez-vous dire ?

– Elle manquait de ferveur. Elle m'a dit qu'elle était fiancée à Mr Fox, ce qui pourrait expliquer pourquoi elle se trouvait là.

– Mais si elle est fiancée à Mr Fox, dit Mrs Braithwaite en fronçant les sourcils, que faisait sa photo chez Baxter ?

– À moins que Baxter et Fox ne soient une seule et même personne ? suggéra Mr Norris avec un sourire entendu.

– Vous croyez qu'il se fait appeler par deux noms différents ?

– Et si Fox était le nom de Baxter dans la clandestinité ? Peut-être que Baxter travaille avec Betty et a infiltré le groupe sous le nom de Fox ? » Il leva soudain le doigt en l'air comme si une idée l'avait frappé. « Auquel cas Anthony Metcalf a vu juste : Fox est la taupe. Autrement dit, Baxter.

– Ce qui pourrait expliquer pourquoi il envoie des lettres d'amour à Betty tout en ayant la photo de Mary chez lui. Mary est la fiancée du prétendu Fox alors que Betty est l'amie de cœur du véritable Baxter. »

Ils gardèrent le silence un moment, perdus dans leurs réflexions, jusqu'à ce que Mr Norris s'exclame : « Oh, j'ai aussi découvert autre chose. »

Et il raconta comment, lorsqu'il avait montré à Ernie la photo de Betty, celui-ci lui avait dit l'avoir vue à certains meetings. « D'après lui, Betty était venue avec une dénommée Gillian, qui flirtait à la fois avec Ernie et Metcalf.

– La sale petite manipulatrice ! s'exclama Mrs Braithwaite. A-t-il dit quoi que ce soit à propos de cette Gillian ? À quoi ressemble-t-elle ?

– Très séduisante, apparemment. De longs cheveux auburn. La reine du bazar. Ça ne vous rappelle personne ?

– La reine du bazar ? » Mrs Braithwaite gloussa en faisant le rapprochement. « Florrie ! Elle a dit ça d'elle-même la première fois que je l'ai rencontrée.

– Ernie doit le lui avoir entendu répéter assez souvent pour estimer que ça la définit bien.

– Alors que ce n'est pas le cas.

– Non, c'est un camouflage ; elle utilise son désordre comme un écran de fumée derrière lequel se cache un cerveau de premier ordre. »

Ils prirent le temps de digérer cette information. Florrie les avait tous bien menés en bateau.

« Cela ne répond toujours pas à notre question, reprit Mrs Braithwaite : où séquestrent-ils Betty ?

– Mary Montgomery m'a parlé d'un meeting dans le sous-sol de la boucherie mardi prochain. » Il haussa les épaules. « Il faudra qu'on y aille.

– Mais ce n'est que la semaine prochaine, et qui sait si d'ici là nous serons plus avancés. »

Ils continuèrent à marcher, chacun plongé dans ses pensées.

Soudain, Mr Norris lui serra plus étroitement le bras. « Vous savez quoi ? Nous allons prendre le train pour Sevenoaks et nous mettre en quête de Mary Montgomery. Elle m'a dit qu'elle travaillait dans l'hôpital du secteur. Nous n'avons pas d'autre piste, et Sevenoaks n'est vraiment pas loin d'ici. Je parie qu'elle sait où pourrait se trouver Betty. En tout cas, elle sera en mesure de nous dire où est Baxter.

– Excellente idée, Mr Norris ! Nous partirons demain à la première heure », déclara Mrs Braithwaite en allongeant le pas.

Derrière eux retentit un bruit de moteur. Les phares de la voiture étaient occultés, ne laissant à découvert que deux minces fentes. Mrs Braithwaite et Mr Norris furent obligés de s'immobiliser sur le bas-côté pour la laisser passer.

À ceci près qu'elle s'arrêta à côté d'eux.

« On vous emmène quelque part ? » Une voix râpeuse accompagnée par le bruit d'une portière qu'on ouvrait et de quelqu'un de lourd qui descendait.

« Non, merci, s'empressa de répondre Mrs Braithwaite. On est déjà trempés, alors au point où on en est, on continue. »

Elle n'avait pas fini sa phrase qu'une grosse main puissante lui saisit le bras par-derrière et l'entraîna, ainsi que Mr Norris, vers la voiture qui attendait.

Elle hurla : « Voulez-vous nous lâcher ! »

Mais on les poussait déjà à l'arrière de la voiture. « Allez, montez ! »

Se retournant alors, elle se trouva nez à nez avec un homme très en colère.

Taplin.

40

« Fallait qu'on cause un peu. » Taplin approcha son visage de celui de Mr Norris jusqu'à ce que leurs nez se touchent. Il l'observa à la lumière d'une lampe de poche tandis que la voiture oscillait à chaque virage serré sur la petite route de campagne.

« Ah, euh, il fait vraiment mauvais ce soir... », dit Mr Norris, s'efforçant de garder un ton léger malgré la peur qui l'étreignait. Ernie avait dû répéter ses propos à Taplin.

Taplin était un homme dangereux et incontrôlable : la moindre manifestation d'antagonisme à son égard ou à celui du groupe risquait de déclencher une riposte de sa part.

Mr Norris remarqua Ernie sur le siège du conducteur, fidèle acolyte, même s'il devait se douter que Taplin était désaxé. Entre son délirant appel au sabotage et son emprise brutale sur Ernie, cela sautait aux yeux.

Taplin les dévisagea d'un air mauvais. « Qui c'est, cette dame que vous aviez laissée sous la pluie ? »

Assise de l'autre côté de Mr Norris, Mrs Braithwaite regardait par-dessus l'épaule de celui-ci, inquiète.

« Ça ne la dérange pas. Pas vrai, chérie ? » dit Mr Norris en se tournant vers elle avec le sourire, comme s'il s'adressait à une épouse soumise.

D'abord outrée, Mrs Braithwaite comprit vite que c'était une comédie et lui retourna son sourire le plus docile : « Non, bien sûr, chéri. » Et elle ajouta : « J'ai préféré attendre dehors, on étouffait dans cette église. »

Mr Norris s'éclaircit la voix : « C'est très aimable à vous de nous prendre en voiture un soir de pluie, mais puis-je vous demander où nous allons ?

– À la gare pour que vous puissiez prendre le train et rentrer chez vous. » Et il empoigna Mr Norris par la peau du cou pour l'attirer brutalement vers lui. « Et on veut s'assurer que vous ne remettrez jamais les pieds ici. »

Mr Norris poussa un petit cri de douleur.

« Vous savez, poursuivit Taplin, votre tête ne me revenait pas, ni votre façon de fouiner, de dire à Ernie ce qu'il devrait faire ou ne pas faire. Alors, j'ai décidé de vous suivre.

– Ernie a dû mal comprendre. Je voulais seulement dire… »

Taplin serra son col encore plus fort.

« Et évitez nos meetings à l'avenir. On n'aime pas les intrus. Pas vrai, Ernie ? » Il baissa la voix et gronda de façon menaçante : « Si j'apprends que vous avez balancé sur le sabotage du chemin de fer, je vous bute. »

Mr Norris sentit une douleur aiguë lui percer la gorge et il poussa un cri.

Taplin brandit une lame de couteau à la lumière, où elle étincela, l'extrémité rougie d'une goutte de sang.

« Non, je vous en prie, hoqueta Mr Norris.

– Lâchez-le », cria Mrs Braithwaite, et elle se jeta en avant pour s'interposer. Plus rapide, Taplin éloigna le couteau qu'il leva à nouveau, visant le cou de Mr Norris. Mais la voiture s'arrêta brutalement sur un coup de frein qui fit dévier son geste.

Taplin ouvrit la porte et descendit, tirant derrière lui Mr Norris qu'il expédia sur le trottoir.

« Mr Norris ! cria Mrs Braithwaite qui se rua à son tour dehors en trébuchant et s'agenouilla près de lui.

– Que ça vous serve de leçon ! grogna Taplin, une note de délectation dans la voix. Et ne remettez plus les pieds ici. »

Il regagna la voiture qui s'éloigna à toute vitesse, laissant l'impression que ces brutes étaient partout et nulle part à la fois, à épier et attendre en permanence.

« Ça va ? » sanglota Mrs Braithwaite.

Mr Norris leva les yeux vers elle. « Je dois avoir besoin de faire soigner ça d'urgence, j'imagine. Où sommes-nous exactement ? »

Elle regarda autour d'eux. « Près de la gare. Ils ont dû se dire que nous rentrerions à Londres. » Elle fouilla dans son sac et sortit un mouchoir. « Laissez-moi regarder cette plaie. »

Il fit la grimace lorsqu'elle la tamponna. « C'est grave ? demanda-t-il.

– Non, l'entaille n'est pas profonde. Elle saigne, mais devrait bien cicatriser », dit-elle en reniflant, ce qui laissa Mr Norris sceptique. Puis, retrouvant son énergie habituelle, elle s'exclama : « C'est un monde, quand même !

– Je n'arrive pas à croire que je me suis trahi aussi bêtement. Essayer d'aider Ernie… Quelle idée ! » La pluie tombait toujours, mais ils ne lui prêtaient plus attention. « Je vous ai mise en danger. Je vous demande pardon. »

Soudain, un bruit de pas retentit à l'angle de la rue. Le rayon d'une torche vint les éclairer et ils se préparèrent à une nouvelle agression.

Une voix grave cria : « Qu'est-ce qui se passe ici ? » Dans l'instant ils se trouvèrent entourés de quatre hommes en uniforme et quatre fusils furent pointés sur eux.

« Arrêtez de nous viser avec ces machins-là ! s'écria Mrs Braithwaite en reculant. Qui êtes-vous ?

– La milice de Knockholt. Patrouille de nuit. » Les hommes

se mirent au garde-à-vous avec un bruit qui ressemblait plus à des raclements de semelles qu'à des claquements de talons.

« La milice ! Dieu soit loué ! » Pleurant presque de soulagement, Mrs Braithwaite chercha sa lampe dans son sac. D'après leurs chaussures et leurs uniformes, ces hommes avaient l'air de soldats ordinaires. Mais c'étaient des visages de vieillards qui apparaissaient au-dessus de leur col, des visages de grands-pères fatigués par leur marche et aspirant à prendre un chocolat chaud avant de se coucher de bonne heure.

« Pouvez-vous nous aider ? bégaya-t-elle. Mon ami est blessé.

– Reposez armes ! » ordonna le chef en bombant le torse avant d'exhaler un souffle légèrement striduleux. C'était le plus âgé du groupe et sa moustache blanche étonnamment fournie lui donnait l'air d'un vieux loup de mer. « Où est notre infirmier ? » demanda-t-il.

Deux des hommes avaient une formation de secouristes, mais tous se penchèrent sur Mr Norris avec empressement, et sa plaie fut pansée.

« Qui vous a fait ça ? questionna le chef dont les sourcils blancs et broussailleux se rejoignirent quand il les fronça. Il paraît qu'une bande dangereuse sévit dans les parages.

– C'était un homme seul, répondit posément Mr Norris. Il a voulu nous agresser pour nous voler quand nous sommes sortis de la gare. » Il valait mieux ne pas raconter toute l'histoire.

Sa présence d'esprit lui valut un regard surpris et admiratif de Mrs Braithwaite.

« Nous retrouverons cette canaille ! lança sèchement le chef. Laissez-nous faire. Allons, les gars, raccompagnons ces malheureux chez eux et nous fouillerons le secteur. Ce voyou ne peut pas être allé bien loin. »

Aussi, quand le patron de The Crown ouvrit enfin sa porte,

eut-il la surprise de découvrir Mr Norris et Mrs Braithwaite entourés d'un bataillon hétéroclite de vieillards.

Il aida Mr Norris à rentrer et donna une petite goutte de whisky aux volontaires avant qu'ils ne repartent.

« Allez, les gars, on n'a pas que ça à faire, lança le chef après avoir avalé son fond de verre et celui d'un de ses frères d'armes pour faire bonne mesure. On va se séparer afin de trouver le coupable. » Il regarda Mr Norris avec le plus grand sérieux et, après un rapide salut, déclara : « On va l'attraper en un rien de temps. »

Le patron prit congé d'eux, puis aida Mr Norris à monter et à s'allonger sur le grand lit de Mrs Braithwaite. Mr Norris examina l'entaille dans un miroir à main. Malgré son aspect impressionnant, elle était moins profonde qu'il ne l'avait craint. Il avait eu peur qu'elle ne s'arrête pas de saigner, mais elle était en train de sécher.

« Que vous est-il arrivé ? demanda le patron.

– Un homme a essayé de nous agresser juste à la sortie de la gare », répondit Mr Norris. Puis, croisant le regard de sa complice, il sourit et ajouta : « Mrs Braithwaite l'a mis en fuite avec quelques bons coups de sac à main. »

41

Betty bascula les jambes hors du lit de Baxter, ce qui fit glisser les draps de son corps nu. « Malgré tout le plaisir que j'ai à être avec toi, chéri, il faut que je parte. » Elle ramassa son jupon et l'enfila. « En attendant, j'ai besoin d'informations.

– Mais tu viens juste d'arriver, gémit Baxter, qui la regardait, toujours couché. Tu ne sais donc pas à quel point tu m'as manqué ? »

Elle cueillit son soutien-gorge et jeta un coup d'œil à Baxter. « Il faut que je retrouve ma mère.

– Ta *mère* ? Tu sors de mes draps et tu me parles de ta *mère* ?

– Oui. » En s'entendant l'admettre, cela lui parut extraordinaire. « Elle a fait l'effort de venir à mon secours, Baxter. Et elle a été la seule !

– Tu sais bien que je ne pouvais pas, chérie. »

Elle se radoucit un peu. « Bien sûr. Il n'empêche que c'est maman qui est partie à ma recherche, avec mon propriétaire, contre toute attente. Et ils ont réussi, je ne sais pas trop comment. Seulement voilà, maintenant, c'est elle qui est prisonnière. » Elle s'interrompit, les mains sur les hanches. « Et il faut que je la sorte de là.

– Tu plaisantes ! Ils te reconnaîtront tout de suite, même

sous un déguisement, répliqua Baxter, sourcils froncés. C'est beaucoup trop risqué. Demande à Cummerbatch d'envoyer quelqu'un d'autre. »

Elle s'arrêta net d'enfiler son corsage. « Il n'y a personne d'autre à envoyer, et d'ici à ce qu'on trouve quelqu'un et qu'on le mette au courant, maman flottera dans la Tamise.

– Je croyais que tu ne t'entendais pas avec elle ?

– Ah, peut-être que ça ira un peu mieux entre nous, maintenant. Quand elle est venue me libérer, elle paraissait différente. Extérieurement, elle était toujours la même, ça oui, vêtue d'un de ses horribles tailleurs en tweed, mais cette fois-ci, elle était... ma foi... bienveillante... » Elle marqua une pause, cherchant le mot juste. « Courageuse. Moins égoïste. Elle me cherchait depuis plusieurs jours et n'avait qu'une idée en tête : me tirer d'affaire.

– Comment est-elle, d'habitude ?

– Toujours grognon, autoritaire et plutôt froide. Pétrie de principes rigides sur la façon de mener sa vie, hérités pour la plupart de ma terrible tante, une femme dominatrice qui l'a élevée comme si elle était à la cour de la reine Victoria. Je ne t'ai jamais parlé de tante Augusta ? Elle a habité chez nous jusqu'à sa mort, il y a deux ans. Je suis sûre que c'est en partie à cause d'elle que mon père a quitté la maison. »

Allongé sur le côté, Baxter la regarda mettre un bas. Le drap avait glissé, le découvrant presque complètement. Son corps était tendre, attirant. Il se pencha et lui caressa la cuisse. « Pauvre chérie. Tu as dû avoir une enfance horrible.

– Oh, pas tant que ça, dit-elle en haussant les épaules. À partir de onze ans, j'ai été scolarisée en ville, et elle et moi faisions en sorte de nous éviter la plupart du temps. » Elle chercha sa jupe du regard et l'avisa par terre derrière une chaise. « Et toi, comment sont tes parents ?

– Oh, tu sais, tout à fait charmants à leur façon. Ma mère

est une femme d'esprit, et elle écrit des poèmes ; mon père, lui, est féru de jardinage. Il est intarissable sur la dernière guerre et les médailles qu'il a gagnées.

– Ils ont l'air simples, eux.

– Parfois je me dis que mes parents se comprennent l'un l'autre mieux qu'ils ne se comprennent eux-mêmes.

– C'est une remarque extrêmement tendre. »

Il sourit, se leva et s'approcha d'elle pour lui prendre le menton et le relever vers lui. « Peut-être qu'un jour, toi et moi en saurons davantage l'un sur l'autre…

– Je crois ne pas être trop compliquée à cerner, tu sais, dit-elle d'un ton détaché. Je n'en dirais pas autant de toi, mon chéri. » Elle se pencha pour l'embrasser. « Heureusement que je suis assez perspicace pour te déchiffrer.

– Ne t'en prive pas ! Je me soumettrai à une investigation complète », répliqua-t-il en souriant.

Après quelques baisers, Betty s'écarta.

« Oui, mais pas maintenant. Il faut que je reparte à sa recherche. » Elle se pencha pour aller pêcher l'une de ses chaussures sous le lit. « As-tu une idée de l'endroit où Briggs pourrait la retenir prisonnière ? Ils ne vont pas réutiliser la boucherie, ils se doutent que j'irai la chercher là-bas.

– Eh bien, il y a l'église de Knockholt, mais ça m'étonnerait qu'ils y enferment quelqu'un. Ou le garage derrière la gare de Clapham Junction : il se trouve derrière une usine de chemises de nuit bombardée, à côté du parc, et sert surtout de boîte aux lettres. Cela dit, on pourrait y boucler quelqu'un si le sous-sol de la boucherie n'était plus sûr. Il se peut aussi qu'ils l'aient emmenée chez l'un d'eux. Le professeur a plusieurs chambres d'amis qu'il met à disposition de la cause.

– Et Mary Montgomery ? » Betty n'avait jamais été très à l'aise avec l'idée que Baxter ait une petite amie de façade, surtout une fille aussi jolie que Mary. « Tu pourrais lui poser la question ?

– En ce moment, elle ne me parle pas, dit-il carrément. Elle me soupçonne d'avoir une histoire avec Florrie, va savoir pourquoi. C'est complètement absurde. Florrie n'est pas du tout mon genre.

– C'est quoi, ton genre ? » La question était partie avant qu'elle puisse la retenir.

Il lui saisit le poignet et l'attira vers lui. « Devine ! »

Elle sourit, mais se dégagea pour contourner le lit à la recherche de sa seconde chaussure, qu'elle découvrit coincée contre le placard. « Je vais essayer le garage. Espérons qu'elle y est. C'est quand même incroyable que maman soit venue à mon secours.

– Je l'aurais fait si Cummerbatch m'y avait autorisé, seulement il ne voulait pas que je me grille. »

Betty se pencha pour ramasser la chaussure vagabonde. « Je suis tout à fait capable de me débrouiller toute seule. »

Mais elle devait convenir en son for intérieur qu'elle avait eu peur. Briggs et Marty étaient certes des novices, mais ils étaient violents et maladroits, tout à fait capables d'aller trop loin et de la tuer sans l'avoir vraiment voulu. Elle n'était pas dans la partie depuis assez longtemps pour avoir l'arrogance de croire qu'elle pouvait se sortir de n'importe quelle situation.

Elle renifla un bon coup, reprit son sérieux et, après avoir donné à Baxter un rapide baiser sur la joue, lança : « À plus tard. »

À la porte, elle se retourna et ajouta : « Tu sais, je me demande qui a pu me démasquer. Tu ne crois pas que c'est quelqu'un de chez nous ? »

Il bâilla bruyamment. « Tu veux dire un membre du MI5 ? Je ne vois pas qui pourrait faire ça, chérie. Peu de gens savent qui est sur cette opération. »

Elle plissa le front, réfléchissant. « Mais ça ne s'explique toujours pas. J'ai vraiment fait très attention.

– Parfois, c'est juste une affaire de malchance, dit-il en haussant les épaules. Un civil au mauvais endroit au mauvais moment, qui voit les choses sous un angle différent et transmet ce qu'il a vu sans se douter de ce qu'il révèle.

– Mais… »

Il s'approcha d'elle et lui planta un baiser sur les lèvres. « On ne peut pas toujours tout analyser, Betty. Il arrive parfois qu'on ne sache pas pourquoi telle ou telle chose se produit. Il faut juste aller de l'avant.

– Sans doute. » Elle chercha à tâtons le bouton de la porte dans son dos.

« Si tu n'es pas rentrée à minuit, je viendrai à ton secours ! » lança Baxter. Malgré son sourire blagueur, l'inquiétude luisait dans son regard.

Betty sortit dans le froid du matin et, pendant le trajet sinueux menant à Clapham Junction, elle ne put s'empêcher de se demander s'il n'avait pas raison : n'était-ce pas pure folie de retourner là-bas sans l'aide du MI5 et sans même un déguisement ?

42

Dès que le patron les eut laissés seuls, Mrs Braithwaite s'assit à côté de Mr Norris et s'adossa contre la tête de lit. Une fois le moment de panique passé, elle éprouvait une angoisse persistante.

« Ces gens sont impitoyables, marmonna-t-elle. Vous ne croyez pas qu'ils ont pu nous suivre jusqu'ici ?

– Ne vous en faites pas, Mrs Braithwaite. Les volontaires de la milice les en auraient empêchés. Et même s'ils viennent, que peuvent-ils nous faire ?

– Nous tuer. »

Les mots restèrent en suspens dans l'air.

Elle pensa à la quête qu'ils avaient menée tambour battant. Ils n'avaient songé qu'à protéger Betty et non eux-mêmes.

Surtout ce pauvre Mr Norris.

« Ce que je vous ai fait subir ! Tout ceci… » – elle désigna sa méchante entaille à la gorge, qui aurait pu être bien plus grave en vérité – « alors que vous n'aviez qu'une envie : rester à l'abri tranquillement chez vous. » Un petit sanglot lui échappa. « C'est entièrement ma faute.

– Ne dites pas de bêtises, Mrs Braithwaite ! répliqua-t-il d'un ton plutôt enjoué pour un homme timoré qui avait perdu pas mal de sang. L'épreuve a été rude, je le reconnais, mais vous aviez raison depuis le départ. Il faut retrouver Betty. Je me demande comment elle fait pour tenir tête à ces brutes. »

Mrs Braithwaite renifla bruyamment. « Je crois que nous devrions rentrer demain et tout raconter à Watts. Je vous ai causé assez d'ennuis, et maintenant, il est temps de passer le relais à la police. » Une larme traça un sillon sinueux sur sa joue. « Vous auriez pu vous faire tuer.

– Allons, allons, Mrs Braithwaite, qu'est-ce qui vous arrive ? » Il lui frotta la main d'un geste affectueux et gloussa : « Où est passé votre dynamisme habituel ? »

Cela ne la fit pas rire. « Je ne suis pas sûre de continuer à vouloir jouer les fortes femmes, Mr Norris. La vie n'est pas qu'un numéro d'esbroufe. L'important, c'est de s'occuper des autres.

– Vous vous occupez très bien de mes blessures, dit-il avec douceur.

– Mais je ne me suis pas vraiment préoccupée de votre bien-être, ni de celui de Betty d'ailleurs. » Elle le regarda avec des yeux las. « Quand nous étions dans ce sous-sol, j'aurais dû lui poser des questions sur les fascistes. Au lieu de quoi, nous avons passé notre temps à nous chicaner à propos de ma froideur à son égard... » Elle marqua une pause. « Le fait est que je n'ai pas toujours été assez à son écoute. Elle a toujours adoré les sciences et voulait aller à l'université, mais je n'ai pas pu trouver l'argent nécessaire. Je n'ai pas vraiment essayé, je l'admets. De toute façon, les sciences sont terriblement... peu féminines.

– Certaines filles sont douées dans ce domaine, vous savez. C'est dommage qu'elles n'aient comme débouchés que des travaux de secrétariat ennuyeux, et seulement avant le mariage. Mais la guerre leur ouvre de nouvelles perspectives. Peut-être qu'avec le temps, les choses finiront par changer. »

Mrs Braithwaite renifla. « Le mariage suffit à la plupart des filles. Qu'y a-t-il de mal à souhaiter que Betty se marie ?

– Je dis seulement qu'il est dommage que ces filles intelligentes soient obligées de choisir. Les hommes peuvent suivre leur passion *et* se marier. Les filles sont obligées de choisir entre le mariage et un travail, et les postes qui leur sont accessibles sont souvent moins intéressants que ceux proposés aux hommes. C'est une honte. Une fille comme Betty est beaucoup plus fine que certains des petits crétins que je côtoie au travail.

– J'ai essayé de faire de mon mieux », dit-elle à mi-voix.

Mr Norris se rapprocha d'elle. « Je suis désolé. Je ne voulais pas vous heurter. »

Elle se laissa glisser à côté de lui sur le couvre-lit fleuri.

Il la regarda, pensif. Sans ses lunettes, il avait les yeux d'un bleu porcelaine.

« Vous avez l'air fatiguée, dit-il. Je vais vous laisser vous reposer. »

Elle l'aida à se lever et à gagner sa minuscule chambre au bout du couloir qui allait se rétrécissant.

« Vous êtes sûr que ça va aller ? » demanda-t-elle.

Il lui adressa un petit sourire : « Allons, ne vous faites pas de souci pour moi, Mrs Braithwaite. Mon estafilade se cicatrise. Je serai d'aplomb demain matin. » Il referma la porte sans bruit et elle resta plongée dans ses pensées.

De retour dans sa chambre, Mrs Braithwaite mit sa longue chemise de nuit à fleurs avec le peignoir assorti – on ne savait jamais ces derniers temps quand on risquait de se retrouver dans un abri antiaérien. Triste soirée que celle qui s'achevait : un meeting de fascistes suivi par une agression pénible, ce pauvre Mr Norris affreusement blessé. Quel rapport y avait-il entre Betty et cette bande d'individus ? Où pouvait-elle bien être ? Et puis, il y avait Anthony Metcalf. Comment avait-il pu devenir un monstre pareil ?

À certains moments, on se rend compte que le monde

n'est peut-être pas tel qu'on l'a toujours imaginé. Qu'il est en fait plus vaste, plus compliqué, plus cruel.

Et cette prise de conscience s'assortit d'une autre, plus dérangeante encore, à savoir qu'on ne peut pas être sûr d'avoir interprété correctement les choses.

Mrs Braithwaite repensa à ses certitudes aujourd'hui dépassées sur la dignité morale naturelle des humains, l'idée que les Britanniques défendraient toujours leur pays contre les ennemis et que les gens n'étaient pas assez méchants pour se réjouir en apprenant que leurs voisins avaient été bombardés. N'était-ce pas navrant d'avoir pu croire cela ?

Et Betty qui était aux mains de ces gens effrayants !

Elle sortit son carnet et, en le feuilletant, tomba sur la question qu'elle s'était posée au départ de son voyage :

Comment mesurer la réussite de sa vie ?

Au-dessous, elle avait écrit :

À l'aune du prestige social. À la façon dont votre entourage vous perçoit.

Depuis, sa vision avait changé. La réussite d'une vie passait par la famille que vous aviez construite, par votre bienveillance, ou encore par la façon dont vous vous étiez affranchi des mauvaises influences pesant sur vous, pour trouver votre propre vérité. Alors, elle ajouta une autre réponse :

À ce que vous avez fait : vos actes ont-ils aidé les autres ou leur ont-ils nui ?

Elle se mit à arpenter nerveusement sa chambre puis, n'y tenant plus, elle alla frapper doucement à la porte de Mr Norris.

« Vous êtes réveillé, Mr Norris ? »

Elle entendit de légers bruits, puis la porte s'ouvrit sur un Mr Norris en pyjama repassé à rayures bleu et blanc, la mine défaite.

« Ça va ? demanda-t-elle.

– Pas vraiment, bougonna-t-il. Je voudrais bien dormir, mais le toit laisse passer l'eau. Et je suis sans arrêt dérangé.

– Qui vous a dérangé ? Je vais leur dire deux mots !

– Voyons, ma chère Mrs Braithwaite, *vous* me dérangez ! Il y a dix minutes, le patron est monté voir comment j'allais. Puis sa femme est venue m'apporter un seau pour la fuite. » Il parut un instant soucieux. « Ce n'est pas idéal. »

Mrs Braithwaite passa le nez dans la minuscule pièce. Le seau, maintenant placé au pied du lit, récoltait l'eau qui coulait en continu du plafond, car il pleuvait toujours à torrents. Un gros filet d'eau mouillait l'oreiller et quelques gouttes commençaient à tomber ici et là dans la pièce.

« C'est intenable ! claironna Mrs Braithwaite en voyant revenir le patron, intrigué par le bruit.

– Je lui ai signalé les fuites, mais il a persisté à vouloir prendre cette chambre, expliqua l'homme. Cela dit, je crois que ça s'aggrave. Le toit a besoin d'être réparé, seulement avec la guerre et tout le reste, il n'y a pas de couvreur disponible dans le coin.

– Bon, eh bien, il va venir dormir dans ma chambre, déclara Mrs Braithwaite, agacée. Il y a toute la place qu'il faut sur le canapé. »

Mr Norris fit la grimace. « Mais mon cou…

– Allons, Mr Norris, pas d'histoires. Vous prendrez mon lit et je dormirai sur le canapé.

– Il est hors de question que…

– Eh bien, c'est réglé », dit-elle, retrouvant son aplomb habituel.

Suivie de Mr Norris, elle regagna sa chambre et ils préparèrent un lit sur le canapé, qui heureusement était large.

« Parfait », s'exclama Mrs Braithwaite avec satisfaction, galvanisée par l'idée qu'elle rendait réellement service à quelqu'un. Elle n'était pas juste en train de donner des ordres, comme elle l'avait fait avec les bénévoles du SVF ; elle renonçait personnellement à quelque chose. Une sensation nouvelle, et plutôt gratifiante.

Mr Norris répétait : « Vous êtes sûre, Mrs Braithwaite ? » et « C'est vraiment généreux de votre part » et « Vous êtes une véritable amie ! »

Elle l'aida à prendre place dans le grand lit et il se glissa entre les draps en murmurant avec embarras un rapide « Bonne nuit et encore merci ».

Mrs Braithwaite n'avait pas du tout sommeil, et elle entreprit de ranger ses affaires pendant un moment, replia ses vêtements pour en faire une pile bien nette afin d'imiter l'ordre de Mr Norris, tout en jetant des coups d'œil vers le lit afin de s'assurer que le blessé était bien installé.

« Ça va, dans votre coin, Mr Norris ?

– Oui, très bien, merci.

– Ça doit ressembler un peu aux dortoirs à l'université ! gloussa-t-elle.

– Pas vraiment, répondit-il en bâillant.

– Éteignons la lumière et je vous dirai à quoi j'ai pensé », dit-elle.

Elle descendit à pas précautionneux dans la salle de bains au rez-de-chaussée, puis remonta, se glissa dans son lit de fortune et éteignit la lampe de chevet. Elle trouvait la soirée très douillette, et se demandait pourquoi les gens faisaient tant d'histoires pour dormir dans la même chambre alors que c'était plutôt amusant, une fois de temps en temps.

« Vous ne dormez pas, Mr Norris ?

– Non, Mrs Braithwaite.

– Tant mieux. Parce que je vais vous dire ce que je pense de cette engeance. » Et elle entreprit de lui raconter comment elle était arrivée à la conclusion qu'elle s'était lourdement trompée à propos de la nature humaine.

« Vous n'avez peut-être pas tort, Mr Norris, conclut-elle. Peut-être sommes-nous tous des animaux, chacun essayant de vivre plus longtemps que les autres. »

Mais Mr Norris ne répondit pas.

Il dormait à poings fermés.

43

Betty se trouvait face au vieux garage derrière la gare de Clapham Junction. L'usine mitoyenne n'était plus qu'une coquille vide, à moitié démolie par les bombes. Des tas de briques et des fragments de toit jonchaient la cour devant le bâtiment. L'endroit était désert.

Avec son passe-partout, elle eut vite fait d'ouvrir la porte cadenassée et se glissa prestement à l'intérieur. Elle passa le rayon de sa torche sur tous les côtés. Elle était dans une petite pièce en brique, à moitié pleine de cageots de légumes entassés les uns sur les autres. Certains portaient le nom d'une compagnie, SARL C.S. Carrot, probablement un marchand de primeurs ; toutefois, quand elle s'approcha, elle s'aperçut que ce n'étaient pas des légumes que renfermaient les cageots, mais des armes. Fusils d'assaut, vieux pistolets de la dernière guerre, il n'y avait que l'embarras du choix. Et en abondance. Des munitions aussi : des séries de cartouches, sans compter une caisse remplie de grenades. « Ils préparent vraiment une invasion », murmura-t-elle.

Sa mère n'était pas là, elle devait donc décamper au plus vite. S'ils la trouvaient sur les lieux, ils prendraient l'un des fusils et l'abattraient sur-le-champ.

En ouvrant la porte, elle vérifia que la cour était vide,

puis se glissa dehors, referma le cadenas derrière elle et fila dans la rue.

Il était tard, mais il y avait encore du monde, surtout des hommes qui rentraient du pub, et des bandes d'adolescents – à cause de la guerre, beaucoup de jeunes, principalement dans les villes, étaient livrés à eux-mêmes. Elle garda le visage baissé, noua son foulard un peu plus étroitement sur sa tête et se dirigea vers la gare.

« Betty, c'est toi ? » Derrière elle, une voix la héla et elle leva les yeux. Par exemple ! Son visage s'éclaira en voyant un vieil ami.

Anthony Metcalf.

« Ça alors ! Si je m'attendais à te voir ici ! dit-il avec un large sourire. Qu'est-ce que tu fabriques dans un endroit pareil ? »

Elle rit et fit un pas en arrière, partagée entre le plaisir et la surprise. « Anthony ! C'est plutôt à toi qu'il faut poser la question ! »

Il lui emboîta le pas. « Oh, tu sais, une activité de guerre. Tu vas à la gare ? C'est mon chemin. Je t'accompagne. Comme ça, tu ne feras pas de mauvaises rencontres ! »

Il gloussa et elle sentit monter en elle une chaude sympathie, agréable soulagement après les tensions des derniers jours.

« Je te croyais dans le Hertfordshire, pour une activité ultraconfidentielle », dit-elle. Puis elle se souvint de sa lettre, où il lui disait que sa candidature pour le travail qu'il briguait au service du renseignement n'avait pas abouti, sans préciser la raison. Avait-il obtenu un résultat insuffisant aux contrôles ? Il avait beau se vanter de son intelligence, Betty avait un cerveau plus affûté. Elle le savait, bien que sa mère ne l'eût jamais laissée aller à l'université. Sachant qu'Anthony n'aurait pas envie qu'on lui rappelle ses échecs, elle ajouta aussitôt : « Peut-être as-tu été évacué avec ton université ?

– Disons juste que je suis en mission spéciale. » Il eut un petit rire suffisant, comme s'il avait une tâche mille fois plus importante qu'elle ne pouvait l'imaginer. Du coup, elle se rappela à quel point Anthony pouvait être agaçant. Il avait beau être gentil, il fallait toujours qu'il soit le meilleur partout.

« On a été gâtés pour les raids aériens, dis donc, fit-elle, changeant de sujet.

– Je te croyais rentrée à Ashcombe. Mais avec ta mère d'un côté, le divorce de l'autre, etc., j'imagine que tu es mieux ici ! »

Betty s'arrêta et fit un effort pour se contenir. Elle ne pouvait pas lui raconter comment sa mère l'avait libérée. « Ma mère n'est pas si mauvaise, Anthony. Elle s'est investie corps et âme dans ce village. » Elle repartit, les yeux fixés sur le trottoir entre eux deux. « Je ne vois pas pourquoi tout le monde devrait être désagréable avec elle sous prétexte que papa a demandé le divorce.

– J'aurais cru que toi, tu serais la première à lui en vouloir compte tenu de la situation.

– Quelle situation ?

– Tu veux dire que tu n'es pas au courant ?

– Au courant de quoi ?

– De son secret, voyons. » Il eut un sourire narquois. « Enfin, ce n'est pas vraiment son secret. C'est plutôt un secret de famille. Et c'est surtout ton secret à toi.

– Mais qu'est-ce que c'est que cette histoire ?

– Ma mère m'a tout raconté quand je suis rentré à la maison le mois dernier. » Il avait une curieuse lueur dans le regard, comme s'il se réjouissait du mal qu'il allait faire. « Viens prendre un verre avec moi et je te dirai tout. »

Elle s'arrêta et se campa, les mains sur les hanches. « Allez, Anthony, c'est encore une de tes plaisanteries vaseuses.

– Si ça ne t'intéresse pas, je n'insiste pas. » Il avait l'air si content de lui qu'elle eut envie de le gifler, et ce n'était pas la première fois.

« N'insiste pas, non ! » Elle le fusilla du regard, furieuse. « Et maintenant, tu m'excuseras, il faut que je rentre.

– Tu ne veux vraiment pas savoir ? lui lança-t-il alors qu'elle commençait à s'éloigner à grandes enjambées.

– Ce que j'aimerais vraiment savoir, c'est pourquoi, si c'est un si grand secret, tu es au courant et moi non. Et en tout cas, ça ne te regarde absolument pas.

– Je me ferai un plaisir de t'expliquer. »

Elle leva les yeux au ciel et poussa un grand soupir. Ce type était exaspérant. « Oh, bon ! Mais je suis pressée et je ne peux pas rester longtemps.

– Parfait ! » Il lui prit le bras et descendit à vive allure la rue vers Clapham Common. Ils s'arrêtèrent devant le Pendulum.

« J'espère que tu ne m'emmènes pas dans ce pub louche, dit-elle, furieuse.

– Bien sûr que non, très chère ! » Il promena le regard autour d'eux puis traversa la rue, prenant le bras de Betty sous le sien. « Il y a un petit endroit juste en face. Très pittoresque. Autrefois, c'était une brocante. »

44

« On ne va pas entrer là-dedans ? » protesta Betty, les mains sur les hanches. Elle posa sur Anthony Metcalf un regard furibond.

Même dans l'obscurité, elle voyait que la devanture peinte en violet de la brocante était vétuste et si délabrée qu'elle semblait s'enfoncer dans le sol. Derrière la vitre, on apercevait encore un assortiment d'antiquités miteuses : un vieux cheval à bascule chauve et efflanqué, un ours en peluche borgne et un baromètre annonçant les tempêtes.

« C'est un club privé », répondit Anthony en souriant. Il mit une main dans le dos de Betty pour la guider doucement jusqu'à la porte. « J'en ai entendu parler par un ami. » Il frappa trois coups et attendit en lui souriant de plus belle.

« Anthony, qu'est-ce que c'est que cet endroit ? » Elle sentait la moutarde lui monter au nez. « Je n'ai pas le temps de… »

Les mots s'éteignirent sur ses lèvres.

La porte s'ouvrit sur la silhouette massive de Briggs. Il avait la bouche tordue par un rictus mauvais. Derrière lui, on apercevait Marty dans l'ombre sale.

Anthony la poussa à l'intérieur. « Avance, Betty. »

Briggs la tira, lui fit traverser la boutique poussiéreuse et elle entendit la porte claquer derrière elle.

Prisonnière !

Et c'était Anthony Metcalf qui avait organisé l'embuscade.

Elle hurla éperdument au secours tandis que Briggs l'entraînait dans une arrière-boutique glaciale et crasseuse, éclairée par quelques lampes à gaz. Il la poussa sur une chaise et entreprit de lui lier poignets et chevilles. Elle eut beau le bourrer de coups de pied enragés, elle sentit ses grosses pattes sales serrer les nœuds. Elle n'avait aucune chance de se dégager.

Une fois de plus, elle se retrouva ligotée sur une chaise, mais cette fois-ci, c'était sur le visage d'Anthony Metcalf que se posaient ses yeux révoltés et incrédules.

Il sourit. Ce n'était pas un sourire joyeux ni détendu, non, plutôt le petit sourire solennel de celui qui sait qu'il a finalement marqué le point de la victoire.

Alors l'énormité de sa situation apparut d'un coup à Betty : Anthony savait qu'elle était une espionne, que sa mère était venue à son secours, et plus troublant encore, il savait sans doute d'où elle venait et qui elle avait vu à cet endroit.

Elle ne donnait pas cher de sa peau. « Enfin seuls, Betty ! » Il alluma une lampe électrique et lui braqua le rayon en pleine figure.

Elle cilla violemment et eut un mouvement de recul.

« Arrête, Anthony ! » cria-t-elle, furieuse. Bien qu'elle fût à sa merci, elle ne pouvait s'empêcher de lui parler comme au garçon qu'elle connaissait depuis l'école. « Arrête de jouer au gros dur. Tu ne te sers de cette organisation ridicule que pour avoir du pouvoir. Tu n'es pas un fasciste.

– Ma petite Betty, répliqua-t-il d'un ton suave, tout ce qui m'importe, c'est d'être du côté du vainqueur. » Il prit une autre chaise, la tira jusqu'au milieu de la pièce et s'y assit, à environ un mètre d'elle. « Après l'invasion, on me donnera un titre, tandis que toi, ma belle, tu seras jugée et pendue. À moins qu'ils ne préfèrent t'envoyer dans un camp de travail. » L'idée parut lui plaire, et il se pencha en avant pour passer un bout de doigt très blanc le long de la joue de Betty. « Quel dommage de voir ce joli visage s'émacier. » Il gloussa. « Seras-tu toujours aussi séduisante alors ? »

Elle écarta la tête d'un geste sec. « Pas de mélo, Anthony. Qu'est-ce qui t'est arrivé ? Je croyais que tu voulais travailler au Chiffre. Comment as-tu pu changer si radicalement de camp ? »

Un éclair de fureur traversa le visage d'Anthony. Il se leva et commença à arpenter la pièce. « Les agents du Chiffre sont tous des snobs ! Ils n'ont pas voulu de moi parce que je n'avais pas le pedigree requis. Les bureaux étaient pleins d'aristos dégénérés qui regardaient les autres de toute leur hauteur. » Il rageait, poings serrés. « Pour qui se prennent-ils ? »

Elle le regarda un moment, déchirée entre deux envies contradictoires : le caresser dans le sens du poil ou lui prouver qu'il avait tort. Les nazis jouaient sur son orgueil blessé.

« Et si on t'avait refusé au Chiffre parce que tu n'étais pas aussi bon que les autres ? » dit-elle d'une voix suave, attendant l'explosion.

Il s'approcha d'elle en quelques enjambées et la gifla à la volée.

« Bien sûr que si, j'étais bon, pauvre idiote ! Tu écoutes ce que je dis ? Ils m'ont rejeté parce que je ne faisais pas partie de leur monde. C'est aussi simple que ça. »

Elle grimaça et prit une grande inspiration pour faire passer la brûlure de la gifle. « Comment t'es-tu laissé convaincre de travailler avec ces voyous ? »

À la réflexion, c'était bien le style d'Anthony de côtoyer des militants fascistes, car ils étaient habiles à donner aux faibles l'impression d'être forts. Pas si surprenant, donc, qu'il ait basculé de leur côté. Il ne pouvait pas combattre à cause de ses nombreux handicaps physiques, dont la plupart avaient été amplifiés dès son plus jeune âge par une mère qui l'avait couvé : maux de tête, tendance à attraper rhumes et grippes, toux caverneuse. Selon Mrs Metcalf, Anthony était trop délicat pour une vie « ordinaire ».

Il plissa les yeux et pinça les lèvres sous sa maigre moustache. « Mon université a été évacuée dans le Somerset. C'est là que j'ai rencontré Gillian. »

Le seul fait de prononcer son nom parut le calmer et quand il s'assit de nouveau sur la chaise en face d'elle, son sourire reparut.

« Gillian ? » Betty sentit son estomac se retourner. *Florrie ! Y avait-il un homme qui lui résistait ?*

Antony n'avait jamais eu de vraie petite amie. Il n'était pas laid à proprement parler, mais quelle fille normale aurait eu envie de caresser du doigt sa peau pâle et moite ou de passer la main dans ses rares cheveux châtain ? « Disons qu'elle est tombée raide amoureuse de moi. »

Betty eut le plus grand mal à se retenir de lever les yeux au ciel. Anthony s'était-il laissé prendre au plus vieux piège du monde ? « Tu as rencontré une femme…

– Une femme sublime, rectifia-t-il.

– Tu as rencontré une femme sublime qui sans aucun doute t'a fait monter au septième ciel » – elle avait tout appris de ce genre de sujétion pendant son entraînement – « et t'a persuadé de passer à l'ennemi. Tu es tombé dans le panneau ! »

Il se releva d'un bond, faisant grincer les pieds de la chaise sur le sol. « Tu n'y es pas du tout ! C'est *moi* qui ai dû la persuader finalement de rejoindre le groupe. » Il avait répondu tout de suite, et sobrement, mais Betty ne put s'empêcher de se demander s'il n'était pas en train d'essayer de se convaincre. Il avait le front plissé et les yeux fuyants, comme s'il essayait de se rappeler les détails – réactions qu'elle avait appris à remarquer pendant son entraînement.

« Tu n'as pas l'air très sûr de ce que tu dis.

– Je ne suis pas idiot, Betty. Ce n'est pas parce que tu ne connais pas la vie que tu dois me croire aussi naïf que toi. »

Adolescent, Anthony avait toujours pris la posture du chef, de celui qui savait tout. Il était parti du principe que Betty, étant plus jeune, et fille, était totalement ignorante. Mais elle savait qu'il n'avait jamais eu d'expérience, ne fût-ce que d'un baiser. Ce n'était pas faute d'avoir essayé maintes et maintes fois de la convaincre qu'ils avaient l'un et l'autre besoin de « faire des travaux pratiques en arts amoureux ». Elle avait vite compris que ce qu'il avait en tête, c'était la coincer contre un arbre et presser ses lèvres minces contre les siennes, et elle s'était toujours débrouillée pour lui glisser entre les doigts avant que quelque chose de très déplaisant ne se produise. Elle n'en avait parlé à personne, et surtout pas à sa mère – qui aurait cru qu'elle avait encouragé Anthony. Mieux valait se dépêcher d'enfouir certaines vérités : il n'y avait rien à gagner à les divulguer, hormis des reproches.

En regardant Anthony, elle conclut qu'il était à l'évidence tombé follement amoureux, et avait perdu la tête – ainsi que sa virginité sans doute – à cause d'une femme qui n'avait d'autre ambition que de l'entraîner dans son repaire de fascistes.

« Le sexe peut être une arme redoutable, surtout à la guerre, déclara-t-elle. Comment est-elle, cette Gillian ?

– Elle devrait faire du cinéma. Elle a des cheveux magnifiques, auburn, comme…

– Rita Hayworth.

– Oui, dit-il en fronçant les sourcils. Exactement comme Rita Hayworth.

– Et a-t-elle un grain de beauté sur la joue droite, juste au-dessous de la pommette ? »

Il se rembrunit et son enthousiasme retomba. « Elle a un grain de beauté, mais je ne me rappelle plus sur quelle joue.

– Et elle se fait aussi appeler Florrie ? »

Betty avait dû toucher un point sensible, car la perplexité d'Anthony se mua aussitôt en agressivité. Il lui jeta un regard rageur avant de donner à la chaise un coup de pied de côté qui la fit basculer sur le sol. Une douleur fulgurante lui traversa la tête. Elle resta quelques instants groggy avant de sentir des élancements dans l'épaule sur laquelle elle était tombée.

« Je ne suis pas dupe de ton petit jeu, Betty. N'essaie pas de me peindre Gillian comme une sorcière pour me détourner d'elle. »

Betty gisait sur le sol, les lèvres contre les lattes du plancher. Elle marmonna : « Gillian sert de courrier aux fascistes, Anthony. J'habite avec elle.

– Depuis que je suis devenu responsable, elle travaille à la découverte de secrets défense, alors elle peut très bien avoir adopté un pseudo pour la galerie s'il est vrai qu'elle se fait aussi appeler Florrie.

– Et elle a aussi un petit ami pour la galerie ?

– Que veux-tu dire ?

– Tu n'as pas rencontré Ernie Flagg ? Le mois dernier, elle ne parlait que de lui. Et à l'évidence, leur relation ne se bornait pas à un petit flirt innocent. En fait, maintenant que j'y repense, elle ne l'a pas présenté comme son petit ami, mais comme son fiancé. »

Il bourra la chaise, et elle par la même occasion, de coups de pied, les propulsant à travers la pièce. La porte s'ouvrit. Briggs saisit Anthony par le bras et l'entraîna dehors. « On est censés obtenir des informations, pas la tuer.

– Elle ne mourra pas, rétorqua sèchement Metcalf. Ça lui servira de leçon. Il n'y a qu'à la laisser mariner et réfléchir un peu. Je suis sûr qu'elle sera plus raisonnable maintenant qu'elle a compris ce qui l'attend. »

Sur ces paroles, les deux hommes partirent et Betty, toujours attachée à la chaise et couchée sur le sol dur et froid, se demanda si elle avait la moindre chance d'être secourue. Le MI5 la croyait dans le Devon. Pourquoi n'avait-elle pas écouté Baxter ?

« Comment ai-je pu être assez sotte pour ne pas laisser de message à l'intention de Cummerbatch ? » pesta-t-elle en tirant sur ses cordes pour voir si elles avaient du jeu. À l'évidence, elle ne parviendrait pas à s'échapper.

Incapable de bouger, elle pensa à sa mère. Où était-elle retenue prisonnière ? Était-elle ligotée, torturée, ou bien pire encore ? Les larmes lui montèrent aux yeux et le chagrin la submergea : pourquoi n'avait-elle pas tenté plus activement d'avoir de bons rapports avec sa mère par le passé, ni utilisé le temps où elles étaient enfermées ensemble pour lui dire combien elle l'aimait ?

Des souvenirs tendres lui revinrent en foule. Ils remontaient à sa petite enfance pour la plupart : sa mère lui frottant les mains pour les réchauffer après qu'elle avait fait un bonhomme de neige dehors. Lui apprenant à jouer aux cartes en la laissant gagner. La prenant sur ses genoux pour lui raconter des histoires, en général à propos de lapins industrieux dont le labeur acharné et la détermination sans faille sauvaient toujours la mise.

« C'est une femme exceptionnelle », murmura-t-elle.

Une femme que Betty avait conduite à une mort probable.

Elle ne put se débarrasser de cette pensée qui tourna éperdument dans sa tête. Ironie du sort : elle n'avait compris ce que sa mère représentait pour elle qu'au moment où elles étaient toutes les deux en grand danger !

« S'il te plaît, maman, chuchota-t-elle tout haut, comme si

elle priait, pardonne-moi. Tu as bravé tous les dangers pour venir à mon secours, et voilà comment tu es récompensée… » Elle recommença à pleurer. « Jamais je n'aurais rêvé un seul instant que tu viennes me chercher… et moi, je suis en train de te laisser mourir, et je vais sûrement finir comme toi. »

Alors, elle pleura tout son soûl, à la fois sur sa mère et sur elle, toutes deux à la merci du même ennemi impitoyable.

45

Le lendemain matin, Mrs Braithwaite insista pour nettoyer les blessures de Mr Norris et refaire ses pansements avant d'aller à la gare. Il lui garantit qu'il se sentait assez remis pour affronter la journée. Les violences de la soirée précédente avaient renforcé les craintes de Mrs Braithwaite au sujet de sa fille, et elle n'avait qu'une hâte : trouver Mary Montgomery. Mary connaîtrait à coup sûr l'adresse de Baxter et Baxter les conduirait certainement à Betty.

Hélas, leur train fut retardé pour laisser passer des transports de guerre prioritaires et Mrs Braithwaite commença à perdre patience. Lorsqu'il resta à l'arrêt vingt-cinq minutes dans une petite gare au milieu de nulle part, elle n'y tint plus et fit les cent pas dans le wagon.

« Vous aurez beau vous énerver, le train n'arrivera pas plus vite, dit Mr Norris avec douceur. Parfois, mieux vaut se détendre et faire le point tant qu'on le peut. »

Elle le regarda et rétorqua vertement : « Celui qui attend sans broncher pendant qu'une situation dégénère est complètement idiot. Cela revient à laisser les gens vous marcher dessus.

– On a parfois besoin de prendre du recul... »

Mais Mrs Braithwaite avait passé la tête par la fenêtre et

apostrophait sans ménagement le malheureux chef de gare sur le quai : « Pourquoi sommes-nous arrêtés ? »

Lorsqu'elle réitéra sa question, il s'approcha pour lui dire : « Nous attendons le passage d'un convoi spécial. » Il regarda sa montre. « Il doit arriver d'ici quelques minutes. On ne peut pas changer les aiguillages avant son passage.

– Alors il a intérêt à se dépêcher ! »

Une minute plus tard, un long train s'arrêta sur le quai d'en face.

Derrière Mrs Braithwaite dans le wagon, une voix s'éleva : « C'est le train-ambulance.

– Pardon ? » demanda Mrs Braithwaite à la femme plus âgée à l'apparence assez négligée qui venait de parler. À côté d'elle un petit garçon d'une dizaine d'années était plongé dans une bande dessinée aux pages cornées.

« Il passe ici tous les jours déposer les soldats blessés pour les faire soigner à l'hôpital juste à côté. » La femme se pencha en avant. « C'est censé être secret. Les autorités veulent cacher aux civils le nombre de blessés qui arrivent. » Un voile de tristesse passa sur son visage. « Sans doute avons-nous déjà fort à faire avec les blessés des bombardements chez nous, sans avoir à nous soucier en plus de ceux qui viennent de l'étranger. »

Mrs Braithwaite passa la tête par la fenêtre et de fait, aperçut dans l'autre convoi quelques jeunes gens qui se pressaient aux fenêtres ; certains étaient ensanglantés et avaient la tête bandée, d'autres étaient maigres et sales. Ils semblaient si jeunes ! Dix-huit, dix-neuf ans, et certains paraissaient à peine plus âgés que le petit garçon au magazine.

« Où se sont-ils battus ? demanda-t-elle à la femme.

– En Afrique du Nord, pour la plupart. Certains en Grèce. Ils ont l'interdiction de le dire, mais parfois, ils nous donnent des indices, pas vrai, George ? »

Elle donna un coup de coude au petit garçon qui leva les yeux et hocha la tête sans sourire.

« Vous leur avez parlé ? demanda Mr Norris, intrigué.

– On va à l'hôpital pour leur remonter le moral. On leur apporte parfois des gâteaux. Moins souvent en ce moment, parce que les prix des rations ont augmenté.

– Alors, bravo ! » répondit Mrs Braithwaite en s'efforçant de faire taire son esprit de compétition. Il aurait été si facile de dire qu'elle avait récemment entrepris de remonter le moral de cette chère Blanche. Mais elle se borna à adresser à la femme un sourire bienveillant en disant : « C'est très généreux de votre part. »

« Je fais ça dans le cadre du SVF. Pour participer à l'effort commun, expliqua la femme, l'air stoïque. C'est ce que j'ai de mieux à faire depuis que ma fille a été tuée. »

Une expression douloureuse passa sur son visage et sa bouche se pinça. Elle hocha la tête en direction du petit garçon pour signifier que c'était de sa mère qu'il s'agissait.

Le visage de Mrs Braithwaite s'allongea. « Oh, ma pauvre ! Quelle épreuve pour vous !

– On fait ce qu'on peut. » La femme prit une grande inspiration. « C'est en aidant les autres qu'on s'en tire. Pas vrai, George ?

– Oui, grand-mère », répondit-il comme un automate.

Ils restèrent quelques instants silencieux, pendant que le train quittait la gare.

« J'ai entendu dire que certains groupes du SVF sont très efficaces, dit Mrs Braithwaite pour ramener la conversation sur un terrain plus général.

– La plupart le sont, en effet, mais on entend certaines rumeurs.

– Lesquelles ?

– Parfois, certains sont mal dirigés, il y a trop de bisbilles internes et un manque de générosité. » Elle hocha la tête et Mrs Braithwaite en fit autant.

« Ils doivent souvent être un peu trop marqués par l'esprit de clocher, les querelles et les ragots, sans compter la personnalité des responsables, etc., marmonna Mrs Braithwaite, comme si c'était une simple hypothèse. Je suppose que ces femmes ne se rendent pas compte de ce qu'est la vraie guerre. Elles sont là, dans leur intérieur douillet, à écouter à la radio les nouvelles sur les bombardements, les hommes qui se battent en Afrique du Nord, et pourtant, ça reste abstrait pour elles.

– Les gens peuvent être très égoïstes », commenta son interlocutrice en fronçant les sourcils.

Mrs Braithwaite sentit sa gorge se serrer. « Votre fille doit vous manquer.

– Je n'arrive toujours pas à croire qu'elle n'est plus là. C'est comme si elle était sortie chercher du lait et allait revenir plus tard. » Elle sourit brusquement. « Parfois je me dis que mieux vaut ne pas le croire. Imaginer qu'elle est à nos côtés, dans la pièce voisine et que nous la verrons bientôt. » Elle poussa un profond soupir. « Si je l'appelle, elle me répondra, comme lorsque je lui disais de descendre dîner quand elle était petite. Je criais "Maggie !" dans l'escalier, et elle me répondait : "J'arrive dans une minute, maman." »

Mrs Braithwaite sentit les larmes lui monter aux yeux. « Ma fille a disparu, dit-elle. Elle me manque horriblement. Je ne sais pas comment je ferai si elle n'a pas survécu. »

La femme plus âgée sourit tristement. « Votre amour est précieux, pour ceux qui sont là comme pour ceux qui ne sont plus. Ce n'est pas parce qu'ils sont partis que nous les aimons moins. »

Le train s'arrêta à la gare suivante et la grand-mère et son petit-fils se levèrent.

Mrs Braithwaite leur tint la porte ouverte. « Continuez à faire du bon travail », dit-elle.

La femme hocha la tête en descendant du marchepied. « Bien sûr. Pas vrai, George ? » Puis son regard croisa celui de Mrs Braithwaite. « On n'a pas le choix », ajouta-t-elle.

Et sur ces mots, elle s'éloigna d'un pas lourd sur le quai en parlant bas à son petit-fils.

Quand le train s'ébranla de nouveau, Mrs Braithwaite se rassit, le front barré de rides perplexes.

« Tout ça n'est pas dans l'ordre des choses. C'est la mère qui doit mourir la première.

– Oui, mais nous sommes en guerre, dit Mr Norris en lui tapotant la main.

– Comment se remettre de la mort d'un enfant ? Toute une partie de vous-même, de votre âme, est amputée, anéantie. Elle fait partie de moi, cette façon qu'a Betty de lever le menton et de se mordre la lèvre quand elle réfléchit ou se prépare à dire quelque chose qui n'est pas totalement vrai. Sa façon de courir en cadence, ses yeux qui brillent quand elle sait qu'elle a raison. Comment pourrais-je m'habituer à vivre sans elle ? »

Mr Norris sortit un autre mouchoir fraîchement repassé – il prenait maintenant la précaution d'en avoir un de rechange.

« Cette pauvre femme avait raison, reprit Mrs Braithwaite en s'essuyant les yeux. L'amour est la chose la plus cruciale dans notre vie. Bien plus que la réputation, la beauté, ou même nos meilleures actions. » Elle eut un hoquet et fouilla dans son sac pour en extraire son calepin. « C'est lui la mesure de notre réussite !

– Quoi donc ?

– L'amour qu'on donne et qu'on reçoit. L'amour, enfin ! »

Le mot resta en suspens dans le compartiment secoué de cahots où ils étaient assis côte à côte.

Mrs Braithwaite eut l'impression que toute sa vie repassait dans son esprit, une méchante pièce de théâtre dont l'héroïne était si avide de pouvoir que son entourage avait fini par la mépriser.

Elle avait toujours cru que sa façon de vivre était la bonne. Tante Augusta lui avait appris à se comporter « comme si une grande dame la regardait ». Cela ressemblait plus à un examen qu'à une vie. Et puis, qui était cette « grande dame » qui la surveillait par-dessus son épaule ? Lady Worthing, dont les visites au SVF d'Ashcombe étaient si importantes que Mrs Braithwaite avait humilié les membres de son équipe ? Tante Augusta en personne, qui la suivait comme un spectre, veillant à ce que sa loyauté reste sans faille ? Ou était-ce la société, avec sa culture mesquine de la surenchère, qui l'avait poussée à croire que les Mrs Metcalf de ce monde prendraient le dessus si elle baissait sa garde ?

Elle pensa à l'autre Mrs Braithwaite, la mère de Blanche, cette maman tendre et attentionnée qu'elle n'avait jamais rencontrée. Quand elle était morte, était-elle satisfaite du bilan de sa vie ? Avait-elle eu des regrets ? Se souciait-elle de l'animosité de son horrible voisine ?

Mrs Braithwaite n'était sûre que d'une chose. Quiconque a le cœur plein d'amour ne passe pas sa vie à surveiller ses arrières.

46

Le train s'arrêta à la gare de Sevenoaks. Après une pause rapide au guichet pour demander le chemin de l'hôpital, ils descendirent la route dans sa direction, Mrs Braithwaite trottant en tête.

« Il n'y a pas un instant à perdre ! »

L'hôpital se composait d'un ensemble hétéroclite de bâtiments, édifiés à des époques différentes. Le principal datait de l'ère victorienne, avec une aile construite sous le règne suivant, et de vilaines annexes avaient été ajoutées après la Première Guerre mondiale, reliées par des couloirs en brique.

« Nous aimerions parler à l'une de vos infirmières, annonça Mrs Braithwaite à une réceptionniste lasse. Elle s'appelle Mary Montgomery et c'est extrêmement urgent ! »

La femme les examina. « Dommage, vous venez de la rater. Elle terminait son service à quinze heures. »

Mr Norris intervint, sachant qu'en l'occurrence, il serait plus diplomate que sa compagne. « Auriez-vous son adresse, par hasard ? Nous devons lui transmettre un message de la plus haute importance.

– Je ne peux pas vous la donner, rétorqua sèchement la femme. À moins que vous ne soyez de sa famille.

– Justement, nous sommes son oncle et sa tante, s'empressa

de répondre Mr Norris en se tournant vers Mrs Braithwaite avec un sourire triste. Nous sommes venus lui apporter des nouvelles de ses parents.

– Je ne suis pas sûre… »

Mr Norris prit son mouchoir, et malgré sa répugnance à jouer la comédie, il fit trembler les commissures de ses lèvres.

« Oh, alors… », dit la femme, qui parut pétrifiée à l'idée que l'homme en face d'elle se mette à pleurer en public. « Elle habite au 4, Hartley Street. Vous remontez la route et c'est la deuxième rue à gauche.

– Merci pour votre gentillesse », bégaya Mr Norris avant de saisir le bras de Mrs Braithwaite et de l'entraîner vers la porte.

Ils réussirent à trouver la rue, malgré l'absence de plaques.

« C'est sans doute une bonne idée pour la sécurité nationale d'enlever tous les noms de rues, dit Mrs Braithwaite, mais ce n'est pas spécialement commode pour les particuliers en mission spéciale. »

Et sur ce, elle frappa à la porte avec son habituelle vigueur.

Ils furent infiniment soulagés en voyant Mary leur ouvrir en personne, la mine fatiguée, mais accorte dans son uniforme. Elle venait de dégrafer son bonnet d'infirmière et une longue mèche de beaux cheveux bruns ondulés lui tombait sur un côté du visage.

« Ah, bonjour, dit-elle aimablement. Que puis-je pour vous ? » Puis elle avisa Mr Norris et, se rappelant à l'évidence le meeting à Chiltern Church, elle se mordit les joues et fronça les sourcils. Mr Norris repensa avec déplaisir à la façon dont il lui avait fait du plat pour obtenir des informations. De toutes les actions désagréables qu'il avait dû commettre ces derniers jours, c'était celle dont il avait le plus honte.

« Bonjour, attaqua Mrs Braithwaite. Nous étions dans les parages et avons entendu dire que Mr Fox avait emménagé ici. Nous lui avions emprunté quelques objets et nous nous sommes dit que c'était l'occasion de les lui rendre. » Elle avait pris sa voix polie du SVF, celle qu'elle aurait utilisée pour inviter Mary à un déjeuner dominical.

Mary rougit. « Je regrette, il ne loge pas ici. Je ne sais pas où vous avez entendu dire ça. Il a déménagé en effet, mais il habite toujours à Londres. Si vous me déposez ces objets, je les lui ferai parvenir.

– Ah, désolée, je dois les lui remettre en main propre, dit Mrs Braithwaite avec un sourire plein d'assurance. Vous avez sa nouvelle adresse ? Il peut avoir besoin de ses affaires.

– Je regrette, Mrs… euh ?

– Mrs Br… » Mr Norris lui envoya un coup de coude. Si Mary avait le passeport de Betty, elle connaissait son nom. Mrs Braithwaite rectifia aussitôt : « Mrs Brail.

– Écoutez, Mrs Brail, dit Mary en étouffant un bâillement, je ne connais pas sa nouvelle adresse, mais vous pourriez les déposer à la brocante à côté de Clapham Common, poursuivit-elle poliment, pressée de se débarrasser d'eux. Il y est souvent en ce moment, et…

– Que se passe-t-il ? » Une femme aux cheveux bruns coupés court apparut derrière Mary et lui posa une main sur l'épaule d'un geste protecteur. Lorsqu'elle tourna la tête, Mr Norris remarqua une longue cicatrice sur le côté gauche de son visage.

C'est la femme qui a parlé au meeting de Chiltern Church, pensa Mr Norris. *De quoi, déjà ? Ah oui, du plaisir qu'elle a eu à apprendre le bombardement de… Sevenoaks.*

Le cœur de Mr Norris se serra.

« Je vous présente ma sœur Kathleen », dit Mary innocemment, tournant la tête vers l'arrivante avec un sourire.

Mais la femme observait les nouveaux venus, et quand son regard croisa celui de Mr Norris, il s'attarda quelques secondes de trop. Puis, avec un rictus qui se voulait accueillant, elle dit : « Entrez donc !

– Je suis désolé, nous sommes assez pressés », répondit nerveusement Mr Norris. Et il recula.

« On peut rester deux minutes, tout de même », insista Mrs Braithwaite en lui agrippant le bras pour essayer de lui faire franchir le seuil. À l'évidence, elle n'avait pas identifié leur interlocutrice et souhaitait désespérément obtenir de Mary d'autres informations.

« Venez donc prendre le thé, dit l'horrible femme en montrant les dents pour simuler un sourire. Aujourd'hui, nous avons des petits pains aux raisins à griller.

– Non, non, vous êtes bien aimable mais ce n'est pas possible, on m'attend au bureau, repartit Mr Norris, avec un regard appuyé à Mrs Braithwaite.

– Allons ! Il ne faut pas toujours faire passer le travail avant tout ! répliqua cette dernière tout en souriant aux deux femmes. Une tasse de thé ne serait pas de refus, merci ! »

À bout d'arguments, Mr Norris saisit fermement le poignet de Mrs Braithwaite et entreprit de s'éloigner à grands pas. Il tourna la tête pour lancer : « Un autre jour. Merci de votre invitation, c'était très gentil.

– Qu'est-ce qui se passe ? cria Mrs Braithwaite en trottant derrière lui. Quelle mouche vous a piqué, enfin ?

– Vous n'avez donc pas saisi ? La sœur de Mary est cette horrible bonne femme du meeting de Chiltern Church, souffla-t-il d'une voix rauque tout en l'entraînant vers la gare. S'ils ne nous soupçonnaient pas déjà, ils vont le faire maintenant, assurément. C'est pour ça qu'elle essayait de nous faire entrer, pour nous prendre au piège.

– Seigneur ! s'exclama Mrs Braithwaite en serrant son sac à main et allongeant le pas. Il faut qu'on aille à cette brocante.

– C'est ce que je pense aussi. Ce doit être celle qui se

trouve à côté du Pendulum – on s'était assis sur ses marches pour surveiller la cabine téléphonique. Dire que pendant tout ce temps, elle était juste sous notre nez ! »

Ils entrèrent dans la gare au pas de course, et virent que le prochain train pour Londres ne partait que dans vingt minutes.

« Nous allons devoir nous cacher jusqu'au départ », dit Mrs Braithwaite

Ils entrèrent dans la boutique d'un marchand de journaux, et s'abritèrent derrière deux éditions d'un journal du soir, en jetant de fréquents coups d'œil vers la gare pour s'assurer qu'ils n'avaient pas été suivis.

Hélas.

Ils virent avec consternation Mary et sa sœur entrer en courant dans la gare, accompagnées de la grosse brute en chemise noire qui se trouvait au meeting.

« Qu'allons-nous faire ? hoqueta Mr Norris. Ils vont nous voir monter dans le train. »

Mrs Braithwaite lui adressa un sourire furtif. « Il va falloir trouver un autre moyen de rentrer à Londres, voilà tout. »

47

Dans la pièce obscure et aveugle, Betty était incapable d'évaluer le temps passé. Anthony et ses hommes étaient toujours là. Elle entendait leurs voix dans la pièce voisine. Ils discutaient de ce qu'ils allaient faire d'elle.

Briggs voulait reprendre l'interrogatoire interrompu après l'arrivée en fanfare de Mrs Braithwaite. Marty, qui semblait brusquement devenu le cerveau du groupe, était partisan de contacter Mr Fox afin de trouver quelqu'un de plus compétent pour mener l'interrogatoire. Quant à Anthony, il tenait mordicus à interroger Betty seul à seule.

Betty gisait toujours sur le sol, attachée à la chaise. Elle évaluait les choix qui s'offraient à elle. Si Briggs partait, il y avait une chance qu'elle parvienne à convaincre Marty de desserrer légèrement ses liens, ce qui lui donnerait un peu de marge de manœuvre et lui permettrait d'utiliser contre les deux autres les techniques de combat qu'elle avait apprises à l'entraînement. Anthony ne savait pas se battre – quand ils étaient plus jeunes, il comptait sur sa taille et sa force pour la maîtriser, mais elle savait que maintenant, rompue à l'exercice comme elle l'était, elle pourrait facilement le neutraliser. Marty, petit et dangereux, devait posséder à fond la technique du combat de rue, et elle était presque sûre qu'il avait sur lui au moins une arme blanche, sinon une arme à feu.

Son esprit retournait sans cesse vers l'éventualité d'un secours de l'extérieur. On l'avait entraînée à ne pas attendre qu'on vienne la tirer d'affaire : cela pouvait être dangereux et griller un autre agent. Pourtant, elle ne pouvait s'empêcher de penser à ce que Baxter lui avait dit lorsqu'elle l'avait quitté : qu'il partirait à sa recherche si elle n'était pas rentrée à minuit.

Mais comment saurait-il où on l'avait emmenée ?

Elle soupira. Comment croire que l'ancien logis de Baxter était si proche, alors qu'elle avait l'impression d'en être à des milliers de kilomètres ?

Soudain, elle entendit du remue-ménage dans la pièce voisine. D'autres personnes étaient entrées, car elle entendait de grosses voix d'hommes. Il lui sembla qu'un autre prisonnier venait d'arriver.

Elle tendit l'oreille.

« Tu es sûr ? demandait Marty d'un ton inquiet.

– J'ai toujours su que c'était un traître, répondit sauvagement Anthony.

– Qu'allons-nous faire de lui ? grogna l'un des gros bras.

– Je ne suis pas une taupe, imbéciles ! Relâchez-moi », lança une voix familière qui domina celle des autres.

Betty sentit une boule lui obstruer la gorge.

C'était Baxter.

« Kathleen Montgomery nous a dit de le coincer parce qu'elle soupçonnait depuis un certain temps Fox d'être un traître. Et maintenant, elle en a la preuve. » L'homme cracha avec bruit. Sur Baxter, probablement.

« Ne sois pas ridicule, Briggs, riposta Baxter d'une voix calme et digne. Tu as une idée du scandale que ça va faire à Berlin ? Goering va être furieux ! Et on va tous morfler. »

Baxter continuait à jouer son rôle, utilisant tout son talent et son expérience pour détourner les soupçons.

« Qu'est-ce qu'on va faire de lui ? répéta Marty, manifestement inquiet à l'idée de s'être trompé de coupable. Il va falloir l'interroger et découvrir la vérité.

– Non mais je rêve ! s'écria Briggs. Parce que tu crois qu'il va nous dire qu'il est une taupe, pauvre crétin ?

– Tout ça ne rime à rien, voyons ! s'exclama Baxter. Kathleen Montgomery ment pour se faire bien voir à Berlin.

– On va le ligoter et le mettre avec la fille à côté. On décidera quoi faire ensuite, déclara Anthony avec assurance. C'est moi le plus haut responsable ici maintenant que Mr Fox a été mis hors circuit » – il eut un petit rire – « alors c'est moi qui décide. »

Ben voyons ! se dit Betty. *Leur chef est accusé d'être une taupe, alors Anthony en profite pour se propulser au premier rang.*

La porte s'ouvrit, et les deux malfrats qui avaient amené Baxter le poussèrent par-derrière, le projetant à l'intérieur de la pièce. Ils empoignèrent l'autre chaise, le ligotèrent dessus comme ils l'avaient fait pour elle, et mirent cette fois à Baxter un bâillon en tissu.

Baxter la regarda et leurs yeux se rencontrèrent une fraction de seconde avant qu'il ne détourne les siens. Au lieu de partir, les deux hommes approchèrent d'autres chaises et s'assirent pour les observer. Betty et Baxter ne pouvaient rien laisser deviner.

Betty eut l'impression que son cœur explosait. Finalement, il était bien venu à sa recherche, fidèle à sa parole. Il devait être allé voir Mary Montgomery pour découvrir où Betty avait été emmenée, et la sœur, l'horrible Kathleen, avait dû avoir des soupçons et convoquer les deux malabars.

Soudain, la terreur l'étreignit. C'était elle, Betty, qui avait provoqué la capture de Baxter – qui pouvait entraîner sa mort ainsi que la sienne et peut-être celle de sa mère. Son entêtement irréfléchi à poursuivre sa mission – au lieu de prendre le train pour le Devon en obéissant à Cummerbatch – allait les mener tous à leur perte.

C'était une chose de se mettre en danger, mais faire courir des risques à un autre agent était une faute majeure pour un espion.

Elle toussota et il leva la tête. Un bref instant, leurs yeux se rencontrèrent. Il n'avait eu qu'une idée en tête, semblait-il crier à Betty : la tirer d'affaire. Et il avait échoué.

Ils avaient échoué l'un et l'autre.

48

« Excusez-moi », dit Mrs Braithwaite au marchand de journaux de la gare, qui commençait à s'agacer de les voir en embuscade dans son kiosque derrière des journaux déployés.

« Oui ?

– Y a-t-il un autre accès à la gare ? Nous essayons d'éviter quelqu'un.

– Je ne m'en serais jamais douté ! ironisa-t-il. Prenez tout de suite à droite en sortant. Il y a une petite porte à l'arrière de la gare.

– Merci », dit-elle. Jetant à Mr Norris un regard impérieux, elle lui fit comprendre par signes qu'ils devaient sortir sans hâte, toujours sous le couvert de leurs journaux.

Marchant en crabe, elle passa la première puis, une fois à l'abri de l'un des gros piliers en fer, elle abaissa son journal et fonça vers l'entrée secondaire, qui donnait sur une petite rue.

Quand Mr Norris l'eut rejointe, ils examinèrent tous deux les alentours.

« Il faut trouver quelqu'un qui va à Londres. » Elle regarda autour d'elle et avisa une camionnette de l'autre côté de la rue. « Allons donc voir ce livreur. »

Elle se dirigea à grands pas décidés vers un homme en salopette qui déchargeait des articles d'épicerie.

« Dites-moi, vous n'iriez pas à Londres cet après-midi, par hasard ? Nous avons raté notre train et sommes à la recherche d'une voiture.

– Pas de chance ! » dit-il en se tournant vers elle. Il semblait plutôt bien disposé. « On part sur Westerham après cette livraison. » Il ôta sa casquette et se gratta la tête. « Mais je crois que Bill doit y aller. Dans ce cas, vous le trouverez à la buvette à côté de la gare. »

Après l'avoir remercié, le duo retourna vers la gare et se dirigea avec circonspection vers la buvette, un petit cabanon où une dame faisait du thé et servait des biscuits et des scones.

« Nous cherchons un dénommé Bill », annonça Mrs Braithwaite aux quelques hommes qui se trouvaient là. Ils étaient tous plus ou moins sales, et quand le plus crasseux d'entre eux s'avança vers elle en lui disant que c'était lui, elle dut combattre le réflexe de se boucher le nez.

« Pourriez-vous nous prendre dans votre voiture pour nous emmener à Londres ? » demanda-t-elle aussi aimablement que possible en respirant par la bouche.

Bill les toisa et sourit.

« Si j'y trouve mon compte. Dix shillings ? »

Mr Norris s'approcha et déclara poliment : « C'est entendu, mais nous avons besoin d'y être vite. Quand partez-vous ? »

Un éclat de rire quinteux secoua l'homme. « Là, maintenant, si vous montez à vingt.

– Oh, soit, répondit Mrs Braithwaite un peu moins aimablement. Où est votre camionnette ?

– L'argent d'abord », dit-il avec un large sourire. Mrs Braithwaite aurait bien voulu qu'il cesse de montrer les dents. Personne n'avait donc jugé utile de lui signaler que ses dents jaunes n'étaient pas ce qu'il avait de plus séduisant ?

Pas plus que son haleine, découvrit-elle lorsqu'ils s'installèrent à l'intérieur de la vieille camionnette de livraison défoncée. Coincée entre les deux hommes, Mrs Braithwaite se serra un peu plus contre Mr Norris, déjà écrasé contre la portière.

« Faut juste que j'aille récupérer quelque chose en vitesse, annonça Bill en donnant un grand coup de volant qui les précipita tous deux contre la portière du côté de Mr Norris.

– Vous ne faites pas un trop long détour, j'espère ? » protesta Mrs Braithwaite d'une voix chevrotante. Elle venait d'avoir un aperçu de sa façon de conduire : à tombeau ouvert en prenant les virages à la corde sur deux roues et en faisant crier les pneus.

La camionnette fonça à toute allure jusqu'à une rangée de boutiques en ville. « Attendez-moi là », lança Bill. Il s'engouffra dans un magasin et en ressortit avec une grosse pile de caisses qu'il chargea à l'arrière de la camionnette. Lorsqu'il repartit en chercher d'autres, Mrs Braithwaite jeta un coup d'œil à Mr Norris. « J'espère qu'il ne fait pas de marché noir. Qu'est-ce que c'est, à votre avis ?

– Ma foi… », commença-t-il. À ce moment-là, l'odeur arriva jusqu'à l'avant de la camionnette. Reconnaissable entre mille.

« Du poisson. »

Ils se regardèrent, horrifiés.

« Combien de temps faut-il pour rentrer à Londres ?

– Une heure. »

Elle jeta un coup d'œil à Mr Norris et poussa un grand soupir.

« Bon, on est partis ! » déclara Bill. Il remonta sur le siège du conducteur et mit le moteur en marche.

Le voyage se déroula par toutes petites étapes, car Bill arrêtait la camionnette chaque fois qu'une buvette était en vue, afin de prendre une tasse de thé bien fort, « histoire de se donner un petit coup de fouet ».

Mr Norris lui fit la conversation pendant l'essentiel du trajet, lui parlant de la guerre et admirant la façon dont il s'en sortait avec un travail complémentaire, dont Mrs Braithwaite était sûre qu'il devait être aussi illégal que nauséabond.

Il y eut un moment de gêne quand Bill demanda à Mr Norris : « Vous habitez Londres, vous et votre dame ? »

Mr Norris rougit et répondit : « En fait, nous ne sommes pas mariés.

– Ah bon, vous m'en direz tant ! gloussa Bill d'un ton salace avec un clin d'œil.

– Nous sommes amis, voilà tout, et nous voyageons ensemble en tout bien tout honneur », lança sèchement Mrs Braithwaite.

Alors, Bill fit décrire à la camionnette un grand virage qui plaqua Mrs Braithwaite contre Mr Norris.

« Oh, pardon ! dit Bill, un sourire en coin.

– Il l'a fait exprès », chuchota Mrs Braithwaite à Mr Norris.

Il était plus de sept heures du soir lorsqu'ils atteignirent les faubourgs de Londres. La lumière du jour cédait la place à un crépuscule bleu foncé lorsque Bill les déposa au coin de Clapham Common. Ils se hâtèrent de descendre, pressés de s'emplir à nouveau les poumons d'air pur.

Bill s'éloigna en agitant la main avec un rire effronté, et ils descendirent rapidement la route, passant devant les groupes d'individus louches debout devant le Pendulum.

« Alors, on se prépare encore à faire la fête ? leur cria Bobby Mack en les reconnaissant.

– Pas le temps de bavarder, répondit Mrs Braithwaite sans ralentir l'allure. On a une fille à sauver.

– Alors bonne chance ! » lança-t-il en la voyant s'éloigner au trot.

La brocante paraissait aussi vétuste et délabrée que quelques jours plus tôt. Ils s'arrêtèrent devant le magasin et Mr Norris fit signe à Mrs Braithwaite de se dissimuler avec lui derrière un buisson sur le trottoir d'en face.

« Vous êtes sûre que Baxter sera là ? demanda Mr Norris, inquiet.

– On ne va pas tarder à le savoir. Je vais entrer. Restez ici, lui chuchota-t-elle. Allez savoir si Mary Montgomery ne les a pas déjà alertés. On se jette peut-être dans la gueule du loup. »

Et elle partit subrepticement vers la boutique, s'approcha de la porte et regarda par la devanture poussiéreuse. À l'intérieur se trouvait tout un bric-à-brac. Une vieille mappemonde, un cadre doré cassé, une cage à oiseau déglinguée en cuivre contenant un perroquet empaillé, dont on distinguait sous la poussière le plumage vert et or.

L'endroit idéal pour cacher un cadavre, pensa-t-elle en frissonnant.

Elle essaya la porte.

La poignée tourna sans résistance.

Pourquoi ne l'ont-ils pas fermée ? se demanda-t-elle. *Peut-être s'y trouvent-ils en ce moment ?*

Frissonnant à cette perspective, elle prit une grande inspiration et poussa la porte. Un petit carillon malencontreux retentit lorsqu'elle passa la tête à l'intérieur.

Elle s'attendait à ce que l'air sente le renfermé, mais curieusement, ce n'était pas le cas.

Quelqu'un avait dû venir récemment.

Elle se hâta d'aller au fond du magasin, veillant à ne pas bousculer les étagères chargées de toutes sortes d'antiquités, et se mit en quête d'une porte. Mary avait paru certaine que Fox – ou Baxter – passait beaucoup de temps ici. Il devait y avoir une arrière-boutique.

Mrs Braithwaite commença à pousser les objets de côté – un grand miroir cassé appuyé contre le mur, une petite bibliothèque emplie de livres reliés en toile qui, ayant depuis longtemps perdu leur jaquette, étaient tout poussiéreux, un rideau vert foncé couvert de toiles d'araignée. Ce fut derrière ce dernier qu'elle découvrit une petite porte étroite, qui grinça en s'ouvrant.

Alors, elle entendit des voix nettes.

« La fille refuse de parler, dit un homme d'un ton rogue. Je ne sais plus quoi essayer.

– Il faut récupérer la mère. »

N'était-ce pas la voix du gros dur qui l'avait gardée prisonnière ? Briggs ?

« Comme ça, on pourrait faire parler la fille. »

Soudain, Mrs Braithwaite perçut un mouvement derrière elle. Elle se retourna rapidement et vit le rideau s'écarter. Un homme surgit de l'ombre, croisa les bras et eut un petit rire en enregistrant l'identité de la femme qui lui faisait face.

Anthony Metcalf.

« Regardez-moi qui est là ! Vous êtes venue sauver la situation ? »

Il lui saisit le bras.

Elle se dégagea.

« Tu en as, du toupet, Anthony. Attends que je dise tout ça à ta mère ! »

Il se mit à rire, du rire lent et cadencé de celui qui se sait en position de force.

« Allons, Mrs Braithwaite, vous vous croyez peut-être encore la reine du village, mais ici vous n'êtes rien du tout. » Il lui posa une main condescendante sur l'épaule. « Venez avec moi. Il y a ici des gens qui seront ravis de vous rencontrer. »

Ils entrèrent dans une pièce sombre, tout en longueur, où Briggs et Marty étaient assis devant une vieille table de salle à manger. Ils se levèrent aussitôt pour s'occuper de l'arrivante.

« Eh bien, eh bien, que demande le peuple ? ricana Briggs en lui saisissant les poignets. Pas moyen de nous fausser compagnie cette fois-ci. »

Elle lui lança de toutes ses forces un coup de pied dans le tibia et il se contint pour ne pas montrer qu'elle lui avait fait mal.

« Jamais, je ne vous dirai rien, cracha-t-elle.

– Mais on ne vous posera pas de questions, Mrs Braithwaite, s'esclaffa bruyamment Anthony en se dirigeant vers une porte à l'autre bout de la pièce. Tout ce qu'on vous demande, c'est quelques cris de douleur. »

Il ouvrit la porte. La pièce à laquelle elle donnait accès était plongée dans l'obscurité. Bien qu'elle ne vît rien, Mrs Braithwaite eut la certitude que Betty se trouvait à l'intérieur.

Ils allaient se servir d'elle pour faire parler sa fille.

« Ne leur dis rien, Betty ! s'écria-t-elle.

– La ferme ! » cria Briggs en la giflant plusieurs fois au visage sans ménagement.

Après avoir farfouillé dans un sac posé sur le sol, le truand se redressa et s'approcha d'elle. Il tenait à la main un petit couteau de poche dont la lame luisait à la faible lumière d'une ampoule nue.

Il allait lui taillader les chairs.

Et elle devrait s'appliquer à ne pas émettre un son.

Mrs Braithwaite était fière de son aptitude à rester maîtresse d'elle-même. Elle croyait que les émotions de tout ordre pouvaient être refoulées par la seule puissance de la volonté. Mais en voyant étinceler la petite lame, elle dut s'avouer que le contrôle de la douleur physique n'avait peut-être jamais fait partie de ses points forts.

« Allez, on fait un petit essai », grinça Briggs.

Elle laissa échapper un gémissement.

Comment les choses avaient-elles pu déraper de façon aussi effrayante ? Tous les épisodes terribles de cette aventure jusqu'à présent – Betty en danger, l'inondation dans la crypte, l'effroyable chagrin de Cassandra, la blessure de Mr Norris – pâlissaient devant la torture imminente.

Elle fit la grimace, serra les dents et ferma la bouche.

Briggs ricana – d'un gloussement qui eut été plus à sa place dans une rixe entre voyous dans un bar que face à une respectable ménagère qu'il s'apprêtait à torturer.

« Vous ne tirerez rien de moi », martela-t-elle avec conviction. Puis elle cria : « Ne t'inquiète pas, Betty, ils ne peuvent rien me faire ! »

Ceci parut mettre Briggs hors de lui. « Bon, on y va ? » Et il brandit la lame vers Mrs Braithwaite, tira sur le tissu léger de sa blouse pour retrousser sa manche et tourna son poignet vers le haut de manière à exposer ses veines. Elle ferma les yeux, pétrifiée par l'appréhension.

Mille pensées lui traversèrent l'esprit : elle revit Betty petite fille, avec ses cheveux longs qui se balançaient quand elle dansait ; puis elle-même enfant, sautillant à côté de ses parents, la chaleur de leurs mains dans les siennes. Comme une nuée de flocons de neige tombant sur elle, ces images l'enveloppèrent d'une lumière vive et bienveillante. La certitude que la vraie valeur de l'existence n'est pas la façon dont on vit, mais celle dont on aime s'imposa alors, grisante et douce. Savoir donner de l'amour – et en recevoir, si l'on avait cette chance – était le meilleur héritage qu'elle pourrait laisser.

Dans l'obscurité, elle lança à sa fille : « Je t'aime, Betty. »

Soudain, elle entendit un énorme fracas et une voix d'homme retentit de l'autre côté de la pièce : « Arrêtez ! Ne la touchez pas ! »

Elle crut que son cœur défaillait. Elle regarda dans la direction de cette voix familière.

Mr Norris était à la porte, les pieds écartés, une main levée. « Arrêtez ! » cria-t-il à nouveau avec une autorité inédite.

Il était venu à son secours.

Briggs gronda : « Encore vous ! Ah, non !

– Libérez-la tout de suite, lança Mr Norris d'une voix forte sans lui prêter attention.

– Sinon quoi ? ricana Marty, auquel se joignirent les autres. Vous allez faire quoi ? »

Briggs écarta la lame de Mrs Braithwaite et s'approcha de Mr Norris en brandissant le couteau.

« À votre place, je m'abstiendrais, déclara fermement ce dernier.

– Pourquoi ? Vous en avez un plus grand ? » Les bandits s'esclaffèrent.

Mr Norris abaissa sans s'émouvoir la main qui tenait le couteau et lança à Briggs : « Parce que ça ne va pas plaire à mes amis. »

Derrière lui surgirent un par un des individus à la mine patibulaire, qui se bousculaient dans leur impatience. Avec leurs costumes informes ou leurs chemises crasseuses, ils avaient tous l'air plus dépenaillés les uns que les autres. À la tête du groupe se tenait un grand costaud chauve, une large lame à la main.

Il sourit à Mrs Braithwaite et lui fit un clin d'œil.

« Bobby Mack ! » souffla-t-elle.

Briggs et Marty commencèrent à reculer.

Alors Bobby Mack hurla : « À l'attaque ! » et la horde hétéroclite se précipita d'abord sur Briggs, qui bascula tête la première avec un bruit sourd.

Un homme à l'aspect particulièrement brutal saisit Marty par-derrière et lui prit le cou en ciseaux, l'étranglant. L'autre se défendit à coups de pied dans les tibias. L'homme lâcha prise et recula en titubant. Marty se précipita vers la porte, mais un autre assaillant lui fracassa sur la tête un gros vase de Chine et il s'écroula.

Mr Norris vit Anthony Metcalf se glisser sournoisement

le long du mur en direction de la porte et il bondit pour l'arrêter net.

« Où croyez-vous aller comme ça, Metcalf ?

– Laissez-moi passer », gronda Anthony en braquant sur lui un pistolet.

Les mains en l'air, Mr Norris essaya de reculer, mais Anthony le saisit, l'attira contre lui en guise de bouclier et appuya le pistolet contre sa tempe en criant : « Laissez-moi sortir, sinon je bute ce rigolo ! »

Tous se retournèrent.

« Je vous préviens, hurla Anthony, dont la voix chevrotait tant il avait peur que la situation ne lui échappe, je lui mets une balle dans le crâne.

– Et tu crois qu'on va te laisser t'en tirer comme ça ? » riposta Bobby Mack en s'avançant vers lui.

La panique saisit Anthony, dont le pistolet se mit à trembler.

« T'es pas taillé pour ça, minable petit fasciste ! » dit Bobby Mack en faisant un autre pas en avant.

L'un des gars de sa bande s'esclaffa. « On devrait pas le tuer tout de suite, Bobby. Laisse-nous au moins nous amuser un peu avec lui avant.

– Briggs, au secours ! » hurla Anthony, gagné par la panique.

Mais Briggs l'examina d'un œil froid : « Il y a une minute, vous vouliez filer sans moi, et maintenant, vous vous attendez à ce que je vous sorte de là ?

– Aide-moi, sinon gare ! » insista Anthony.

Briggs esquissa un pas, mais par-derrière, Bobby Mack lui fit un croche-pied et il s'étala de tout son long.

Paniqué, Anthony laissa tomber son pistolet et tenta de courir vers la porte. La troupe était déjà sur lui : il fut plaqué au sol et ligoté en un rien de temps.

Deux des assaillants se saisirent de Briggs, toujours à terre, et le neutralisèrent lui aussi.

« Vous n'irez nulle part, bande de traîtres ! déclara Bobby Mack avec un large sourire narquois. Ça fait longtemps qu'on essaie de vous coincer. Alors que vous étiez juste sous notre nez ! »

Sa bande applaudit bruyamment en poussant les prisonniers dehors.

Quand Mr Norris détacha Mrs Braithwaite, elle se cramponna à lui, les larmes aux yeux, et murmura : « Je savais que vous viendriez ! »

Puis elle se rua dans l'autre pièce, où ils trouvèrent Betty.

« Betty ! Tu n'as rien ? s'écria Mrs Braithwaite en détachant ses liens. Parle-moi !

– Ça va, maman ! s'écria Betty qui serra sa mère contre elle en pleurant. Ça pourrait même difficilement aller mieux ! »

Dans la même pièce, un homme était attaché à une chaise.

Baxter.

« Il est là aussi, lui ?

– C'est une longue histoire, maman. » Betty se précipita pour le libérer et ôter son bâillon.

« Oh, chérie, Dieu soit loué ! » exhala-t-il en caressant le visage de Betty dès qu'il eut les mains libres. Puis il regarda Mrs Braithwaite et sourit. « Et merci à vous aussi. Je vous dois une fière chandelle ! »

Sans plus attendre, en quelques enjambées, il partit aider Bobby Mack et sa troupe à s'occuper de leurs nouveaux prisonniers.

« Alors, c'est lui ton amoureux ? demanda Mrs Braithwaite en s'efforçant de masquer ses réserves.

– Eh bien oui, maman, répondit Betty en riant. Je sais qu'il peut avoir l'air d'être le méchant dans cette histoire, mais c'est vraiment un type très bien. Je t'assure.

– Et sa liaison avec Mary Montgomery ? »

Betty rit à nouveau. « Il lui a fait la cour pour infiltrer

la cinquième colonne. Sa sœur Kathleen est un membre de premier plan de l'UFB et nous nous sommes servis de Mary pour pouvoir garder Kathleen à l'œil.

– Alors avec elle, il faisait semblant, et pas avec toi ?

– Ah, il a fallu qu'il fasse le nécessaire. Mais tu dois me croire quand je te dis qu'il m'adore. »

Une activité fébrile régnait dans la rue. La police entassait les suspects à l'arrière d'un fourgon, et il y avait foule sur le trottoir devant le pub, où les malfrats se congratulaient.

« Vous n'oublierez pas ça, hein, m'sieur ? dit Bobby Mack au commissaire principal. On vous a sacrément aidés. Vous allez leur lâcher un peu la grappe à mes gars, non ? »

Le commissaire paraissait beaucoup plus impliqué que Watts dans ses responsabilités en matière de maintien de l'ordre. Il donna à Bobby Mack une tape sur l'épaule. « On va attendre de voir ce qui se passe, hein. Entre-temps, contactez-nous si vous trouvez d'autres membres de ces groupes. » Il lui tendit un petit bout de papier plié, et en donna un autre à Betty qui, un peu à l'écart, regardait Anthony qu'on embarquait dans le fourgon.

« Quand je pense que tu les aurais laissés me torturer, lui lança-t-elle. Quelle cause peut être assez importante pour que tu descendes aussi bas ? »

Anthony lui jeta un regard injecté de haine et de mépris. « Nous sommes du côté des vainqueurs, Betty. Tu es incapable de t'en rendre compte. Attends et tu vas voir. » Tandis qu'un policier le poussait pour qu'il monte, il se retourna sauvagement vers Betty : « Tu as tout fait capoter.

– Je ne suis pas la seule, rétorqua-t-elle en passant un bras sous celui de sa mère. Maman et mon propriétaire m'y ont aidée ! » Elle se mit à rire et lança un regard reconnaissant à Mr Norris, qui n'avait pas l'air mécontent de lui.

La porte du fourgon se referma sur Anthony et ses acolytes et Betty regarda le véhicule s'éloigner sous les cris et applaudissements de la bande du Pendulum.

Mrs Braithwaite s'approcha de Bobby Mack, qui applaudissait vigoureusement avec les autres.

« Je voulais vous remercier d'être venu à mon secours, déclara-t-elle avec son plus beau sourire. Je croyais que j'étais "faite", comme vous dites.

– Heureusement qu'on se trouvait là au bon moment. Votre ami est venu nous supplier de l'accompagner. Il nous a avertis que sinon, il nous dénoncerait pour pillage, alors on s'est décidés à lui donner un coup de main. » Il sourit et donna une grande tape dans le dos de Mrs Braithwaite. « Vu que c'était pour vous, hein, duchesse !

– Et que j'ai distribué quelques billets pour faire bonne mesure, ajouta Mr Norris avec une moue éloquente.

– Alors il faut que je vous remercie le premier », enchaîna Mrs Braithwaite, radieuse.

Mr Norris lui sourit et répondit avec modestie : « C'est normal d'aider les amis en détresse, non ? »

Elle lui prit les deux mains entre les siennes et les serra. « Je vous remercie du fond du cœur. »

Ils restèrent là avec Betty et Baxter pendant un bon moment tandis que la troupe patibulaire se dispersait.

Baxter devait se hâter de retourner au QG pour envoyer des alertes. « Je dois mettre tout le monde au courant de ce qui s'est passé. » Il se tourna vers Mrs Braithwaite et Mr Norris. « Merci encore, Mr Norris. Je ne pense pas que nous aurions été tirés d'affaire aussi vite si vous n'étiez pas intervenu. Quant à vous, Mrs Braithwaite, je suis content de vous avoir rencontrée sans avoir à jouer la comédie cette fois-ci. J'espère que Betty et moi allons bientôt vous voir davantage. » Et après avoir embrassé Betty, il partit.

« Eh bien, Mr Norris, vous qui nous avez sauvé la mise

à tous, vous méritez une bonne tasse de thé », conclut Mrs Braithwaite.

Mr Norris rougit. « Je ne suis pas sûr de devoir m'en attribuer tout le mérite. Disons seulement que quand j'ai vu Anthony Metcalf s'introduire dans la brocante, j'ai compris que je devais intervenir.

– Mais comment se fait-il que tous les deux vous ayez su qu'Anthony était un militant fasciste ? » bégaya Betty.

Mrs Braithwaite passa une main sous le bras de sa fille. « Ah, ça, ma chérie, c'est une longue histoire. »

Et pendant qu'ils rentraient sans se presser à Shilling Lane, ils lui racontèrent la longue suite d'événements compliqués et souvent dangereux qui les avait conduits jusqu'à elle.

49

Dès qu'ils furent rentrés à Shilling Lane, Mrs Braithwaite aida Betty à se mettre au lit pour prendre un repos bien mérité, pendant que Mr Norris parait au plus pressé, à savoir mettre la bouilloire à chauffer.

« Ça fait beaucoup de choses à assimiler d'un coup », dit Mrs Braithwaite en s'installant sur sa chaise habituelle dans la cuisine. Elle avait eu le temps de bavarder avec Betty et était impatiente de discuter avec Mr Norris de ce qu'elle avait appris. « Betty ne semble pas du tout surprise qu'Anthony Metcalf soit au centre de cette affaire. Elle m'a dit qu'il avait toujours eu un côté répugnant, même lorsqu'ils étaient jeunes. Quand une invasion de la Grande-Bretagne a paru vraisemblable, Anthony a décidé que mieux valait se mettre du côté des vainqueurs.

– C'est très choquant, dit Mr Norris en s'installant à côté d'elle. Mais pour ne retenir que les bonnes nouvelles, nous avons vu juste en soupçonnant Baxter d'être le mystérieux Mr Fox.

– Betty a dit qu'au début de la guerre, Baxter s'était imposé auprès des partisans de la cinquième colonne en Grande-Bretagne comme principal contact avec les nazis. Et il a fait un travail impressionnant. Il prétendait être en liaison directe avec Goering, et avait même fait faire des copies des croix de fer pour les distribuer en grande pompe lors des meetings. C'était lui le pivot de toute l'affaire, récoltant des informations à transmettre à Berlin – où bien entendu elles n'arrivaient jamais – et organisant des meetings clandestins dans des bâtiments désaffectés ou des caves. Apparemment, les réunions secrètes dans des endroits bizarres confortent l'idée que se font les fascistes de l'espionnage le plus confidentiel. Mais Baxter avait beau chercher à dissuader les membres de se livrer à des sabotages, des enlèvements ou des assassinats, ils s'obstinaient.

– Sans doute dans l'espoir d'avoir une croix de fer, dit Mr Norris. Ses médailles étaient peut-être trop tentantes.

– Anthony était particulièrement désireux d'être reconnu. Il voulait assurer sa position à la tête du nouvel ordre en Grande-Bretagne. C'est pourquoi il tenait tant à être mis au courant du projet de Taplin concernant le pont du chemin de fer.

– Et l'enlèvement de Betty ?

– Anthony devait avoir appris par le bouche-à-oreille que Betty était une taupe possible, et il s'était fixé pour objectif de la capturer. Cela dit, je me demande comment il a pu savoir qu'il la trouverait au garage. Un coup de chance, peut-être : il se doutait bien qu'elle irait voir tôt ou tard.

– Et comment les fascistes ont-ils eu vent que Fox n'était pas de leur bord ?

– Ils se doutaient qu'une taupe avait infiltré le groupe, mais ils ne savaient pas qui c'était.

– Alors comment ont-ils découvert que c'était lui ? objecta Mr Norris en fronçant les sourcils. Ils avaient l'air tout à fait sûrs.

– Baxter a dit à Betty qu'il était allé voir Mary Montgomery pour apprendre où Betty était tenue prisonnière afin de pouvoir la délivrer. Son horrible sœur, Kathleen, a surpris la conversation, qui lui a mis la puce à l'oreille. »

La porte de la cuisine s'ouvrit et ils se retournèrent. Cassandra entra avec un petit sourire. « Je viens de voir Betty », dit-elle, ses yeux bleus brillant de curiosité. Elle s'assit, se pencha et baissa la voix. « Vous l'avez retrouvée ? »

Mr Norris échangea un regard entendu avec Mrs Braithwaite, qui répondit : « Oui, mais c'est ultraconfidentiel, vous savez. »

Avec le nombre de gens qui avaient des attributions spéciales pendant la guerre, tout le monde s'était habitué à ne pas poser de questions, et certainement pas à attendre des réponses quand les personnes disparues reparaissaient soudain, l'air fatigué et les vêtements assez sales.

Pourtant, Cassandra insistait.

« J'ai bien réfléchi, chuchota-t-elle rapidement. Et tout concorde : la disparition de Betty, le fait que vous n'ayez pas arrêté de courir partout, y compris hors de Londres, et ainsi de suite. »

Mr Norris soupira et murmura : « Peut-être devriez-vous cesser d'y réfléchir. En savoir trop peut s'avérer dangereux.

– Je voulais juste vous dire un "Bravo" ultraconfidentiel. Vous êtes deux vrais héros, poursuivit-elle en souriant. Vous m'avez sauvée moi, et maintenant Betty. »

50

Lorsque Betty se réveilla le lendemain matin, elle trouva sa mère assise sur son lit.

« Je n'arrive toujours pas à croire que tu es venue à mon secours, maman, dit-elle en lui tendant la main. Je te suis éperdument reconnaissante, mais j'avoue que ça me semble totalement… irréel ! » Elle regarda leurs mains jointes.

« Quand Mrs Metcalf m'a virée du SVF, répondit Mrs Braithwaite en souriant, je me suis rendu compte que j'avais raté quelque chose. Et brusquement, j'ai compris comme une évidence que ce qui comptait le plus au monde pour moi, c'était toi. » Elle prit une grande inspiration et d'une voix différente, plus grave et plus triste, elle poursuivit : « Que je t'aie ou non donné le jour. »

Betty sursauta : « Hein ? Que veux-tu dire, maman ?

– C'est précisément ce dont je voulais te parler, ma chérie. Je suis venue à Londres exprès. Tu n'es pas ma fille biologique, Betty, bien que tu sois celle de ton père.

– Mais comment… ? » Betty s'efforçait de comprendre ce que disait sa mère, ce que cela impliquait.

« Ton père a eu une liaison avec une jeune femme célibataire. Pour tout te dire, il me trompait souvent. Celle-ci est tombée enceinte et a été envoyée chez des parents pour accoucher. » Elle s'interrompit, ne sachant trop comment trouver les mots pour la suite. « Ce bébé, c'était toi, ma chérie.

– Qu'est devenue ma mère ? » Elle secoua la tête – c'était à *sa mère* qu'elle parlait. « Enfin, la femme qui m'a portée.

– Elle est morte quelques jours après ta naissance. Hémorragie post-partum. »

Elles se turent quelques instants, puis Betty reprit : « Et comment suis-je arrivée chez toi ?

– Les parents de cette femme étaient trop âgés pour s'occuper d'un bébé. Ils insistaient pour que nous le prenions, menaçaient de dénoncer ton père. » Mrs Braithwaite se pencha et serra plus fort la main de Betty. « Ton père et tante Augusta ont décrété que puisque je n'avais pas été capable de faire un bébé pendant nos cinq années de mariage, je devais prendre celui-ci et l'élever comme si c'était le mien.

– Et c'était moi ? » Betty avait l'impression que le monde s'était figé.

« Oui. Tu n'avais que quelques semaines quand tu es arrivée. Tante Augusta avait loué une petite maison à la mer pendant quelques mois pour que personne ne se doute que tu n'étais pas mon bébé. Nous avons tout fait pour que ça se passe en toute discrétion et très peu de personnes étaient au courant.

– Parmi lesquelles Mrs Metcalf », articula lentement Betty. Les diverses pièces du puzzle se mettaient en place dans sa tête.

« Tu sais ça ?

– Elle doit l'avoir dit à Anthony, parce qu'il a fait allusion à un secret confié à sa mère pour piquer ma curiosité et m'attirer à la brocante. »

Une grimace de dégoût crispa le visage de Mrs Braithwaite. « Je n'en reviens pas qu'elle lui en ait parlé !

– Mais comment le sait-elle, pour commencer ?

– Au départ, nous étions amies, toutes les deux jeunes

mariées, nouvelles venues au village. Elle était plus réservée, à l'époque, et c'était plutôt moi qui prenais les initiatives. Et puis, elle a commencé à avoir les enfants, d'abord Patience, puis Anthony. Alors que moi, je n'arrivais pas à tomber enceinte.

« Quand je suis revenue à Ashcombe avec toi, je ne savais pas quoi ni comment faire. Je me suis confiée à elle. Je croyais que nous étions de vraies amies.

– Je ne comprends pas, dit Betty. C'est à peine si vous vous parlez maintenant.

– Nous nous sommes éloignées au fil des années. Elle a vite trouvé le moyen d'utiliser mon secret comme levier contre moi et m'a discréditée dans le village. Je devais être en permanence sur mes gardes, me méfier d'elle et me protéger. C'est pourquoi j'ai toujours cru devoir en rajouter avec les femmes du village. Je cherchais à protéger ma réputation. À te protéger. »

Betty sentit le sang lui monter au visage. Elle avait toujours eu tendance à blâmer sa mère pour tout. Or la vérité était beaucoup plus complexe qu'elle ne l'avait cru. « Je suis désolée, maman. Je ne me doutais pas de tout ça.

– Après le divorce, Mrs Metcalf a utilisé ma déconfiture pour faire de moi une paria et se hisser à la première place. Elle m'a évitée, et la plupart des autres femmes du village en ont fait autant. Personne ne veut être amie avec une divorcée, tu comprends, au cas où l'immoralité de son mari serait contagieuse. Non mais franchement, pourquoi perdrais-je tout sens moral sous prétexte que ton père a mis le sien sous le tapis ? » Mrs Braithwaite renifla pour souligner sa réprobation. « Mrs Metcalf a clairement signifié que son objectif était de me chasser du village. Certes, j'ai ma part de responsabilité et je n'ai pas toujours été aussi bienveillante que j'aurais dû l'être, surtout quand j'ai dirigé le SVF local, poursuivit

Mrs Braithwaite avec un grand soupir. Mais de là à menacer de divulguer mon secret…

– C'est ça qu'elle utilisait contre toi ? L'histoire de ma naissance ?

– Oui, et c'est en partie la raison pour laquelle j'ai finalement décidé de t'en parler, ma chérie. J'ai commencé à me rendre compte que c'était une erreur de te l'avoir cachée – et que ce serait un désastre si tu l'apprenais par les commérages du village. Après tout, c'est d'abord de toi qu'il s'agit. Pas de moi, ni même de ton père, d'ailleurs.

– C'est ta réputation à toi qui en souffre, soupira Betty.

– Je dois reconnaître que cela ne me plaisait pas du tout de penser qu'elle pouvait me détruire par ce biais. Mais tu vois, maintenant, je me moque de ce que disent les gens. » Elle se pencha et prit Betty dans ses bras. « Nous sommes là l'une pour l'autre, et si tu n'es pas ma fille par le sang, tu n'en es pas moins ma fille chérie. » Mrs Braithwaite sourit.

« C'est quand même très injuste que tu sois punie pour avoir poussé l'abnégation jusqu'à élever l'enfant d'une autre ! dit Betty en s'écartant. Tu n'as rien fait de mal – tu as été généreuse et altruiste. C'est papa le responsable. C'est à lui de payer les pots cassés. Or, pour lui, tout est facile : il a pris un nouveau départ, il s'est remarié, il a la belle vie. Ce n'est pas normal. Les gens t'ont rejetée purement et simplement au lieu d'être gentils avec toi. » Betty sentit une boule se former dans sa gorge. « Moi aussi, j'aurais pu être plus gentille, maman. Quand j'ai appris le divorce, je me suis dit que le mieux était de rester à l'écart. Alors qu'au fond, je savais bien que papa te trompait. Comment ai-je pu agir ainsi ? Quand toi, tu as eu un cœur assez grand pour m'accueillir. »

Mrs Braithwaite serra la main que Betty avait laissée sur ses genoux. « Je dois t'avouer que je ne t'ai pas prise par pure bonté d'âme, ma chérie, mais parce que je n'avais pas d'enfant à moi. Tante Augusta m'a pressée de le faire pour sauver l'honneur de la famille. Elle venait d'une génération différente. Pour elle, il était impératif de se protéger soi-même, et de préserver sa position sociale.

– Tante Augusta était une personne abominable.

– J'ai beaucoup pensé à elle, à la façon dont elle m'a manipulée, dit Mrs Braithwaite en fronçant les sourcils. Ma mère et elle ont grandi dans un château. Leur père était comte, tu sais. Elles ont été élevées par des gouvernantes, et on leur a inculqué de façon très stricte les manières de la classe supérieure. Ma mère s'est mariée et je crois que tante Augusta était jalouse. Je me demande même si elle n'avait pas eu elle-même des vues sur mon père. Elle parlait toujours de lui avec beaucoup de respect, beaucoup plus que pour ma mère. Elle m'a dit qu'elle n'avait jamais trouvé d'homme à la hauteur de ses exigences et c'est alors que j'ai débarqué dans sa vie, quand mes parents se sont noyés de façon très opportune. Ils lui ont laissé leur enfant et leur fortune, qu'elle a rapidement dilapidée en faisant de mauvais investissements et en cherchant à sauver les apparences. En un sens, c'est son obstination à prouver à tout le monde sa supériorité qui l'a rendue froide et méchante. De son point de vue, j'étais une enfant arrivée à point tandis que toi, ma chérie, tu n'étais guère qu'une gêne que nous pouvions mettre à profit pour combler un vide dans l'image qu'elle voulait offrir au monde. En fait, elle n'a jamais voulu de moi ni de toi. » Elle poussa un grand soupir et serra encore un peu plus fort la main de Betty. « Il n'y a jamais eu de place pour l'amour dans son cœur.

– Pourquoi ne m'as-tu jamais dit que tu m'avais adoptée ?

– Tante Augusta m'a dissuadée d'en parler. Elle m'a fait honte de ne pas avoir pu avoir d'enfant moi-même. À l'entendre, j'étais une déception pour la famille, une femme incomplète. » Elle s'efforça de ravaler ses larmes. « Elle m'a convaincue que si je te le disais, tout mon monde s'écroulerait autour de moi. »

Jamais Betty n'avait vu sa mère bouleversée, et ces larmes essuyées prestement avec un mouchoir propre lui firent prendre conscience qu'être mère, c'était bien plus qu'accoucher d'un bébé. Et ce n'était pas simplement une affaire de force ni de résilience, même si ces qualités entraient en ligne de compte. C'était une affaire d'humanité.

« Que s'est-il passé entre nous deux ? demanda Betty. Tu étais plus tendre quand j'étais petite. Et puis tu as changé.

– Je ne peux pas blâmer entièrement tante Augusta, mais je pense que quand elle est venue vivre chez nous, elle a commencé à distiller du poison pour me monter contre toi : elle ne ratait pas une occasion de souligner que nous étions très différentes, que tu n'étais manifestement pas "comme nous". Elle me voulait entièrement à elle – je m'en rends compte aujourd'hui – et elle n'entendait pas me laisser dépenser de l'énergie pour toi, le coucou dans le nid, comme elle t'appelait.

– Le coucou ! répéta Betty à mi-voix. C'est pour cela que tu es devenue froide et distante. »

Mrs Braithwaite eut l'air abattue. « J'ai commis une très grave erreur, Betty, en te repoussant ainsi. Et j'espère pouvoir me faire pardonner. » Elle se rapprocha encore de sa fille. « J'ai beaucoup réfléchi ces derniers jours, et j'ai compris que tu es *vraiment* ma fille et que je suis ta mère. Alors pourquoi passerions-nous à côté de ce lien magnifique, l'amour entre une mère et sa fille, sous prétexte qu'une vieille chouette m'a poussée à le prendre pour une humiliation et non pour une joie ? » Elle serra Betty contre elle. « Ça, ça va changer. »

Betty fondit en larmes. « Je n'avais jamais compris pourquoi tu étais devenue si distante.

– Je le regrette amèrement, ma petite fille adorée. » Mrs Braithwaite lui caressa les cheveux, dégageant son front. « Je ne peux pas inverser le cours du temps – crois-moi, j'aimerais bien – mais maintenant, je suis décidée à réparer les dégâts. Nous pouvons essayer de retrouver la famille de ta mère naturelle et d'en apprendre davantage sur tes origines si tu le souhaites. Je commence à savoir m'y prendre pour mener les enquêtes. Tante Augusta m'a fait beaucoup de tort en me forçant à oublier mes parents et je ne veux absolument pas que l'histoire se répète pour toi, Betty chérie. Je tiens aussi à ce que tu saches une chose : désormais, je ferai tout pour être la meilleure mère possible. »

Betty leva des yeux embués par les larmes et sourit : « Eh bien, maman, je dois dire que d'entrée de jeu, tu as frappé très fort ! »

51

Après le déjeuner, Mrs Braithwaite prit le train pour la gare de Waterloo. En descendant du wagon, elle se mêla à la foule et se dirigea à grands pas vers la Tamise. Mais elle ralentit l'allure à l'approche de l'hôpital St Thomas, puis s'arrêta.

Il avait été bombardé.

La partie gauche de l'imposant édifice avait été éventrée. Des monceaux de planches brisées et de briques jonchaient l'avant-cour.

Malgré tout, la vie de l'hôpital continuait comme d'habitude : infirmières, habitants du quartier et personnels en uniforme enjambaient les décombres ou les contournaient et franchissaient dans les deux sens les portes massives.

« Qu'est-il arrivé au bâtiment ? demanda Mrs Braithwaite à la préposée à l'accueil. L'hôpital ne devrait-il pas fermer pendant les réparations ?

– Nous avons besoin de tous nos lits disponibles, répondit la réceptionniste. Nous ne pouvons pas arrêter les soins aux malades sous prétexte que nous avons été bombardés.

– Y a-t-il eu beaucoup de blessés ?

– C'est le quartier des infirmières qui a été touché. Pendant la nuit d'avant-hier. On aurait cru que le monde entier explosait.

– Oh, Seigneur ! » La pauvre fille. Elle semblait avoir à peine plus de seize ans.

« C'était terrifiant. Nous nous sommes tous précipités pour voir ce qui s'était passé. Je courais dans un couloir qui était complètement normal et la seconde suivante, il s'est effondré devant moi. Des briques, des planches sont tombées des chambres des infirmières juste au-dessus avec toutes sortes d'objets : des têtes de lit en fer, des serviettes blanches, les manches d'un manteau marron, tout ça pêle-mêle dans les gravats.

– Il y a eu des gens pris au piège dans ces chambres ?

– Oui. On entendait des infirmières crier sous les décombres. La plupart étaient très calmes – elles ne voulaient pas propager la panique. L'une d'elles plaisantait même pour essayer de remonter le moral des autres. Je me souviens qu'elle a dit : “Ma dernière paire de bas nylon est fichue !” Et les autres se sont mises à rire. Quel courage !

– Il ne doit rien y avoir de pire que d'être enseveli sous un bâtiment effondré. » Mrs Braithwaite scruta d'un œil sombre le solide plafond. « Elles ont pu sortir ?

– Certaines, oui. » La fille se mordit la lèvre. « Quelques-unes ont été coincées toute la nuit. Tout le personnel est venu pour aider à les dégager, malgré les bombes qui continuaient à tomber tout autour. Nous avons enlevé les débris au fur et à mesure et des hommes – des médecins pour la plupart – sont venus aider à déblayer les grosses poutres pour libérer l'accès. Mais il y a eu des femmes qu'on n'a pas pu dégager. » Sa voix se cassa en évoquant ces souvenirs. « On ne les voyait même pas, on n'entendait que leur voix disant qu'elles allaient bien. Dix d'entre elles n'ont pas pu être sauvées. Pour la dernière, Sheila Young, ça a duré des heures. » Elle prit le mouchoir que lui tendait Mrs Braithwaite et se moucha bruyamment. « On n'a pas pu l'extraire. Je suis partie pour prendre mon service et quand je suis revenue, elle était toujours vivante, nous disant que ça allait, mais qu'elle s'affaiblissait. Des camions sont arrivés avec des renforts pour essayer de la sortir. Seulement elle était enfouie trop profond. Juste après l'aube, on n'a plus entendu sa voix. »

Mrs Braithwaite eut le souffle coupé.

« Ils ont sorti son corps le lendemain. » La fille désigna une série de cadres sur le mur du fond. « Voilà quelques photos des infirmières. On va mettre une plaque après la guerre. À moins qu'on ne soit encore bombardés », ajouta-t-elle plus bas.

Sur chaque cliché, on voyait le visage d'une jeune femme impeccable en uniforme d'infirmière, un modèle d'efficacité, d'attention, de vivacité et de bon sens. On invoquait beaucoup le bon sens pendant cette guerre, comme si c'était le ciment capable de sceller l'unité du pays, de tenir les émotions en respect et de provoquer mille réactions positives, minuscules mais significatives. Cumulées, elles permettraient d'arriver victorieusement au bout de chaque journée, au bout de la guerre. Les infirmières étaient en première ligne dans cette stratégie où il fallait « réfléchir avant d'agir ».

Elles étaient les braves parmi les braves.

La dernière photo, celle de Sheila Young, la malheureuse qui avait passé des heures prisonnière avant de mourir, se détachait un peu des autres. Elle avait un visage avenant, une coquetterie dans l'œil et un sourire joyeux. Peut-être avait-elle un amoureux, une mère quelque part. Une mère qui maintenant pleurait sa fille si pleine de vie.

Une fois en haut de l'escalier, Mrs Braithwaite se dirigea lentement vers la salle 10. Elle ne vit nulle part l'infirmière responsable. Sans doute s'occupait-elle d'un patient, aussi Mrs Braithwaite traversa-t-elle sans bruit la pièce silencieuse.

Elle était plongée dans la pénombre, comme d'habitude, avec les mêmes patientes dans les mêmes lits, et les pansements et plâtres qui se détachaient dans le demi-jour. En s'approchant du lit de Blanche, Mrs Braithwaite chercha la forme familière sous les draps.

Mais elle ne la vit pas.

Elle pressa le pas et s'assura qu'elle visait le bon lit.

Elle ne s'était pas trompée.

Debout devant lui, elle dut se rendre à l'évidence. Blanche était partie.

Le cœur de Mrs Braithwaite lui manqua et elle eut l'impression de tomber dans un puits sans fond.

Lentement, elle se pencha sur l'oreiller, dont la taie bien repassée avait été changée et attendait une nouvelle patiente, une autre victime des bombes, dont la vie serait saccagée à jamais. Elle tira une chaise.

« Que s'est-il passé, ma chère Blanche ? dit-elle, bouleversée, en touchant le lit vide. Je ne vous ai même pas dit au revoir. Je regrette de n'avoir pu vous aider. » Elle poussa un long soupir triste. « De toute façon, je n'aurais pas changé grand-chose, pas vrai ? J'avais juste cette impression un peu folle que vous aviez besoin d'une mère, de quelqu'un pour qui cela comptait que vous restiez en vie ou que vous... » Sentant sa voix se briser, elle se tut, incapable de prononcer le mot. « De quelqu'un qui vous donnerait envie de continuer à vivre. »

Elle lissa les couvertures.

« Sans doute cela devait-il se terminer ainsi. J'ai retrouvé Betty et vous êtes partie. » Elle s'appuya au dossier de sa chaise, se demandant comment cela s'était passé, si la fin avait été soudaine, rapide, miséricordieuse, ou au contraire longue, pénible et douloureuse.

« Je veux que vous sachiez que je ne vous oublierai jamais, Blanche.

– Mrs Braithwaite ? » dit une voix derrière elle.

Elle se retourna et vit l'infirmière.

« Que lui est-il arrivé ? » demanda Mrs Braithwaite.

L'infirmière lui posa une main sur l'épaule. « Elle nous a quittés.

– Elle était consciente quand ça s'est passé ? » Mrs Braithwaite sentit un frisson d'horreur la traverser. « S'est-elle sentie partir ? »

L'infirmière parut perplexe. « On l'a emmenée sur un brancard. Je suis sûre qu'elle a été contente de partir d'ici.

– Comment pouvez-vous dire une chose pareille ? Je sais qu'elle était en piteux état, mais il n'y a aucune raison de croire qu'elle aurait voulu mourir. »

L'infirmière la regarda, surprise par sa réaction, et resta muette un instant. Puis elle se mit à rire doucement. « Ah, maintenant, je comprends mieux ce que vous voulez dire !

– Enfin, ce n'est pas drôle du tout et je vois mal…

– Elle nous a quittés pour aller en salle B2 au deuxième étage, l'interrompit l'infirmière avec un sourire, lui tapotant l'épaule. Elle est sortie du coma et va beaucoup mieux ! »

Le regard de Mrs Braithwaite passa du visage réjoui de l'infirmière à l'oreiller immaculé auquel elle s'était adressée, puis elle se leva comme un ressort. « Ah, vous n'auriez pas pu me le dire plus tôt ? »

La salle B2, plus petite, abritait moins de lits. Comme il n'y avait pas d'infirmière à l'accueil, Mrs Braithwaite entra d'autorité et commença à inspecter les lits pour trouver celui de Blanche. Elle la reconnut d'emblée.

Calée en position assise sur ses oreillers, elle avait le sommet de la tête encore bandé. On apercevait malgré tout une partie de ses courtes boucles brunes. Elle fixait un œil pensif sur la fenêtre, ignorant complètement le livre ouvert devant elle. Elle avait encore plusieurs pansements sur le visage et le corps, mais cela mis à part, elle avait l'air… elle avait l'air d'une jeune femme tout à fait éveillée.

« Blanche Braithwaite ? » claironna Mrs Braithwaite. Elle s'avança jusqu'au lit, la main tendue.

La jeune fille sourit : « Vous êtes madame Braithwaite, n'est-ce pas ?

– Oui. Vous vous souvenez de moi ?

– Je me rappelle vaguement avoir entendu votre voix, et quand je me suis réveillée, l'infirmière m'a parlé de vous.

– Je suis si heureuse que vous soyez en voie de guérison. Comment vous sentez-vous ?

– Ma foi, aussi bien que possible, compte tenu de ce qui s'est passé. » Elle lui fit signe de s'asseoir. « Avez-vous retrouvé votre fille ?

– Oui, et je l'ai tirée d'affaire. Après quoi, Mr Norris, un très bon ami… » Ses mots se bousculaient car elle essayait de tout expliquer. Soudain elle s'arrêta, voyant l'air interloqué de son interlocutrice. « Vous a-t-on dit, pour votre mère ?

– Oui. On m'a dit que c'est vous qui étiez allée chez moi pour vous renseigner. » Le front de Blanche se plissa. « Je dois dire que quand j'ai su, une partie de moi a souhaité retomber dans le coma. C'était une femme merveilleuse, et je n'avais qu'elle. »

Mrs Braithwaite posa une main chaleureuse sur celle de Blanche. « Ah, mais j'ai déjà fait une proposition, et comme vous n'avez pas protesté, j'en ai conclu qu'elle était bonne : désormais, vous serez comme ma fille. Quand ma Betty a disparu, vous l'avez remplacée. Peu importe que vous soyez ma vraie fille ou non. L'important, c'est d'avoir quelqu'un pour qui vous comptez. »

Les yeux de Blanche s'embuèrent. « Je suis heureuse que vous ayez retrouvé votre fille.

– Il faudra que vous fassiez sa connaissance. Elle s'appelle Betty. Elle est brillante et c'est une intellectuelle. » Mrs Braithwaite sourit en se rappelant qu'elle qualifiait toujours Betty de « polarde ». Maintenant, cette époque était révolue. Et elle était fière de pouvoir dire que sa fille était brillante – assez pour que le ministère de la Guerre l'envoie en mission spéciale. Dommage, de cela, elle ne pouvait parler à personne.

« Je serais ravie de la connaître. Et en dehors de Betty, vous avez une famille ? demanda Blanche en s'appuyant sur ses oreillers, se préparant à une longue conversation.

– Oh, c'est une longue histoire. Nous aurons tout le temps d'en parler. Mais d'abord, les priorités : parlez-moi de votre mère. Je sais hélas ce que c'est de perdre ses parents. »

Alors Blanche parla de sa mère à Mrs Braithwaite, raconta les fois où elle était réveillée par sa jolie voix fredonnant « Tea for Two » pendant qu'elle circulait dans la maison pour ouvrir les volets et laisser entrer le soleil. « C'était un vrai soleil elle-même, dit Blanche. Elle était tellement gaie qu'elle donnait l'impression que le monde était empli d'amour.

– À vous entendre, c'était une femme exceptionnelle, commenta Mrs Braithwaite. Peut-être que vous pourrez bientôt chanter à votre tour dans votre maison quand vous sortirez de l'hôpital. » Elle lui sourit, tenant sa main bien serrée entre les siennes. « Essayez de la faire vivre à travers vous.

– Je n'avais jamais eu cette idée ! » Le regard de Blanche se voila.

« Au moins, vous pouvez être heureuse de l'avoir eue aussi longtemps avec vous. Mes parents sont morts quand j'avais six ans. Je les ai à peine connus et c'est une tante qui m'a élevée. » Mrs Braithwaite poussa un profond soupir. « Parfois, il faut se réjouir de ce qu'on a et voir le bon côté des choses exclusivement. Nous n'avons qu'une vie. Une seule chance de bonheur. Parfois, on oublie qu'on a effectivement le choix entre la joie ou le cynisme. Choisissons la joie.

– Vous avez entièrement raison, Mrs Braithwaite. » Leurs yeux se rencontrèrent. « Choisissons la joie. Sans hésiter. »

52

Mr Norris avait passé une grande partie de sa vie à se faire du souci. Une partie de lui-même savait que c'était inutile, mais il ne pouvait pas s'en empêcher. Cela lui arrivait au milieu de la nuit, ou en allant au travail, et en particulier lorsqu'il devait s'atteler à la tâche délicate d'acheter à manger avec les coupons de rationnement : on ne savait jamais quels plats peu ragoûtants on allait devoir essayer de cuisiner. C'était le plus souvent le soir que les inquiétudes l'assaillaient. Il avait le temps de s'écouter penser : tandis qu'il vaquait aux occupations domestiques – cuisine, lessive, repassage de ses vêtements pour le lendemain matin –, son esprit restait libre d'évoluer au milieu de toutes sortes d'angoisses.

Ce soir toutefois, en quittant son travail pour rentrer chez lui, il était satisfait d'avoir découvert la réponse à l'un de ses soucis les plus obsédants. On avait vu Jontry, le jeune homme qui avait hérité de ses comptes, de son bureau et de sa promotion, en train de déjeuner avec Mr Brunswick, le chef comptable. Leur air de famille, leur sourire en coin lorsqu'ils commandaient un autre whisky, avaient levé toute ambiguïté : Jontry était parent du patron.

Mr Norris n'avait pas été rétrogradé pour les raisons invoquées : compétences insuffisantes, absence de talent pour les chiffres, manque des qualités nécessaires pour grimper les échelons de sa société. Non, Mr Norris avait été mis à l'écart par népotisme.

Cette révélation l'avait galvanisé. Il aurait pu se plaindre, passer par-dessus la tête de Mr Brunswick et demander des réponses, mais il se rendit compte que cela lui était égal.

« Au moins, maintenant, je ne me sentirai pas coupable si je suis absent au travail », se dit-il en rentrant chez lui d'un pas décidé. Or il avait de fortes chances d'être absent au travail à plus ou moins brève échéance.

Car s'ils avaient retrouvé Betty, d'autres aspects de l'affaire le préoccupaient toujours : qu'allait-il advenir du groupe de l'UFB ?

Ceci ne concernait pas les malfrats qui avaient été arrêtés par la police avec Anthony Metcalf, mais les autres, ceux qui assistaient au meeting de Chiltern Church : Taplin, Ernie, Mary Montgomery et son impitoyable sœur, le professeur, sans oublier, bien entendu, Florrie. L'idée d'avoir abrité l'ennemi sous son toit le hérissait toujours autant.

Mrs Braithwaite était déjà dans la cuisine et, à son activité débordante, il était clair qu'il s'était passé quelque chose et qu'elle avait hâte de le lui raconter.

« Asseyez-vous, Mr Norris, pendant que je mets la bouilloire à chauffer.

– Mais j'allais commencer à préparer le repas !

– Ne vous inquiétez pas. D'ailleurs, tout est déjà prêt. Betty vient dîner avec Baxter. Nous aurons le temps de faire connaissance, et de le voir en dehors d'une opération d'espionnage majeure. Toutefois, avant qu'ils n'arrivent, il est urgent que nous nous concertions.

– Eh bien, justement, il y a une chose dont je tiens, moi, à vous parler…

– Le hic », coupa-t-elle – car si Mrs Braithwaite avait changé à bien des égards, certaines habitudes restaient ancrées dans son caractère – « c'est que Florrie est toujours en liberté. Il faut que nous la retrouvions. »

Mr Norris se mit à rire. « C'est cela que je voulais évoquer avec vous. Je me suis dit que je devrais assister à leur prochain meeting. À Chiltern Church, Mary Montgomery m'a informé qu'ils allaient se retrouver demain soir dans le sous-sol d'une boucherie.

– Alors nous pouvons peut-être faire en sorte que la police soit là aussi ?

– Exactement, opina Mr Norris. À condition qu'ils n'aient pas jugé bon de changer de programme. »

Mrs Braithwaite, qui était en train de verser le thé, suspendit brusquement son geste. « Ils ont peut-être tout annulé après avoir appris les arrestations de la brocante.

– Je ne pense pas. Ça n'a pas encore eu le temps de s'ébruiter, réfléchit Mr Norris. Et comme leur chef, Mr Fox – Baxter pour nous –, a été soupçonné d'être une taupe, ils ont besoin de se retrouver pour informer tout le monde. Maintenant que la place de chef est vacante, ce ne sont pas les candidats qui vont manquer. »

Le bruit de la porte d'entrée qui s'ouvrait les fit taire. Des voix retentirent dans l'entrée – une voix d'homme et une de femme, et ils entendirent les arrivants pendre leurs vêtements au portemanteau.

Mrs Braithwaite porta rapidement un doigt à ses lèvres pour intimer à son compagnon de garder le silence, et le retira juste au moment où Betty entrait, suivie de Baxter.

« Bonsoir, Mrs Braithwaite », dit le nouveau venu. Sa voix cordiale et cultivée dénotait l'appartenance à la bonne société. Il lui tendit la main et la serra avant de saluer Mr Norris. « C'est vraiment très gentil à vous de m'inviter dans un cadre, disons, plus détendu. » Il eut un sourire un peu emprunté.

« Tout le plaisir est pour nous, répondit Mrs Braithwaite en lui faisant signe de s'asseoir à côté d'elle. Je suis contente de faire enfin la connaissance du véritable Mr Baxter. Dites-moi, c'est votre vrai nom ?

– Ma foi oui, acquiesça-t-il en toussotant.

– Alors si vous n'êtes pas un de ces sales trafiquants du marché noir ni un fasciste, poursuivit-elle d'un ton un peu plus grave, pourriez-vous nous dire qui vous êtes et d'où vous venez ? »

Amusée, Betty glissa à Baxter : « Je t'avais prévenu que tu aurais droit à un interrogatoire en règle de la part de ma mère !

– Ne t'inquiète pas, chérie, dit-il en riant, je lui répondrai volontiers. »

Et il le fit de façon tout à fait charmante, parsemant son récit d'anecdotes amusantes, évoquant le jour où son chien Iago avait mangé ses bottes de cheval préférées, ou son départ pour une pension du Dorset choisie par son père « parce qu'il y était allé, et qu'il estimait que je devais suivre la même voie que lui ». Il sourit à ce souvenir.

« Comment êtes-vous entré au MI5 ? demanda Mrs Braithwaite.

– Mon oncle Henry a touché deux mots à certaines personnes en place, et on m'a contacté. C'est ainsi que ça se passait avant guerre. On recrutait par relations. J'ignorais d'ailleurs que mon oncle Henry faisait partie du service jusqu'au jour où je suis tombé sur lui dans une réunion. C'est un drôle d'univers, le MI5. Il a beaucoup changé depuis le début de la guerre.

– Dans quelle mesure ? s'enquit Mr Norris.

– Il s'est agrandi. Amélioré, peut-être aussi. Il a fallu engager un personnel beaucoup plus nombreux, surtout une fois que tous les Allemands et les Italiens résidant dans le pays ont dû faire l'objet d'une enquête. Toute publicité étant exclue, le recrutement s'opérait discrètement, par la filière des universités et de certaines écoles prestigieuses. » Il regarda Betty. « Ils se sont bien débrouillés en trouvant certains excellents agents, n'est-ce pas, chérie ?

– Les meilleurs, tu veux dire ! plaisanta-t-elle.

– J'espère sincèrement que vous avez l'intention de bien vous comporter avec ma fille, jeune homme, déclara Mrs Braithwaite d'un ton solennel qui fit rire tout le monde, et elle aussi finalement. Alors ? reprit-elle.

– Enfin, maman, bien sûr que oui », dit Betty. Mais Baxter intervint.

« Non, laisse-moi répondre, chérie. » Il toussota, comme s'il s'apprêtait à faire une importante déclaration. « Mrs Braithwaite, jamais je n'ai rencontré une fille comme Betty. Elle n'a peur de rien, elle est intelligente, follement belle, et j'ai l'intention de la rendre aussi heureuse que je peux, pour qu'elle ne me quitte jamais. »

Il tendit la main vers l'autre côté de la table. Betty posa la sienne dessus.

« Nous formons une équipe de choc, hein ? »

Le regard de Mrs Braithwaite croisa celui de Mr Norris et elle sourit.

Le dîner fut un succès mitigé. Mrs Braithwaite avait préparé une tourte au Spam et aux légumes, qui était devenue plutôt spongieuse à la cuisson, mais les convives étaient bien trop occupés à discuter du mouvement fasciste clandestin pour prêter attention à la cuisine.

« Mr Norris et moi nous demandions où était passée Florrie, commença Mrs Braithwaite.

– Parce qu'elle est encore en liberté, ainsi que le reste de cette bande de fascistes, s'empressa d'ajouter Mr Norris. La laisser dans la nature représente un danger. »

Betty regarda Baxter, qui hocha la tête. Alors elle dit : « Après en avoir discuté, nous sommes arrivés à la conclusion que Florrie est d'une façon ou d'une autre liée à quelqu'un du MI5, quelqu'un qui renseigne les fascistes sur l'opération d'infiltration menée par le MI5.

– C'est-à-dire ? » demanda Mrs Braithwaite qui se redressa, tout ouïe.

Baxter répondit le premier. « Ni Betty ni moi ne parvenons à mettre le doigt sur une négligence de notre part, un moment où nous aurions pu baisser la garde.

– Or je n'ai pas été prise une fois, mais deux, expliqua Betty. La première, je suivais Florrie dans la station de métro d'Elephant & Castle. Et la seconde, c'est Anthony Metcalf qui m'a tendu un piège.

– Et vous, comment avez-vous été pris ? demanda Mrs Braithwaite à Baxter.

– Je suis allé chez Mary Montgomery pour avoir des renseignements sur l'endroit où Betty était séquestrée. Sa sœur, Kathleen, a surpris la conversation. Elle devait avoir entendu des bruits à mon sujet, car elle a tout de suite lâché les chemises noires sur moi.

– Vous voyez, dit Betty, on dirait que quelqu'un sait ce que nous faisons – et que cette personne en informe le reste du groupe.

– Combien de personnes sont au courant de vos missions ?

– Eh bien justement, dit Baxter. Une seule personne est au courant des mouvements de Betty et des miens. »

Betty se pencha en avant et souffla : « Cummerbatch.

– C'est notre chef au quartier général, compléta Baxter. Un homme de la vieille garde, installé dans la place. »

Ils étaient penchés vers le centre de la table et parlaient bas.

« Pourquoi ne pas le mettre en examen ? suggéra Mrs Braithwaite en s'adossant à sa chaise.

– Non ! firent-ils tous en chœur.

– Il niera, voilà tout, dit Betty en les regardant à tour de rôle. Ce sera sa parole contre la nôtre. Non, il faut faire en sorte qu'il se compromette carrément. L'occasion ne se représentera pas de sitôt.

– Il faut lui tendre un piège qui nous permettra de le démasquer complètement », conclut Baxter.

Ils restèrent plusieurs minutes à réfléchir. Mrs Braithwaite sortit de son sac un stylo à bille et son carnet.

« Bon, dit Betty. J'ai un plan, mais il est compliqué.

– Vas-y, l'encouragea Mrs Braithwaite, prête à prendre des notes.

– Il faut que je lui raconte un bobard, par exemple que je soupçonne Baxter d'être un agent double. Et je lui expliquerai comment j'entends procéder, d'une façon très dangereuse et très rapide, peut-être en faisant exploser une bombe dans un de leurs meetings, ou quelque chose de ce genre. Sa réaction sera de se déplacer en personne pour les prévenir, et nous l'attendrons.

– Cummerbatch va sûrement vous donner l'ordre de ne pas intervenir, comme il l'a fait la dernière fois, objecta Mr Norris.

– Ah oui, seulement la dernière fois, je lui ai désobéi, souligna Betty. Il s'attendra donc à ce que je recommence et que je prenne l'initiative de l'action. Il devra agir très vite pour m'en empêcher. »

Baxter lui posa une main sur le bras. « Chérie, tu es géniale ! »

Betty poursuivit : « Leur mode opératoire suggère que Florrie est son contact principal – ainsi qu'Anthony, peut-être. Mais comme il est pour l'instant incarcéré à Pentonville, nous n'avons pas à nous soucier de lui. C'est Florrie que nous devons surveiller. C'est elle qui va réagir quand Cummerbatch la préviendra. »

Mr Norris intervint, montrant qu'il avait une longueur d'avance : « Elle dira à ses voyous d'arrêter Betty. Au pire, elle annulera le meeting.

– Pas si le temps presse, déclara Betty. Auquel cas ils seront obligés de le maintenir, et nous ferons un beau coup de filet. »

Mr Norris rougit légèrement en disant : « Un meeting est prévu demain soir à six heures dans le sous-sol de la boucherie. »

Betty les regarda tous l'un après l'autre, les yeux brillants d'impatience. « Alors, qu'en dites-vous ?

– On y va », répondirent-ils tous en même temps.

Betty, qui avait déjà filé Florrie à de nombreuses reprises pendant plusieurs mois, partit aussitôt pour essayer de la localiser. Lorsqu'elle revint vers onze heures, Mrs Braithwaite et Mr Norris étaient encore assis à la table de la cuisine. À ceci près qu'ils étaient entourés d'une grande quantité de papiers, tous couverts de l'écriture méticuleuse de Mrs Braithwaite, assortis de schémas et de flèches. Baxter, lui, était parti se procurer une bombe auprès de l'un des malfrats du Pendulum.

« Tu as repéré Florrie, ma chérie ? questionna Mrs Braithwaite.

– Comme je le pensais, elle est chez le professeur, à côté de Clapham Junction. C'est elle qui l'a recruté et introduit dans le groupe au départ. Ils sont très liés. Je me demande comment elle en est venue à choisir ces gens-là ! commenta Betty avec une grimace.

– À quelle adresse ? demanda Mrs Braithwaite, prête à la noter dans son agenda.

– 39, Venn Street. Elle ne se lèvera sans doute pas très tôt demain matin, mais si tu la suis, mieux vaut y être avant sept heures au cas où. »

Baxter revint avec un sac noir, et leur montra la bombe. Très artisanale, elle éveilla les craintes de Mr Norris.

Puis ils passèrent en revue les détails de leur plan d'action pour le lendemain.

À quinze heures précises l'après-midi suivant, Betty entrerait dans le bureau de Cummerbatch et, jouant la colère et le désespoir, lui annoncerait que Baxter était un traître, qu'elle avait l'intention de poser une bombe sur les lieux du meeting et de faire sauter tout le monde. Connaissant les liens entre Betty et Baxter, Cummerbatch se dirait que la trahison de Baxter avait poussé Betty à bout. Il lui donnerait l'ordre de ne rien faire et elle ferait mine d'obtempérer, le confortant dans l'idée qu'elle allait lui désobéir et passer outre.

Évidemment, il ne se douterait pas qu'il était la cible, et que le piège était pour lui. Une fois qu'elle lui aurait dit ce qu'elle comptait faire, avec ou sans sa bénédiction, il aurait trois heures pour prévenir Florrie et empêcher l'explosion de la bombe, ce qu'il ferait assurément si c'était bien lui la taupe.

Leur but, c'était de le prendre sur le fait et de le capturer. Ils espéraient qu'il se rendrait en personne au meeting, ce qui leur permettrait de le confondre plus facilement. Betty et Baxter avaient besoin de preuves solides car Cummerbatch nierait tout, bien entendu. C'était un membre très respecté du MI5, et donc d'autant plus retors.

Quant à Mrs Braithwaite, méconnaissable grâce à un chapeau et une étole de fourrure, elle devait suivre Florrie toute la journée. Sa tâche était de voir si la jeune femme recevait le message de Cummerbatch, quand et comment, et ce qu'elle ferait une fois qu'elle aurait l'information.

Pendant ce temps, Baxter suivrait Cummerbatch à l'intérieur du QG du MI5, et dès qu'il aurait quitté les lieux, il irait voir ses supérieurs et rassemblerait un groupe qu'il conduirait au sous-sol de la boucherie afin qu'ils soient témoins de la trahison de Cummerbatch.

Mr Norris, lui, attendrait à l'extérieur du bâtiment afin de filer Cummerbatch lorsqu'il sortirait, ce qu'il ferait sans doute peu après son entrevue avec Betty, surtout s'il devait joindre Florrie en urgence. Cummerbatch ne le connaissait pas, aussi Mr Norris pourrait-il le suivre de près.

Les quatre complices resteraient en contact par le biais des téléphones publics. Baxter, qui connaissait le numéro de plusieurs cabines publiques de Clapham, Wandsworth et Piccadilly, les distribua sur de petits bouts de papier.

À une heure du matin, persuadés que leur plan tenait la route, ils allèrent se coucher : Mrs Braithwaite dans l'ancienne chambre de Florrie, et Baxter sur le canapé du salon.

Pourtant, une fois au lit, Mr Norris ne put s'empêcher de se repasser le scénario du lendemain. Plus il y pensait et plus il sentait son inquiétude croître. Il avait le sentiment qu'ils avaient laissé passer un petit fait insignifiant qui rôdait à la périphérie de sa conscience.

Mais il ne parvenait pas à mettre le doigt dessus.

53

Betty se réveilla de bonne heure. Elle avait déjà participé à des opérations bien plus périlleuses – notamment celle où elle avait dû sortir un couteau pour menacer un membre de la cinquième colonne au rayon charcuterie de chez Harrod's. En l'occurrence, l'homme était si fasciné par les tranches de jambon du Wiltshire qu'il achetait qu'il n'avait pas vérifié s'il était suivi par des agents du MI5, et sa capture s'était déroulée sans heurts.

L'intervention n'était pas non plus aussi complexe que celle où elle avait participé au sauvetage compliqué d'un collègue dans une boîte de nuit du West End, où elle avait dû simuler une bagarre, sans qu'aucun des clients se rende compte de ce qui se passait vraiment.

Mais l'arrestation de Cummerbatch était certainement l'entreprise la plus risquée de toutes.

Les fascistes n'hésiteraient pas à la tuer sur-le-champ. Il y avait beaucoup de voyous assoiffés de sang et impatients de mettre la main sur une médaille en toc. Et surtout, elle ne pouvait avoir un adversaire plus rusé et redoutable que Cummerbatch. Il avait beau être corpulent, âgé et presque en permanence imbibé d'alcool, c'était un homme d'acier. La bedaine et le charisme masquaient un être impitoyable, qui devait avoir sur lui une arme à feu dont il n'hésiterait pas à se servir à la première occasion.

Betty avait appris à évaluer les risques au début de chaque opération, et elle tremblait à l'idée de ce que Cummerbatch pourrait lui faire. Il ne se contenterait pas de la tuer, il ruinerait sa réputation en déformant la vérité pour démontrer que c'était *elle* qui avait collaboré, *elle* qui était le véritable traître.

Or ce que Betty redoutait par-dessus tout – plus que la mort même –, c'était qu'on puisse la croire de mèche avec l'ennemi.

Elle s'habilla. Aujourd'hui, elle allait remettre les pendules à l'heure.

Ils allaient remettre les pendules à l'heure.

Elle était inquiète parce que sa mère et Mr Norris étaient des novices et n'avaient pas reçu de formation, ce qui signifiait qu'elle devait être prête à toute éventualité. Il y avait de nombreux impondérables, des éléments qui comportaient une part d'incertitude.

C'est pourquoi elle glissa un petit morceau de papier dans le poignet de son chemisier avant de quitter sa chambre.

Elle réveilla sa mère et la serra longuement dans ses bras, au cas où. Puis elle réveilla Baxter, humant l'odeur de sa peau tandis qu'il l'attirait sur lui pour l'embrasser et lui demander de rester encore un peu.

« Aujourd'hui, hélas, c'est boulot-boulot », dit-elle en s'écartant.

Mr Norris, comme d'habitude, s'affairait à préparer le petit déjeuner, vêtu de son costume de travail.

« Je me suis dit que je passerais inaperçu, expliqua-t-il en remettant la bouilloire à chauffer pour refaire du thé. J'ai l'air d'un employé de bureau comme un autre. »

Elle l'approuva et s'assit pour prendre son petit déjeuner

en récapitulant le programme fixé, puis elle sortit dans le matin ensoleillé.

Après le déjeuner, elle se dirigea vers Piccadilly et le QG du MI5.

Pendant tout le trajet, elle se répéta mentalement ce qu'elle allait dire à Cummerbatch, et comment. Mais une fois debout devant la porte de son bureau, elle sentit soudain la panique l'envahir.

Et s'il devinait le piège tendu ?

Elle frappa.

« Entrez », répondit la grosse voix familière.

Assis à son bureau, la pipe à la main, un petit sourire aux lèvres, Cummerbatch avait l'aspect si convaincant d'un membre de l'*establishment* qu'elle ne put s'empêcher de se demander s'ils n'avaient pas commis une monstrueuse erreur.

Ce professionnel affable du MI5 pouvait-il réellement être un fasciste ?

« Je croyais vous avoir envoyée dans le Devon, Braithwaite ? »

Elle prit la chaise en face de lui et se glissa soigneusement dans la peau de son personnage.

« J'étais inquiète au sujet de ma mère, monsieur. Il fallait que j'aille la tirer d'affaire. » La mine déjà farouche et contrariée, elle renifla ostensiblement. « Bien entendu, ça n'a pas été facile et j'ai fini par me faire prendre » – ceci était une allusion au piège tendu par Metcalf, dont Cummerbatch, s'il était un traître, devait avoir connaissance – « mais à la fin, nous avons été secourues.

– Vous avez besoin d'un autre billet pour le Devon ? » demanda-t-il en tirant son bloc pour écrire un ordre de voyage.

Elle se renfrogna et asséna sa révélation : « J'ai découvert l'identité de l'agent double. » Elle scruta son visage, à l'affût d'un éclat dans l'œil, d'une main se portant au visage – tous signes qu'elle avait appris à décoder lors de son entraînement. Il avait seulement l'air assez soucieux. Il prit un stylo.

« Alors, qui est-ce ? » fit-il avec un soupir résigné.

– Baxter », cracha-t-elle.

Il la regarda et leva un sourcil. « Le Baxter avec lequel vous couchez depuis trois mois et demi ? »

Rien ne leur échappait.

« Oui, grinça-t-elle. Il m'a menti du début à la fin.

– Eh bien, ma petite fille, que ça vous serve de leçon. » Il croisa son regard : aucun humour ne transparaissait dans le sien. « J'imagine que vous comprenez maintenant pourquoi nous conseillons à nos agents d'éviter les rapports amoureux entre eux. »

Elle ne répondit pas et se contenta de poser sur le mur un regard morose.

« J'apprécie votre travail, Braithwaite, poursuivit Cummerbatch tout en griffonnant quelques mots. Mais nous ne pouvons avoir des agents qui désobéissent aux ordres de se rendre dans le Devon pour aller de leur propre initiative au secours de leur mère. Je sais que laisser sa mère en danger va à l'encontre de l'instinct. Cela dit, les ordres sont les ordres, point à la ligne. » Il s'arrêta et écrivit encore sur son bloc. « Cette fois-ci, Braithwaite, je vous demande *expressément* d'aller dans le Devon. Le ministère ne tolérera plus aucune insubordination. Nous étudierons vos soupçons concernant Baxter.

– Mais j'ai un plan, objecta-t-elle avec ferveur. Nous devrions les faire sauter avec une bombe, lui et tous les autres. »

Il ne réagit pas et la regarda, l'air neutre. « Vous ne parlez pas sérieusement, si ?

– Si. Baxter doit assister à un meeting de l'UFB ce soir à

dix-huit heures. On peut tous les anéantir en même temps et proprement. L'occasion est idéale.

– Comment allez-vous vous procurer les explosifs ?

– Je les ai déjà. Une bombe. Artisanale, mais assez grosse et assez puissante pour faire sauter leur sous-sol minable.

– Vous savez donc où se tiendra ce meeting ? »

Était-ce une question, ou était-il déjà au courant ?

« Oui, et je sais aussi que vous allez me dire que nous devrions surveiller ces gens et les garder sous contrôle, mais je crois que vous vous trompez. Que le MI5 se trompe. Ces groupes échappent déjà à notre contrôle. Ils ont de plus en plus souvent recours aux sabotages et essaient d'assurer leurs positions en vue de l'invasion nazie. C'est trop dangereux de les laisser faire. Il faut les neutraliser. Y compris Baxter, poursuivit-elle en haussant le ton.

– Quelle preuve avez-vous que c'est lui ?

– Il a commis trop d'erreurs. L'ennui, c'est qu'aucune d'entre elles ne constitue une preuve suffisante. Je sais que c'est lui et je suis à peu près sûre qu'il sait que je sais », martela-t-elle, jouant la rage contenue.

Cummerbatch réfléchit un moment, puis repoussa son bloc sur le côté. « Je vais vous confier un secret, Braithwaite, et vous devrez le garder pour vous. Cela fait déjà un moment que Baxter est dans notre collimateur. C'est un agent de premier plan, mais il y a eu un peu trop de coïncidences.

– C'est exactement ce que je veux dire, monsieur. Trop d'agents ont été capturés, alors que personne d'autre n'était au courant de leurs missions. »

Sauf vous, pensa-t-elle.

« Exactement », dit Cummerbatch. Il eut une toux rauque, puis redressa sa corpulente carcasse. « Nous ne pouvons pas nous mettre à bombarder des sous-sols, Braithwaite. Nous ne tuons pas les gens. Nous les interceptons. Nous les interrogeons. Nous découvrons ce qu'ils savent. Et nous tâchons de les transformer en agents doubles. Alors seulement en cas d'échec, nous commençons à chercher comment les neutraliser. » Il se leva et marcha jusqu'à la fenêtre. « Je ne m'étais pas rendu compte jusqu'à présent que vous avez grand besoin de prendre du repos. La captivité a dû être fatale à votre équilibre. » Il se retourna et l'enveloppa d'un regard pénétrant. « Je vais vous demander de quitter Londres immédiatement, Braithwaite.

– Mais Baxter...

– Je mets une équipe spéciale sur Baxter. Nous ne pouvons prendre aucun risque. C'est un homme très dangereux et nous ne voulons pas que des agents précieux tels que vous soient entraînés dans cette affaire. »

Betty regarda ses pieds. « Bien, monsieur. »

Il prit une nouvelle feuille de papier et sortit son stylo. « Allons, dites-moi où vous aimeriez aller ? Il paraît que le Lake District est merveilleux en cette saison.

– Oh, soit, dit-elle d'un ton assez désinvolte en se levant. Va pour le Lake District, alors. » Elle se tourna vers lui et lui adressa un rapide sourire aussi faux que possible.

Il y répondit par un sourire bonasse, démenti par le regard acéré qu'il posa sur elle.

Il a deviné que je n'irai là-bas en aucun cas, pensa-t-elle. *Le premier acte est terminé.*

« Vous passerez prendre votre billet à la réserve », lança-t-il quand elle sortit.

Après le passage obligé à la réserve, où elle abandonna délibérément le billet pour le Lake District sur un comptoir afin de faire bonne mesure, elle sortit.

Le plan était en route.

Mais il lui restait encore un petit détail à régler. Elle traversa Trafalgar Square d'un pas vif et entra dans une cabine téléphonique.

Elle avait un appel à passer.

Plongeant les doigts dans le rabat du poignet de son chemisier, elle sortit le petit morceau de papier.

54

Mr Norris regarda la silhouette de Cummerbatch, reconnaissable entre mille, sortir du QG. Posté derrière une cabine téléphonique au coin de la place et armé d'une description précise de l'homme, Mr Norris arrima son chapeau melon sur sa tête et lui emboîta le pas discrètement mais sans hésiter. Cummerbatch remontait à vive allure St James en direction de Piccadilly.

Là, au milieu des nuées de piétons, Mr Norris passait plus facilement inaperçu. Il savait que Cummerbatch devrait agir vite après sa sortie, car le meeting était dans trois heures seulement.

Il fut donc surpris de le voir disparaître sous les grandioses arcades grises de l'un des hôtels londoniens les plus prestigieux, le Ritz, et pénétrer dans son luxueux intérieur.

« Typique ! » ronchonna-t-il.

Il avait beau avoir fait ses études dans une brillante université, il savait qu'il appartenait résolument à la classe moyenne. En revanche, le Ritz accueillait en exclusivité une clientèle huppée. Mr Norris n'avait jamais mis les pieds dans un endroit pareil, ni n'en avait éprouvé le désir, sachant que son apparence, son accent, sa nature même le stigmatiseraient aussitôt comme un intrus.

Lorsqu'il s'approcha, la porte fut ouverte d'un mouvement fluide par un portier silencieux et impeccable, et Mr Norris frissonna, mal à l'aise : devait-il le remercier ou non ? Finalement, il marmonna un remerciement, car ne pas le faire l'embarrassait davantage que commettre une entorse aux bonnes manières.

Dans le hall monumental, des hommes aux costumes coûteux se serraient allègrement la main, et un groupe de femmes très excitées parlaient du thé du lendemain où elles devaient rencontrer les princesses royales, ponctuant leurs remarques de grands rires chevalins. Il sentit l'embarras l'envahir : il n'était pas dans son élément.

Allons, du nerf ! lui soufflait une petite voix. *Fais comme si tu fréquentais ce genre d'endroit tous les jours. Et ouvre l'œil pour repérer Cummerbatch.*

Il parcourut le hall du regard et vit la silhouette massive s'engouffrer dans un couloir richement décoré. Puis il avisa un petit écriteau sur le mur et son visage s'allongea.

Cummerbatch se rendait-il aux toilettes pour hommes ? Comment pouvait-il le suivre dans un endroit aussi intime et clos ?

Malgré tout, il se glissa prestement à sa suite et poussa un soupir de soulagement en voyant que le chef du MI5 ne se dirigeait pas du tout vers les toilettes.

Fixé au mur, à mi-hauteur du couloir, se trouvait un téléphone. Sans même regarder autour de lui, Cummerbatch se dirigea droit vers l'appareil, décrocha le combiné et composa un numéro.

Mr Norris le dépassa comme pour aller aux toilettes et écouta attentivement les cliquetis de l'appareil pour tenter de repérer les chiffres correspondants et de mémoriser le numéro.

Après être entré d'un pas nonchalant dans les toilettes, il appuya l'oreille à la porte, espérant entendre une partie de la conversation téléphonique.

« Je crois que vous avez chez vous une personne du nom d'Andrews, disait Cummerbatch de sa voix à l'accent très modulé des élites. Il s'agit d'une affaire importante en rapport avec la guerre. »

Était-ce Florrie qu'il appelait ?

« J'espère qu'ils ont un grand choix de scones à Clapham, poursuivit-il très distinctement. Il n'y en avait plus là où j'ai pris mon petit déjeuner à Piccadilly. Il faudra mieux choisir la prochaine fois, dans un futur très proche. »

Mr Norris n'eut que le temps de s'écarter vivement de la porte et de faire semblant de se laver les mains lorsque Cummerbatch entra dans les toilettes et vida bruyamment sa vessie dans l'urinoir avec un soupir d'aise. Puis il vint se poster à côté de Mr Norris devant la rangée de lavabos pour se laver les mains.

« Il fait chaud pour la saison, vous ne trouvez pas ? » dit-il sans croiser le regard de Mr Norris.

Était-ce un code ? S'était-il rendu compte que Mr Norris le suivait ?

Étreint par l'angoisse, Mr Norris se ressaisit non sans mal. Il prit son accent le plus étudié afin de ne pas détonner dans ce cadre et répondit : « Beau temps pour les bombardiers aussi, malheureusement pour nous. »

Ses yeux rencontrèrent un instant ceux de Cummerbatch et Mr Norris lui adressa un petit sourire poli, le genre de sourire qu'un gentleman pourrait échanger avec un autre gentleman dans les toilettes pour hommes du Ritz.

Cummerbatch lui rendit son sourire, s'essuya soigneusement les mains sur une serviette individuelle avant de se diriger vers la porte en saluant Mr Norris d'un aimable « Bonne journée ! ».

55

Pendant ce temps, Mrs Braithwaite avait passé la matinée au marché de Clapham, à suivre Florrie. Il y avait là un étal de fruits et légumes – C.S. Carrot, de tous les noms appropriés pour un marchand de primeurs ! – sur lequel Florrie était présente. Peut-être y était-elle employée – encore qu'il fût difficile de dire ce qu'elle y faisait au juste car elle était en permanence en train d'argumenter avec l'homme qui tenait le stand, l'accusant d'être un voleur.

Cachée derrière un étalage de bouquiniste où elle hésitait entre un vieux Dickens et un petit livre intéressant d'une dénommée Nancy Mitford, Mrs Braithwaite ne perdit rien de l'échange. Il ne semblait pas y avoir le moindre flirt entre Florrie et son interlocuteur. Non, il devait s'agir d'une transaction de travail.

À l'heure du déjeuner, Florrie partit s'acheter un pâté à la viande dans un café au coin de la rue et revint brièvement avant de prendre le chemin de Clapham Junction, où habitait le professeur.

Mrs Braithwaite trotta à sa suite, s'abritant derrière des buissons chaque fois qu'elle redoutait d'être vue.

Vers trois heures de l'après-midi, au moment où Betty devait entrer dans le bureau de Cummerbatch, Florrie était assise à une table de café à côté de la gare de Clapham Junction et lisait un magazine.

C'était le moment où tout devait se mettre en branle – Mrs Braithwaite attendait depuis le matin ! –, or Florrie était là, tranquillement assise.

Le téléphone sonna dans le café.

Après avoir décroché, la vieille femme derrière le comptoir cria : « Y'a quelqu'un qui s'appelle Andrews ? »

Florrie se leva rapidement, comme si elle attendait le coup de fil, et alla prendre le téléphone.

Mrs Braithwaite s'approcha du comptoir pour entendre la conversation, après avoir remonté l'étole de fourrure sur son menton et rabattu sur ses yeux le chapeau violet à large bord. Au début, l'étrangeté de sa nouvelle apparence l'avait mise mal à l'aise, mais cette impression s'était dissipée après les premières minutes à Clapham, où l'originalité passait inaperçue.

Derrière le comptoir, tout un choix de pâtisseries était présenté. Sur l'assiette posée devant Mrs Braithwaite se trouvait déjà une part entamée de tarte aux pommes, et elle se demanda si elle allait essayer autre chose. Suivre quelqu'un était une tâche ardue, finalement. Il y avait une assiette de présentation vide là où aurait dû se trouver le cake aux fruits, aussi dut-elle se contenter d'un maigre scone.

Elle entendit Florrie dire très distinctement dans l'appareil : « Le cake aux fruits est délicieux ici. »

Ce doit être un code, se dit Mrs Braithwaite en regardant l'assiette vide. *À moins que Florrie n'ait mangé la dernière part*, rectifia-t-elle in petto.

Elle distingua une voix d'homme à l'autre bout, puis une expression vaguement alarmée se peignit sur le visage de Florrie qui dit : « J'en apporterai une tranche, au revoir. » Et elle raccrocha.

Au lieu de se rasseoir et de finir son thé, ou même de regarder s'il y avait une autre tranche de cake aux fruits, celle qu'elle avait promise à son interlocuteur au téléphone, Florrie enfila simplement son manteau, laissa quelques pièces de monnaie sur la table et partit à grands pas.

Mrs Braithwaite, qui avait juste commencé à grignoter son scone, fut forcée de le laisser. Elle en prit une dernière grosse bouchée avant de filer dans la rue.

Florrie descendit la grand-rue, passa devant les boutiques et se dirigea vers l'esplanade, suivie à distance respectueuse par Mrs Braithwaite. Puis elle entra dans un endroit où jamais Mrs Braithwaite ne l'aurait imaginée mettre un pied.

Le Pendulum.

Mrs Braithwaite resta dehors, se demandant si elle devait entrer elle aussi. Elle passerait difficilement inaperçue dans un pub où tout le monde la connaissait par son nom.

Mais ce qui la dérangeait encore plus, c'était que Florrie soit entrée là. Les malfrats la connaissaient-ils ? Avait-elle des amis parmi eux ? Était-elle d'une manière ou d'une autre liée au marché noir ?

La bande de Mack savait-elle que Florrie était fasciste ?

Mrs Braithwaite fonça vers la cabine téléphonique en face du pub et composa rapidement un numéro.

Une voix d'homme lui répondit. Baxter. « Allô ? Pourquoi avez-vous tant tardé ? La pièce commence à six heures. »

C'était le code convenu.

« J'ai été coincée dans une queue pour acheter des côtelettes d'agneau.

– Où êtes-vous ? demanda-t-il aussitôt.

– Florrie est au courant, et elle vient d'entrer au Pendulum, chuchota-t-elle. Je ne peux pas la suivre, on m'y connaît trop.

– Je serai là dans une demi-heure. »

Elle reposa le combiné et commença à surveiller les alentours du pub, essayant de regarder par ses fenêtres et de tendre l'oreille pour surprendre les conversations.

Ce n'était pas du tout ainsi que le plan devait se dérouler.

56

Après l'épisode éprouvant des toilettes pour hommes, Mr Norris regarda Cummerbatch sortir du Ritz et demander au portier de lui commander un taxi. Il n'avait d'autre choix que d'en faire autant lui-même.

« Pourriez-vous m'appeler un taxi, je vous prie ? » demanda-t-il, espérant avoir utilisé la bonne formule. Jamais il n'avait à ce jour adressé la parole à un portier d'hôtel, et encore moins demandé qu'on lui appelle un taxi.

Dès que le portier fit un pas dans la rue, un taxi vint s'arrêter à côté de lui.

« Merci », murmura Mr Norris en s'installant à l'intérieur. Et au chauffeur, il demanda : « Auriez-vous la gentillesse de… euh… suivre ce taxi ? »

Après un instant de flottement sur le véhicule à filer – ce n'étaient pas les taxis noirs qui manquaient à Piccadilly –, Mr Norris eut la certitude qu'ils se dirigeaient vers Clapham.

Mais en voyant le taxi de Cummerbatch traverser Clapham, passer sans s'arrêter devant la boucherie et continuer vers Clapham Common, Mr Norris eut un choc. Il savait où ils allaient.

Au Pendulum.

57

Lorsqu'elle eut passé son appel, Betty fila vers la consigne de la gare de Charing Cross où, en échange d'un ticket de consigne, on lui remit un grand sac noir.

Le sac à la main, elle sauta dans un bus à destination de Clapham, descendit à l'arrêt de la grand-rue et se dirigea vers la porte voisine de la boucherie.

L'endroit paraissait désert. La prudence étant une priorité, elle se cacha quelques minutes dans l'allée en face du magasin pour voir s'il y avait le moindre signe de vie. Aucun.

Puis, avec son passe-partout, elle se dirigea vers la porte noire d'un pas décidé, comme si de rien n'était, et l'ouvrit en quelques secondes. En l'entrebâillant, elle tendit l'oreille, à l'affût de voix ou d'un bruit quelconque, mais tout était silencieux. Elle se glissa à l'intérieur et referma la porte derrière elle.

L'odeur de moisi ne lui rappela que trop son emprisonnement. Même si elle prétendait avoir pris la chose à la légère, en réalité, elle avait été terrifiée.

« Hou, hou », cria-t-elle, au cas où il y aurait quelqu'un. Mieux valait s'en assurer tant qu'elle était en haut de l'escalier, à proximité de la porte.

Personne ne répondit.

Elle descendit prestement, alla dans la pièce principale et chercha l'endroit adéquat pour poser sa bombe. Dans la salle où le meeting devait se tenir, il y avait plusieurs armoires tout en hauteur, sous lesquelles elle espérait trouver une latte de plancher disjointe.

Elle n'avait pas l'intention de faire exploser la bombe. Il suffisait qu'on la trouve le moment venu. C'était l'appât qui attirerait Cummerbatch au meeting, et si aucune bombe n'était découverte, les membres de l'UFB se douteraient de quelque chose. Il fallait qu'elle soit assez bien cachée pour jeter les organisateurs dans l'embarras avant le début du meeting. S'ils la découvraient trop tôt, ils préviendraient Cummerbatch et celui-ci rentrerait tout simplement au bureau, ce qui déjouerait le plan. Non, il fallait maintenir les fascistes en alerte jusqu'au meeting.

Elle tira une armoire et lorsqu'elle l'eut écartée du mur, elle essaya de desceller une latte du plancher en se servant d'un tournevis qu'elle avait apporté. Puis elle déposa la grosse bombe qui s'encastra facilement dans l'espace ainsi dégagé. En vérifiant que la minuterie était réglée sur vingt heures trente – au besoin, elle évacuerait les lieux avant –, elle remit la latte en place, ainsi que l'armoire. Puis elle se hâta de regagner sa cachette, dans le placard sous l'escalier, derrière de vieilles boîtes et des solives.

Il ne lui restait plus qu'à attendre.

58

Cachée derrière un arbre, Mrs Braithwaite vit un taxi s'arrêter devant le Pendulum. Un homme corpulent en descendit, qu'elle reconnut immédiatement d'après la description qui lui avait été faite : Cummerbatch.

« Attendez-moi ici ! » enjoignit-il au taxi avant d'entrer d'un pas décidé dans le pub.

Avait-il rendez-vous avec Florrie ?

Mrs Braithwaite savait maintenant que, quoi qu'elle fasse par ailleurs, elle devrait entrer dans le pub. Sans Betty ni les autres sur place, c'était à elle d'être les yeux et les oreilles du groupe.

Il fallait qu'elle découvre ce qui se passait.

On devait pouvoir accéder au Pendulum par l'arrière. Elle sortit vivement de derrière son arbre, gagna le coin du bâtiment et le contourna à la course.

Lorsqu'elle avisa une porte, elle s'en approcha avec précaution et essaya la poignée. Qui tourna. Mrs Braithwaite entrouvrit la porte.

Une voix furieuse lui parvint de derrière le bar. « Je t'ai vu prendre l'argent !

– T'as rien vu du tout, mon pote ! » répondit une voix plus sèche, menaçante.

Elle passa le nez dans l'entrebâillement de la porte et vit deux serveurs se disputer, l'un d'eux avait le poing levé.

Elle en profita pour se glisser à l'intérieur, courbée en deux, et se faufila discrètement dans l'arrière-salle jusque derrière le long bar au fond du pub.

Pour voir par-dessus le comptoir, elle releva la tête. Elle repéra aussitôt ses cibles, à moins de cinq mètres d'elle : Cummerbatch était debout à côté de Florrie, une main autour de sa taille.

Florrie l'avait-elle séduit lui aussi ?

Ils parlaient à deux individus patibulaires et paraissaient négocier un prix pour le contenu d'une grande caisse portant le nom de C.S. Carrot.

Était-ce le nom du primeur de Clapham ?

Elle fronça les sourcils. Ils n'étaient sûrement pas venus jusqu'au Pendulum pour acheter des légumes. Certes, le rationnement était devenu encore plus sévère ces derniers temps, mais tout de même !

Sous ses yeux, l'un des deux malfrats ouvrit la caisse et en tira un objet. Qui ne ressemblait pas à un légume.

Un revolver.

Cummerbatch dut sentir une présence car il se retourna soudain et aperçut la tête de Mrs Braithwaite qui plongeait derrière le bar.

« Allez, ma bonne dame, dit-il d'une voix joviale, sortez de là. Je ne vous ai pas déjà vue quelque part ? »

Mrs Braithwaite se releva, mais préféra rester derrière le bar. « Je travaille ici », marmonna-t-elle, bien qu'à l'évidence, ce ne fût pas le cas. « Je ne pense pas que nous nous connaissions », ajouta-t-elle, faute de mieux.

Florrie pivota, furieuse : « C'est la mère de la petite Braithwaite. » En notant le déguisement de Mrs Braithwaite, elle demanda : « Qu'est-ce que vous fabriquez ici, vous ?

– J'ai rendez-vous avec des amis, répondit Mrs Braithwaite aussi posément qu'elle le put. Ah, les voilà, là-bas. » Elle chercha Bobby Mack dans son coin habituel, mais il n'était pas là.

C'était tout lui, ça, de ne pas être là quand elle avait besoin de lui !

« Vous allez venir avec nous, Mrs Braithwaite », ordonna Cummerbatch d'un ton uni. Il tenait l'un des revolvers négligemment mais de façon menaçante à hauteur de sa hanche, et lui fit signe d'approcher de l'autre main. « Nous devons nous rendre à un meeting. »

Et voilà comment Mrs Braithwaite fut forcée de monter dans un taxi, flanquée de Florrie et Cummerbatch, et embarquée à toute vitesse vers la boucherie et son sous-sol.

59

Posté derrière la table de billard, Mr Norris avait assisté avec épouvante à la capture de Mrs Braithwaite et à son départ dans le taxi qui attendait devant le pub. Évidemment, il avait laissé partir le sien – la course avait coûté cher et il n'avait pas l'habitude de prendre des taxis.

En les voyant s'éloigner, il étouffa une exclamation de dépit et dut s'avouer qu'il avait peut-être perdu leur trace.

Il songea à téléphoner à Baxter, mais le jeune homme devait être occupé à mener à bien sa partie de l'opération : prévenir les hauts responsables du MI5 et tout leur expliquer afin qu'ils puissent venir constater de leurs propres yeux le double jeu de Cummerbatch.

Après réflexion, il décida de se rendre au plus vite à la boucherie.

« C'est dans ce sous-sol qu'en toute vraisemblance ils iront ensuite », se dit-il, et il remonta la grand-rue, à vive allure d'abord, puis en courant.

Il y avait de nouveau du monde sur les trottoirs. Les Londoniens rentraient du travail, récupéraient leurs enfants, se rendaient dans les abris, au cas où.

Lorsqu'il fut enfin en vue de la porte noire, Mr Norris frissonna au souvenir de ses dernières aventures ici même.

Il vit arriver deux jeunes gens en chemise noire qui disparurent à l'intérieur. D'après sa montre, le meeting devait commencer dans vingt minutes environ.

Si Cummerbatch et Florrie étaient déjà là – ce qui était probable –, il tomberait fatalement sur eux. Florrie le reconnaîtrait et il serait capturé lui aussi.

Ce qui me ferait une belle jambe, songea-t-il.

Une grande inspiration appuya sa décision : il allait de nouveau entrer par l'arrière.

Après avoir fait au trot le tour du pâté de maisons, il reconnut sans peine celle qui se trouvait derrière la boucherie. Il escalada la clôture, traversa le jardin et se retrouva dans la cour à l'arrière du magasin.

La fenêtre n'avait pas encore été réparée, aussi se glissa-t-il rapidement à l'intérieur. La hache était là, en face de lui, mais elle serait trop peu maniable. Il opta pour un couteau plus petit et très aiguisé qu'il trouva sur l'étal. La porte donnant sur la cave n'avait pas été réparée non plus et il se faufila dans l'escalier. Il entendit des voix venant d'une pièce au bout du couloir en bas.

« Elle doit être quelque part ici. » La voix de Florrie domina les autres, accompagnée du bruit de meubles déplacés. « Allez, aidez-moi à la chercher. » Mr Norris se blottit à l'abri d'une encoignure de porte, l'oreille aux aguets. Il reconnut la voix du professeur, celle de Mary Montgomery et de son horrible sœur, ainsi que d'autres personnes qui se trouvaient à Chiltern Church.

« Qu'est-ce qu'elle fait ici, celle-là ? demanda l'un d'eux.

– On la garde en otage ce soir », répondit une voix grave et cultivée. Était-ce Cummerbatch ? « Je vous expliquerai tout quand le meeting commencera. »

Parlaient-ils de Mrs Braithwaite ?

À mesure qu'arrivaient d'autres personnes, la recherche de

la bombe se fit plus discrète, bien qu'il entendît toujours des bruits de meubles qu'on déplaçait.

Florrie et Cummerbatch avaient dû sortir dans le couloir pour un échange privé car Mr Norris les entendit soudain beaucoup plus distinctement, plus près de lui.

« Peut-être n'a-t-elle pas eu le temps de poser la bombe, disait Florrie.

– J'aurais cru que Braithwaite serait là en personne, dit la voix grave, pensive.

– Nous avons regardé partout. Tu es sûr qu'elle avait vraiment l'intention de passer à l'acte ?

– Dépêchons-nous d'ouvrir le meeting, soupira Cummerbatch. Et d'évacuer tout le monde à la fin, par précaution. »

Il retourna dans la pièce et tapa dans ses mains pour obtenir le silence. Il y eut un brouhaha et des bruits de chaises indiquant que l'assistance se mettait en place.

Mais Mr Norris n'y prêtait plus attention.

Derrière lui, un bruit de pas avait retenti dans l'escalier, celui qui descendait de la boucherie.

Pétrifié, il resta aussi immobile que possible jusqu'au moment où il reconnut avec soulagement la silhouette qui s'approchait : Baxter.

« Mr Norris ! Je pensais bien vous trouver ici, chuchota-t-il. Comment ça se passe ?

– Plutôt mal. Ils ont capturé Mrs Braithwaite. Mais ils n'ont pas trouvé la bombe. » Son regard balaya l'obscurité autour de Baxter. « Je croyais que vous deviez venir accompagné des types du MI5 ?

– Oh, ils sont restés dehors. Il faut d'abord attendre que le meeting démarre. Ils doivent prendre Cummerbatch sur le fait.

– Ah, bien sûr.

– Allons. Approchons-nous dans le couloir pour mieux entendre. »

Baxter passa le premier, suivi par Mr Norris qui tendit l'oreille avec appréhension quand Cummerbatch monta sur l'estrade.

« L'heure du changement est venue pour nous, pour les national-socialistes comme pour la Grande-Bretagne », annonçait ce dernier d'une voix vibrante et triomphale.

Quelques instants plus tard, Baxter avait trouvé Betty dans son placard et l'en avait tirée pour qu'elle écoute avec eux.

« Ah, te voilà, chérie ! » chuchota-t-il. Mais il y avait un changement impalpable dans le ton de sa voix.

« Où sont les responsables du MI5 ? souffla Betty. Il faut qu'ils assistent à la suite, c'est le moment. »

Baxter siffla en direction de l'escalier. On entendit ce qui restait de la porte céder avec fracas et des pas lourds descendre rapidement les marches.

Mr Norris se retourna juste à temps pour voir quatre malabars qui ne ressemblaient pas du tout à des dirigeants du MI5 fondre sur eux.

« Baxter ! » hoqueta Betty comme l'un des quatre la saisissait et la précipitait à l'intérieur de la salle tandis que Baxter tenait obligeamment la porte ouverte.

Un autre empoigna Mr Norris pour le pousser aussi, lui tordant les bras derrière le dos, ce qui fit tomber le couteau de boucher sur le sol avec un cliquetis retentissant.

« Je vois que Mr Fox nous a rejoints avec quelques autres otages », déclara posément Cummerbatch sur l'estrade, ponctuant sa remarque d'un petit rire satisfait.

Mr Norris aperçut Mrs Braithwaite bâillonnée et ligotée sur une chaise près de l'estrade.

« Amenez-les jusqu'ici pour que nous les voyions. »

Les hommes de main les tirèrent sans ménagement et les attachèrent à des chaises à côté de Mrs Braithwaite.

Baxter s'approcha de Cummerbatch et ils eurent un bref conciliabule à voix basse. Puis Baxter vint se placer à côté de Betty.

« Comment as-tu pu faire ça ? cracha-t-elle.

– Oh, ma chérie, tu n'as jamais été un as de l'espionnage ! dit-il avec un sourire navré. C'est pourquoi Cummerbatch t'a désignée pour cette mission : il savait que tu ne faisais pas le poids face à nous. Maintenant, sois gentille et dis-moi où tu as caché la bombe.

– Jamais !

– Alors tu prends le risque de tous nous faire sauter ensemble, à commencer par toi et ta chère mère ? » Il la regarda froidement. « Peu importe, de toute façon. J'ai sectionné le détonateur avant que tu ne la récupères hier soir. Elle n'explosera pas.

– Comment peux-tu être si sûr que je ne m'en suis pas aperçue ?

– Parce que tu n'es pas assez minutieuse, ma chère Betty, voilà tout ! »

Debout devant l'assistance hétéroclite composée maintenant de plus d'une vingtaine de personnes, Cummerbatch annonça : « Nous avons eu quelques revers ces derniers temps et avons certes perdu certains de nos membres, mais sachez que dorénavant, cette organisation fonctionnera comme une horloge. Finies les erreurs, finis les plans boiteux. » Il posa sur Betty un regard appuyé et sa voix, plus basse, devint râpeuse et menaçante. « Finis les espions. »

Des applaudissements éclatèrent dans l'assistance, qu'il fit rapidement taire.

« Aujourd'hui marque un nouveau départ. Le Führer commence le... »

Une effrayante salve de coups de feu retentit dans l'escalier, suivie de cris et de pas lourds.

Des hommes firent irruption dans la salle. Ils devaient être une bonne douzaine et se positionnèrent rapidement pour neutraliser le public disparate.

C'était la police.

Stupéfait, Mr Norris regarda les agents saisir et menotter tous les présents.

« Nous vous arrêtons tous sur présomption de haute trahison », annonça l'inspecteur principal aux fascistes.

C'est curieux, j'ai l'impression de le connaître, se dit Mr Norris.

Puis la mémoire lui revint. C'était lui qui était venu arrêter Anthony Metcalf devant la brocante.

Il tourna aussitôt la tête vers Betty.

« C'est vous qui… ? »

Elle sourit.

« Ma foi, si quelqu'un vous donne son numéro de téléphone, c'est assez mal élevé de ne pas s'en servir. »

60

Il était plus de dix heures ce soir-là lorsque prit fin leur interrogatoire préliminaire par la police. Debout devant Scotland Yard avec sa mère, qui renouait son foulard sur sa tête, Betty attendait la sortie de Mr Norris pour regagner Shilling Lane. Ils devraient revenir le lendemain matin pour faire une déposition officielle. La police avait besoin de preuves en nombre suffisant pour envoyer les membres de l'UFB très longtemps en prison.

« Betty, ma chérie, je suis désolée pour Baxter. Je sais que tu lui étais très attachée. Comment as-tu découvert la vérité ? demanda Mrs Braithwaite en passant un bras autour des épaules de sa fille.

– Ma foi, pour être honnête, ça a plutôt été une affaire de déduction logique. Il avait dit que Mary Montgomery le soupçonnait d'avoir une histoire avec Florrie, ce qui était une idée farfelue – tellement farfelue que je me suis demandé s'il n'y avait pas un grain de vérité à la base. » Elle fit à sa mère un petit sourire triste, bouche fermée. « Mary n'est pas idiote, et la seule raison qu'elle pouvait avoir de soupçonner une liaison entre Baxter et Florrie, à mon avis, c'est qu'elle les avait vus ensemble. Après ça, la question suivante coulait de source : pourquoi n'avait-il pas reconnu qu'il voyait

Florrie si leurs rapports étaient innocents ? La vérité devait être beaucoup plus complexe.

– Ils étaient ensemble depuis longtemps ?

– D'après ce que j'ai compris, Baxter et Cummerbatch se partageaient Florrie, et on l'envoyait recruter d'autres membres quand elle pouvait. Elle n'appartenait à proprement parler à personne, ou plutôt, elle appartenait au groupe, qu'elle dirigeait à sa façon. C'était elle le lien entre eux tous, elle le cerveau.

– D'après la police, Cummerbatch lui-même était un pion entre ses mains.

– Oui. C'était elle qui contrôlait le trafic d'armes clandestin dans le garage de Clapham. C'était elle le contact du groupe avec Berlin. C'est assez sordide au fond, tu ne trouves pas ? conclut Betty avec une grimace.

– En effet. Je ne sais pas comment elle a pu orchestrer tout ça.

– Elle est très astucieuse.

– Pas autant que toi, ma chérie, dit Mrs Braithwaite en haussant les épaules. Qu'est-ce qui va leur arriver maintenant ?

– Cummerbatch et Baxter vont aller en prison et les sœurs Montgomery seront sans doute internées sur l'île de Man. C'est là que les civils susceptibles de constituer une menace et les ressortissants allemands ou italiens sont envoyés pour être mis hors d'état de nuire. Les dirigeants du MI5 vont sûrement essayer de convaincre Florrie de devenir agent double maintenant qu'elle a prouvé sa valeur à l'UFB et aux dignitaires nazis. »

Mr Norris vint les rejoindre. « Bon, eh bien, il est temps de rentrer à la maison et de célébrer notre succès avec un bon thé.

– Il faut d'abord que j'aille au quartier général du MI5, déclara Betty avec un profond soupir. Je sais que je vais me faire remonter les bretelles parce que j'ai pris des initiatives personnelles.

– Bien sûr que non, riposta Mr Norris. Vous serez félicitée d'avoir fait du bon travail ! »

Malgré tout, lorsqu'elle franchit le seuil du QG vingt minutes plus tard, elle eut l'impression que tout le monde était déjà au courant de ses faits et gestes. Dans les couloirs, ceux qu'elle croisait la regardaient de biais. La réceptionniste l'informa avec brusquerie que Mr Ratchington l'attendait. Même le garçon d'ascenseur savait à quel étage elle allait sans qu'elle ait eu besoin de le lui dire.

« Entrez, Braithwaite », dit Mr Ratchington quand elle frappa. Elle prit une grande inspiration avant de franchir la porte.

Étant l'un des plus hauts responsables dans la hiérarchie du MI5, il occupait un bureau tout en haut du bâtiment, une pièce luxueuse compte tenu des critères de guerre. Il était assis derrière un grand bureau en acajou, les coudes écartés, les doigts se touchant. Son visage sévère était marqué de rides profondes, comme celui d'un homme arrivé à l'âge mûr sans avoir souvent souri.

« Asseyez-vous, Braithwaite. »

Elle obéit.

« J'ai entendu ce soir une curieuse histoire, et elle tourne autour de vous. » Il s'éclaircit la voix et s'appuya au dossier de son fauteuil. « Ayez la bonté de m'éclairer. »

Reprenant tout depuis le début, Betty lui raconta les événements récents : comment elle avait été capturée à deux reprises, comment sa mère s'était trouvée mêlée à l'affaire ainsi que son propriétaire. Comment elle avait soupçonné Cummerbatch d'abord, Baxter ensuite, et finalement, comment elle avait décidé de mettre fin à leurs agissements.

« Je soupçonnais que c'était un piège, monsieur, et je voulais juste me couvrir. C'est pourquoi j'ai appelé la police avant de passer à l'action. »

Il la regarda sévèrement, puis se pencha en avant, les mains en clocher, et plissa les yeux.

« Peut-être auriez-vous pu régler cette situation en amont ? Les choses se seraient alors déroulées beaucoup plus proprement, vous savez.

– Ah, mais je me demande si j'aurais pu…

– Pourquoi les avez-vous laissés vous capturer la seconde fois ? Vous n'aviez donc pas compris après la première ?

– Je le regrette, monsieur. » Elle rougit.

« Quand la police aura fini de rassembler les preuves, vous prendrez quarante-huit heures de congé et irez au rapport chez Ingham au septième étage.

– Est-ce qu'il… Puis-je être sûre que ce n'est pas…

– Non, ce n'est pas un transfuge. C'est ce que votre bafouillage signifiait, Braithwaite ? Ingham est une femme, et elle est à la tête de l'équipe qui retourne les agents nazis et les intègre à nos services.

– Quelle prouesse ! » s'écria Betty.

Mr Ratchington fronça les sourcils. « Non, Braithwaite, dit-il avec le plus grand sérieux. Notre travail n'est pas de l'ordre de la prouesse. Il est affaire de méthode, de stratégie et de minutie. » Il fixa sur elle un regard pénétrant. « Maintenant, profitez de vos quarante-huit heures pour digérer tout ceci. Soyez prête à reprendre le collier à votre retour.

– Bien, monsieur. Merci, monsieur », dit-elle en se levant. Et elle se dirigea vers la porte.

« Une dernière remarque, Braithwaite. »

Elle tourna la tête.

« Bien joué ! » Enfin, l'ombre d'un sourire.

61

Mr Norris rentra chez lui à cinq heures. Mais il ne revenait pas du travail. Il n'y était pas allé de plusieurs jours. Après de longs entretiens d'abord avec la police, ensuite avec le MI5, Mrs Braithwaite et lui avaient finalement été renvoyés chez eux.

Mrs Braithwaite devait rentrer à Ashcombe le lendemain matin et il allait enfin retrouver sa routine, totalement bouleversée ces derniers temps.

Il poussa un grand soupir en s'affairant dans sa cuisine. S'il était honnête avec lui-même, il ne se souvenait pas d'avoir connu une période aussi exaltante. Cette dernière semaine, il avait vécu intensément. Il avait oublié les comptes, le repassage et l'obsession d'avoir une bonne nuit de sommeil. Il ne tiquait même plus quand Mrs Braithwaite insistait pour cuisiner du Spam et mettait sens dessus dessous sa cuisine bien rangée.

Aujourd'hui, il s'était arrêté sur le chemin du retour afin de se procurer à grand-peine des côtelettes d'agneau pour le dîner.

« Ce soir n'est pas un soir comme les autres », dit-il en tirant une chaise pour Mrs Braithwaite. Pour une fois, ils dînaient dans la salle à manger, une pièce habituellement sinistre qu'il avait égayée avec une chandelle et un vase empli de jonquilles du jardin. Il avait même emprunté le tourne-disque de Cassandra et mis un air de jazz entraînant, « All of Me ».

« Eh bien ! C'est un vrai plaisir, après la semaine que nous avons passée ! » Mrs Braithwaite s'installa confortablement et ils discutèrent à nouveau de l'affaire et des frissons qu'elle leur avait donnés, surtout maintenant qu'ils savaient que tout se terminerait bien.

Après le dîner, ils débarrassèrent la table et allèrent à la cuisine, où Mr Norris fit la vaisselle tandis que Mrs Braithwaite l'essuyait, comme d'habitude.

Mr Norris n'était pas très sûr de ce qu'il éprouvait au juste à l'idée du retour de Mrs Braithwaite à Ashcombe. Quand il était monté se coucher la veille, il était resté éveillé en pensant à elle et à ce qu'elle commençait à représenter pour lui. Qui eût cru que la virago sans gêne qui avait débarqué chez lui sans crier gare deviendrait quelqu'un qu'il avait fini par apprécier autant, il s'en rendait compte à présent ? Il gloussa en se rappelant l'interrogatoire qu'elle leur avait fait subir – à juste titre en ce qui concernait Florrie, la suite l'avait prouvé. Il se plaisait à penser que, tout au long de leurs aventures, il avait exercé sur elle une influence bénéfique, qu'elle avait appris à être plus prudente et à obtenir des informations de façon plus subtile.

« Et on dirait qu'elle a retrouvé le chemin de son propre cœur », avait-il conclu dans l'obscurité de sa mansarde.

Elle avait perdu son agressivité et se montrait plus attentive aux autres. Il était étonné de constater à quel point il se réjouissait de lui parler de sa journée ou de faire la vaisselle avec elle. Elle allait beaucoup lui manquer.

Elle prit une autre assiette pour l'essuyer.

« Je viendrai vous voir, bien sûr. Betty habite ici, ainsi que Cassandra. Et Blanche n'est pas loin non plus. » Elle marqua une pause. « Et puis, bien sûr, il y a notre amitié.

– Notre amitié, répéta-t-il à mi-voix. Vous appelleriez ça comme ça ?

– Eh bien, oui, après toutes les fois où nous nous sommes aidés, où nous nous sommes sauvé la vie, et j'en passe. »

Il se dit que c'était *lui* qui l'avait sauvée elle plutôt que l'inverse, mais il préféra ne pas relever la remarque. Après tout, c'était un agréable changement d'être un acteur dans l'histoire plutôt que celui qui reste sur la touche.

Elle contempla l'évier, évitant son regard. « Vous ne diriez pas que nous sommes amis, vous ?

– Ma foi, si, sans doute, répliqua-t-il avec un petit rire embarrassé. Encore qu'à mon avis “complices” serait un mot plus juste. »

Elle se mit à rire. « Nous avons fait une fameuse équipe, hein ? Enfin, quand vous avez remisé votre frousse pour m'accompagner !

– Je ne crois pas que vous puissiez traiter de froussard un homme qui vous a sauvée – deux fois, je le rappelle –, ma chère Mrs Braithwaite. J'admets avoir un naturel prudent, peut-être un peu inquiet, mais assurément, je ne suis pas un froussard.

– Admettons ! » dit-elle avec un demi-sourire.

Mr Norris secoua la tête en riant et tenta de lui arracher son torchon. « Si je vous montrais comment je suis venu à bout de Briggs dans le sous-sol, vous ne seriez plus en état de rentrer à Ashcombe. Vous seriez obligée de rester ici ! »

Elle lâcha le torchon et reprit brusquement son sérieux.

« Il faut bien que je rentre, répliqua-t-elle. C'est là-bas que j'habite, que j'ai ma maison, ma vie. Je suis venue chercher Betty et je vous ai promis de repartir quand ce serait fait. Alors, je dois rentrer.

– Ne soyez pas ridicule, objecta-t-il en posant son torchon pour lui prendre la main. Vous savez bien que vous n'êtes pas obligée de repartir. Et je suis certain que vous n'avez aucune intention de me rendre la clé !

– Qu'est-ce que vous allez imaginer ! répondit-elle vertueusement, comme si jamais pareille idée n'avait pu lui effleurer l'esprit. D'ailleurs, je sais pertinemment que vous allez donner toutes mes boîtes de Spam dès que j'aurai le dos tourné.

– On ne peut rien vous cacher, Mrs Braithwaite ! »

Elle le regarda et avança timidement : « Puisque nous avons dit que nous étions amis, peut-être pourriez-vous m'appeler par mon prénom ? »

Le front de Mr Norris se plissa. Il n'était pas sûr de vouloir l'appeler autrement que « Mrs Braithwaite ». Mais cela dépendait du prénom. Certains passent plus facilement que d'autres, ils glissent bien sur la langue.

« Comment vous appelez-vous ?

– Phyllis. Et vous ? »

Il marqua un instant d'hésitation. « Euh… tous mes amis m'appellent Norman.

– Est-ce à dire que si vos amis vous appellent ainsi, ce n'est pas votre vrai prénom ? Je me trompe ?

– J'aimerais autant le garder pour moi, si vous permettez.

– Oh, je vous en prie !

– Promettez-moi de ne pas rire. »

Elle hocha la tête.

« Lancelot.

– C'est vrai que vous avez joué les preux chevaliers avec moi ! dit-elle en étouffant un gloussement.

– Ma mère adorait Tennyson et les histoires de la Table ronde. Mais personne ne m'a jamais appelé Lancelot, sauf Gordon, évidemment.

– Votre frère ?

– Oui, mon frère. » Mr Norris – Lancelot – évoqua alors le rire contagieux de Gordon, le plaisir qu'il prenait au monde environnant, leurs promenades dans le parc, leur goût pour l'observation des oiseaux, et les heures qu'ils passaient à parler de leur vie.

C'est quand même curieux, pensa-t-il en montant se coucher. *On garde jalousement ses histoires pour soi et puis un jour, on rencontre quelqu'un à qui on a envie de les raconter toutes affaires cessantes.*

Il avait l'impression que son cœur s'était fracturé, et qu'une foule d'expériences et de sensations en avaient jailli pêle-mêle, comme si elles avaient été repliées à l'intérieur et n'attendaient pour sortir que le bon cadre, la bonne soirée, la bonne compagnie.

62

Ce fut dans l'après-midi du lendemain que Mrs Braithwaite ouvrit la porte de chez elle à Ashcombe. Elle avait trouvé le trajet depuis la gare long et pénible, car le chef de gare avait annoncé fermement qu'il était beaucoup trop occupé pour l'aider à porter sa valise.

Sa maison était exactement telle qu'elle l'avait laissée ; elle lui parut pourtant étrangère, comme si elle appartenait à une autre personne, une autre Mrs Braithwaite. Elle alla dans la cuisine se préparer une tasse de thé et, en attendant que l'eau chauffe, ses yeux tombèrent sur son service à thé Royal Doulton, immaculé et prêt à servir à tout moment. Un cadeau de mariage de tante Augusta « pour les visiteurs de marque ».

Elle eut un petit rire sarcastique. « Ça fait combien d'années que je ne m'en suis pas servie ? » Alors elle le mit sur la table de la cuisine dans l'intention de l'emballer plus tard. « Je me suis accrochée bien trop longtemps à ces objets qui ne servent à rien, sauf à me rappeler les erreurs que j'ai faites dans ma vie. »

Elle pourrait peut-être le vendre. Donner l'argent à Betty. Une chose était sûre : elle n'offrirait pas à Betty de service à thé comme cadeau de mariage. Quel usage une espionne pourrait-elle en avoir ?

Elle passa dans le salon et se laissa tomber sur le canapé à fleurs. Elle se souvint de la dernière fois qu'elle s'y était assise, le jour où elle avait fulminé contre Mrs Metcalf et décidé d'aller voir Betty.

« Et mon Dieu, que j'ai bien fait ! s'exclama-t-elle tout haut. Sinon je serais toujours ici, prisonnière de tout ce passé. »

Se rappelant l'heure, elle renoua son foulard sur sa tête et sortit. Elle devait aller remercier Mrs Metcalf pour ce qu'elle avait fait : si elle ne l'avait pas poussée dehors, jamais elle ne serait partie à la recherche de Betty, jamais elle ne se serait rendu compte que la vie ne se réduisait pas à sa position dans la hiérarchie du village, mais était autrement plus riche et complexe.

Le vent soufflait, et un soleil vif alternait avec un ciel chargé de nuages noirs. Une petite averse venait de prendre fin et le trottoir luisait sous le soleil de la fin d'après-midi.

Mrs Braithwaite se dirigea d'un bon pas vers le village. Si Mrs Metcalf se consacrait sérieusement à ses nouvelles fonctions, elle devait être à la salle des fêtes ou dans le bureau juste derrière, assise à l'ancienne table de travail de Mrs Braithwaite, à examiner méticuleusement l'ouvrage des couturières, la cantine mobile, les collections de métaux à fondre pour l'armement et l'organisation des braderies. Les souvenirs lui revinrent en foule à l'esprit : comme toutes ces tâches lui avaient semblé importantes ! Elle avait pris son rôle beaucoup trop au sérieux, laissé libre cours à sa tendance à tout mener à la baguette et oublié, au fond, qu'elle dirigeait une organisation de bénévoles pour des ménagères, et non une opération militaire de premier plan.

La salle des fêtes était une vraie ruche. Les dames du village préparaient une braderie. Des tables pliantes avaient été déployées, et des bénévoles triaient de grandes piles de vieux vêtements par taille et genre.

Quelqu'un – Patience, peut-être – avait apporté un gramophone et toutes balançaient les hanches en fredonnant « In the Mood ». Les saxos de l'orchestre emplissaient l'espace de leurs accords rythmés.

L'une des bénévoles remarqua Mrs Braithwaite, baissa rapidement la tête et se remit au travail en essayant d'éviter son regard. Mais Mrs Braithwaite s'approcha et lui adressa un large sourire. Elles parurent surprises de la voir. L'attitude autoritaire et tyrannique à laquelle elle les avait habituées rendait ce sourire incongru.

L'avaient-elles jamais vue sourire auparavant ?

« Bonjour tout le monde ! Puis-je me joindre à vous pour vous aider aujourd'hui ? »

Patience apparut à côté d'elle. « Vous êtes déjà de retour ? J'espère que vous avez passé un bon séjour à Londres.

– Ah, il a été plutôt mouvementé, si vous voulez savoir ! répondit-elle aimablement.

– Ça ne m'étonne pas, vous connaissant ! » s'exclama Patience d'une voix qui dérapa dans les aigus. La réflexion mesquine et condescendante se réverbéra dans la pièce.

L'ancienne Mrs Braithwaite aurait prestement remis Patience à sa place en quelques mots bien sentis, mais la nouvelle Mrs Braithwaite cherchait à se faire pardonner.

« Betty avait des ennuis et je ne vais pas entrer dans les détails maintenant. Disons seulement que je me suis fait de nouveaux amis et que ça n'a pas été une mince affaire de la retrouver et de la ramener à la maison. » Les bénévoles se dévisagèrent, ne sachant comment réagir.

Certaines vinrent entourer Mrs Braithwaite, qui regretta d'en avoir dit aussi long. Car les supérieurs de Betty au MI5 lui avaient fait signer un document qui l'engageait à respecter la loi sur les secrets officiels, et Betty avait bien précisé qu'il ne fallait rien dire, notamment au sujet d'Anthony Metcalf.

Mrs Braithwaite regarda les visages familiers. « Oh, ce n'était rien d'extraordinaire, au fond…

– Rien d'extraordinaire ? Qu'est-ce à dire ? » tonna une voix hautaine. Le groupe de dames s'écarta pour laisser passer Mrs Metcalf. Elle devait se trouver dans le bureau à l'arrière, d'où elle avait entendu un remue-ménage. « Ah, Mrs Braithwaite, contente de vous voir de retour », dit-elle d'un ton qui démentait ses paroles.

Elle fit quelques pas vers le groupe.

« J'étais juste en train de raconter à ces dames mon voyage à Londres », dit Mrs Braithwaite, un peu prise de court par l'attitude condescendante de Mrs Metcalf. Bien entendu, celle-ci ignorait encore le sort de son cher Anthony. Il était toujours interrogé, et sa famille ne devait pas savoir qu'il avait été arrêté.

Elle aurait pu dire quelque chose, se servir du déshonneur d'Anthony pour moucher Mrs Metcalf et faire disparaître son arrogant sourire. Mais ce comportement-là était celui de l'ancienne Mrs Braithwaite.

Aujourd'hui, elle éprouvait une profonde compassion pour Mrs Metcalf. On ne pouvait souhaiter à personne de vivre l'horreur des moments qui l'attendaient.

« Disons juste que ce séjour a été une aventure ! répondit-elle pour couper court aux explications.

– Ah oui ? lança froidement Mrs Metcalf. Eh bien nous, nous avons autre chose au programme que des “aventures”. Nous organisons notre plus grosse vente de charité samedi, et vous êtes bien placée pour savoir que le succès d'une vente de charité, c'est son organisation en amont. Qui viendra acheter nos articles s'ils sont mal triés ?

– Nous voulons que cette vente rapporte assez d'argent pour financer un nouveau Spitfire, renchérit Patience. On nous a dit qu'il s'appellerait “La Dame d'Ashcombe” en notre honneur.

– Oh, quelle belle idée ! » s'exclama Mrs Braithwaite d'un ton si chaleureux que les bénévoles la regardèrent avec curiosité, sidérées par ce changement de comportement totalement inattendu.

« Dites-moi, Mrs Braithwaite, s'enquit l'une d'elles, vous vous sentez bien ? »

Une autre chuchota à haute et intelligible voix : « Je crois qu'elle a bu.

– Parfaitement bien, merci, lança gaiement Mrs Braithwaite. En fait, jamais je ne me suis sentie aussi bien. » Elle prit une grande inspiration, comme si l'air de la campagne était délicieux, et déclara : « Si nous reprenions le travail ? Samedi est dans quelques jours et je suis sûre que nous pourrons financer ce Spitfire si nous y mettons tous nos efforts ! »

Elle suivit les autres vers les tables où étaient les vêtements, mais Mrs Metcalf l'intercepta.

« J'espère que vous n'êtes pas revenue avec le projet de reprendre le rôle de chef ? Nous avons été très efficaces depuis que vous êtes partie.

– Oui, renchérit Prudence. Avec ma mère aux commandes, tout va comme sur des roulettes. »

Une autre femme, petite et inquiète, intervint et lâcha un flot de paroles qui se déversèrent comme un trop-plein. « On ne veut pas de vous ici, Mrs Braithwaite. Vous venez là tout sucre, tout miel, mais vous allez recommencer à nous tyranniser toutes ici. Vous vous croyez au-dessus de tout le monde, alors que vous êtes comme nous autres. Pire, même. Nous au moins, on n'a pas fait fuir nos maris. »

Le visage de Mrs Braithwaite s'allongea. « C'est vraiment ça que vous pensez de moi ? » Toutes l'observaient, mais lorsqu'elle les dévisagea l'une après l'autre, les regards se détournèrent. « Que je tyrannisais tout le monde et que c'est moi qui ai fait fuir mon mari ? »

Ses épaules se voûtèrent et chaque ligne de son corps traduisit sa détresse. Elle saisit son sac et se tourna lentement vers la porte.

« Ce n'est pas moi qui l'ai chassé, murmura-t-elle comme pour elle-même. Il m'a quittée et je n'ai rien pu faire pour l'en empêcher. Il a rompu notre mariage et détruit ma vie du même coup. » Elle releva la tête et regarda les autres. « Ne me jetez pas la pierre parce que mon ignoble mari m'a quittée. Vous devriez plutôt me plaindre. Et surtout, nous autres femmes, nous ne devrions pas nous condamner à cause de ce qu'un homme décide de nous faire subir. »

Tout le monde avait cessé de travailler, les yeux braqués sur elle.

« Au lieu de nous critiquer entre nous, nous devrions être solidaires. Nous ne sommes pas dans une course où l'une gagne et toutes les autres perdent. Voulons-nous vraiment un monde où les hommes peuvent nous isoler de la communauté alors que nous n'avons rien fait de mal ? Ou un monde où les femmes se soutiennent et se battent ensemble ? »

Elle regarda autour d'elle et vit que les autres se rapprochaient lentement d'elle.

« Je sais que j'ai été un peu autoritaire dans le passé, et je le regrette.

– Pas qu'un peu ! lança une voix à l'arrière.

– Je le reconnais, mais c'est fini, maintenant. J'aimerais laisser le souvenir d'une femme qui aime donner son temps, son énergie et tout son cœur pour aider les autres, résoudre leurs difficultés et leur redonner de l'espoir quand leur moral flanche. La vie n'est pas une affaire de classe ou d'argent. Ni l'occasion de rabaisser les autres. Et encore moins celle de juger les autres en fonction des membres de leur famille. »

Elle regarda Mrs Metcalf, qui allait devoir affronter la honte que son fils adoré s'apprêtait à lui infliger. Ironie du sort, ce qu'elle venait de dire préparait le groupe à resserrer les rangs autour de Mrs Metcalf le moment venu. Une fois que la vérité sur Anthony serait divulguée, Mrs Braithwaite ne voulait pas que sa mère voie les femmes du village lui tourner le dos à elle aussi. Non. Mrs Metcalf aurait plus que jamais besoin de leur soutien à toutes.

Toujours habitée par cette idée, elle hocha lentement la tête en regardant autour d'elle. « Je ne devrais pas être blâmée parce que mon mari m'a quittée. Et nous devons aussi soutenir toutes celles d'entre nous qui ont été trahies par un homme. Les entourer d'égards, de gentillesse, et non de reproches ou de ressentiment. Il faut que nous soyons unies et fortes. »

Des murmures approbateurs commencèrent à se faire entendre, et quelques voix s'élevèrent pour dire : « Elle a raison ! », « Bien dit ! »

Mrs Metcalf se fraya un passage jusqu'au premier rang et esquissa un sourire qui s'arrêtait avant ses yeux. « Merci, Mrs Braithwaite, dit-elle en l'orientant vers la porte. Je crois que vous nous avez assez aidées pour aujourd'hui.

– Je voulais vous donner un coup de main pour la braderie, bégaya Mrs Braithwaite en essayant de contourner Mrs Metcalf pour réintégrer le groupe. Je sais que je n'ai jamais aidé à trier les vêtements pour une vente de charité, mais je suis sûre que c'est dans mes cordes. »

Mrs Metcalf se pencha, saisit le battant de la porte et l'ouvrit tout grand. « Merci de nous laisser faire notre travail. Nous avons vraiment beaucoup de pain sur la planche. »

Alors une chose incroyable se produisit. Contre toute attente, Prudence fit un pas en avant, se détachant du groupe, et intervint en faveur de Mrs Braithwaite : « Pourquoi ne peut-elle rester pour nous aider ? Elle a raison, nous devrions nous serrer les coudes. Nous sommes nombreuses ici à avoir traversé des moments difficiles, et dans la plupart des cas, sans rien avoir à nous reprocher. Si nous étions solidaires, nous nous en tirerions toutes beaucoup mieux. »

Une autre femme s'avança, plus vieille et voûtée. « Je trouve que Mrs Braithwaite a raison. Ne ferait-il pas meilleur vivre dans notre village si nous nous soutenions mutuellement ?

– Bien dit, bravo ! crièrent quelques bénévoles et elles s'avancèrent aussi.

– Mrs Braithwaite, dit Patience en souriant, je crois que nous tenons le bon bout. »

Des applaudissements et acclamations sonores retentirent dans la pièce.

Mrs Braithwaite rejoignit le groupe, radieuse.

Mrs Metcalf la suivit. « Je suis désolée de la façon dont s'est terminé votre bénévolat au SVF, Phyllis. Certes, nous avons toutes apprécié le travail que vous avez fait, mais vous comprenez peut-être que vous n'étiez pas la mieux placée pour diriger le groupe. »

Mrs Braithwaite asséna une vigoureuse claque sur l'épaule de Mrs Metcalf, la propulsant un ou deux pas en avant. « Complètement d'accord, Myrtle », répondit-elle avec un grand rire, comme si brusquement tout allait pour le mieux dans le meilleur des mondes. « Et je tiens à vous remercier de m'avoir virée : ça m'a forcée à entreprendre une quête personnelle. Un vrai coup de chance ! J'étais loin de me douter qu'en cherchant ma fille, c'est moi que je trouverais. »

Ces dames applaudirent à nouveau et quelqu'un changea le disque pour passer « Singin' in the Rain ». Toutes les bénévoles regagnèrent les tables encombrées en se trémoussant.

Mrs Metcalf resta seule devant Mrs Braithwaite. « J'avoue

que j'ai beaucoup regretté la façon dont les choses se sont terminées entre nous. Nous étions si bonnes amies autrefois.

– Oui, c'est vrai, répondit Mrs Braithwaite en donnant une autre tape amicale sur l'épaule de son interlocutrice. Alors voyons si nous ne pouvons pas le redevenir !

– J'espère que vous allez rester et nous aider pour la braderie.

– Bien sûr. Par où faut-il commencer ? »

Mrs Metcalf lui désigna une table où s'entassaient des vêtements d'enfant. « Ici ! Nous ne sommes pas en avance, mais je connais votre efficacité redoutable ! lança-t-elle plaisamment.

– Je ne vous le fais pas dire ! »

Et elles éclatèrent de rire en chœur.

63

Le lendemain après-midi, Betty se rendit au 47, Rectory Road. Blanche était sortie de l'hôpital et logeait chez son ancienne directrice, Mrs Churley. La petite maison mitoyenne était peinte en blanc et des rideaux à carreaux rouge et blanc égayaient les petites fenêtres régulièrement espacées. Betty frappa timidement à la porte.

Elle fut ouverte quelques instants plus tard par une jeune femme à peine plus âgée qu'elle, au sourire accueillant et aux courts cheveux bruns coupés de façon approximative. Sa béquille et les bandages sur son unique jambe indiquaient qu'elle était loin d'être rétablie, et une de ses joues était encore barrée d'un pansement au-dessous duquel s'étalaient des brûlures cicatrisées.

« Vous devez être l'autre miss Braithwaite », dit la jeune femme d'une voix douce, en faisant signe à Betty d'entrer. Ses yeux bruns brillaient. « Moi, c'est Blanche, ajouta-t-elle.

– Et moi, je suis bien Betty. Betty Braithwaite. » Elle tendit la main, mais voyant que celle de Blanche était complètement bandée, elle eut un mouvement de recul. « Oh, je vous en prie, excusez-moi. Je ne pensais pas…

– Ne vous en faites pas, dit Blanche en riant. Ça finira par guérir. En attendant, ça complique un peu les présentations. Venez vous asseoir. Je vais mettre la bouilloire. »

Betty la suivit dans une petite cuisine bien rangée décorée de papier mural à fleurs et de torchons de différentes couleurs : vert pâle, bleu ciel, rose. On s'était servi du four et une bonne odeur de pain frais emplissait la pièce. La radio était branchée dans le salon et la voix apaisante de speakers de la BBC arrivait jusqu'à elles. Blanche emplit la bouilloire et la mit sur le feu.

Elle marchait avec une béquille et se débrouillait très bien, la coinçant sous un bras quand elle avait besoin de ses deux mains, pour préparer le thé par exemple.

« Ça ne doit pas être commode de s'habituer à manœuvrer cette béquille, dit Betty gentiment.

– Au moins, ça ne m'empêchera pas d'exercer mon métier. J'avais peur qu'on ne me l'interdise, car enseigner à des petits enfants vous oblige à bouger pas mal, mais ceux de ma classe tenaient absolument à m'avoir. Ils ne voulaient pas d'une autre maîtresse.

– Ça vous étonne ? Vous leur avez sauvé la vie !

– Comme si un événement aussi banal les avait marqués ! Non. S'ils me veulent, c'est parce que je leur chante des chansons. Aucune des autres ne le fait.

– Vous chantez ! Ça par exemple ! Quand j'étais petite, les maîtresses se contentaient de nous crier dessus pour nous faire apprendre nos tables de multiplication ! Vous avez pris des cours de chant ? »

Blanche rougit joliment. Malgré les pansements, son visage ovale avec ses grands yeux sombres était très beau. « Oh, non. C'est ma mère qui m'a appris certaines chansons et maintenant, j'aime les chanter parce que ça me la rappelle, ça la fait revivre. » Un éclair de tristesse passa dans ses yeux.

« Ce devait être une maman merveilleuse, dit Betty. Traverser la vie en chantant, quel programme !

– Pendant la Première Guerre, elle chantait pour les troupes.

C'est comme ça qu'elle a rencontré papa. » Elle vint s'asseoir près de Betty à la table de la cuisine. « Les artistes allaient au chevet des blessés. Il se trouvait dans un hôpital en France, après avoir reçu une balle dans la jambe. Il est resté boiteux à vie. Il est tout de suite tombé amoureux de maman et a commencé à lui écrire. Elle n'a pas reçu beaucoup de ses lettres, parce qu'elle voyageait sans arrêt. La guerre terminée, il est rentré chez lui, s'est donné le temps de se remettre de sa blessure et est allé voir maman en emportant une bague. Seulement il l'a trouvée fiancée à un autre. Il ne lui a pas fallu longtemps pour la charmer et la faire changer d'avis. Vous n'auriez pas pu trouver plus drôle et plus gentil que papa. Et il était beau par-dessus le marché. Ils s'adoraient. »

L'eau commençait à bouillir, et elle s'interrompit pour la verser sur le thé.

« Quel couple ils devaient faire ! dit Betty qui regarda Blanche mettre un couvre-théière sur la théière jaune toute ronde.

– Maman n'a plus jamais été la même après la mort de papa. Elle avait encore le sourire, elle chantait encore dans la maison, mais elle cherchait toujours quelque chose qui n'était pas là. Elle se languissait. Ce n'était pas seulement son humour ou sa tendresse qui lui manquaient, non, c'était quelque chose de plus profond. Elle m'a raconté qu'elle rêvait parfois qu'elle tendait la main et qu'elle le touchait, qu'elle sentait ses grandes mains, ses robustes épaules, qu'elle respirait son odeur. » Elle se tut, comme si elle revivait un souvenir en train de s'effacer. « Enfin, maintenant, elle est avec lui. »

Ses yeux s'emplirent de larmes qu'elle essuya rapidement. Betty approcha sa chaise et lui passa un bras autour des épaules.

« Excusez-moi, dit Blanche en sortant un mouchoir. Elle me manque tellement. C'est dur de vivre tout ça » – elle désigna sa jambe manquante – « sans elle à côté de moi. Je sais que vous n'avez pas toujours été dans les meilleurs termes avec votre mère, mais imaginez une minute le chagrin que vous auriez si quelque chose lui arrivait, à cette femme qui vous a tenue sur ses genoux quand vous étiez petite, qui vous a appris à vivre. Quand votre mère meurt, c'est comme si le sol se dérobait brusquement sous vos pieds. »

Elle jeta à Betty un regard pressant : « Il faut me promettre de passer du temps avec elle. Ce n'est que lorsque les êtres disparaissent qu'on prend conscience du vide qu'ils laissent. »

Betty la tint serrée contre elle tandis qu'elle sanglotait silencieusement dans son mouchoir, et elle se rappela les propos qu'elle avait tenus à Mr Cummerbatch aux premiers jours de son recrutement au MI5, lorsqu'elle lui avait dit que ses parents ne tenaient pas spécialement à elle, et qu'elle était « très bien toute seule ». Elle se sentit rougir. Quelle naïveté de sa part ! Quelle tristesse aussi ! Certes, elle avait un travail important qui comptait infiniment pour elle, mais en réalité, son investissement professionnel cachait un désert. Il lui était facile de risquer sa vie car sans amour, celle-ci ne valait rien.

Elle poussa un grand soupir. « Je n'ai jamais vraiment estimé ma mère à sa juste valeur avant que ma vie ne soit en danger. Alors, elle est venue à mon secours, et franchement, je ne suis pas sûre que quelqu'un d'autre l'aurait fait. »

L'arrestation de Cummerbatch et de Baxter avait jeté pour elle un éclairage entièrement nouveau sur cette affaire, dévoilant l'affreuse vérité : ils attendaient qu'elle commette une erreur, et comme elle ne l'avait pas fait, ils avaient donné des ordres pour se débarrasser d'elle – une fois pour toutes. Ce n'était pas flatteur, et elle était tombée sottement dans le panneau, mais au bout du compte, elle s'en était sortie.

Elle était en vie.

Blanche passa un bras autour des épaules de Betty. « Votre

maman a été d'un grand réconfort en remplaçant la mienne. Sans elle, je ne suis pas sûre que j'aurais survécu. Venir à mon chevet pendant cette période noire était généreux et délicat. Rien ne l'y obligeait.

– Ma foi, elle n'a pas toujours été comme ça. Je ne sais pas si c'est dû au fait d'avoir été exclue du village ou à ses aventures en essayant de me retrouver, mais elle a vraiment changé. Peut-être Mr Norris n'est-il pas étranger à son évolution. C'est drôle, je me dis qu'en passant beaucoup de temps avec lui, elle est devenue un peu plus attentive aux autres, comme lui. Et lui, il a certainement pris un peu de son audace. Ils se sont équilibrés en quelque sorte.

– Vous avez sans doute raison !

– C'est un type très gentil, vous savez, et ils déteignent l'un sur l'autre. On dirait un couple de castors qui construit un barrage : l'un s'agite et fait du bruit tandis que l'autre réfléchit. Ils forment une belle équipe, hein ?

– C'était la même chose entre elle et votre père ? »

Betty eut un petit rire désabusé. « Oh, pas du tout, dit-elle tout en lissant sa jupe. C'était lui qui commandait, et elle essayait de suivre. Je me souviens d'un jour où elle l'a accusé d'avoir une liaison et il a retourné la situation de façon à donner l'impression qu'elle avait perdu l'esprit.

– J'imagine mal que votre mère ait pu être dupe !

– C'est un grand manipulateur, et il ne pense qu'à lui. Je me suis laissé prendre moi aussi, je dois le reconnaître. Vers la fin de leur mariage, il lui adressait à peine la parole. Ils étaient là dans le salon, sans décrocher un mot, et il sortait sans prévenir. On entendait juste la porte d'entrée claquer derrière lui. » Elle marqua une pause en se remémorant cette époque. Comme il avait été cruel avec sa mère ! « Entre eux, pas de gaieté complice comme entre elle et Mr Norris.

– La guerre vous change, dit Blanche avec simplicité. Vous

avez failli être tuée. Et moi aussi. » Elle prit une gorgée de thé. « Vous savez ce qu'on éprouve quand sa vie risque de basculer ? Quand tout est en suspens ?

– Oui, chuchota Betty, frappée par l'horreur rétrospective. C'était terrifiant.

– Oui, mais paradoxalement, c'était aussi un éveil. Comme si vous sentiez le soleil sur votre visage pour la première fois. Vous n'êtes pas sortie de ça avec cette impression d'être née à nouveau ? Je me surprends à m'émerveiller quand je caresse la fourrure d'un chat ou que je savoure le goût du thé chaud et sucré. Je n'en reviens pas de tout ce que je perçois dans la vie à présent. »

Elles gardèrent le silence. Betty remarqua les couleurs pastel de la jolie cuisine, le soleil qui entrait par la fenêtre du jardin, l'odeur du pain frais et le son de la radio qui égrenait les nouvelles quotidiennes de la guerre. Comme il était facile de manquer ces moments, de se projeter dans le futur ou le passé au lieu de rester là à sentir, à prendre conscience de ce qui était, ici et maintenant.

64

Mrs Braithwaite se sentait utile. Elle constatait non sans surprise qu'elle avait plaisir à aider les autres dames d'Ashcombe, à rire avec elles, écouter leurs ennuis, leur donner des conseils. Certes, elle croyait encore avoir plus de discernement que les autres, mais elle avait appris à tenir sa langue – la plupart du temps.

Si la vie de village n'était sans doute pas aussi palpitante que celle de Londres, elle devrait s'en contenter. Debout devant une des tables de vêtements, à plier des pyjamas d'enfant, elle se remémora sa dernière soirée chez Mr Norris à Shilling Lane, et fut surprise de découvrir qu'elle éprouvait de la nostalgie, un sentiment de manque.

Allons, ressaisis-toi ! se dit-elle. Réintégrer son domicile à Ashcombe était dans l'ordre des choses.

En rentrant chez elle à pied après une journée active à préparer la braderie, elle trouva un homme debout devant sa maison. Il était plus âgé qu'elle, proche de la soixantaine, avec des cheveux argentés et des yeux gris très vifs dans un visage long et bienveillant. Il portait un costume bien coupé, quoique légèrement démodé, et était un peu voûté. À la main, il tenait une grosse serviette usagée.

« Mrs Braithwaite ? demanda-t-il en tendant la main.

– Oui, répondit-elle en la serrant avec son habituelle vigueur.

– Je suis Mr Simpson et j'aimerais vous parler en privé. C'est au sujet de votre rôle dans les derniers événements à Clapham.

– J'ai dit à la police et au MI5 tout ce qu'ils voulaient savoir. Je ne vois pas ce que je pourrais ajouter d'autre.

– Ah, mais c'est moi qui ai quelque chose à vous dire », annonça-t-il en souriant, et il désigna la porte.

Intriguée, Mrs Braithwaite ouvrit et l'invita à entrer.

« Voulez-vous une tasse de thé ? proposa-t-elle lorsqu'ils prirent place dans le salon.

– Non, merci », répondit-il, et il entra d'emblée dans le vif du sujet. « Je souhaite vous parler de votre contribution à l'effort de guerre. » Il ouvrit sa serviette et lui tendit une liasse de papiers. « J'aimerais que vous lisiez ceci. »

Elle regarda les documents, feuilleta les premières pages. C'était une note d'information du MI5 concernant une fuite potentielle au sein du service. Des informations sensibles sur la guerre parvenaient aux nazis. La fuite devait venir de quelqu'un travaillant en lien étroit avec le ministère de la Guerre, ou même de l'un de ses fonctionnaires.

« Il faut arrêter ces agissements, dit calmement Mr Simpson, laissant une question vague en suspens dans l'air.

– Oui, c'est indispensable. Ce genre de chose pourrait nous faire perdre la guerre, acquiesça-t-elle en continuant à feuilleter.

– C'est pourquoi nous avons besoin pour cette enquête de quelqu'un de rigoureux.

– En effet, répondit-elle, toujours absorbée par sa lecture. Comment se fait-il qu'ils aient connaissance de notre stratégie de défense aérienne ? C'est une honte !

– Savez-vous pourquoi je vous ai fait lire ces documents ?

– Non, fit-elle sans lever le nez. C'est très complexe, et sans doute hautement confidentiel.

– Nous avons besoin d'une personne ingénieuse pour tirer cette affaire au clair. » Il toussota discrètement pour retenir son attention.

Elle leva les yeux.

« Et nous avons pensé à vous. »

Elle se leva d'un bond, les papiers toujours à la main. « Mais c'est impossible, voyons. J'habite Ashcombe et…

– Nous vous donnerions de quoi déménager à Londres. »

Elle le regarda : « Êtes-vous en train de me proposer du travail ?

– En quelque sorte. »

Il lui tendit une autre feuille de papier où étaient décrits son rôle et sa mission. Elle la prit, commença à lire, puis laissa retomber ses mains sans lâcher le papier. Son esprit tournait à toute vitesse, encore stimulé par son aventure, où elle avait appris à s'exposer pour mieux se cacher, et avait trouvé le courage, le dynamisme nécessaire pour infiltrer des groupes ennemis, surveiller des suspects et sauver sa fille.

Mais serait-elle capable de recommencer ? Peut-être son moteur était-il uniquement Betty – peut-être perdrait-elle son sang-froid si elle n'était pas motivée par sa fille ?

Comme s'il lisait dans ses pensées, Mr Simpson intervint : « Il n'y a qu'une façon de le savoir, Mrs Braithwaite. »

Elle le regarda, les yeux brillants d'impatience. « Bien entendu, je suis partante ! » dit-elle.

Après tout, quels projets avait-elle pour le reste de sa vie ?

65

Il faisait nuit quand Mrs Braithwaite arriva devant la porte de Mr Norris quelques jours plus tard. Il y avait des gouttes en suspens dans l'air, prêtes à rappeler aux rares passants à quel point une pluie froide pouvait être désagréable. La lune semblait embusquée derrière les nuages qui fuyaient sous un vent fort, surveillant la ville qui continuait vaille que vaille son activité dans l'incommensurable chaos ambiant.

Vivement que je parle à Mr Norris de mon nouveau travail, pensa-t-elle. Mais non ! Elle ne pouvait rien lui en dire. C'était censé être top secret.

Elle retrouva sa clé, ouvrit la porte d'entrée et gloussa, se rappelant la perspicacité de Mr Norris qui s'était bien douté qu'elle n'avait aucune intention de la lui rendre. Elle avait hâte de le voir : au moins, elle pourrait lui parler de Mrs Metcalf et des bénévoles d'Ashcombe.

Mais en poussant le battant, elle vit que l'entrée était plongée dans l'obscurité, et qu'il n'y avait aucun bruit. Pourvu qu'il ne lui soit rien arrivé ! Normalement, à cette heure, il était rentré du travail depuis longtemps, et Dieu sait si Mr Norris était attaché à sa routine. Elle lui avait écrit pour lui annoncer son arrivée, précisant la date et l'heure. Certes, avec les trains, on ne pouvait jamais être sûr de rien…

« Hou, hou ! Il y a quelqu'un ? » cria-t-elle d'une voix enjouée pour masquer son inquiétude.

Pas de réponse.

Elle referma la porte en soufflant et lâcha ses valises à côté de l'escalier. Puis elle alluma la lumière et vérifia que les rideaux noirs étaient bien tirés – ce qui, curieusement, était le cas. Mr Norris devait avoir pensé à les tirer avant de sortir. Comme c'était contrariant qu'il ne soit pas là !

Enfin, il faisait bon se retrouver à Shilling Lane, pensa-t-elle en regardant les lieux familiers. Elle sourit, remit les éléphants à leur place et sentit sous ses doigts le bois lisse de la rampe, que des mains avaient polie année après année. Surtout celles de Mr Norris. Elle avait l'impression que le bois retenait la tiédeur de ses mains ou de celles des filles, de Betty peut-être. Mrs Braithwaite lui avait également écrit.

Elle jeta un coup d'œil dans la cuisine, obscure elle aussi, et résolut de faire le tour de la maison, juste pour s'assurer que tout était en ordre. Et elle décida de commencer par le salon. Peut-être s'y reposerait-elle quelques instants après le trajet à pied depuis la gare.

En ouvrant la porte, elle tâtonna pour trouver l'interrupteur, et aussitôt la pièce parut irradier la chaleur et la vie. Elle regarda les tableaux familiers au mur, la pendulette qui égrenait doucement les minutes sur la cheminée, les roses orangées dans un petit vase sur la table, la chaussure d'homme qui pointait sous un rideau…

Elle s'arrêta, et un grand sourire illumina ses traits. Elle se dirigea alors sans bruit vers le rideau devant lequel elle se planta en marmonnant : « Je me demande où ils sont tous passés ? »

Dans le même temps, elle tira prestement le rideau sur le côté. Mr Norris sursauta, perdit l'équilibre, fit une embardée en avant et tomba sur Mrs Braithwaite en riant.

Elle éclata de rire à son tour, lui saisit les mains et le tira pendant que les filles sortaient de leurs cachettes en criant : « Coucou ! »

Betty d'abord, reposée et remise de ses épreuves, l'étreignit affectueusement.

Cassandra était là aussi, superbe dans une très jolie robe à fleurs.

« Ah, Cassandra ! Ça me fait très plaisir que vous passiez la soirée avec nous, s'exclama Mrs Braithwaite en lui glissant un bras autour des épaules avec un large sourire.

– Je ne pouvais pas ne pas vous accueillir à votre retour, dit la jeune femme, les yeux brillants. Qui sait ? L'un de nous pourrait être en péril et avoir besoin que Mrs Braithwaite lui sauve la vie ! »

Une troisième jeune fille se tenait un peu en retrait, sur des béquilles. Betty la fit approcher. Mrs Braithwaite reconnut les yeux, les douces boucles brunes.

« Blanche ! Vous êtes là !

– Je voulais vous remercier d'avoir partagé votre tendresse et votre famille avec moi. » Elle sourit timidement, et Mrs Braithwaite la prit dans ses bras.

« Vous serez toujours la bienvenue parmi nous. Mais comment saviez-vous que je revenais ?

– Betty me l'a dit. » Les deux filles sourirent, comme si elles avaient pris grand plaisir à devenir amies. Pourvu qu'elles n'aient pas trop plaisanté à ses dépens !

« Où logez-vous ? J'espère que quelqu'un s'occupe de vous.

– Tout va bien. Mrs Churley m'héberge pour l'instant.

– Vous n'en faites pas trop, au moins ?

– J'essaie ! Mais la guerre n'est pas finie...

– Nous ne sommes pas les seules à nous réjouir de te revoir ici, chuchota Betty en regardant Mr Norris, occupé à soigneusement refermer le rideau. Il y en a un qui n'était plus lui-même depuis ton départ. »

Mr Norris s'approcha, ignorant qu'il était l'objet de la conversation, et demanda à Mrs Braithwaite de venir l'aider à la cuisine pour le dîner.

Il sortit un gâteau incroyablement plat du garde-manger et déclara : « Vous savez, maintenant que vous êtes de retour, je me disais que vous aimeriez peut-être vous installer ici ? Il y a une chambre libre depuis le départ de Florrie, et personne ne l'a encore prise, alors...

– Je croyais que vous aviez une liste d'attente pour vos chambres ?

– Il se trouve que personne n'a donné suite... », dit-il avec un petit sourire entendu.

Elle s'approcha et lui prit une main entre les siennes. « J'espérais que vous me proposeriez de loger ici ! »

Il sourit, gêné, et baissa les yeux. Il avait le visage tout près du sien et elle l'observait, radieuse, pensant que parfois, dans la vie, tout est exactement à sa place et que tous les vides sont comblés.

Ou presque.

Juste au moment où elle hésitait à avancer un peu la tête pour l'embrasser, ce fut lui qui se pencha et l'embrassa tendrement.

Un peu plus tard, Betty vint leur dire que tout le monde avait faim et que, si tout le monde se doutait de ce qui se passait dans cette cuisine, personne ne voulait attendre la fin de la guerre pour manger le gâteau qui n'avait pas voulu lever.

Le reste de la soirée fut très gai. Blanche avait vraiment une très jolie voix et, accompagnée par Mr Norris au piano, elle chanta de vieux classiques, que tout le monde reprit en chœur. Cassandra se joignit à elle, et elles se lancèrent dans un petit duo très réussi du dernier boogie-woogie à la mode.

À la fin de la soirée, quand tout le monde eut pris congé et fut parti se coucher, Mrs Braithwaite aida Mr Norris à faire la vaisselle.

« Quand commencez-vous votre nouveau travail ? » demanda-t-il en plongeant le plat à gâteaux dans l'eau savonneuse.

Mrs Braithwaite se figea. « Comment savez-vous que j'ai un nouveau travail ? Pourquoi cette question ? »

Il se tourna vers elle en riant. « Je le sais parce que Mr Simpson est venu frapper à ma porte aussi.

– Ma foi, ce n'était pas très correct de sa part de vous parler de mon travail.

– Il ne l'a pas fait, dit Mr Norris en lui passant le plat à essuyer. Mais vous venez juste de le confirmer. »

Elle était beaucoup trop surexcitée pour lui en vouloir de lui avoir tendu un piège. « Nous allons devoir travailler ensemble à nouveau ?

– Ah, mais j'ai refusé sa proposition, dit Mr Norris en recommençant à plonger les assiettes dans l'évier. C'est que les comptes au bureau nécessitent une attention urgente. Lorsque j'ai repris mon travail au cabinet, un débutant les avait laissés dans un désordre indescriptible. Il faudra des mois pour tout remettre en ordre. »

Mrs Braithwaite s'arrêta d'essuyer son plat et regarda Mr Norris, la mine renfrognée : « Vous ne voulez plus enquêter avec moi ? »

Il se tourna vers elle avec un large sourire, lui ôta le plat des mains et la prit dans ses bras. « Je plaisantais. Bien sûr que j'ai accepté. Que rêver de mieux que de m'embarquer pour une autre folle aventure avec vous, chère complice ? »

REMERCIEMENTS

Ce livre a pour sujet les rapports mère-fille, le soutien qu'elles s'apportent, leurs partages, leur amour mutuel. Notre relation à notre mère est l'une des plus importantes et uniques de notre existence. Ces leçons de vie qu'elle nous a données, ces expériences communes et cet amour indéfectible sont toujours présents en nous, dans notre conscience, mais aussi enfouis au plus profond de nous, ancrés dans notre psychisme, aussi constitutifs que notre ADN. Ma reconnaissance la plus tendre va à ma mère, Joan Cooper, pour tout : de sa passion des livres et de l'histoire à son soutien chaleureux et affectueux. Ce livre t'est dédié, maman.

Les Archives nationales de Londres abritent une vaste collection de documents du MI5 datant de la Seconde Guerre mondiale et très bien conservés. Feuilleter les authentiques documents de l'époque a constitué une expérience émouvante : ils forment l'épine dorsale de l'univers que j'ai créé dans ce livre. Les notes méticuleuses prises par les agents spéciaux et tapées à la machine rendent compte de l'activité de chaque membre des organisations fascistes, de leurs mouvements, de leurs meetings. J'aimerais saluer ici la prise de risque extrême des agents du MI5 pendant la guerre, notamment des quelques agents féminins. Leur travail a été d'une importance capitale dans la victoire finale des Alliés.

J'ai une énorme dette de reconnaissance envers ma phénoménale éditrice chez Crown, Hilary Rubin Teeman. Son attention au détail et à la structure ainsi que sa vision d'ensemble du livre ont permis d'en rendre la lecture passionnante et stimulante : je ne sais comment vous remercier pour votre travail et pour votre regard de grande professionnelle. Mes remerciements vont également à Molly Stern, Annsley Rosner, David Drake, Elena Giavaldi et Jillian Buckley, sans oublier Lisa Erickson et Christine Johnston qui se sont dépensées sans compter dans les domaines du marketing et de la publicité.

Ma merveilleuse agente, Alexandra Machinist, de chez ICM, combine avec une aisance stupéfiante discernement éditorial, instinct imparable et charme irrésistible. Merci pour vos conseils ciblés et votre compétence sans faille.

J'ai une reconnaissance toute spéciale envers Karolina Sutton, ma brillante et exceptionnelle agente de chez Curtis Brown à Londres : merci pour votre compétence et votre soutien. Vifs remerciements aussi à Sophie Baker, qui s'occupe avec dynamisme des droits de traduction chez Curtis Brown à Londres, ainsi qu'à mes éditeurs du monde entier.

J'ai l'incroyable chance de pouvoir rencontrer d'autres auteurs et je voudrais remercier la communauté des écrivains pour la chaleur de son soutien. En particulier Cathy Kelly qui est non seulement un écrivain exceptionnel et un modèle, mais qui est devenue une amie merveilleuse. Merci aussi à Chris Cleave, Martha Hall Kelly, Beatriz Williams et Douglas Rogers pour leur aide et leur soutien.

Lorsque ce livre a été mis en route, une multitude de personnes m'ont aidée à le mener à bien. Je tiens à dire ici toute ma gratitude à mon groupe de critiques bien-aimées, Barb Boehm, Emmy Nicklin, Christina Keller et Julia Rocchi, qui m'ont prodigué leurs remarques et commentaires, assortis de vin et d'affection pour les faire passer. Mes remerciements à mes professeurs à Johns-Hopkins, surtout à Mark Farrington, qui a pour l'intrigue, les personnages et la technique narrative une intuition légendaire, ainsi qu'à Ed Perlman et Michelle Brafman. Que soient également remerciées les autres personnes qui m'ont fourni des informations, des anecdotes personnelles ou m'ont aidée pendant la rédaction de cet ouvrage, notamment Judy Smathers, Grace Cutler, Debby Revesz, Ann Baxter, Jen Mallard, Jerry Cooper, David Beckley, Seth Weir, Elaine Cobbe, Louise et Charlie Hamilton Stubber, Loraine Quigley, Annie Cobb, Brenda Corish, Colin Berry, Mary Dallao, Rebecca Hassett, Ingrid Stewart, ainsi que le Eagle Valley Book Club. Je remercie du fond du cœur Cheryl Harnden pour sa générosité intellectuelle et son merveilleux humour – votre aide et votre soutien ont été inestimables. J'ai aussi une immense dette envers Courtney Brown pour son énergie et son ingéniosité extraordinaires, ainsi que pour son hospitalité légendaire et son irrésistible joie de vivre.

Pour terminer, je tiens à remercier ma sœur, Alison Mussett, pour ses idées brillantes et la finesse de ses relectures. C'est merveilleux de savoir que tu es toujours disponible au téléphone ou par mail et que tes retours sont toujours riches en opinions et idées fécondes. Je ne sais vraiment pas comment te remercier. Enfin, un immense merci à ma famille, à Lily et Arabelle, et à Pat, mon merveilleux mari sans qui ce livre n'aurait jamais été écrit.

DU MÊME AUTEUR

Aux éditions Albin Michel

LA CHORALE DES DAMES DE CHILBURY, 2017.

LES RECETTES DES DAMES DE FENLEY, 2022.

Composition : Nord Compo
Impression : CPI Firmin-Didot en mai 2023
Éditions Albin Michel
22, rue Huyghens, 75014 Paris
www.albin-michel.fr
ISBN : 978-2-226-44829-3
N° d'édition : 23857/01. N° d'impression : 174333
Dépôt légal : juin 2023
Imprimé en France